エピデミック

川端裕人

集英社文庫

目次

エピデミック

男は三年前からT市に住んでいる。

このあたりには良い波が来るビーチがいくつかあり、週末ごとに東京から通うのは時間の無駄だと考えた。最初は渋っていた妻も、海の近くにゆったりとした家を構えられることで納得してくれた。

昔勤めていた企業の元同僚たちは、社交辞令も含めてだろうが、口を揃えてうらやましがる。

妻は東京にいた時よりもよく笑うようになった。喘息持ちだった娘も、ここでは発作を起こすことなく健康そのものだ。男は、満足すべき人生を、みずから選び取り、歩いている。

しかし、この瞬間、男は苛立ちを隠せない。

理由は、分からない。

月に一度だけの東京での会議を終えて、夕方のT駅の改札を出たあたりから、歯車が狂った。

焼け付くような焦燥感がはい上がってきて、心拍数が上がる。冷や汗が流れ出す。

関節という関節に、異物がつっこまれてぎくしゃくする感覚。これじゃ錆び付いたロボットだ。

ＪＲのＴ駅から車を停めてある駐車場までのわずかばかりの距離が、とうてい歩き通せないほどに思える。

唇が震えているのに気づいた。

歯がガチガチ鳴って、なぜか突然、口の中に血が噴き出した。口内炎を強く嚙んでしまったのだ。出血が多く、むせながら飲み下す。

関節が錆び付く感覚がますます強くなり、とうとう右足と左足が「歩く」ために必要な調和を放棄した。

男はその場に立ちつくす。行き交う誰かの肩がぶつかり、よろめいてショーウィンドウにもたれかかった。

ダイジョウブデスカ――。

遠くから、声がした。

ダイジョウブデス。

答えようとしたとたん、体が燃えた。

少なくとも男はそう感じた。体の芯から一気に全身へと火が回り、体全体が発火したのだ。

続いて、猛烈な寒さがやってきた。外側からではなく、体の中からえぐられるような、とてつもない寒さだった。一瞬の発火が、体全体の熱を奪ってしまったかのような。

ショーウィンドウに寄りかかったまま、崩れ落ちる。

そして、凍り付く。

筋肉という筋肉が硬直し、時々思い出したように痙攣する。周りからの呼びかける声も、遠くから近づいてくる救急車の音も、男の耳には届かない。

序章　ポピーの咲く春を待ちながら

　診察室に新しい患者が入ってくるたびに、かすかな潮の匂いが運ばれてくる。

　黒部（くろべ）小児科医院のあるT市は、関東南部の半島からさらにもう一段突きだした小半島の大半を占める。数百メートル離れた海の気配が屋内まで届くようになるのは、例年、海水が温（ぬる）み始める初春で、なにかと多忙な小児科医の冬がもうすぐ終わる兆候でもある。もっとも、今はまだ医院の待合室で待つ母子の姿が途切れることはない。

　黒部政義（まさよし）医師は、若い母親に抱きかかえられた四歳の男の子の苦しそうな表情に目をやってから、妻でもある看護師の久子（ひさこ）と視線を合わせた。

「三八・八度」久子は、デジタル体温計の表示をこちらに見せながら言う。

「お母さん、熱はいつから？」

「今朝です、起きた時は普通だったんですが、気づいたらぐったりしてて……」

　急激な発熱、鼻水、くしゃみ、喉の炎症……。キットで抗体検査をするまでもないほど、明らかなインフルエンザ。唇の裏に大きな口内炎がいくつかあって、痛々しい。

「予防接種は受けてるの」

胸に当てた聴診器を外して、黒部は聞いた。

「いいえ、受けていないんです。副作用ですとかいろいろ怖い話を聞いてますので」

「来年からは、受けた方がいいんじゃないかな。型が違っても症状は軽くなるし」

母親が希望したため、鼻水を綿棒で拭き取り、迅速診断キットにかけた。しかし、陰性だ。発熱直後はまだウイルスの排出量が少ないから、陽性になることの方が少ないと説明する。

症状を抑える薬としてアスベリン、ペリアクチンをそれぞれ三日分、処方。三八・五度以上の熱が続くようならば、ということで解熱剤も一日分付け足した。抗ウイルス剤は、最近、危険性が指摘されているため、希望を聞いた上であえて外した。去っていく母親の足取りが重たいのが気になった。

次の患者もインフルエンザだった。三歳の女の子で、やはり朝からの急な発熱。三九度あって、痩せた母親の腕の中でぐったりしている。またも口内炎を見つけて、おやっと思う。

さきほどの子どもとほとんど同じ処方を言い渡すと、「脳症は大丈夫でしょうか」と母親が聞いた。その目も熱っぽく潤んでいる。

「脳症との関連がないタイプの解熱剤だよ。それよりお母さん、あなたも診察を受けた方がいいんじゃないかな。ご自分の熱は測ったの？」

「いいえ、わたしは大丈夫です」と言って、小さく咳き込む。「午前半休しかとれなかったので、これから会社なんです」

子どもを抱きかかえて歩く後ろ姿は、やはり頼りなげだ。新しい分譲住宅ができて、子どもの数が増えたのはここ三年のことで、すると今の母親のような、仕事をしつつ子育てをする母親も多く黒部小児科医院にやってくるようになった。これから会社に出るなら、ますます診療を受けて薬を飲んだ方がよかろうに、子どもを受診させるのがせいいっぱいなのだ。とすると、あの子はきょうこれから誰に面倒を見てもらうのか。素朴な疑問が湧くが、黒部にどうこうできる問題ではない。

午前の診療はこれで最後になり、待合室は空になった。とたんに受付ブースから、かしましいとも言える活気のあるやり取りが聞こえてきた。

「あんた覚えてるかい。昔のインフルエンザ」

やたらと大きい嗄(か)れた声は、もう一人の看護師、堂嶋多賀子(どうしまたかこ)だ。大病院を勤め上げたベテランで、患者が多いこの季節、助けてもらっている。

「はい？　なんのことかしら」と久子。

「昔さ、インフルエンザってのは、死病だったんだよ。子どもや年寄りがかかっちゃあ、バタバタ死んでいった。日本脳炎、天然痘、麻疹(ましん)、ポリオ……子どもが死ぬ病気なんてゴマンとあって、体力のある大人だって、感染症でやられてたんだ。あたしが、ぴちぴちの看護婦さんだったころにゃ、そういうもんだったたね……」

堂嶋は昨年、東京にいる孫夫婦に子どもが生まれた「ひいおばあちゃん」だ。まだ七〇に届かない年齢で、彼女が若い看護婦だった時代と黒部の子ども時代はちょうど重なっている。

「あたしもさあ、二人目の子を小さい時に感染症で亡くしてさ、あの時は相当、落ち込んだもんだね。肺炎をこじらせたんだがね。元はと言えばただの風邪だった。そういうのでコロリと人が死んでいた時代だったよ」

　あっけらかんと口にされた個人的な悲劇。年月に晒(さら)されて漂白されたような乾いた質感に、黒部はむしろ息を呑(の)んだ。今、黒部の医院を訪ねる子どもで、死に至るようなケースはほとんどないから、時代は変わった。それも良い方向に。自分がその流れに棹(さお)をさしてきたことには、満足を覚える。

　女二人は待合室の清掃をしつつ、さらに話し続ける。話題は感染症のことを離れ、この町の最近の動向をめぐる。地元の企業が販売しているミネラルウォーターが評判だとか、鮮魚店の主人がまた寝込んでいるとか。平和な主婦の井戸端会議というところだ。黒部はあえて割り込まず、医院からつながっている自宅へと戻る。

　地元の牧場から毎朝運んでもらっている新鮮な牛乳をまずは飲み干す。これがうまい。そして、久子が朝作ったサンガ焼きとクジラのたれの弁当を温めて食べる。両方ともこのあたりの料理であり、黒部はもう生まれてこの方食べ続けている気がするほど馴染(なじ)んでいる。特にクジラのたれは、鯨肉を特製のタレにつけ込んで天日干しした地元の珍味だ。

食後、ちょうど医院から戻ってきた久子に散歩に出ると告げた。昼休みはたっぷり二時間とってある。熱射病が心配な盛夏以外は昼休みに散歩をするのが黒部の日課だった。

玄関近くにあるハンガーからフィールドジャケットを取る。壁に埋め込まれた姿見に映るのは、髪に白いものが目立つとはいえ活力に満ちた五〇代の男だ。痩せすぎず、太りすぎてもおらず、自分自身の姿にまずまずの満足感をおぼえる。玄関の棚に置いてあるツァイスの双眼鏡を摑んで、首からかけた。

一歩、外に出ると、爽やかな海風が体を包んだ。

快晴だ。まだ二月なかばだが、気温はかなり高い。首都圏の最南端にあるこの町では、東京や県庁所在地のC市よりも一ヵ月は早く春が来る。今冬のインフルエンザの流行は、今回のものが最後になるだろう。

黒部はフィールドジャケットのジッパーを開けて、医院が面している国道から海辺へと向かう一車線道路を進む。この時間帯、ほとんど車通りはない。古びた石畳の一角におびただしい数の野猫が集まっており、黒部は目を細めた。一週間ほど前に、同じように道で会った時には、野猫たちがインフルエンザに見舞われていた。もっともそれは本物のインフルエンザウイルスによるものではない。人間では胃腸炎の原因となるノロウイルスの近縁のものが原因らしい。とにかく呼吸器症状が顕著に出て、肺炎に至る。

ぱっと見渡したところ、最悪の状態は脱したようだ。鼻水をたらしている個体は多いが、活発に動いている。野猫の中でも人馴れしている雌が、黒部の足に体をなすりつけてきた。空腹なのだろう。いつもは餌やりの女性が来ているのだが、このところ姿を見ない。

すでに咲き始めているポピーの花畑に沿って歩く。あと何日かすれば満開になり、大変な見物になる。時々あらわれる菜の花畑は一月はじめからだらだらと咲き続けているから、もはや格別な感動はない。この町に住んでいると、季節感が狂ってくる。

やがてこぢんまりした漁港に行き当たり、そこから海沿いに進むと一〇分ほどで黒々とした砂浜に出た。ハマヒルガオが小さなピンク色のパラボラを空に向け、開花したばかりのハマエンドウの群落が赤紫色の島のように浮き立っていた。

黒部ははたと足を止め、双眼鏡を目に当てた。波打ち際から一〇〇メートルほどのところに、小さく白いしぶきがいくつも上がっている。プハッという破裂音が聞こえてきそうなほどの近さだ。内ポケットからくたびれたフィールドノートとボールペンを取り出して、日付の下に、「ネズミイルカ、五、六頭」と書き込んだ。次いで、「ハマエンドウ、開花」とも付け足しておく。

ふたたび視線を上げると、一頭が波間で暗色の体をくねらせて、こちらに近づいてきた。

黒部は「こっちじゃないぞ」と大声を出した。驚いて沖に引き返してくれればよいのだが、さすがに声は届きそうにない。このあたりは鯨類の座礁が多い土地柄で、黒部自身もオウギハクジラという珍種が打ち上げられて死んでいるのをこの浜で見つけたことがある。小さい扱いながらテレビニュースで流され、新聞にも載った。

　いったん小高い砂丘に上がってから、黒松の林を抜けて、湿地へと下る。ちょうど干潮で、目の細かな砂泥が剝き出しになっている。そして、そこにはおびただしい数の水鳥が集い、羽を休めている、はずだった。

　しかし、最初に会ったのは別の生き物だ。口のまわりにうっすら赤いものがこびりついた禍々しい姿。三毛で尻尾のちぎれた野猫だ。黒部は反射的に砂を蹴り、そいつを追い払った。しなやかな身のこなしは、飼い猫からは想像できない。こういう場所では明らかに、「猫は野鳥の敵」だ。

　いつもの観察ポイントに立って、黒部は目を細めた。何かが違う。水鳥の群れはたしかにそこかしこにあるのだが、尋常ならざるものを黒部は察知する。だが、それが何なのか自分でも分からず、苛立ちを覚える。

　双眼鏡で遠方を見ているうちに、ふと近くから漂ってくる異臭に気づいた。

　ハマウドのごつい茎の影に、砂にまみれた褐色の頭部が見えた。ヒドリガモの雄だった。首があらぬ方向にねじれ、落ちくぼんだ眼窩には蟻がたかっている。その周囲に何羽かの死骸が転がっており、傷み具合からして、きのうきょう死んだものではない。

　干潟で鳥の死体に出会うのは、なにも特別なことではない。ここでは死も生もひとしく日々の営みにすぎない……。にもかかわらず、胸騒ぎがする。いったいなぜなのか。双眼鏡を手に持ったまま思案していると、尻ポケットの中に震動を感じた。携帯電話を取り出して耳に当てる。

「あなた、ちょっと早めに帰ってきてくださいますか」久子の声だ。

「どうした。まだ一時間くらいは余裕があるはずだが」

「ええ、でも、もう五人ほど患者さんが待合室にいらしてます。どの子も熱が出ているようで、このまま待たせるのも気の毒で……」

「わかった」

　携帯電話を切って段丘を上がり始める。思考は医師としてのものに切り替わる。

　インフルエンザ流行の、今冬最後のピークだ。つまり小児科医としては、踏ん張りどころだ。

　段丘上の遊歩道から逸れて荒れ地を歩き、最短距離で国道に出た。

　ちょうどやってきた軽トラックに向かって手を挙げて停まってもらった。さいわい顔見知りの農家の主人だ。孫の通院で何度か顔を合わせたことがある。

　黒部小児科医院の正面玄関で、軽トラックを降りると、昼はいったん自宅に戻る堂嶋が、あたふたと走ってくるのと一緒になった。

　裏口にまわり、白衣に着替えた上で、診察室に移動する。「あなた」と久子の鋭い声が聞こえた。この場所で、「先生」ではなく「あなた」と呼ぶのは、相当せっぱ詰まった時だ。

　待合室に座っている母子たちの中で、視線を集めているのは、午前中、最後に診た三歳の女の子だった。母親の腕の中で、ぐったりとしているのは相変わらず。顔を近づけると、細かく痙攣しているのがはっきりと分かった。視線を宙に漂わせ、焦点の合わない目で、「ママ、どこ？　ママ、どこ？」と繰り返す。

「先生、変なんです。家に帰ってしばらくしたら、こんなふうに……」

「堂嶋さん、総合病院に電話して」黒部はちょうど白衣に着替えた堂嶋を見て言った。

「小児科の高柳先生につないでもらってください」

そして、母親に視線を戻した。

「すぐに総合病院に行ってもらいます。救急車を呼んでもいいが、車で来ているならその方が早い」

「重い病気なんでしょうか」

「解熱剤は使いましたか」

「ええ、使いました。四〇度近くあったので」

「さっき処方したものですか。大人用のものではないですよね」

「先生が出してくださったものです」

その時、堂嶋が電話の子機を黒部に差し出した。

「ああ、高柳君。脳症かもしれない子が出た。解熱剤は飲んでいるが、わたしが処方したカロナールだ。すぐにそっちに向かってもらうから診てほしい」

電話を切って、母親を見る。

「さあ、急いで。総合病院の小児科に行けば話は通じるようにしておきましたから」

青ざめた表情の母親は、はい、と小さく言うと、唇を噛みしめて、待合室を飛び出した。

ドアの開閉とともに潮の匂いが流れ込んでくる。

インフルエンザ脳症疑いの子を診たのは、これまでにも何度かある。重たい後遺症が残るケースばかりというわけではないし、今回は初動が早い分、希望が持てる。

しかし、なぜだ。例年ならとっくに落ち着いているはずのこの時期に、また多くの子どもがインフルエンザにかかる。そして、脳症を疑わざるをえない子まで出てくる。

胸にざらついた感覚が湧き上がってきた。待合室に残されたほかの母子の視線を背中に受けながら、黒部は診察室へと足を進める。

第一部　初動調査

第一章　フィールド疫学者（一日目）

大粒の雪が横殴りに吹き付けるのが、車窓から見える。その向こうにあるはずの風景は薄白い闇の中に溶けてしまい、時折、ぼんやりとシルエットを浮かび上がらせるばかりだ。C駅で特急に乗った時にはもう午後遅い時間だったけれど、今が夕方なのか夜なのかも分からない。

島袋（しまぶくろ）ケイトは、座席テーブル上にあるノートパソコンの液晶画面に視線を戻した。書きかけの報告書をなかなか最後まで持って行くことができず、どうやら終点のT市に着いても続けることになりそうだ。

ここ一週間続いたC市での仕事を終えて、今晩は東京に戻るはずだった。観測史上まれにみる大雪で東京への交通が遮断されたからといって、わざわざ遠ざかる方向に進むなんて我ながらどうかしている。けれど、あの連絡を受けてから、ずっと心の中に引っかかるものがある。

重たい指を動かして何行か進んだ後で、ノートパソコンをパタンと閉じた。ひどく疲れている。この際、T市までの時間、眠ってしまおう。そして、耳にした情報が誤報だったことを願おう。何もないとわかれば、明日の午前中、観光でもしてから東京に帰ればいい。T市は海に突きだした土地柄だから、ホエールウォッチングなどできるはず。低気圧の影響で海は荒れているのだっけ。明日までにすっきりしてくれればいいけれど……。

うつらうつらして、波間にゆったり漂う大きなクジラの夢を見た。小さな島ほどの大きさで、背中には日除けになる椰子の木が立っていた。その下でケイトはごろりと横になっているのだ。思いきり陳腐だけれど、陳腐さにこそ幸せについての真実が隠されているとケイトは思う。

そして、もうひとつ幸せについての真実。それは、長続きしないこと、だ。ケイトはクジラの背中にいながらにして「スター・ウォーズ」のテーマが遠くから響くのを感じた。

あわてて起きて携帯電話を摑み取る。席を立ち、スライドドアの向こうまで移動してから、通話ボタンを押した。

「結局、連絡とれず。直帰するみたいで、今日中はメールを入れておくくらいしかできそうにない。上司の許可もないわけだし、単独行動はやめといた方がいいんじゃない？」

語尾を少し上げて話すのは、仙水望(せんすいのぞみ)の癖だ。最近まで日本にはフィールド疫学の専門家がいなかったから、最初期のプログラムで一緒に訓練を受けた仙水は、やや年上だとはいえ、ケイトにとって数少ない同僚の一人だった。

「どうせ、帰れないんだし、電車さえ動けば二時間かからないし……というわけで、もうすぐT市」

「まったく、考える前に動いているよね。尻ぬぐいさせられるのは、たまんないんだけど」

「いいじゃない、同期のよしみ。そっちでは、うまく言っておいて」

「家のことは大丈夫なわけ？　口を出す筋合いじゃないが、ぼくに言わせれば、ケイちゃんの仕事ぶりはクレイジーだ」

「言わないでよ……気にしてるんだから」

リカの幼い顔が思い浮かび、まだ、きょう帰れないことを伝えていないのに気づいた。電話をいったん切って、自宅にかけ直す。

「ママ、今どこ？」と息を切らせたリカに、「ごめんね、雪で帰れなくなったの」と伝えた。「ばーばもそういってたよ。ママ、ゆきがふると、でんしゃ、うごかない？」

「そうなの。だから、仕方ないの。分かってね」

予想に反して、リカは泣かなかった。まだ六歳だから、母親の長期の出張を嫌がる。昨晩の電話ではかなりぐずぐずになって、ケイトは途方にくれた。

「あのね、つぎのたんじょうかい、リカね、メグちゃんに――」

会話の途中で、列車が次第に速度を緩めているのに気づいた。

後ろ髪を引かれる思いで携帯電話を切って席に戻ると、すでに駅のホームにさしかかっていた。あわてて荷物をまとめ、T駅のホームに降り立つ。

空気がはっきりと生ぬるいのに軽い衝撃を受けた。さっきまでいたC市からはわずか一〇〇キロに満たない距離なのに、ここはまるで南国だ。雪ではなく、大粒の雨がライトの中で白い輝線になっていた。

改札で待っていたのは背も高く顔も長い、印象的な容貌の青年だった。たぶん、ケイトと同じくらいの年齢だろうか。前に一度会ったことがあるはずなのだが、ケイトは覚えていない。

「島袋さん」と片手を挙げて、近づいてくる。

「高柳さん？」

「お久しぶりです。ようこそT市へ。漁業と農業しかない町でしたけど、最近では新住民も増えたし、観光業のおかげでかなり賑（にぎ）やかですよ。こんな時じゃなきゃ、あちこち案内できたんですけどね」

どことなく訛（なま）りのある話し方だ。差し出された手は大きく、ケイトの手がまるまる包み込まれるようだった。

「高柳さんは、セミナーに出席してたんですよね」とケイトはあらためて聞いた。

「うちの病院でも本格的に院内感染対策をやることになって、ぼくが受けに行きました。一週間泊まり込みの集中講義はさすがにきつかったですけど。棋理(きり)先生とはその時からずっとメールでのやりとりがありまして、それで、今回も先生に相談したんです……」

「保健所の判断は、新型インフルエンザ疑い症ではなく通常のインフルエンザだということなのに、それでも納得できないというのは？」

「これから病院にご案内します。ごらんになれば、分かっていただけると思います」

そう言って、高柳ははにかんだように視線を逸らした。

「それにしても、島袋さんが来てくださるなんて、光栄です。あの時の受講生の中で島袋さんのことを覚えていないやつはいないと思いますよ。こんなところに女性のドクターがいるんだなぁって。インパクトの大きさと言えば、棋理先生に次ぎましたね」

「そう、ですか」ケイトは首をかしげた。

目立つと言えば、共に講義した仙水だってヒッピー風の容貌で、悪目立ちすることきわまりないのに、決まって話題にされるのはケイトだった。

会話しながら歩くうちに、駅舎の外に出た。車はロータリーの中に停めてあり、庇(ひさし)からはずれて歩くわずか数歩のうちに、髪と肩が濡(ぬ)れた。

高柳はハンドルを握ると無口になった。助手席でケイトは、きょう自分をここまで導いた電話のことを思い出す。

携帯電話を鳴らしたのは、棋理文哉（ふみや）。ケイトの疫学（エピ）の指導者だった人物だが、それだけではなく浅からぬ縁がある。そのため、彼が関東北部の大学の教授になってからも親しく付き合っている。

つい数時間前、棋理は妙にくつろいだいつもの語調でこう言った。

「ねえ、島袋君、時間があったら、T市の様子を覗（のぞ）いてこない？　せっかく近いところにいるのに行かない手はないよ。なにか見つけたらお手柄だよ」

たまたまタイミングもよかった。県庁所在地のC市のある病院で、院内感染を制御する仕事がちょうど終わったところだった。おまけに雪で上り電車が止まり、東京に帰ろうにも帰れない……。

いや、それでも、わざわざ出向く充分な理由になるだろうか。

問題は、「重症化するインフルエンザ」だ。高リスク群である高齢者なら、インフルエンザから肺炎を合併するのはそれほど珍しいとはいえない。でも、青壮年となると話は別だ。ひとつの病院で重症の「若い患者」が複数いるとなると、医師なら「何かがある」と考える。

「高柳先生は、小児科なんですよね」

ケイトは高柳の長い横顔に向かって話しかけた。

「そうです。でも、院内感染対策委員会のメンバーですし、内科のチームからちょくちょく相談を受ける立場になってるんです。ほら、小児科って、一番、感染症に詳しくなるじゃないですか。子どもはなにかと細菌やらウイルスやらに感染するものだし」

「なるほどね」

そういえば棋理もともとはと言えば小児科出身だ。ケイトがまだ小学生だった頃、大学病院で診てもらったことが、そもそもの出会いだった。

感染症に興味を持って疫学などを勉強しようとする医者には、どことなく共通の匂いがするとケイトは感じている。かといってその匂いについて、言葉にするのは難しい。ましてや、小児科医を志すことと関係があるかどうかは、今ひとつよく分からない。

そうこうするうちに、車は抜け道をいくつか通って病院の正面に到着した。職員用の駐車場は裏手にあって、敷地をぐるりと一周してから車を停める。

病棟への入口は高柳の「顔パス」で、部外者のケイトも取り立てて誰何(すいか)されない。ロッカールームからクリーニング済みの白衣を持ってきてくれて、それで二人とも医師の恰好(かっこう)になった。

夜の病棟は独特の雰囲気に包まれていた。まだ宵の口なのに、ほとんど人の声はしない。時々、誰かの咳き込む音で、かえって静寂が際立った。

「今は時期的に重症者が多いんですよ。呼吸器内科ですから」高柳が静かに言った。

「ええ、分かります」

呼吸器症状が出ると、それがごく軽いものでも患者は話しにくくなる。ましてや重症者は酸素マスクや気管内挿管などが必要になり、発声不可能なことが多い。呼吸器内科の病棟は、夜、自然としんと静まりかえる。

ナースステーションの前で、高柳が立ち止まり、座って書き物をしている看護師に声を掛けた。

「おつかれさま、重症患者室はどうですか」職場でものんびりした、言いようによれば落ち着いた発話。

「あ、高柳先生……」肉付きのよい若い看護師が視線をあげ、ちらりとケイトを見た。

「あいかわらず、ですね。小康状態のままです」

「分かりました」高柳はそう言ってから、「こちらはね、島袋先生。古い友人です。たまたま旅行中で立ち寄ってくれたんですよ」と指し示した。

公式の来院ではないから、こう言っておくしかない。好奇心を抑えきれない看護師の目に苦笑しながら、ケイトは挨拶を交わした。

四〇一号室は、病棟の中でもナースステーションに一番近いところにある。ドアは閉め切られており、それがある種ものものしい雰囲気を与えていた。

高柳からマスクを受け取った。顔に密着するN95タイプだ。ケイトは促されるままにマスクをつけた。当然ながら、息苦しくなる。

四〇一号室内は、降り続く雨の湿気のせいか、空気がどんより重く感じられた。左右二つずつのベッドのうち、手前左の一床が「斉藤（さいとう）さん」だ。肌の色が悪いが、若く、体格のよい男性だった。気管内挿管され、人工呼吸器によって呼吸管理されている姿は、本来なら体全体に満ちていたはずの生命の勢いをまったく感じさせない。付き添っているのは配偶者らしいが、こちらも顔色が悪い。大きなマスクの上の目は、不安に押しつぶされそうになっているように見えた。

「先生、主人は……」と言い出すのを高柳が制した。

「ベストを尽くしています。ご主人の体力と気力を信じてください。奥さんも時々、ご主人の耳元で励ましてあげてくださいね。昏睡状態でも、必ず聞こえていますからね」

へえ、と思った。

たよりなげに見えて、言うことがなかなかだ。毅然としており、なおかつ、冷たい印象はまったくない。間延びしたしゃべり方が逆に塡まっている。こういう人が臨床をやるべきで、わたしみたいなのは、やはり向いていないとケイトはあらためて思う。

「斉藤さん」とは逆の右手前のベッドに横になっているのは、七一歳の男性の「吾川さん」。やはり気管内挿管をして、人工呼吸器による呼吸管理に移行している。全身状態は悪く、年齢が高めなだけにかなり心配される状態だ。こちらも配偶者なのだろうか、同じくらいの年齢の付き添いの女性がマスクを着けたまま、椅子の上で頭を垂れ眠っていた。

さらに奥の窓側には、三七歳の女性「窪川さん」。一番新しい患者でけさ搬送されてきた。まもなく気管内挿管の予定。

立て続けに聞くうちに、動悸が高まり、足がすくんだ。今の世の中、青壮年の重症肺炎など、なかなか見られるものではないのだから。

いや、それだけではない。ケイト自身が、数年前に目の当たりにした光景が重なって見える。同じように人工呼吸器をつけて、横たわっていた若い男女。一室の人数もちょうど三人で同じだった。疫学調査のために飛んだ香港（ホンコン）で、ケイトが視察した病室は比較的軽症の患者の部屋だと説明された。二週間後、集団感染現場の調査を終えて、ふたたび病院を訪れた時には、病室は別の男女に占められていた。ケイトが知っている者は誰一人いなかった。そんな短期間に快復して退院したわけではない。彼らは青黒く冷たくなって霊安室に移されたのだ。そのことを頭で理解するよりも早く、体が反応した。目眩（めまい）がし、嫌な汗が噴き出した。やがて、吐き気をもよおしてトイレに駆け込んだ。自分たちの疫学調査も空転するばかりだっただけに、ずっしり堪（こた）えた。

　ずいぶん長い間思い出さなかった記憶だ。まさに青壮年の男女が重症化していることといい、呼吸器感染症であることといい、嫌なくらい見事に符合する。

深呼吸したいが、N95マスク越しではうまくいかない。とにかく病室を出てマスクを引きはがし、息を整えた。

「これ、本当にインフルエンザなの？　この中でインフルエンザのハイリスク群なのは七〇代男性だけでしょう？　ほかの二人が特別な基礎疾患もなしにいきなり昏睡だなんて、おかしくない？」

「検査では、陽性反応が出ているんです。県の衛生研究所に出して抗原抗体反応をみて

もらいました。Ｈ３Ｎ２型、いわゆる香港型です。青壮年のインフルエンザ肺炎という
ことで優先的にやってもらえたみたいで、すぐ連絡が来ました。やはり新型インフルエ
ンザにはみんなピリピリしてますからね。ただ、年配の吾川さんだけ、インフルエンザ
そのものが陰性です。お年寄りですと反応が弱いですから、偽陰性だと考えています」
Ｈ３Ｎ２型（香港型）は、Ｈ１Ｎ１型（ソ連型）と並んで、ここ数十年、人間界で流
行しているもので、警戒されている新型インフルエンザではない。
ナースステーションに戻ってカルテを見せてもらう。
三人の中で特に症状が重いのは、斉藤と吾川だが、斉藤の方が若く、また急激に症状
が進んでいる。
路上で倒れて、救急車で搬送されたのが昨晩。診察した時にはすでに肺炎にまで症状
が進んでおり、診断キットでもインフルエンザの反応が出た。そこで、抗ウイルス剤と、
合併症を抑える抗菌剤、炎症を抑えるためのステロイドを投与し、酸素吸入も行った。
それでも効果は薄く、昏睡に陥ったため、気管内挿管で人工呼吸器に切り替えた。
「シビアな呼吸管理をしているの？」
「いいえ、今のところ、全員、自発呼吸できてますので。もっとも呼吸器内科の医師は
待機してますよ。きょうは誰がいるんですか」
高柳の言葉は途中から、看護師に向けられていた。
「内藤（ないとう）先生です。今、仮眠中です。昨晩徹夜だったそうで。でも、もうすぐいらっしゃ

る予定です」看護師が応える。

「うちの呼吸器内科の主任です。きのうからずっと帰っていないんじゃないかな」

それから、思いついたように看護師を見た。

「あ、ぼくも、明日の症例カンファレンスには出ますから。内藤先生に言っておいてくださいね」

高柳は看護師に背を向けて、ナースステーションを出た。ケイトもそれに従った。本来、カルテを覗くなんてやってはいけないことだから、主任に会うと面倒だ。胸部エックス線写真を見るのは諦めた。

高柳の車に乗り込んで、彼が予約しておいてくれたビジネスホテルに向かう間、ケイトは病院で得た基本的な情報を頭の中でこねくりまわして、整理しようとつとめた。

インフルエンザの集団感染（アウトブレイク）。それ自体はこの時期には珍しいことではない。けれど、重症者が集積している。流行しているのが通常の亜型だとするなら、重症化しやすいなにかがこの土地にあるのかもしれない。

「四〇一号室の三人に共通する条件って、思い当たる?」とケイトは問いかけた。

「さあ、なんでしょうか。一人を除いて、若い、ということ、ですかね」

「うん、それはもちろん。それ以外になにか共通点」

「えーっと、疫学では、『時間・場所・人（タイム・プレイス・アンド・パーソン）』を見ていくのが基本ですよね」

「その通りね」と言いながら、棋理のセミナーを受けただけのことはあると感心する。

「この場合、吾川さんが最初に入院して、斉藤さん、窪川さんと続いたわけよね。でも、これだけじゃ、〝時間〟については、何も言えない。じゃあ、〝場所〟は？　場所に共通点はあるかしら。ねえ、斉藤さんって倒れたのは市街地ってことになっていたけど、勤務はどこか知ってる？」

「自宅勤務じゃなかったかな。フリーのシステムエンジニアだって奥さんが言ってました」

「じゃあ、自宅は？」

「どこでしょうね。いかにも新しい住民ってかんじですが……あ、ちょっと待ってくださいね」

高柳は車を路肩に寄せた。携帯電話を操作して、ごく短いやりとりだけで切った。

ふたたび走り始めて、ほんの数分でビジネスホテルに到着。

「あの、よかったら、食事しませんか。美味しいところ、いろいろ知ってます」

高柳が鼻の下を長くして言った。まあ、もともとそういう顔なのだけれど。

ケイトは少し思案した。たしかに空腹だ。高柳から聞くべき情報もまだあるだろう。でも、ひどく疲れている。C市の報告書を仕上げておかなければという気持ちもある。

「じゃあ、サルサ、踊れるところない？」

ケイトは疲れると無性に踊りたくなる。調査中はさすがに無理だけど、今は一応のところ一仕事を終えた後のオフなのだ。

「はあ？　あのラテンのサルサですか」

高柳が目をまん丸にしてケイトを見ている。

「うーん、ラテンってことで、コロンビア人の娘がいる飲み屋さんとか行ってみます？」

言ったのがバカだったと反省する。

「それは遠慮しとく。美味しい魚を食べられるところに連れていって」

ケイトはいったん部屋に入って荷物を置き、携帯電話から自宅に電話をした。しかし、考えてみれば、この時間、リカはもうベッドの中だ。あわててコールを切った。またかけるという約束を破ってしまい、胸がチクリとする。

ロビーに戻ると、高柳はソファに座り携帯電話で話しているところだった。

通話を終えたとたん、鋭い目でケイトを見た。

「斉藤さんの自宅は崎浜です。最近できた新興住宅地。ほかの二人も崎浜ですよ」

おっとりした抑揚のまま、どことなく興奮を隠しきれない様子だ。

「サキハマって……」

「T市の東端の地域です。吾川さんは、古くからの農家。窪川さんは最近引っ越したばかりで、まだ保険証の住所表記が変更されていなかったんですけど、職場に連絡して聞いたらやはり崎浜です。どうして気づかなかったんだろ。ぼくのミスです。そういえば、崎浜は今、市内で一番インフルエンザが流行しているんです。脳症を疑われる子が送られてきたり……」

「積極的な疫学調査が必要ね。保健所は動いてくれるかしら」

「検体検査の結果が通常の亜型だったので、重くは見ていませんね。せいぜい、動きがあれば教えてくれ、というレベルの関心です」

「明日の朝、保健所にかけあってもらわないと……こちらも本部に情報を入れて検討してもらう」

ケイトは軽く唇を噛み、眉間に皺(しわ)を寄せる。

アウトブレイク・ノート（一日目）

罹患者数(りかんしゃ)　三名

症例定義　崎浜町に居住する者で、二月一五日以降、三八・五度以上の高熱を発して、肺炎症状を呈し、呼吸管理を必要とした者。

病名・症候名　インフルエンザ肺炎？　不可解な重症化の謎がある。

病原体　インフルエンザウイルス？　三人中二人からＨ３Ｎ２型（香港型）を検出。検出されなかった一人も偽陰性の可能性。

潜伏期間　インフルエンザなら一日から三日。

感染性期間　インフルエンザなら発症から最長五日間。

特記事項

すべての症例が特定の地域（T市崎浜町）に居住していることが判明。
崎浜町ではインフルエンザが流行中。

第二章　死の転帰・集積するケース（二日目）

四〇一号室に隣接する四〇二号室の患者が別の病室に移されて、いつの間にか空き部屋にされていたことに、昏睡する吾川重造(じゅうぞう)が気づくはずもない。

未明、吾川のベッドは三人が収容されている四〇一号室から、事実上の個室になった四〇二号室に移された。終始、看護師が状態を監視し、ずっと付き添っていた妻は病室の外で不安げに待ち続ける。やがて、連絡を受けた吾川家から、息子夫婦、孫たちが駆けつける。一番若い孫はまだ小学生であり、瞼(まぶた)が重そうだ。

やがて、空が白み、窓の外からカラスの鳴き声が響き始める。夜勤の看護師と泊まりの医師が見守る中、吾川の身体(からだ)は後戻りのきかない急激な坂を転げ落ち始めた。

炎症のため肺の機能が落ち、人工呼吸器の力を借りても、換気がままならない。弱った心拍が、心室細動へと移行し、血流が滞る。除細動器による電気ショックも奏功せず、心停止。

外で待っていた六五歳の妻は泣き崩れるが、しかし、「じっちゃん、じっちゃん、ありがとな、ありがとな」と夫への感謝の言葉も繰り返す。

「な、かあちゃん、良い人生だったさね」と息子がその肩を抱いた。「やりたい放題やって、最期は苦しむ前に気ぃ失って、逝っちまった。悪かねえ」

見守る看護師や医師たちは、無念を抱きつつも、内心、安堵する。同じ死の転帰を迎えたとしても、遺族がそれをどう受け止めるかは、医療スタッフのそれまでの働きに大きく左右される。患者が亡くなった今、むしろ、治療の最終的な評価は、そこにかかっている。

夜は明けた。駅へ向かう路線バスが大通りを走っていくのが、窓に映る。新しい一日が始まり、街は動き出す。隣の四〇一号室には、吾川よりもずっと若く、体力にまさる患者たちが、人工呼吸器につながれてひっそりと横たわっている。

T市にある保健所は県庁の直属の機関であり、T市も含めてC県南部を管轄している。新市街から少し離れた城址の丘の麓に位置し、市役所と県の出張所などと至近距離にある。職員にとっては好都合な立地だが、都市機能が集中している新市街からは車で一〇分ほどかかるため、市民からは不評だ。建物の老朽化も進んでおり、地域住民の健康と福祉を預かる機関としては、権威にも清潔感にも欠ける。

保健予防課感染症対策係の小堺賢一は、朝一番に届いていたファクスの束を机の上でトントンと整え、ネクタイをさっそく緩めた。そして、いつも仕事を始める前に飲むサプリメントをミネラルウォーターで流し込んだ。定点のサーベイランス・データはできるだけ早くパソコンに入力してしまうように係長から言われている。小堺は入所以来、二年間ずっとこの仕事をしているから、もはや、手慣れたものだ。

感染症というと、人はすぐにエボラ出血熱だとか、天然痘だとか、物騒なものを想像する。でも、小堺がこれまで文書の上で扱った中で一番、華々しい感染症はマラリアであり、それだって、新人時代の夏、たまたま流行地域を旅行して帰ってきた農協ツアーの参加者が発症したものだ。新型インフルエンザの危険が叫ばれて久しいが、管内では新型どころか鳥インフルエンザの情報もこれまで一度もなく、まったく現実味がない。今回あがってきている数字も、全数把握を要求される重大なものはひとつもなく、定点からの報告のみとなっている。

手入力しつつ、まず気づいたのはインフルエンザの多発。もちろん通常のインフルエンザだ。この時期、去年はもう終息していたはずなのに、今年度に関しては一二月、一月とそれほど変わらない四〇人の報告があった。それに続いて感染性胃腸炎、突発性発疹、水痘、ヘルパンギーナ、流行性角結膜炎、流行性耳下腺炎、手足口病……。どれにしたって、それほど重篤にはならない普通の病気だ。

ファクスの束をめくるうちに、定点からではないものが、紛れ込んでいることに気づいた。新市街にある総合病院のレターヘッドに、筆圧の強い文字で殴り書きされていた。

〈当院の入院患者にインフルエンザ肺炎が重症化する症例が三例出ている旨、先日、お伝えしました。そのうち、七一歳の男性が肺炎を増悪させ、今朝亡くなりました。亡くなった方を含め、三人の患者の住所が崎浜町であることが分かりました。定点把握の対象ではありませんが、重要な事案かもしれず、あらためてご連絡いたします〉

「係長！」と小堺は大きな声を出す。「総合病院からのファクスです。例のインフルエンザの件っすね。人が死んだそうですよ」

小堺はきのうの朝早く、病院から持ち込まれた検体ボックスを持って、公用車で県の衛生研究所まで出かけていった。片道二時間近くかかるからそれだけで半日仕事だった。青壮年の重症化を重く見て、できるだけ早く検査するべきだというのが西山係長の判断であり、結果、依頼してから半日で「新型ではなく普通のインフルエンザ」という結果が返ってきたのだ。「ん？」と顔を上げた係長は、ファクスを一瞥して、「亡くなったのは、お年寄りだろ。じゃ、そこ」と、すぐさま机の脇の書類受けを顎でしゃくった。

小堺は立ち上がり、指示の通りに、ファクスを書類受けに放り込む。

「崎浜の支所に知らせなくてもいいっすかね」

「支所ってったって、事務職が二人いるだけだからな。知らされたって困るだけだろ。年寄りのインフルエンザで、肺炎を合併して死亡するなんて珍しいことじゃないしな」

「そりゃそうっすね」

小堺はうなずいた。もしも小堺が崎浜勤務だったとしても、この情報を知らされていったい何をすればいいのか途方にくれるだろう。

「まあ、とにかくこの件については、衛生研究所に無理を言って急いで見てもらったんだ。こっちだってやることはやってる。新型ではないと分かったのだから、それほど心配はないさ。本庁も、今大変なんだからファクスだけにしておけばいい。C市で子どもたちの下痢が大量発生して、ノロウイルスだったそうだからな」

「へえ、原因が分かってよかったじゃないっすか。生活衛生課も大変なんですね」

そう言いながら首をかしげる。「おまえなあ……普通の食中毒なら生活衛生課だろうが、ノロウイルスなら——」

「あっ」と小堺は声をあげた。「感染症だからうちの保健予防課の問題になりますね」

「そうだ、ウイルス感染を見抜けなかった保健予防課の責任ってことになって、議会でもめてるらしい。末端のおれらはお咎めなしだが、上がそっちに忙殺されちゃ、業務は滞るってもんだ」

小堺は西山に言われた通りに、ワンタッチ登録されている本庁の感染症対策係へと転送しておいた。それで、この件については一件落着、という気分になる。

しばらくして、入庁一年目の女性職員がファクスを一枚、小堺のところに持ってきた。この女性職員は小堺に近づくたびに、くすくすと口の中に籠もった笑い方をする。いつだったか小堺のことを「猿みたいだ」と言っているのを小耳に挟んだことがある。たしかに小堺は小柄で、顔つきも、よく言えば孫悟空、悪く言えばやっぱり猿だ。おまけに肌が脂っぽい。中学生くらいからはそれを逆手に取ってウケを取ることに活用してきたものの、さすがに女の子のくすくす笑いは心を抉る。せめて肌の質が改善しないかといろいろなサプリを試してみているが、今のところ目立った効果はない。
でも、幸か不幸かそんな感情もすぐに吹き飛んだ。ファクスの文書の一番上のところに、「O157」の文字が見える。

小堺は、うっ、と小さくうめいた。食中毒であっても、赤痢やO157のような病原性大腸菌の場合はヒトからヒトへうつる感染症なわけで、この保健予防課感染症対策係でも対応しなければならない。さっきのノロウイルスと同じ理屈だ。本当は全部、生活衛生課でやってくれればいいと思うのだが、そうもいかない。

小堺は受話器を取り、報告があがってきた医療機関に電話をする。集団感染ではなく、一人だけで終息したのが救いだ。細かいことを聞いて、報告書を書けばそれで済む。サーベイランス・データも早く片づけなければならないし、会議の資料を作るのも係長から言いつけられている。電話に出た医療機関の看護師と言葉をやりとりするうちに、小堺は「一件落着」した崎浜のインフルエンザのことなど忘れてしまった。

いつもの癖で明け方に目を覚ましてしまう。でも、頭が重い。島袋ケイトは、ビジネスホテルのベッドの上で上半身を起こし、頭を振った。

昨晩は、結局、高柳にコロンビア人のクラブに連れて行かれた。サルサを踊るような場所ではなく、ストレスを発散するよりは、むしろ、アルコールで体を痛めつけることになった。朝になって、後悔するのはいつものことだ。

携帯電話が鳴った。「スター・ウォーズ」のインペリアル・マーチ。いわゆる、デス・スターのテーマ。呼吸を整えてから、通話ボタンを押す。

「おはよう、ケイト君、昨晩はごめん。きみのメールに気づかなかった」

御厨(みくりや)隊長の朗々とした声が受話スピーカーから流れ出した。正式な役職名は国立集団感染予防管理センター(CCCN)のセンター長だが、直属である「実地疫学隊(フィールドエピデミオロジーチーム)」(FET)の隊員には「隊長」と呼ばせている。紳士ぶっているわりには、子どもっぽい。

「おはようございます、隊長、今、もうT市です。インフルエンザ重症者が集積していまして……」

「ねえ、ケイト君、ぼくがそんな指令を出したのかな」

「自主的な判断です。お望みでしたら、今から二時間で東京に戻れます。C市にいるのとほとんどかわりません」

「うん、いいんだよ。分かってくれればね。どのみち、ケイト君は有休を消化しなければならない。きょう明日くらいは、ゆっくりしてきたら? もしも、どこかから出動要請があったら、すぐに飛んでもらうけどね」

「隊長、わたしのメール、ちゃんと読んでくださったんですか」

「もちろん読んだよ。三度、読み返した。だがね、こっちから積極的に出動するほどのことかは現時点では分からないよね。きみは情報集めてくれないかな。こっちはこっちでC県のしかるべき筋に問い合わせはしておくから」

「分かりました」と言って通話を切ってから、ケイトはため息をついた。なにが「有休消化」だ。つまり、休みをやるから、このケースを調べておけ、ということじゃないか。

備え付けのインスタントコーヒーを飲みながら、ノートパソコンを回線につなぎ、メールをチェックする。仙水からは、「隊長から直接、連絡がいく」とのこと。昨晩会った高柳医師からは、「楽しかったです」と、どことなく間延びした礼状。三つ目は見覚えがない名前だった。“Akasaka”というのは誰だ。メールアドレスのドメイン名を見て、思い当たった。C市でインタビューを受けた新聞記者だ。C市の私立病院の消化器内科病棟で、術後の患者が肺炎になる集団感染があり、死亡者も出た事件を解決するのがケイトの任務だった。術後管理のために使われていた吸入器（ネブライザ）が原因だと突き止めたものの、結局、病原体が何なのかは最後まではっきりしなかった。記者は、ケイトが使った「疫学」という方法に興味を持ったといい、インタビューを申し込んできた。断る理由はないので受けたが、やる気はあるもののとことん不勉強な若手記者という印象を持った。昔、飼っていた犬に顔が似ていなかったら、インタビューの途中に逃げ出したかもしれない。

〈大変刺激を受けました。今、原稿を書いています。一つ質問なのですが、病原体が分からないままでは、やはり解決したとは言えないのではないでしょうか。もちろん、今回の調査が見事な成功だったことは誰もが認めていることですが、それをもって「解決」と言っていいのか戸惑いがあります。死亡者が出た後も病院が隠し続けたのは、実はとても危険なウイルスだったからだという噂についてどう思われますか。例えば最近、重症急性呼吸器症候群が中国とベトナムでまた流行しているという報道があります。亡くなった方のひとりは入院する前にベトナムに行っていたそうです〉

SARSのニュースについてはわざわざ自社の記事のURLをメールに貼り付けてあった。いわく——世界保健機関がSARSの再興を警戒——。

ケイトはため息をついた。本当はこういう記者とのやり取りは、極力避けたい。ケイトは広報向きの体質ではない。素人に説明するのは面倒なのだ。それでも、変なことを書かれると困るので一応、返信はしておく。

〈フィールド疫学者の仕事は、集団感染を制御することです。今回の場合は、院内感染を止めるのが目的であって、それが達成されたのだから、解決したと言っていいのです。もっとも、成功したとは考えていません。インタビューでも言ったと思いますが、わたしたちにとって、成功とは評価されないこと、なんです。感染を未然にふせいだら、誰も病気にはならないのですから。だから、今回のように、院内感染が起きてからいくらがんばっても完全な成功にはなりません。また、SARSであった可能性はありません。初期の段階から白血球や炎症反応の増加が認められており、ウイルス性ではなく細菌性の肺炎であるのは明白でした。SARSの院内感染だというのは、ただの風説です〉

送信後、記者からの質問メールをスクロールしてさらにだらだら続く文章を追いかけると、最後のところに追伸があった。

〈結局、T市に行かれたのですか。だとしたら、そちらはいかがでしょう〉

あの忠犬顔を思い出し、げんなりした気分になってウィンドウを閉じた。インタビューを受けたのは棋理からの電話があった直後で、ケイトはぽろりとT市のことを言ってしまった。無視していれば、さすがに追いかけてこない、と信じたい。

ホテルのレストランで朝食をとって外に出る準備が出来たのが午前九時すぎ。そこではたと困った。調査しようにも、公式な立場ではないから、高柳の手引き無しには病院に行くこともできない。かといって、保健所に顔を出しても、事情は同じだ。となれば、崎浜という町に行ってみるしかないのだが、どうしたものか。

とりあえず、自宅に電話する。リカと話すつもりだったが、とっくに保育園に行っていることに気づいた時にはもう遅かった。「ごめん、忙しくて……」と言い訳を口にすると、受話スピーカーからはやや掠(かす)れた声が流れ出した。

「あんたは、いつもそう。どういうつもりだか」

同居している母だった。非難がましいのは毎度のことだ。

「リカはどんな様子？」

「今、保育園に連れて行った。安定しているわよ。あんたみたいなのが母親じゃ、しっかりもするわ。『ママは、仕事になるとわたしのこと忘れるから』って電話が来なくても気にならないんですって」

辛辣な母の語調にむっとしながらも、言われている通りなのでぐうの音も出ない。

「それよりも、今晩はちゃんと帰ってくるのか気にしていた。雪がやんだから、きっとママに会えるんだよねって」

「それは……」とケイトは口ごもる。

何もなければ今日の夜に帰ることになるだろう。しかし、場合によっては……。嫌な予感は常にあって、はっきりしたことを言えない。

事情を話すと、母はため息をついた。

「なんで、あんたがこんな仕事についているわけ。てっきり医者になるんだと思って医学部に行かせたのに」

「ちゃんと医者にはなったわ」

「ええ、そうでしょう。医師免許は持っているみたいね。あたしが言っているのはね、病院に勤める、高給取りの医者のこと」

「悪かったわね。病院に勤めたことくらいはあるけど」

「いい加減、再婚相手を探しなさい。あたしもいつまでも元気な訳じゃないわよ。いい男は身の回りにいないの？　パートナーがいないってのは、歳(とし)とってからつらいものよ」

最後の一言だけは、母の実感として、胸に響いた。しかし、それで素直になれるわけでもない。

「あのね、わたしだっていい男が嫌いなわけじゃないから。いつでも隣に侍(はべ)らせておきたい気分よ」

「でも、あなたが言う、いい男って、世間一般とずれてるわけでしょう。棋理先生のことは、そりゃあ、いきさつがいきさつだし、慕うのは分かるけど、あの先生、言ってみれば、変人じゃない。あなたをその仕事に引きずり込んで、自分はほかのところに逃げちゃったわけだし」

「母さん！」ケイトは鋭く言った。「先生の悪口は、母さんでも許さない」

気まずい沈黙があった。

「ごめん」母がしおらしく謝った。「あんたの命の恩人だものね。じゃあ、棋理先生でもいいから、再婚の相手を――」

「もう！」

ケイトはどっと疲れた気分で、電話を切る。リカの声は聞きたいのに、同時に母と話すのが面倒で、無意識のうちに避けているのではないか。これは意外に当たっているんじゃないか。さらにどんよりした気分になる。

「高柳君、非番のところを、すみません――」

受話器から流れ出すやけに慇懃（いんぎん）な声が正直、うざったい。時計の針は九時をすぎている。きょうのシフトなら、まだ眠っていてよい時間だ。たしかに聞き覚えがあるし、邪険にしちゃいかんと思うが、とにかく頭が痛い。

昨晩、一人住まいのマンションに戻ってきた時には日付が変わっていた。島袋と飲んで良い気分になって、空を見上げるとすっかり雨雲は去って満天の星だった。そこで、最近、医師会の先輩開業医から譲ってもらった古いツァイスの双眼鏡を取り出し、ベランダのリクライニングチェアで銀河を見上げた。元の持ち主の黒部は野鳥好きで、休日に高柳をバードウォッチングに誘うのだが、今のところ実現していない。高柳はもっぱら星空を見上げるのに使っている。このあたりの夜空は、銀河の形をくっきり立体的に感じられるほど見事だ。双眼鏡を目に押し当てて、水に濡れた絹布のような星々の連なりがしたたり落ちてくるのを感じながら、眠ってしまうこともしばしばだった。

この日もそうなった。どうやって、ベッドまでたどり着いたのか覚えておらず、おまけにこの頭の重さは明らかに二日酔いだ。

「緊急事態です——」と男の声が言ったところで、気づいた。

院長だ。院長直々に電話がかかってくるなど、これまで一度もなかった。

「七一歳の男性患者が、今朝方、亡くなりました」

一拍あって、伝えられた事実の重さに、衝撃を受ける。

つまり、肺炎で入院していた「吾川さん」が亡くなったということだ。危険な状態が続いていたわけだが、それにしても突然である感覚はいなめない。この時点で意識が完全に覚醒した。二日酔いすら吹き飛んだ。

「高柳先生には当面、小児科の担当をはずれてもらいます。呼吸器内科の特別編成チームに入ってください。インフルエンザの重症化は、当院としても重く受け止めざるを得ませんので」

一人が死亡し、今や二人になった重症者室の患者たちの治療に集中するためのチームだという。

「役割は分かっていますね。院内感染の防止のために、智恵をこらしてほしいのです。そのような訓練も受けてきたと聞いています」

高柳は一週間のセミナーに出席したことがあるだけだと言おうとして、やめた。それでも、この病院では知識がある方だ。総合病院とはいっても、それほど多くの診療科があるわけではない。産婦人科は高柳が来る前になくなっていたし、耳鼻科は来たと同時に、皮膚科は勤続一年で廃止になった。今は内科、外科、眼科、脳神経外科、泌尿器科、小児科、および、理事長の娘のドクターが仕切るアレルギー科という、偏った構成で運営している。がんなどの手術も、胃がんなどごく単純なものしか扱っていない。本当に重篤な患者は、隣市にある県南部最大規模の私立病院に送り込むことが多い。五年後には病棟を建て替えて、診療科目を充実させる計画があるが、高柳はそれまで自分がここにいるとは考えていない。地域医療こそ自分の生きる道だとは確信しているものの、生まれ育った東北の地元でそれを実践していきたい気持ちが強い。

「インフルエンザ重症患者は今後、症状が進んでも、集中治療室には入れない方針です」

「ほかの患者への感染が心配なのでしたら、それがベストです。でも、それでは、あの二人が充分な医療を受けられないかもしれません」

「機材ならすでに運んであるわけですし、集中治療室の看護師を二人、専属でつかせます」

高柳に相談するまでもなく、院長は院内感染の「封じ込め」を決めているのだった。

「いっそ……」と高柳は言いかけた。

いっそ、N医大の加藤先生に相談することはできないのでしょうか、と言おうと思ったのだ。しかし、逡巡する。

「どうしましたか」

「いえ、なんでもありません」高柳は言葉を濁した。

N医大は高柳の出身校でもある。つまり、この病院はN医大の関連病院であり、医師のほとんどはN医大医局から派遣されてきている。内藤医師のように、理事長の親族と結婚して中枢部に食い込んだ他大学出身者もいることはいるのだが、やはり例外だ。ところが最近、理事長は医局との関係が芳しくないという噂だ。かつて蜜月関係にあったはずの教授の名を挙げるのも憚られ、気弱な高柳は、結局、進言することができなかった。

慌ただしく朝食をとり、車で病院に向かう。ビジネスホテルの前を通った時、島袋ケイトのことが思い浮かんだ。二年前にセミナーで見た時よりも、ずっとシャープで切れる印象があった。朝一番で上司に指示を仰ぐと言っていたが、こちらにまだいるのだろうか。今は連絡を取る余裕がない。

　島袋とは医学部を出た年は同じでも、何周も遅れてトラックを走っている気後れを感じる。もっとも、自分が地方の臨床医であることには、むしろ満足を覚えており、とすると、臨床医というのはこれでいいのかもしれないとも思う。目の前にやってくる一人一人の患者に心を砕くうちに時間は過ぎ、ゆっくり老いていく暮らし。T市での勤務のよいところは、医師会の活動を通じてそのような先輩の医師たちに出会えたことだ。同僚の勤務医の中には医師会を疎んじて参加しない者も多いが、高柳は年配の開業医たちとの付き合いが苦にならない。

　病院に着くと、足早に小児科の病棟に向かう。症例カンファレンスがちょうど終わる間際に滑り込んだ。自分が担当していた子どもたちについて引き継ぎをする。さいわい、インフルエンザ脳症が心配された子は症状を好転させている。これなら障害を残すこともなさそうで、高柳もほっと息をついたところだ。特別な注意が必要な子どもは今のところほかにいない。

　内科フロアへ向かう前に、小児病室に顔を出した。先生はしばらく別の仕事をすることになったから、あまりここには来られなくなる。でも、大丈夫、別の先生がちゃんと見てくれるから。病院内にはいるから、時々、顔を見せるよ、などと言って聞かせる。回復期の子どもたちは高柳になついてくれており、退院まで見届けられないことに後ろ髪を引かれる部分もある。しかし、こればかりは仕方ない。

「先生、ちょっと」と付き添いの母親に呼び止められた。

「口の中から血が出てるんです」

どれどれ、子どもの口の中を覗き込んだ。口内炎を噛んで、そこから出血しているようだった。

「これは、痛そうですね。薬を出しておきます。でも、かなり縮んできてるから、噛まずにいればそんなに時間はかからずに治るでしょう」

高柳は階段を使って、内科のフロアへ向かった。ナースステーションに近づいたところで、慌ただしい動きを感じた。重症患者室の四〇一号室ではなく、その隣の四〇二号室。そこから内藤医師の大声が聞こえてくる。何を言っているのかは不明だが、とにかく響く。

看護師が飛び出してきた。マスク、ゴーグル、ガウンの三点セットを外しかけて、高柳を見ると、「あ、先生、除細動器をお願いします！」と叫んだ。

集中治療室の看護師だ。いざとなったら医師でも使い走りにするその判断は、さすがに的確だ。彼女がいったん防護を解いてナースステーションに戻るよりも高柳が取りに行った方が格段に速い。

普段はのんびりしている高柳もさすがに駆け足になった。除細動器が必要だということは、まさに誰かが心停止に至る過程にあるということだ。数十秒の遅れが致命的になることもある。いったい誰なのか。昨晩の時点で一番、症状が重かったのは……。

高柳は、この前、新しく入ったばかりの除細動器をケースから出し、すぐに重症患者室に向かった。体重計を思わせる外観で、二つの大きなパッド型の電極がコードを介してつながっている。入口で看護師に手渡して、自分もゴーグルやマスクを着ける。

「先生、これ！　新しいやつですよね」集中治療室の看護師が病室から顔を出して言った。扱ったことがないタイプらしい。

「セミオートにセットして！　患者さんのインピーダンスに合わせて波形を調節してくれるから」

そう言いながら高柳自身も中に入った。

患者は若く体格の良い男性、斉藤だった。心電図の波形は大きさも間隔も不規則で、まさに典型的な心室細動だ。今この瞬間斉藤の心室筋は、無秩序に痙攣をするばかりで、血液を送り出すポンプとして機能するのをやめている。血液を循環させられないという意味では、心停止と変わらない。たしかにきのうの段階で、斉藤の全身状態はかなり悪化していた。島袋と二人でここに来た時にも予断を許さない状態だったし、高柳自身も悪い方向への転帰をうっすらと予感していた。しかし、なぜだ。この若さで。

主治医の内藤が、横たわっている患者の右胸と左脇に除細動器の電極パッドを当てる。一度目、二〇〇ジュールの通電。自動的に筋肉が収縮し、身体がのけぞるのを、高柳や看護師たちは少し離れたところから息を潜めて見つめていた。

心電図の波形には変化がない。除細動器が充電されるのを待って、今度は三〇〇ジュールの電気ショックを与える。

患者の身体がまたもグンとのけぞり、心電図の波形が一瞬消し飛ぶように乱れた後で、弱々しくはあるが規則正しい波形が戻ってきた。心室の各細胞がリセットされて、失われていた統合が取り戻された瞬間だ。最初は微弱だったものの、すぐに力強さを取り戻し、良好な自己心拍になる。これは患者が「若い」からなのだろう。研修時代の体験では、高齢者はこうはいかない。

「再発予防に、リドカイン一〇〇ミリグラム、持続点滴」内藤がガウンの袖で額の汗をぬぐいながら言った。

高柳は目を細めた。袖を使うなど院内感染防止の観点からはあまり褒められた行動ではないし、日常的にオペをこなす外科医なら絶対にしないと断言できる。だが、高柳は口を出せなかった。ここでは内藤が主任であり、高柳は部外者だ。

「先生、きちんと指示してください」若い看護師が声を上げた。はっとしてその顔を見た。さっき高柳に指示出しをした、集中治療室の看護師だった。高柳と同時期に勤務するようになったいわば「同期」だが、普段はあまり接触がない。

「先生、リドカインは一パーセントのパックでいいんでしょうか。ポンプで一時間何ccくらいにすればいいでしょう。具体的に言っていただかないと」

ほかの看護師が、まあまあというようにとりなし、内藤は古参の看護師に目配せをするだけで四〇二号室を出た。高柳もあわてて後を追った。

不安に顔を引きつらせた斉藤の妻が、四〇二号室の前で待っていた。

「主人は――」と言いかけるのを、内藤が制し、「大丈夫です」と言った。

「若いから体力がある。悪いタイプの不整脈を起こしたのですが、今はちゃんとした心拍を取り戻しました」

「主人はどうなってしまうんでしょうか。けさ、同じ部屋だった方が亡くなって、わたし、不安で、不安で……」

「我々もやることはやってます」

「奥さん――」高柳が割って入った。五〇代後半で白髪交じりの内藤は、どちらかというと荒っぽいものいいをする方だから、自分がフォローしなければと思った。

「とにかくウイルスが相手ですので、今の症状を乗り切って、体がウイルスに打ち勝つのを待つしかないんです」

「抗ウイルス剤というのがあるって……」

「使っていますよ。ただ、残念ながら症状が軽い段階で使わないとあまり効き目がありません。今のご主人の状態では、細菌性の肺炎も併発していますので、その分は抗生物質で叩けるのですが、ウイルスには効果がないんです。ですから、あとは体力が勝負です。けさ亡くなった方は高齢でした。ご主人は若いんですから、奥さんは信じてください」

そう言いながらも、その若さでインフルエンザから肺炎になること自体が異常であることを、高柳は強く意識した。

廊下を歩きながら、内藤に耳打ちする。

「内藤先生、呼吸器内科のメーリングリストに問い合わせてみませんか。もしかすると、日本のどこかにこれと似た症例を経験した病院があるかもしれませんし」

N医大からの人的支援が期待できないなら、せめて情報面でのサポートがほしい。

「症例がほかにあったとしても、あまり変わらないだろうな。効果が分からない抗ウイルス剤を何種類か試してみたり、炎症止めにステロイドを投与するほかに何ができるっていうんだ」

「それにしても、抗ウイルス剤、こんなにも役立たずなもんでしょうか。小児科ではかなりはっきりした効果が出てますが。もちろん、発症初期に投与しているわけですが」

「それがすべてだろう。昏睡状態で運び込まれて、それからの投与では遅すぎる」

「院長は院内感染を心配してるようでした」

「重症化する感染症を扱っているだけで怖いんだ、あの御仁は。高柳先生が来る前だがね、耳鼻科で珍しい中耳結核の院内感染があったのを聞いているだろう。一人の患者から耳鏡や綿棒を通じてほかの患者に広がったんだが、この小さな町じゃ結構、パニックになったものだ」

「その割には、今も院内感染の対策が遅れてますよね」

「マニュアルは一応作ったんだがな。結局は耳鼻科を閉めることで、けじめをつけたこともあって、今じゃ、誰も読まない……」

「そうだ、内藤先生。せっかくゴーグルやマスクで顔を守っている時にですね、ガウンで汗を拭くのはやめた方がいいです。患者さんと接するうちにガウンにウイルスが付いていたりすることもあるわけですから……」

思い切って言ってみた。「同期」の看護師の毅然とした態度に影響された。

内藤は足を止めて、高柳を見た。やや口を突き出し、不愉快そうな表情。

「そりゃあ、そうだ。それは常識だろ。だが、臨床の現場では、そこまで気を遣ってられないことがある」

内藤の鋭い視線に、畏縮してしまい反論できない。でも、呼吸器内科の主任である内藤のそういう部分が、まさにこの病院の「遅れた」ところでもあるのだ。

島袋ケイトは、半島の南端の海岸線を走るバスに乗っている。

ホテル近くのターミナルから乗車して、ものの一〇分で市街地を出た。海側は黒々とした岩場と青黒い水面。反対側はごく狭い農作地のすぐ向こうに山が迫っている。海・里・山がとてもコンパクトにまとまっており、ケイトの故郷の島に似ていなくはない。

クジラはどこにいるのだろうかと思う。故郷の島では、時々、ザトウクジラの群れが陸から見えるところまでやってきて、水面から派手なジャンプをしてみせた。子どもの頃、ケイトはよく岬から、その様子を飽きもせずに眺めていたものだ。このT市にもクジラがいるというし、目を凝らしていればそのうちに見えるような気もする。クジラと泳ぐのは子どもの頃からの夢のひとつで、いつか仕事が落ち着いたら、ハワイなのかカリブ海なのか分からないが、実現できるところに行ってみたいと思っている。さらに一〇分ほど走ると、ケイトはクジラのことを忘れて、山側の景色に意識を奪われた。

黄色、赤、オレンジ!

色が爆発する。

一瞬、何がどうなったのか分からず、気づいた時には、涙が出そうになっていた。

極楽(パラダイス)ってこんなふう? 祖母が亡くなる前によく言っていた。極楽は、一面の花畑で、好きな人と好きな時に会える……。

まさに、その一面の花畑、なのだ。

黄色は菜の花。赤とオレンジはポピーだろうか。まだ二月なのに露地でこんなに咲きほこっている様子は、温暖な故郷でも見たことがない。平地はことごとく水田かサトウキビ畑になっているからだ。

いつか娘のリカを、ここに連れてきてあげたい、とふと思う。故郷は遠く、今では親類もいないから、気軽に訪ねることもできない。でも、ここなら週末にふらりと来ることもできるだろう。

ずっと途切れない花畑に見とれるうちに、終点の崎浜に到着。最後まで乗ったのはケイトも含めて五人ほどで、バスを降りると、思い思いの方向に散っていった。

ケイトはぐるりとあたりを見渡し、道路を横断した。ちょうど小児科医院の前に細い道がある。ここから漁港の方へと下りていけそうだ。だらだらと緩い坂道沿いには花畑があって、天でも空気が明るく色づいているように思えた。

しばらく行くと、道は昔ながらの漁村に入り込んだ。石垣に囲まれた古い家が連なっていて、直前の花畑の雰囲気とも、バス通りから山側に見えた新しい住宅街のある風景とも、まったく違う空間だ。石垣はそれぞれ風雨に晒され、苔むしており、小さな共同体の歴史を感じさせる。一歩ごとに潮の香りが強くなってきた。ケイトはやはりひどく懐かしい気分になった。目の前を黒い影が横切り、ケイトは足を止めた。石垣の上にひょいと飛び乗って、影はひとつの形をとる。黒猫がこちらをじっと見つめていた。視線が強い。

しばらく見つめ合った後で、ふいに生温かい感覚を足におぼえ、ケイトはびくっと体をこわばらせた。

にー、とか細い声がした。これも猫。小さい。まだ成熟していない小さな猫が、ケイトのジーンズに体をすりつけようとしているのだ。

あ、お腹が空いているんだ。そう思った瞬間、緊張がとけた。仔猫は健康状態がよくないらしく、目やにがべっとりついている。かわいそうだとは思うのだが、もともと野猫はこういうものだ。ケイトはペットは嫌いだから、ドライに割り切ってしまえるけれど、いったん困っている猫を見たらほうっておけない人が世の中にいるのも知っている。母がそうだ。

振り切って歩き始めると、町並が一変して見えた。いったん意識の中に入ってきたら最後、目に付くようになってくる。この町は猫の町だ。あちこちに猫の目があって、ケイトを見つめている。それどころか、何匹かはケイトにすり寄ってきた。なついている、というよりも、腹を空かせて、人間とみると見境無しにおねだりしているようだ。これじゃ前に進めない。それに……この仔猫はなんだ。ここまで哀れで、庇護を必要とする生き物って滅多にいないんじゃないか。つい、立ち止まってしまった。

「わかった、わかったから」ケイトは大きな声で言うと、いったん道を戻った。バス通り沿いに並ぶ商店の前に出ていた鮮魚店のおばさんが、「あーら、あんまり見ない顔だねぇ。若い娘さんが、一人で旅行かねぇ」と話しかけてきた。

「いえ、こうは見えても仕事みたいなものなんですよ」と言ってから、「猫のペットフードどこかで売ってませんか」と聞いてみる。

「ああ愛護の人かね。猫にやるんなら、これよろこぶよ」と彼女が指さしたのは、赤黒い肉だった。

「なんですか……」

「ん？　クジラ。夏に獲れるもんだがねぇ。冷凍しとったのをこうやって今売っとるのさ。ここに出してない筋だらけの端肉があるんだが、ヒト様より、犬や猫の餌にどうかね」

「クジラを……食べるんですか……」

　ケイトが生まれた時には全世界的に捕鯨禁止が叫ばれていたし、物心ついた頃には商業捕鯨も終わっていた。ケイトは「クジラは知能が高いから食べちゃいけない」と本気で信じている。そもそもクジラを捕っていいんだっけと思いつつ、「いいえ、クジラの肉はいいので、ペットフードを……」と主張する。

「クジラ肉、安くできるけどねぇ。猫もよろこぶけどねぇ」

「ですから、ペットフード」

「袋入りのカリカリのやつとか缶詰なら、そこのスーパーで売っとるさね」

　むすっとしたおばさんから逃げるように歩き出し、スーパーで缶入りのものを半ダース買った。そして、野猫のいるあたりに戻って路肩に置いた。あまりに多くの猫が突進してきたものだから、ケイトは一時避難して、小さな社（やしろ）へと続く石段の上からその様子を見ていた。猫の数は一五匹くらいだろうか。案の定、相当腹を減らしていて、がつがつ猫缶を奪い合っている。

「あら、あんた、須沢（すざわ）の敬（けい）ちゃんの姪（めい）っ子さんかね」

　声に振り向くと、背の曲がったお婆（ばあ）さんが、支えを兼ねたキャスター付きの籠のハンドルによりかかって立っていた。この町の人たちはすごく人なつっこい。

「いいえ、違います……」と言いつつ、同じ「ケイちゃん」だから他人のような気がせず変な気分だ。

「そうかい、違ったかね。ずいぶん似てなさると思ったんだがね。おまけに猫に餌をやっとるし。敬ちゃんは、姪っ子が遊びに来るって楽しみにしとったからねぇ」

ブツブツ言いながら、猫の脇をすり抜けて海の方へと下っていった。良い感じで潮に晒された、味のあるお婆さんだなあと思い、後ろ姿を視線で追いかけた。細い道がくねっているので、石垣の間にすぐに消えてしまったけれど、鄙(ひな)びた町に枯れた老女という構図ですごく絵になった。

遠くにサイレンの音を聞いて、我に返った。それが、すぐに大きくなり、細い坂道を上がったバス通りのあたりで止まった。

ケイトは小児科医院がそこにあったのを思い出した。診察を受けた子どもの中に、大きな病院にただちに運ばなければならない子がいたのだろう。だとしたら、このあたりでは市街地の総合病院が第一候補になる。高柳が診察することになるのだろうか。

なんとなく胸騒ぎがした。

猫たちが食べ終わった後、空き缶を回収しなければと思いつつも、気になって腰を浮かせる。

携帯電話が鳴った。普通の着信音。これはフィールド疫学チーム(FET)からでも、棋理先生からでもないということ。

「島袋先生！」高柳の声は、押し殺され、切迫したものだった。「今、どこですか。これ、やっぱり異常事態です。そのことを、うちの病院は隠したがってる」

「なにがあったの」

「亡くなりました……」

「七一歳の男の人のことね」

「違います。それはけさです。たったいまもう一人亡くなったんです」

「誰なの」ケイトは低い声で聞き返した。自分が緊張しているのが分かる。

「斉藤さんって患者さん覚えてますか。三三歳で、基礎疾患もなく、まさに健康な方
……おまけにさらに一人状態が悪くなってる」

ケイトは絶句した。インフルエンザで青壮年が簡単に死ぬ時代ではない。そう教えられてきたし、実際に自分が体験した範囲でもそれは正しい。重症化したのみならず、死の転帰になるなんて……。

「わかった。なんとかする」そう言って、ケイトは自分がなんとか出来る立場でもないことを痛感した。

こういう時、ケイトが頼りにするのは、上司である御厨隊長ではない。隊長は元ウイルス学者だし、疫学への理解は浅い。

電話をかけるまえに、これまでのわずかな情報から考えられる所見をまとめる。

もしも、万が一、今、高柳たちが総合病院で闘っている病気が、ただの偶然ではなく共通する何かによって引き起こされているのだとすれば……。あるいは、インフルエン

ザ感染だけでは説明しきれない別の要素があるとしたら……。まず気になるのはやはり人畜共通の感染症だ。例えば、ニワトリを庭先で飼っている農家などいないだろうか。あるいはブタやアヒルを中国のようなスタイルで飼っているところがあれば、一応、確認した方がいい……可能性は無限に広がり、今の情報ではとても収束させられない。

研究室の番号にかけて、すぐに出てくれた時には、ほっとした。事情を早口で説明してしまうと、ケイトは棋理の穏やかで、いつもとぼけた感じのする声を待った。

「わかった。島袋クンは、当たりクジを引いてしまったのかもしれないね。今、悪いことが起こっており、にもかかわらず、適切な人材がそこにいる。これは救いじゃないか。まさに、一九一八年のウィリアム・ヘンリー・ウェルチ」

「……先生、おっしゃることが分かりません」

こんな時ですら、ケイトは含み笑いをしたくなる。

「や、悪かった。ウェルチはね、全米医師会の会長やら、全米科学アカデミーの理事長やらを歴任した大物。陸軍でスパニッシュインフルエンザのアウトブレイクが始まった時に、たまたま軍籍にあって制圧に努力した」

「先生は、新型インフルエンザだと思われるのですか」

「わからないよ。ぼくは島袋クンが知っている以上のことは知らない。今、この時点で否定できる仮説はない。すべてが曖昧な雲の中にある。島袋クンはちゃんと持ちこたえなきゃならないね。一番、キツイ段階だ。もっとも、検査の結果、通常のインフルだということになっているのなら、それは一つの安心要素。島袋クンがきのうまでいたC市の病院だって、一時はいろいろな憶測があったわけだけれどうまく終息した。ただ、今度の方がよほど嫌なかんじがする。院内感染でなく、市中で感染したことがほぼ確実だというのも問題だ。御厨にそれとなく注意を喚起しておくよ。いいかい、今やきみは、世界中のフィールドワーカーの目となり耳となる立場なんだ。常に基本に忠実であること。それに今回は自分自身の感染に気をつけて」

「はい」と素直にうなずく。

ほかの人に言われたら何を今更と思うに決まっていることだが、棋理ならすんなり耳に入ってくる。

高柳相太（そうた）は、主治医の内藤を詰問する遺族の声を背に廊下を急いだ。

遺族からの問いかけは背中を貫いて胸に突き刺さる。

「どうして、どうしてなんですか。先生は信じろと言ったじゃないですか。主人を信じろ、と。なのに……なのに……」

妻は喉を詰まらせて嗚咽（おえつ）する。亡くなった夫の体に素手で触ることすら許されず、悲しみの感情を怒りに変えて内藤にぶつけてはみたものの、すぐに膨れあがる悲しみの中に引き戻されて崩れ落ちる。

「信じなさい」と言ったのは内藤ではなく高柳だ。胸が痛い。この先何十年も充実した人生を送れたはずの生命が失われたことに、自責の念を覚える。

「先生、ちゃんと説明していただきたいんです。なぜ、毅は死んだのですか。たかがインフルエンザじゃなかったんですか。納得できなければ医療過誤を疑わざるをえない……」

声の主は、臨終の直前に駆けつけた実兄だ。強い憤りが、ひんやりした廊下に満ちていく。

その場を後にした高柳は、本来の自分の居場所である一階の小児科外来の控室に戻り、パソコンに取りついた。内科のナースステーションから、とりあえず島袋には連絡したものの、それだけでは心許ない。今自分に出来ることは何だろうか。

パソコンは、常時インターネットに接続されていて、データベース検索などに使われている。メールクライアントを立ち上げ、N医大医局の先輩のアドレスを打ち込みかけて手を止めた。思い出せない。普段は自分のパソコンに登録されたものを使っているから、手打ちすることなどない。そこで、呼吸器内科医のメーリングリストのアドレスを呼び出した。どのみち、内藤が心よく思わないことをするのだ。関連病院の枠を超えて、もっと多くの人に聞いてしまえ。

所属を明らかにして、抱えている問題を投げかけ、全国各地、いや、世界中の日本語が使える内科医に智恵を絞ってもらう。今なら昼休みの時間帯に間に合うから、素早い回答も期待できる。

　タイトルは扇情的に「インフルエンザ肺炎による青壮年の死亡！　重症者の集積」とした。記述はできるだけ簡潔に。

抗原抗体反応でN3H2型インフルエンザ陽性がでていること。

炎症による呼吸困難から、CO2ナルコーシスで昏睡状態になり、人工呼吸器で対処。

PEEPでガス交換を促しつつ、同時にステロイド剤を積極的に投与して、炎症を抑え込む努力をした。しかし、結局、呼吸性アシドーシスが進行し、腎臓がもたなくなって、心不全も併発、心室細動、心停止という典型的な推移をたどった。発症後わずか二日での、急激な症状の増悪であった。等々。

　メールを出して、ほんの三〇秒で反応があった。感染症の臨床分野では有名な西日本の大学病院の医師からだ。

〈胸部エックス線やCT画像はどうですか。浸潤影に特異なところは？〉

　高柳は椅子から跳び上がって部屋を飛び出した。階段を駆け上がるうちに、心の中にある懸念が形を取り始める。内科のカンファレンス室に飛び込むと、明視装置（シャウカステン）にかけられたままの胸部エックス線写真を見た。特にひっかかる部分はない。そこで、パソコンの中のCT画像を呼び出した。大型液晶画面上でコントラストを調整し……おやっと思う。呼吸器内科の専門ではない高柳はそれほど重視していなかった。しかし、指摘を受けあらためて見てみると、たしかに区域性の斑状影が両側性に認められ、下肺野優位の分布を示す傾向がある。少なくとも、高柳の目にはそのように見える。

小児科に戻り、その旨をメールした。ふたたび三〇秒で返信。

〈結論は慎重にすべきですが、そのような特徴は、肺炎球菌など通常細菌を合併した典型的なインフルエンザ肺炎ではないと思われます。むしろ非定型肺炎を思わせます。WHOのSARS再興警戒宣言は念頭に置かれておりますでしょうか。中国南部と東南アジアのことではありますが……〉

後頭部を殴られたような衝撃を覚えた。様々な種類の非定型肺炎を思い出す。マイコプラズマ、クラミジア、そしてSARS！　いずれにしても、今までのインフルエンザを前提とした治療が、まるっきりピントはずれだったかもしれない、ということだ。

とにかく、内藤に伝えなければ。

高柳はふたたび走った。遠くから救急車のサイレンが聞こえてきて、それがますます緊急性を高めるような気がして、手に汗がにじんだ。

エレベーターホールから出てくる内藤の姿が見えた。

「内藤先生！」大きな声を出す。内藤は「どうした」というように口を丸くし、どことなく非難ともとれるニュアンスを顔に浮かべた。遺族をほったらかして、高柳が消えたからだ。

「今、呼吸器内科のメーリングリストに照会してみたんですが、ひょっとすると――」

内藤は首を小さく鋭く振ると人差し指を自分の唇とクロスさせた。

黙れ、とはなぜ？

とたんに気づく。内藤がいかに古いタイプの医師だとしても、呼吸器内科の専門家であれば、さすがにあれが典型的な肺炎ではないと気づく。としたら、非定型肺炎の可能性はずっと前から意識していたのではないか。

「これから、院長のところにいく。場合によっては、この病院の存亡にもかかわる事態になる。高柳先生、よろしくお願いしますよ」

最後だけ笑顔を浮かべて言った。

救急車のサイレンが大きくなり、すぐに止んだ。救急外来の入口あたりが騒がしくなる。

ちっと舌打ちすると、内藤は何を思ったか、院長室ではなく、そちらの方へと早足に進んだ。高柳も背中を追う。

ストレッチャーに載せられた患者が建物の中に入ってくるところだった。

「その患者はいかん！」内藤は患者を一瞥しただけで大声を出した。

救急隊員が立ち止まった。

「この病院では処置できない。ほかのところに行ってもらった方がいい」

「とはいっても先生――どこに行けと……」

救急隊員のせっぱ詰まった問いかけに対して、内藤が口にしたのはここからさらに三〇分以上かかる隣市の大きな私立総合病院だった。高柳は混乱した。場合によっては、搬送の遅れは命にかかわる。

歩み寄った高柳は、思わず棒立ちになった。

「黒部先生！」

大きな酸素マスクのせいで気づくのが遅れた。しかし、間違いない。崎浜で小児科医院を営む黒部医師だ。T市の小児科医の中では重鎮の一人であり、高柳も大いに世話になってきた。その黒部が、明らかに血中酸素が欠乏した青黒い顔で、浅く弱々しい呼吸を繰り返している。見開かれた目はうつろだ。

「内藤先生、この方、崎浜の黒部先生です。今すぐ、処置しないと！」

内藤は眉間に深い皺を寄せながらも、無言だ。

「早く！　集中治療室（ICU）へ！」高柳は独断で指示を出した。

「いや、内科病棟へ。重症患者室へ入ってもらえ」

内藤が重々しく、また、苦々しそうな口調で言った。

第三章　初動チーム（二日目・承前）

御厨潤一(じゅんいち)はひとしきり電話で部下たちに指示をしてしまうと、粗い動作で受話器を置いた。コーヒーカップに口を付けるが、すでに冷めておりむしろ不愉快さがつのる。

昼食後のこの時間帯は、いつも国立集団感染予防管理センターの二階にある自室で、ウイルス学研究の新着情報を閲覧することにしている。しかし、きょうに限っては、緊急の連絡事項が多数あった。気忙(きぜわ)しいのは好まないから、正直、腹立たしい。

フェアトレード認定を受けたコスタリカン・ダークをペーパードリップで淹(い)れなおし、やっと人心地ついた。ふたたびコンピュータの画面と向き合い、新着情報の中でも一番上、「最新」から順に目を通す。

上位のリストは、強毒性の鳥インフルエンザについての最近の研究のレビューで占められている。現在、各国の公衆衛生当局や研究者たちは、数十年に一度の周期で起こると言われる新しいインフルエンザの流行に神経を尖(とが)らせている。御厨の立場としても、常に頭の中の情報を最新のものにしておかなければならない分野だ。

そこに濃褐色のドアをノックする音。またも、邪魔が入る。苛立ちを隠せないとげとげしい声で、「どうぞ」と言った。

「失礼します」と顔を覗かせたのは、ジーンズに細身のジャケットを纏(まと)った仙水望だった。長い髪を後ろで束ねた風貌で、独特の存在感を放っている。そういえば、午前中、仙水にある頼み事をしたのを思い出した。

「仙水君、忙しいところをすまないね。で、どうだったのかな」

「C県庁にも連絡を取りましたし、T市の保健所とも話をしました。成人の重症者が出たので経緯を見守っているところ、だと。総じて、今のところ問題視はしていないようです。地元の保健所なんてまるでやる気がないです。新型インフルエンザの要観察例ではありえないと、そこだけ妙に自信ありげでしたね」

「それは、つまり、ケイト君の勇み足だったたってことかな」

「そうは言ってませんけど……まあ、そうですね。でも、ぼくなんか、彼女のアンテナにかかったという時点で、ただ事じゃないと警戒してますが。なにしろ彼女、天然ロジカルで……って、こういう話をしにきた訳じゃないですよね」

御厨は目を細めて仙水を見た。とにかくこの男はよく喋(しゃべ)る。島袋と同様FETの創設時からのメンバーでキャリアはあるのだが、妙に斜に構えており、行動原理が読めない。

「ところで、T市の中でもある特定の地域に重症者の集積があることを、県庁や保健所は知っていたかな」

仙水は口を半開きにして、「は？」と言った。

「それは、ぼくも初耳でした」

「ああそうか。これはケイト君からメールをもらったのだった。いずれにしても、その地域の保健所は、あまり感染症対策に熱心ではないのだろうね。もう少し様子を見て、場合によっては、ぼく自身がアプローチすべきかもしれない。仙水君には、この前のY県の養鶏場の鳥インフルの件、報告書をできるだけ早く仕上げてほしいね」

「ええ、そうしますが……期限は来週のはずですよね」

「きみ、消化すべき有給休暇がたまっているよね。手近なリゾートで休養というのはどう？」

「まさか、ぼくに彼女と組め、と？」

「きみたち二人には実績がある。非公式に処理されたケースだから表だって言われることはないが、いまだに本省の連中はきみたちのことを話題にするくらいだ」

「ずいぶん前の話です。ぼくたちは二人とも若かったし、今よりずっと謙虚で、棋理先生もいた」

御厨はまたも目を細める。棋理文哉はそれまで日本にはなかったフィールド疫学チームの創設者で、御厨とは学部時代からの縁だ。今から二年前、大規模なラボと統合されて国立集団感染予防管理センターになった際に、御厨が招聘（しょうへい）されてセンター長におさまる一方、棋理は離職し大学に戻った。

「ぼくたちが二人でやって意味がある事件なんて、なかなかないと思うんですけどねえ】と仙水が続けた。「でも、うれしいなあ。大きな仕事なら、それだけやりがいはあるってものですから」

　この男は、ＳＡＲＳの時も一番危険な場所に飛びたがったという。アフリカの肺ペストや、エボラ出血熱の集団感染で派遣されたのも、語学に堪能だということもあって、仙水だった。

　いくつかやり取りをしてから仙水が立ち去ると、御厨は壁に張り付けてある日本地図を見た。東京から南へ一〇〇キロあまり。日本列島から太平洋へと突きだした半島の先端部。

　島袋がいち早く見いだしたこの集団感染が単なるインフルエンザではなく、充分におもしろいものかどうか、目下のところよく分からない。詳しい報告を待って、次の手を打つしかないだろう。

　しばし考え込んだが、それよりも今は世界のウイルス学最前線情報をアップデートする時間だと思い出した。モニタ上に浮かぶニュース群に視線を落とし、御厨は自分の世界に深く沈み込んだ。


　小堺賢一は困惑している。保健所の事務職である自分に専門用語を羅列されても困るのである。電話の相手は関東北部にあるＧ大学の自称教授だ。熱心な口調で小堺に何かを訴えかけてくるのだが、それがさっぱり理解できない。

「誰？」係長の西山が小声で聞いた。

小堺は受話器の通話口を手で押さえ、「G大の先生だそうです。名前は、ええっと……キリ」

西山は無言で、受話器を小堺から取り上げた。

「ああ、先生、お世話になっております。はいはい、存じております。ええ、その通りです。はい、善処しますので、はい、ありがとうございました」

ものの一分で話を終えて、受話器を置いた。さすがに長い間保健所に勤めているだけのことはある、と小堺はあらぬ感心をした。

たまたま空いている共用パソコンの前に移動し、さっき電話で聞いた大学と名前のキーワードで検索をかけてみる。まずローマ字で試みると、論文などがヒットした。そのページの中から漢字を拾い上げ、再検索。

瞬時に戻ってきた結果は数千件あり、その中でも、一番上に出てきたリンクをクリックした。医療関係の人名録で、「棋理文哉」という人物のプロフィールが詳細に記されていた。

「さっきの先生、結構、有名人ですよ」

感染症対策係の島に戻って、プリントアウトした紙を係長の前に差し出した。

「もともと、国立集団感染予防管理センターにいたって書いてあります。ええっと、フィールド……なんでしょう……ヤクガクチーム、ってのを作ったそうですね」

西山は哀れむような表情で小堺を見上げた。

「おまえさ……これはな、エキガクと読むんだ」

「え、そうなんですか。ずっとヤクガクだとばかり……」

「たしかにうちの感染症対策係で疫学調査をするなんてまずないが、隣の生活衛生課ではしょっちゅう食中毒の疫学調査をやってるだろうが。質問票を持ってさ、あちこち聞きこんだりするやつだ」

「そうだったんですか。フィールドエキガクチーム、ですね」

小堺は悪びれもせずに言った。それにしても、変な言葉だ。易学みたいで、当たるも八卦当たらぬも八卦という気がしてくる。おまけに「疫」という字は、病気を連想させ、不吉で嫌だ。

ふと思い当たることがあって、小堺は顔を上げた。

「係長、その……フィールド疫学チームってやつなんですけど」

「なんだ」

「今思い出したんですが……今朝、そういうところから電話がありました」

西山は目を細めて小堺をにらみ付けた。しかし、小堺にしてみれば仕方がない。その時、西山は会議で席を外しており、小堺も意図的に報告を怠ったわけではない。

「なんだって」

「インフルエンザの集積について、です」

「ちゃんと本庁に問い合わせてもらうように言っておいたか。こっちは指示待ちなんだ」

「はい、でも――」

西山が目をさらに細め、小堺は畏縮して言葉を切った。

「でも、じゃわからないぞ」

「ぼくたちの地域で何かが起こっているならぼくたちが動かなければ、何も変わらないって、怒られちゃいました。怒られたというか、すごく淡々と諭されたというか」

「動くといったって、こっちだってやることはやっている」

西山の言葉を切るように電話が鳴った。小堺はあわてて受話器を取った。

「総合病院の高柳ですが」と聞こえた。「ファクス見てもらえましたか。申請書に不備はないでしょうか。できれば、今日中に出してもらいたいんです。検体は摂氏四度で保存してあります。本当はもう衛生研に行っている最初の検体を使ってすぐに調べてほしいんです。でも、廃棄されていたら困るので新たな検体を送ります」

これも意味が分からず、頭が混乱する。

新人の女性職員がいつものようにファクスを小堺の席に運んでくれた。

総合病院のレターヘッドがついた送り状があって、その下は検体検査の申請書だった。医者の中にはちょっと分かりにくい症状だと、気軽に保健所に検体検査を頼んでくる者がいる。個人の保険では高額になるが、こちらは無料だからだ。インフルエンザでも重症化した場合、こういった申請を受けたことは、経験の浅い小堺にも一度ならずあった。その結果、注目すべき特別な株が検出されたことは一度もないのだが。

「はいはい、検体検査ですね」と電話に向かって言いつつ、申請内容を確認した。

「だから、非定型肺炎です。とにかく非定型肺炎の病原体について全般的に大至急お願いします」電話の声はひどくせっぱ詰まっている。

「ええっと、なんですか、非定型肺炎って、肺炎とどう違うんですか」

面倒に感じながらも聞き返すと、後ろからむんずと受話器を引きはがされた。

「あー、話は伺いましたが、一応、インフルエンザの反応が出ているなら、わざわざこちらで検査をすることもないんじゃないか、と」

落ち着いた声で何度かやり合ってから、電話は切られた。

「どうなったんですか」と小堺は聞いた。

「いやね、書類の不備を指摘したら、切れてしまった。まあ、本当に必要があるなら、また連絡があるだろう」

西山が申請書のファクスを未決のボックスに放り込んでしまうと、小堺は机の上のノートパソコンと向かいあった。

インターネットへの接続は共用のマシンを使うルールだが、小堺の席は背後が壁になっており、人からは見られない。こういう時だけ、小堺はぷっくりと鼻を膨らませ、集中力を発揮する。

〈おまいらに言っとくが、もっと警戒しろ。一九一八年の世界流行を思わせるな。最近また中国でＳＡＲＳの院内感染が起きているが、パンデミックはＳＡＲＳの非定型肺炎なんかの比じゃないよ。屈強の若者が二四時間で死亡する。普通だと、体から切り離した肺は、しぼんだ風船みたいなのさ。それが、青黒くずっしり重たい袋になっていたんだと。つまり、血と白血球とマクロファージみたいな体液の詰まった袋なんだろうな。肺は体の免疫システムの戦場で、その闘いの決着がつく以前に水浸しになった。老人や子どもでは、こうはならない。若者たちは、素晴らしい免疫力のおかげで、体の中の水に溺れ死にってわけ。リヴァイアサンウイルスは、それくらいやるね〉

匿名巨大掲示板のコンピュータ技術をめぐるスレッドでの最新コメント。小堺は不愉快になり、鼻を鳴らした。

〈コンピュータウイルスが、人を殺すはずないだろう〉と思わずレスをつける。リヴァイアサンというのは今、流行している強力なコンピュータウイルスだ。断じてリアルでのウイルスではない。

〈おまいの認識不足。これからも多くの人たちが死ぬだろう〉

〈ばっかじゃないの〉

何度かやりとりをするうちに、ふいに大部屋が静かになった。常にあるざわめきが消えて、職員の多くが一方向を注視している。色黒で筋肉質の保健所長がこちらに向かって歩いてくるところだった。険しい表情で西山の隣を素通りして、課長を指一本でつり上げるような仕草で誘い出した。

色白で細身の課長は、所長とは好対照だ。近くの応接セットで二人が差し向かいになると、課内がピンと張りつめた雰囲気になった。全員が聞き耳を立てる中、ひそひそ話が始まった。

所長が険しい表情のまま立ち去った後、課長は西山と小堺を手招きした。

「総合病院に入院している肺炎患者が全員、崎浜出身だったそうですね。本庁の方に国立集団感染予防管理センターから連絡があって注意を喚起されたそうです。こういう重大なことは逐一報告していただかないと困ります――。つまりパンデミックを警戒しての要観察例ではないですか。疑い症例としての登録も視野に入れるべきかもしれません」

「お言葉ですが、新型インフルエンザではないことは分かっておりまして、新型インフルの要観察例にするのは不適切ではないかと。すでに検体検査の結果、否定されているわけですから」

西山は準備よく持っていたファイルの中から、検査結果票を示した。

課長は明らかにほっとしたように、息をついた。

「それならばあらためて本庁に連絡しておきましょう。どこかで情報が混乱しているようでことさら話を大きくするのは、本庁としても本意ではないでしょうから」

「あの、ですから、総合病院から――」小堺はおそるおそる声を出した。

「どうしたんですか、小堺君」課長が眼鏡を指で押し上げながら言う。

「ええ、総合病院のお医者さんから、非定型肺炎の検体検査をしてほしいと依頼がありました。ついさっきです」

応接セットを中心に張りつめた静寂が、部屋中に広がっていった。

「まあ、非定型肺炎にもいろいろありますからね。マイコプラズマやクラミジアなら、そんなに酷（ひど）いことにはならないわけでして」西山が野太い声で言った。

「でも、例えば……ＳＡＲＳなんかも非定型肺炎ですよね……」

これはさっき掲示板の例の書き込みで得た知識だ。

数秒間の沈黙。それに耐えられずに、小堺は思わず唇を噛んだ。

「それでは、念には念を入れましょう」と課長。

「どうすればいいんでしょうか」小堺は聞き返した。

「まず、本庁に報告するのです」

島袋ケイトは出勤する際に絶対にパンプスは履かない。センターではいつ出動を命じられるか分からないし、いざ現場に出てしまえばそこは「足で稼ぐ」世界だ。場合によっては一日中歩き続けて人に会い、調査票を埋めていかなければならないこともある。

崎浜での個人的な初動調査は、まさにそのタイプのものだった。ひとつの町とはいってもやたら広い。徒歩じゃどうしようもない。そこで、たまたま知り合った漁村のおばさんに自転車を借りた。日本の田舎は本当に捨てたものじゃないと思う。事情を話せばそれを信じて、あっさりと援助の手を差し伸べてくれる人が必ずいる。

もっとも、こと崎浜に関しては、自転車は無力だった。海辺から里山の麓まで町は広がっていて、斜面はとうてい自転車で登れたものではない。漁港の周辺を漕いで回るだけでも、体中から汗が噴いた。陽差しといい、花が咲き乱れている光景といい、今が二月だなんて信じられなかった。

やることが決まっている分だけ、気持ちがせいた。限られた時間でできるだけのことをしたいと思うのは、ケイトの性分だ。棋理と話し終えた直後に、今の時点で、「できること」と「できないこと」を腑分けして、ターゲットを明確に定めた。

すべてのフィールド疫学調査の基本は、「時間・場所・人」の三要素を調べ上げることだ。教科書にはそう書いてあるし、実際の調査の現場でもたえず意識している。

今回の場合、アウトブレイクの始まりや推移など「時間」のデータは今は病院が握っている。「場所」については、雑貨店を兼ねている小さな文具店でこの地域の地図を買い、土地鑑を養うくらいのところから始めるしかない。そして、「人」。これが大事だ。人を特定できれば、時間も、場所も、それなりに情報が集まってくる。

だから、ターゲットは人。町全体の様子を常に意識しつつも、入院中の患者のことを知っている者を探し出して、予備的な聞き取り調査をしたい。高柳に患者の住所を調べてくれるように言ってあるのだが、今のところ返事はない。それでも、町の人口は大したことないはずだから、訪ね歩くうちに正しいところに行き当たるだろう。

　まずは、自転車を手に入れた場所でもあり、町の中で一番古くからある漁港付近の地区で調査を開始した。ここでは自転車の持ち主のおばさんをはじめ、例の鮮魚店の女性など、何人かの人たちと話すことができた。中には情報通と思われる人もいたけれど、一様に「知らんなあ」と言う。総合病院に入院している崎浜居住者は、漁港以外のエリアにいると考えてよさそうだ。崎浜の詳細地図を民家の石垣の上に広げた。町は、大きく見ると、バス通りでもある国道を挟んで、海側と陸側に分かれている。海側とは、漁港部そのもので、東部に河口を中心とした干潟があるせいもあって、それほど大きくない。陸側はさらに二つに分かれるようだ。平地部分には農地と住宅地が広がっている。そして、農地の一番奥、里山へとつながる部分に、「ハイタウン」という名前の新興住宅街や、何に使われているのか分からない大きな空き地がいくつかあった。つまり、漁村・農村・山際の土地とでもいうべき三つの層が、海に沿って連なっている。それぞれ元になった集落の名を取って、那智（なち）地区、松陰（まつかげ）地区、新田（しんでん）地区、と呼ばれていることもわかった。

　漁港部の那智地区を出て、農村、つまり松陰地区に入ると、水田と花畑がパッチワークになった不思議な空間が広がっていた。水田に合鴨（あいがも）農法を取り入れている一角があり、そこは注意が必要だ。もっともここだけではなく、農家を表から覗くと、ニワトリを飼っているところは多い。

とにもかくにも、出会う人すべてに声をかけ話を聞き続け、黄色いポピーの花畑で農作業をしていたおばさんからとうとう求める情報を引き出した。

「そういや、吾川さんとこのじいちゃんが総合病院に入院したね。風邪をこじらせたっていってたかなー」とのんびり言う。

「風邪って、インフルエンザじゃないんですか」

彼がすでに亡くなったことを伝えようか迷ったが、結局はやめた。

「ん？　そうだっけか。いやー、どうだったかな」

インフルエンザと普通の風邪はまったく違う病気だ。日本ではそのことを理解していない人に、しばしば出会う。

「吾川さんのこと、よくご存じなんですか」

「ああ、うちのじっちゃんなら、子どもん頃から知ってるさね。この前の農協の中国旅行でも一緒だったもんな」

「中国に行かれたんですか。いつ、どこへ？　中国は広いですから」

「ん？　二月の最初の週だったけんど、どこかなあ。わかんね、な」

「確認できませんか」

「んにゃ」と言っておばさんは、畑の脇に置いてあった編み籠の中から最新式の広帯域携帯電話を取りだした。

「じっちゃん、あのなぁ、こん前の農協の旅行だけど、どこ行ったかね」などと、言葉を交わし、ほんの一分ほどで通話を切った。

「香港、だってな。一月三〇日から二月四日だと」

ケイトは、香港という文字と旅行の日程をメモ帳に書き込んだ。こういう情報はとても重要だ。ましてや東南アジアは、新興感染症の揺り籠と目されている場所だ。

「電話は、ご本人？」

「んにゃ」

「咳（せき）や熱が出たりは、していませんか。念のため――」

「うちのじっちゃんは、丈夫が取り柄だかんな」

さらにいくつかのことを聞いて、入院していた吾川重造の自宅の位置を地図の上で確認してから、その場を辞した。

吾川は、松陰地区と新田地区で花畑や枇杷（びわ）の果樹園を手広く営んでおり、自宅は松陰地区の奥、山の近くにある。ここからはかなり遠いので、ケイトはそこへ行く前に新興住宅街に向かった。昼前に亡くなった斉藤は、そこの住人だったと分かっている。むろん、今この瞬間、身内が在宅である可能性は低いが、近所の人の話を聞くだけでも役に立つ。

途中、白く大きな建物の前を通った。建物そのものはどこにでもあるマンションだが、一階の部分にはまるまるギリシア建築のような円柱が立ち並んでおり、目を惹（ひ）いた。すべてが漂白剤でカリカリに脱色したみたいな純白だ。

自転車を停めて、しばらく見ていると、円柱の陰で動くものがあった。誰かがこちらを窺（うかが）っているのだと直観する。

一方、ざっざっと地面を踏む音が別の方向から聞こえてきた。思わず視線を戻し、息を呑んだ。犬の群れだ。秋田犬、ダックスフント、シベリアンハスキー、雑種犬……。その向こうから、若く痩せぎすな女性が犬たちに引きずられるようにして歩いてくる。黒いタンクトップの上に七分袖の薄い上着を羽織っており、どことなく地元の人とは違う雰囲気をまとっている。

「たくさんの犬ですね、大変ですねぇ」と我ながらバカみたいな話しかけ方をした。

「ええ、結構力の強い子もいるから……まだわたし、慣れなくて」

「全部、あなたの犬なの？」

「わたし、ボランティアなんですよ。この子たち、引き取り手がいなくて捨てられて、殺処分になりかけていたのを助けられたんです。あそこで――」女性は顎で自分が来た方向をしゃくった。「あの、倉庫みたいな建物ですけど、あそこで次の飼い主が決まるまで飼ってるんです」

動物愛護団体の保護施設、ということか。最近はそういうのがあちこちに出来ていると、テレビで放送していたのを見たことがある。

「感染症の調査で来ているのだけれど、ちょっと立ち入ったこと、聞いてもいいかしら――スタッフは何人くらいいるの？」

「ボランティアばかりですけど、三人から五人くらいですね」

「体調を崩している人は？　咳をしたり、熱を出したり」間を置かず畳みかける。

「熱を出している人は、今はいないですね。咳くらいだったら、いつも一人や二人はいますけど」

「犬のほかにはなにがいるの？」

「猫がかなりたくさん。それから、リスザルやマーモセット——ペットにされて飼いきれなかった猿とかですね」

猿というのが気になる。女性は怪訝（けげん）そうに首をかしげるが、この際、ケイトは無視した。

「それと——」と言いながらゲートの向こう側に佇（たたず）む白い建物を指さした。

「ここって何か知っている？　表札もないし」

「あ、これ、不気味ですよね。リゾートマンションだったらしいですけど、今はバイオ関連の企業が入っているって聞いてます。でも、滅多に人の出入りはないし……」

ケイトは、もう一度、建物の円柱のあたりに目をやった。

目が一ヵ所に吸い寄せられた。

「ねえ、ここって……」

「はい？」

「子どもがいる？　子どもというか、中学生くらいの男の子」

すごい美少年だった。円柱の向こうから、色白の整った顔がふいに現れて、すぐにまた消えたのだ。ほんの一瞬目を合わせた時、鋭く射貫くような目でケイトを見た。

「そんなことは聞いたことないですよ。地元の人もよく知らないみたいですし」

女性は犬たちに引きずられて二歩、三歩と動き、「あ、それじゃ」と挨拶をした後で歩み去った。ケイトは地図を広げて、動物愛護団体の施設と、「バイオ関連の研究所」の場所にしるしをつけた。しばらく、その場で待ってみたけれど、もう少年は顔を出さなかった。

新興住宅街に向かおうと思った瞬間に、携帯電話がインペリアル・マーチを奏でた。

「ハロー、ケイト君」と御厨の声がして、ケイトは身構えた。彼の芝居がかった言い方には、常に要注意だ。

「今、どこにいるのかな。まだT市だよね」

「ええ、崎浜という地域にいます。症例の集積があった場所です」

「なら、いったん市街地に戻ってほしい。保健所と話をして、初動チームを結成することになってね、ケイト君にはそのまま入ってもらうことにして、あと仙水君もそっちに向かってる」

「状況がそこまで悪いと……？」

「うん、総合病院の医師がね、非定型肺炎を疑っているんだよね。実際、少し聞いたところでは、インフルエンザの通常の合併症ではなさそうだ。C県の幹部に連絡したら、早めに調査員がほしいそうだ。こちらも言い出した以上、ちゃんとフォローしなければね。そっちに二、三泊して、なんにもないと確認できたら帰ってきてくれていいから」

御厨の気楽な口調とは裏腹に、非定型肺炎という言葉が耳に残った。やはり、吾川の渡航情報がことさら重要に思えてくる。

「あの……隊長、ケースのうちの一人が二週間ほど前に香港に旅行しているんです」

一瞬の沈黙。御厨隊長が口ひげに指をあてるようにして考え込んでいる姿が目に浮かんだ。だが、出てくる言葉はさりげない。

「そうか、嫌な情報だね。ケイト君。さっそく、その線を調べてくれるかな。まさに初動が大事なケースになりそうだ。感染の拡大を未然に防いでくれたまえよ」

「了解です。最善を尽くします」

「あー、ひとつ注文がある」

「なんでしょうか」

「きみや仙水君がよく言うスローガンがあったじゃないか。感謝されないのは……どうのというやつ」

「評価されないのは、我らの誇り、です。感染爆発になるのを未然に防いでしまったら、そもそも病気の流行自体がなかったことになるわけで、起こらなかったアウトブレイクについて、感謝とか評価とかしてもらうのは難しいですから」

「それは分かるんだが、実は困る。未然に防いでくれるのは大いに結構。だが、その時に、なんというか、存在感も示してほしいわけだ。ＦＥＴについては、予算的な面で追及が厳しくてね。この前、新聞に書かれた金食い虫だという批判記事と、国会での健康局長の答弁が問題になっていて……」

「それは隊長や官僚の仕事じゃないですか。わたしは、元栓を見つけて、きゅっと締めるだけです。感染爆発を未然に防ぐことだけを考えますから」

語尾には少し苛立ちを込めた。そして、通話を切って、自転車に乗り直した。

御厨が言うのは、フィールド疫学の永遠のジレンマだ。完全な仕事をすると、感染症の流行は起こらないわけだから、「役に立たなかった」とか「不必要だった」と思われる。でも、これはもう仕方がないと諦めている。御厨だって二年近くＦＥＴの隊長をやっているわけで、そのあたりのことを分かっていてしかるべきだ。

今は腹を立てている場合ではない。頭を切り換える。

東南アジア。そして、非定型肺炎。このふたつのキーワードが連なるのは、御厨の言うとおり、実に嫌な連想につながる。今は新型インフルエンザの発生源として警戒されることが多い東南アジアだが、人口稠密で多くの動物との接触があるこの地域は、そもそも新興感染症の宝庫なのだ。胸が高鳴る。というと語弊があるだろうか。しかし、ケイトは自分が興奮に包まれているのを認めざるを得ない。

ケイトは感染症を制圧する現場に惹きつけられてやまない。ぎりぎりで、せっぱ詰まった感覚がたまらない。

棋理に電話をかけ、メッセージを残した。新たな可能性が急に出てきました。非定型肺炎が疑われています。亡くなった最初の症例はつい最近、香港への渡航歴があり、いやなかんじです。気を引き締めてやってきます……。

そして、棋理が言いそうな助言を頭の中で組み立ててみる。現時点では、ひとつの仮説に絞ることができる状況ではない。きちんと仮説を棄却して曖昧さを吹き払うまでは、多くの可能性を常に頭の中に入れておくこと。崎浜という町は、ほんの数時間、歩いただけで、目につく特記事項がたくさんある。一次産業に従事する人が多い分、動物との接触があり……、つまり、ありとあらゆる感染機会が揃っているという意味で、小さな東南アジアなのだ。とすれば、あまりに広い可能性の幅の中で、やはりひとつのことにこだわりすぎてはならない。確率密度の雲の中で持ちこたえること——。棋理がいつも言う通り、それが大事だ。

第四章　アラート事例（二日目・承前）

●症例一　吾川重造・七一歳

崎浜町松陰地区在住。家族構成、妻と息子夫婦、孫二人。農家。花畑と果樹園を所有。

二月一三日頃より体調不良。関節の痛み、目の充血、口内炎などがあった。一五日、農作業中に三九度の発熱。咳き込みと、呼吸障害。救急車で総合病院に運ばれる。ICUで加療。症状が落ち着いたため一般内科病棟に移るも、ふたたび増悪。ここから先の治療は内科病棟の重症患者室。肺炎が進行し、気管内挿管。人工呼吸器による呼吸管理。症状は改善せず、二月一八日午前五時五二分、死亡。

血清、尿、喀痰（かくたん）のいずれもインフルエンザウイルス陰性。

発症前二週間の動き。

一月三〇日～二月四日、農協のツアーで香港旅行。ツアー参加者は一五名。

二月五日～一〇日、自宅と町内にて農作業など。

●症例二　斉藤毅・三三歳
崎浜町新田地区の新興住宅街ハイタウン在住。家族構成、妻と娘一人。システムエンジニア。

二月一六日、ＪＲのＴ駅前通りにて、昏倒。救急車によって搬送される。

内科重症患者室にて加療。気管内挿管。人工呼吸器による呼吸管理。広域スペクトル抗生物質の投与は奏功せず。抗ウイルス剤とステロイドを大量投与するも、症状は改善せず、心室細動。除細動によりいったんは持ち直すが、ふたたび同様の症状を見、二月一八日午前一一時二分、死亡。

インフルエンザウイルス陽性。抗原抗体反応でＨ３Ｎ２型と確認。


発症前の動き。

発症当日、日帰りで東京での会議に出席。それ以前の状況は不明。目下、遺族からの聴取は不可能。


最初に亡くなった二人の患者についての基本的な情報が、さっそく資料としてまとめられて目の前にある。内容は病院側から提供されたものがほとんどだが、「症例一」の吾川に関しては、きょうケイトが「足」でかせいだ情報がすでに反映されている。

それにしても、症例という言葉に、いつもケイトは引っかかりを覚える。疫学に限らず医学の世界では、患者のプライバシー保護のために、固有名詞ではなく、「症例（ケース）」という言葉が使われる。それが行き過ぎて、本来なら「患者」として語るべき時ですら、「ケース」と呼ぶことが多い。ケイト自身、子どもの頃、病院に長期入院する「ケース」だったことがあり、その時、自分をあくまで「患者」として接し、一緒に闘ってくれた若い医師の影響で、のちに医師を目指した。

保健所の中で、ケイトたちフィールド疫学チームがあてがわれたのは、二〇人ほどが入ることができる中規模の会議室だった。ここが初動チームの疫学調査の拠点になる。もっとも、初動チームに参加しているFET隊員は、ケイトの他には、仙水望がいるだけだ。

仙水は午後早い特急でT駅までやってきて、そこからタクシーで直接保健所に入った。センターに常備しているデイパックを背負って、まるで学生のような雰囲気を漂わせ、ケイトを見るなり、「ケイちゃん！」と手を振った。

長い髪を後ろに束ねたヒッピー風の風貌から、ケイトは思わず目をそむけた。

初動チームが出来る以上、自分一人だけでは荷が重いのは事実。しかし、よりによって仙水が来るというのはどういうことか。

「ケイちゃんとの現場って本当に久しぶり。本当に来られるなんてラッキー。ちょっとドキドキするよね。そんな嫌そうな顔をしないで、お手柔らかにお願い」と軽い口調で言うのを聞いて、ますます暗い気分になった。

仙水とはペースが合わない、と常々感じている。それが吉と出るか凶と出るかはやってみないと分からないけれど、どちらにしてもひどく疲れる。東京に追い返すわけにもいかず、すぐに初動チームの初ミーティングに臨むことになった。

会議室の奥の壁を背にして仙水とケイトが座り、テーブルを挟んで保健所長、感染症担当職員が三名、食中毒の疫学調査を経験したことがある別の部署の職員が二名、あわせて六名が相対する。

保健所長は漁師風の赤黒い肌が印象的な小柄な男だった。医師の資格を持つ保健所で唯一の「専門家」のはずなのに、感染症対策、特に疫学調査に疎いことは言葉の端々からわかった。

眼鏡で痩身の保健予防課長は、気弱そうに貧乏揺すりをしている。こんなんで大丈夫なのかと不安になる。しかし、その部下はさらにぱっとしない。隣で腕を組んでいる係長は愚鈍な牛に見えたし、さっき「サーベイランス担当の小堺です」と自己紹介した青年も、たぶん新人なのだろうか、落ち着かない視線をあちこちにさまよわせるばかりだ。

「よろしくご指導のほどをお願いいたします」

所長の一言に続いて保健所側の全員が頭を垂れる。保健所の仕事を手伝いに来ている建前だが、地方だとすぐにこういうことになる。例の落ち着きのない青年も隣の係長に背中をはたかれて頭を下げた。

「嫌な情報が並んでますね、まるであつらえたみたい」ケイトは平坦な抑揚で言った。

「嫌な情報、といいますと、島袋先生」と保健所長。おそるおそる、といった口調だ。

「先生はやめてください」

ケイトがあまりにきっぱりと言い切ったものだから、所長が驚いたように目をしばたたいた。

「いやいや、FETではお互いに先生と呼び合わない習慣なんです」仙水がにこやかな口調で、間に入った。

「メディカルドクターだけじゃなくて、獣医師や、理学博士もいますし、だいたい先生と呼ばれるのが好きじゃない人間が集まってくる傾向もある。ぼくに言わせれば、これはとても合理的なやり方でして、わざわざ先生なんて言葉をつけてコミュニケーションの効率を落とすのは意味がないことです」

「なるほど、それでは、島袋先生、嫌な情報、といいますと?」

ケイトは一瞬、眉をひそめ、しかし、すぐに表情を戻した。

「最初に亡くなった患者さんだけ、インフルエンザ陰性だったわけですよね」

「はい、病院は偽陰性だろうと考えていたそうです。高齢者の場合は、ご存じの通り、検査をすりぬけるインフルエンザも多いわけですので」

「その症例がインフルエンザではあまり見られない、非定型の肺炎を起こしていたとなると話は別です」

「では、なんでしょうか……」

「非定型肺炎を起こすのは、ご存じの通り、マイコプラズマ、クラミジア、レジオネラなどいくらだってあります。鑑別のための各種検査がまだされていないなら、なんとも言えません。今はラボからの報告を待つしかありませんね。当然、ＳＡＲＳも視野に入ってきます」

ＳＡＲＳという言葉のところで、一瞬、場が凍てついた。一度は制圧されたとはいえ、今でもそれだけのインパクトを持っている感染症だ。

「それでは、現段階では初動チームで疫学調査を進めつつも、マスコミへの発表は本当のことが分かってからということでよろしいでしょうか」保健所長がおずおずと言った。

「はっきりしないまま大騒ぎをしてしまえば、オオカミ少年になりかねない。後々困ったことになります」

ケイトは小さくため息をつき、隣に座る仙水の顔を見た。やはり、ここの保健所はかなり感染症対策に後ろ向きのようだ。初動チームを作ったことを「アリバイ」に使われるのは、たまったものではない。しかし、仙水は平然としており、それどころか口の端に笑みを浮かべている。

ミーティングを終えて、会議室に二人だけになった時、ケイトはまずそのことを口にした。

「あなたは気にならないの。このままじゃ先行き、思いやられる」

「まあまあ、いいじゃない。現時点で深刻ぶるのはどうかな。たしかに嫌な感じの集団感染だけど、そういうのがすべてＳＡＲＳだとか新型インフルエンザだったりしたら、人類はとっくに滅んでる。いや、滅ばなかったとしても、少なくとも現代文明は崩壊してるよね」

　さっそく仙水独特の物言いだ。変にスケールが大きくて調子が狂う。

「もしも、本当に長丁場になるとしたら、保健所との関係は一番大事だからね。まずは、楽しくやらなきゃ。疫学調査なんて、しょせん九割は体力と精神力だから。深刻ぶってると、最後のところで力が出ない」

　仙水は椅子の上に置いてあったコンビニのビニール袋の中から、スタミナドリンクの「ポリビタ」を投げてよこした。これはＦＥＴのメンバーの間では定評のある「効く」ドリンクだ。

　ケイトはアルミキャップを開けて、一気に飲んだ。決して、美味しくはないのだが、五臓六腑に染み渡る感覚がある。口にすると本当に現場という感じで、やるぞという気持ちになってくる。

「じゃあ、さっそく体力勝負に出なきゃ。この後、夕方からは総合病院で患者の家族との面会、カルテの閲覧、医療スタッフとのディスカッションと、ぎっしりスケジュールが詰まっているから」

「さすがケイちゃん。下手な挨拶回りなんてすっとばして、現場に入った方がベターだよね。理想的には、その場所ですぐに特徴的な何かに出会って、発見（エウレカ）した！　と叫ぶ。

そして、元栓をきゅっと締める。あるいは、心配するような病気ではないと分かれば、明日にでも帰れるわけだし」

「まあ、それが理想ね……」

エウレカと叫び、元栓を締める。

それは、フィールド疫学者の勝利の瞬間だ。間違いなくそうだ。

しかし、ケイトはまたため息をついて視線を外した。「帰る」という言葉で、胸が締め付けられる。そして、焦燥がはい上がってくる。まさに、調査の時には抱いてはならない感覚であり、何度も深呼吸して追い払う。


棋理文哉はこの三日というもの、自宅に戻っていない。それはなんら特別なことではなく、週のうち四日か五日は研究室に泊まり込むのが常だ。研究室とはいっても実験をするわけではないから、パソコンと書籍に埋もれているのだが、その環境が心地よい。学内にはシャワーも何ヵ所かあるし、給湯室ではすぐにお湯も沸かせる。今の棋理にとっては、何一つ不足のない生活空間だった。

だから、安いインスタントコーヒーを口に運びながら、本や論文を読む。右から左へと読みつなぐ。読了したものの山の中には、最近、発展を続けている感染症の数理モデルの論文集、カントの『純粋理性批判』についてのコメンタリー、科学哲学者カール・ポパーの初期論文集、神の存在を証明したと主張する数学論文、ホッブズを読み直して主権国家を批判する論文、アメリカのエヴァンゲリオン・オタクが書いた日本オタク史、などがある。

C・P・スノーの『二つの文化と科学革命』を目下、再読している。一九五九年のイギリスで、はじめて「文系」と「理系」の乖離を看破した講演を基に膨らませた論文集であり、このところ文理両方面の学生に教える立場にある棋理にとって、ことさら興味深い。

「棋理先生――」と声をかけられた。ノックの音に気づかなかったようだ。

「リポートを持ってきました」

教養課程の男子学生だ。棋理が担当している哲学の講義で、いわゆる赤点だったため、リポート提出を課した。棋理の専門は疫学理論だが、北米では哲学科の中に理論疫学者がいることもあるので、不自然とはいえない。

「きみ、結局、テーマは何にしたの」

「『ジョージ・ブッシュの哲学的立場』というタイトルにしました」男子学生はおそるおそる言った。

「悪くないね。そのテーマ、どうやって思いついたの。や、ぼくが出したのか。でも、きみ、惜しかったな。今からやるなら、C・P・スノーなんかどうかと思うんだけどね」

「誰ですか、それ」

「シェイクスピアは読んだことある?」

「いいえ。あ、でも、小さい頃に『ロミオとジュリエット』の子ども向けの本くらいなら」

「イギリスの本を引き合いに出しても仕方ないか。じゃ、本居宣長とか、賀茂真淵とか、近松門左衛門は？」

　男子学生が「はてな」というふうに首をかしげる。

「じゃあ、熱力学の第二法則って簡単に説明できる？」

「できませんよぉ。物理苦手なんですから」

「とはいえ物理学の基本法則だと知っているだけ、まだ理系ってわけだね」

「先生、言い方がひどいです」

「ごめんごめん」と言いながら、棋理は読みかけの本を指し示す。「この本で、C・P・スノーは、文系と理系では、それぞれ背景になる教養そのものが違うと言ってるんだよね――」

　その時、携帯メールの着信音が響いた。パソコンからの転送メール。

　棋理が液晶画面に向かうと、男子学生はいとまも告げずに、逃げるように研究室を出て行った。

　T市の医師、高柳相太からの私信メールだ。

〈棋理先生、電話してお話ししたいのですが、時間を指定してください〉

　それだけだ。相手が院内にいることを考えて、メールで返す。

〈いつでも〉

すぐに携帯電話が鳴った。

「先生、もう状況は聞かれていますよね」

「うん、さっき、島袋クンから連絡があった。ぼくがこの時点で思うのはね、ＳＡＲＳだったら逆によかったと思わなきゃならないんじゃないかな、ってことで……」

「はい？」高柳の声がうわずって聞こえた。

あれ、ぼくはなんか変なことを言ったかな、と棋理は自問する。しかし、きわめて論理的に正しいことを言ったまでだ。

「先生、ＳＡＲＳだったらよかったって、どういうことですか」

「だって、ほら、どこをどう抑えれば感染を拡大させなくて済むかだいたい分かってるし……」

「じゃあ、先生はＳＡＲＳかもしれないと？　先生はＳＡＲＳの流行の時には香港に行かれたんですよね」

「うん、あれはぼくのこれまでの体験の中でも最もスリリングなものだったね。まだ空気感染が疑われていた時期だった。感染と非感染との間の確率分布はまるで確かなものではなくて、本当になんでもあり、だった。患者が出たマンションの部屋の調査なんて、正直、体が震えたよ。自分がちゃんと防衛本能を持った生き物なんだなあと実感して、感慨深かった――」

そこまで言ったところで、棋理はノックの音を聞いた。

「どうぞ」と大声で叫んだ。

今度はリポート提出の女子学生がドアの隙間から顔を出した。

「学生が来たから、いいかな。とにかく、高柳クン、ぼくにも、それほど多くのことが分かるわけじゃないんだよ。今言ったことでだいたいすべてだから。時期がきたらぼくもそこにいくよ」

棋理は早々に通話を切った。

「リポートの提出だね。テーマは何にしたの？　もしもテーマの相談なら、新興感染症SARSの流行パターンと――」

棋理が立ち上がって大きな身振りで言いかけただけで、女子学生が目をまん丸に見開いて後ずさりする。そして、「先生、後ろ……」とおずおずした口調で言った。

「え？」と振り向くと、デスクの上のコーヒーカップが倒れていた。さっき腕を大きく動かしたときに肘が当たったらしい。

「あちゃっ、やっちゃった」と小さく言い、机の上をティッシュで拭いた。

いったん後ずさった女子学生が前に進み出て、さっきまで棋理が座っていた椅子の背もたれにかかった飛沫を拭き取った。

「先生って……授業の時だって、時々、ぼーっとして黙っちゃうじゃないですか。なんだか、ここにいるのに別の世界に住んでるみたい……」

「や、ありがとう。でも、残念ながらぼくはこの不完全な世界の、完全とはほど遠い住人なのだね。考えるスピードが追いつかず、時々、ああいうことになる」

「先生、キーボードにもかかってます」

女子学生が指をさして、棋理は目を凝らした。

「これね、これくらいならたぶん問題ない……」

キーボードをパソコン本体からはずし、表面をティッシュで軽く叩くように拭く。あとは空気に晒して自然乾燥を待つ。

「そんなんで、いいんですか……」

「うん、下手にきれいにしようとしないで乾くのを待つんだ。ショートさえしなければ、大丈夫。そのために別のキーボードも用意してあるし……」

「変に、システマチックで……微妙です」

予備のキーボードをパソコンに差した拍子に、スリープから復帰した。女子学生を待たせたまま、メーラーを前面に持ってきた。さっき電話で話した高柳に対して、忘れないうちに言っておくべきコメントがある。

ＳＡＲＳである場合のさらなる利点。それは、すでに医学的・科学的な手続きを経て名付けられ、法的には二類感染症として分類され、さらにはたった一人の患者が出ただけで、世界の公衆衛生共同体に報告を義務づけられた「地位の高い」感染症だからだ。ひとたび確定すれば、相応の人員と予算を使って徹底的な制圧作戦が展開されるだろう。

指先をキートップに落とし、勢いよく打鍵する。画面に目をやると、平面のはずの液晶が歪んで見えた。

いや、歪んでいるのは液晶画面ではなく、文字の方だ。スクリーンセイバーではあるまいに、見たこともないアスキーアートが躍っている。棋理が入力した文字をそのまま拾い上げたのか、ＳＡＲＳやら制圧作戦という文字が集合しては離散する。人の顔を形作ったかと思えば、途中で崩れてぐずぐずになり、何か巨大な蛇のような生き物が液晶画面の中を泳いでいるかのような動きをみせる。

リスタートしようにも、入力を受け付けない。

「それ、ウイルスかもしれません」と女子学生が言った。「最近、流行ってます。ファイヤーウォールをかいくぐってくるやつ。それか、ＵＳＢメモリ経由で感染するやつ」

棋理はため息をつき、衝動的にＬＡＮケーブルを引っこ抜いた。そういえば、最近、別の学生に入力作業を頼んだことがある。棋理が会議で不在の時だったから、どんなふうに作業したのか監督はしていない。ひょっとすると、感染したＵＳＢメモリを持ち込んだということはあるだろうか。自分の無防備さ加減を自嘲する。

システムに詳しい数学科の大学院生を呼んだ。しかし、さんざんマシンをいじくったあげく、ハードディスクのデータを温存して復旧するにはさらに時間がかかるという。クリエィティヴでないことはやりたくないので、作業は大学院生に最後まで任せて、久しぶりに自宅に戻ることにした。家に帰ればノートパソコンがある。

暗くなったキャンパスはしんと冷え込み、月は銀色の輪郭をことさら際だたせていた。理性が感覚を抑圧する読書三昧の不健康な時間から解放され、久々に下界に降りてきた気がする。

今から二〇年近く前に勤務した、南の島の病院のことをふと思い出した。夜闇の濃い島では、月はいつもこんな暴力的なまでの輝きを見せていた。若い小児科医にとって、あそこでの波乱に富んだ経験は医学の世界で生きていくための基礎を形作るものだった。多くの感染症、蛇の咬傷（こうしょう）、そして、小児がんまで、ありとあらゆる症例を扱い、今よりずっと瑞々（みずみず）しかった感受性を刺激されてやまなかった。では、なぜ今、臨床から遠く離れたこの夜道を歩いているのか……。

仕方がないことだ、と棋理は考える。もともと、地に足をつけた現実感を得るのは苦手だ。診療室で日々の外来患者を診ているうちはよかったが、多くの入院患者を担当するようになってから、ますますその傾向が強まった。

小児科病棟にいる子どもたちが、すべて生と死を分ける白から黒へのグラデーションの塊に見えた。ある子は、かぎりなく黒に近いグレイで一ヵ月後には亡くなっている可能性が九九パーセント。ある子は白に近いグレイで、退院の時期も近い。厳しい治療ののち、症状が緩解し、治癒に至る事後確率は……。

棋理は子どもの頃から、決めつけない子だった。学級会で多数決によって物事が決まるのが不思議だった。賛成者と反対者の割合で物事を考えればいいじゃないか。なのに、なぜどちらかに決めなければならないのだろう。多数決の結果は、たまたま全員が賛成か反対の時を除いて必ず間違っている。あるいは——血液型性格判断がかくもてはやされるのはなぜだろう。典型的なA型やB型といった性格がかりにあったとしても、個々の人間は類型からはみ出す。恐ろしく複雑で多様な「性格」を、四つの型に過不足なく押し込められると考えること自体ありえない。

こういった考え方の傾向は、大学生の頃にはっきりと自覚され、臨床医になった頃には、自身のキャリアさえ左右するほどに膨れあがっていた。南の島での日々は、そのことを思い知り、まさに己を知る日々でもあったのだ。

棋理は携帯電話を取りだし、自然とその番号を探す。島を出た彼にとって、今となっては唯一、過去へとつながる回路だ。どちらかといえば黒に近いグレイの領域から、はっきりと際だつ白へと生還した者。彼独特の物の見方が、プラスに作用したと断言できる数少ないケース。

「島袋クン、伝えておくべきことがある」と話しかける。電話の向こうからは、息を詰めた真剣な彼女の様子が伝わってくる。

話に熱中するうちに、駅を通り越してしまった。凜（りん）とした冬の空気の中、体はすでに温まり、棋理はそのまま自宅まで歩いて帰ることに決める。

高柳相太は二男坊で、のんびりした性格である。だから、のんびりした地方の病院、それも小児科が合っていると思っていた。なのになんだ、この修羅場続きは。

崎浜の小児科医の黒部が運び込まれて来た時の様子が頭から離れない。青黒い顔でぐったりと横たわり、浅い呼吸が痛々しかった。これが、いつも健康的な笑みを浮かべていた黒部なのだろうか。紫を通り越して、黒い唇の間に、さらに黒い闇があった。

ストレッチャーを呼吸器内科の病室に誘導し、まずはバイタル・サインを確認するために、マスク、ゴーグル、グローヴ、ガウンを順番に身につけた。脈拍を取ろうと手を伸ばした時、急に高柳自身も呼吸に困難を覚え、思わず喉をかきむしりそうになった。ひょっとして自分も病気なのではないかと、全身に鳥肌が立って意識が遠のいた。

ほんの一瞬のことだ。

決して自分は感染していない。発熱もしていないではないかとみずからを諌め、なんとかもう一度、黒部に向き合うことができた。

以来、黒部は昏睡を続けている。一時的にチアノーゼは解消されたものの、思うほど血中酸素は上がらず、予断を許さない。胸部エックス線像やCT画像からは、やはり非定型肺炎の所見が得られる。それよりもなによりも、発症して半日でみるみる筋肉が落ち、小さくなってしまった。絶え間ない点滴でむくみが出ているのに、むしろミイラのように見えるのはなぜか。高柳のこれまでの経験でも、こんな患者はいなかった。黒部の体の内部で、病原体と免疫系がとてつもなく激しい闘いを繰り広げている証拠だとしたら……一回り小さくなった黒部の体が、大いなる災厄をもたらす源にもなりかねないことをふと意識した。

やはり、息苦しい。気になって頻繁に病室を訪れるものの、そのたびに息が詰まりそうになる。

何度目かの訪問の後で、高柳はとうとう一時撤退することに決めた。ちょっと休んでくると言い残して、小児科の控室で横になった。そもそも、内藤には、「きみはあくまで院内感染対策のための要員だ」とはっきり告げられたのだ。高柳が内藤を差し置いて呼吸器内科のメーリングリストに質問を投げ、新たに保健所に検査を申し込んだことが気に入らなかったらしい。

「おれだって非定型肺炎だという認識はあった」と内藤は言う。黒部の救急の処置が終わった後のことだ。「しかし、検査会社に出した検体は、全部陰性だったんだ」

内藤が示した検査結果の表には、たしかにマイコプラズマやクラミジアといった項目もあり、陰性になっていた。

「なにも後ろ暗いことをしているわけではない。おれたちはベストを尽くす。保健所にも連絡する。検体検査をして、手に負えない感染症だと分かれば、より高度な医療機関に移送する。ただ、うちの病棟に危険な患者がいるという風説が流れてはならない、と院長は考えている」

内藤の語り口は噛んで含めるようで、言外に「もっと大人になれ」と言われているようだった。

高柳には病院経営のことは分からないし、まだ分からなくてよいと思っている。だから、院長の考えは理解不能だ。しかし、それを口に出すことができない。自分の弱気に辟易(へきえき)する。

窓の外がもうすっかり暗いことに気づいた。壁の時計を見ると、高柳は唐突に席を外して内科フロアを目指した。まもなく、来客がある予定だ。

内科カンファレンス室に入った時には、すでに島袋ケイトたち四人が到着していた。二人はＦＥＴの隊員で、残りの二人は保健所の感染症対策係だ。

昨晩、島袋がここに来たことを内藤には話していない。もしも、知られたら大目玉だろう。詳しくは知らないが、保健所が初動チームを作ることになったのも島袋が働きかけたからだと高柳は信じている。

視線が合い、ほんの小さくうなずき合うと、高柳はもう一人の隊員に目をやった。シルエットの細い洒落(しゃれ)たジャケットを身につけた男性だ。髪を後ろに束ねた昔のアメリカのフォークシンガーのような風貌で、差し出された名刺には、仙水望、とあった。棋理のセミナーで会ったことがあると思い出した。あの時よりも、ずっと怪しさに磨きがかかったようだが。

挨拶も早々に、内藤と島袋が中心になって、カルテとこれまでの検査結果、胸部エックス線写真、ＣＴ画像の検討に入った。

「本来わたしたちは、疫学調査のためにだけカルテを閲覧させていただく立場です。ただ、今回の場合は、診断にもコメントさせていただきます。我々は二人ともＳＡＲＳの集団感染の時、香港の病院で多くの症例に触れています。胸部エックス線写真やＣＴ画像による鑑別のためのプロトコル作りにもかかわりました」

冷静で淀（よど）みない発声だ。ＳＡＲＳという言葉をさりげなく使い、それが共通の問題意識なのだと一瞬で納得させる。島袋というドクターが、有能であることもだ。たしか彼女は二年だけアトランタで臨床経験があったのではないか。

島袋は亡くなった症例一、吾川重造のカルテを取った。目を細め、それでも皺一つよらないつるりとした顔つきだ。さらに無言で症例二、斉藤毅のカルテを一瞥する。

「……非定型肺炎をかなり早い段階で疑っていますね。よい判断です。基本的な肺炎球菌抗原検査の他に、血清マイコプラズマ、クラミジア、尿中レジオネラ……一通りの検査を依頼している」

島袋は優雅な大股で歩き、壁に設置されている横長の明視装置（シャウカステン）の前に移動した。そこには二人分の胸部エックス線写真が時系列に並べてある。それらを一瞥した後で、コンピュータのモニタに浮かび上がっているＣＴ画像に顔を寄せた。キーボードに手を伸ばして、コントラストを調整する。

島袋がふたたびこちらを向くと、総合病院の医師団と保健所の職員が列をなし、まるで小学校の教師と児童といった配置になった。高柳はこういう状況をむしろ好ましいと感じる。島袋のようなスペシャリストが来てくれたのだから、もう大丈夫だ。ＳＡＲＳ

やら、エボラ出血熱やら、危険な感染症を切り抜けてきた人たちだ。

「症例一は、入院して最初の二四時間で改善していますね――」

島袋は腕を組み、シャウカステンの前をゆったりと左右に歩きながら語り始めた。

「つまり――細菌性の肺炎を併発していたものが、抗菌剤で叩かれたということでしょう。ただ、これ以降、ふたたび増悪。一方、症例二は、入院からわずか四〇時間ほどでの死亡であり、症状もきわめて急速に進行しています。症例二の方が非定型肺炎の特徴がはっきり出ています。下肺野から異状所見が広がるのはＳＡＲＳで報告されている特徴です。死亡例の肺の組織はありますか」

「剖検はしていません。そういう設備は当院にはないのです」

「では、せめて組織診断用の検体を取ってください。ご家族の同意は得られますか」

内藤がうなずいた。これも謹厳な教師に対する学級委員長といったふうで、実に神妙だ。高柳もちくりと胸が痛む。剖検の設備がないのはこのクラスの病院ではむしろ当然で、自分の責任ではないのだが。

「ええっと、一つ質問なんですが……」

医師と保健所職員の背後から声が飛び、皆が振り向いた。

仙水だった。こちらは、公開授業で見学に来た雰囲気を読めない保護者、といった風情。

「さきほど見せていただいた検体検査の結果ですが、非定型肺炎ということでＳＡＲＳ

コロナウイルスのLAMP検査はリクエストしなかったのでしょうか」

「その時は、まさかその可能性までは、頭が回りませんでした」

「SARSを否定する要素は何一つありません」島袋が言葉をつないだ。「この場合患者さんが亡くなったわけですから、一段重く見て、アラート事例として扱うのが適当かもしれませんね」

「なっ」と言ったきり、内藤は絶句した。

高柳も、あまりの飛躍に、喉がまたからから乾くのを感じた。電話で棋理の口からSARSという言葉が出た時には、彼一流の冗談だと思った。しかし、ここでは正式な調査員がはっきりと可能性を述べ、それどころかSARS疑い例として保健所に報告しろとまで言う。

仙水は口元に微笑みすら浮かべている。ちらりと視線を送り島袋と視線を交わすのを、高柳は見逃さなかった。なんなんだ、この二人。本当にSARSの疑いが強いのだとしたらたしかに報告は当然だ。なにしろ、世界の公衆衛生上の脅威とされる最も凶暴なウイルスの一つなのだから。とはいえ、それは、同時に病院封鎖や、下手をすれば地域封鎖につながるかもしれない感染症でもあり、軽々しく決めていいはずがない。アラートには、単なる報告以上の重みがある。もし本当にSARSコロナウイルスだったとしたら……。これまで単なる可能性の一つだと考えていたことに急にリアリティを感じ、足が震えた。

「しかし、ですね」しばらくして、内藤がようやく口を開いた。

「症例一は、七一歳のハイリスク群です。また症例二からはインフルエンザウイルスが検出されている。ＳＡＲＳを疑うのは無理があるのではないか、と」

「そうですね、これだけでは無理があります」

内藤が小さく息をついた。まさに安堵の表現なのだと高柳は理解する。

「さて、我々が手にした情報なのですが――」島袋が淡々とした口調で切り出した。

「亡くなった最初の患者さんは、一月三〇日から六日間、香港への渡航歴があります。香港といえば、ＳＡＲＳが流行した時に飛び火したいくつかの流行地のひとつですし、最初の流行地、広州（こうしゅう）の近隣です。広州では今年になってからＳＡＲＳの院内感染も起きています――」

高柳は唾を飲み込んだ。島袋はわずか一日の間に、症例の行動を調べ上げ、ここまでたどり着いたというのか。

「ずいぶん前に作成されたものですが、県のアラート報告基準があります」

仙水が軽やかに言った。そして、内藤の前に小冊子を差し出した。「非流行期におけるＳＡＲＳ対応のガイドライン」とある。その最初の方のページに、「非流行期におけるＳＡＲＳの症例定義」の項目があった。

（１）三八度以上の発熱。

（2）咳、呼吸困難、息切れ、等、少なくともひとつの下気道症状を有する。
（3）肺炎または呼吸窮迫症候群（RDS）と矛盾しない所見。
（4）他にこの病態を完全に説明できる診断がない。

「これを満たしたら、とりあえずは疑ってみろというのが主旨です。アラートは出した方が、抱え込むよりはいいでしょうね。それをしやすくするためにこの基準があるわけです」

「あなたは本当にSARSだと思っているのか」内藤が押し殺した声で応えた。

「疑ってみるべきだ、と言っているだけです」と島袋が口を挟んだ。

「エビデンスを示してほしい。でなければ、受け入れられない」

科学的な根拠（エビデンス）という言葉のところで、島袋の眉がぴくりと動いた。エビデンスというのは昨今の医学のキーワードだが、内藤はおそらく、これが本来、疫学的な証拠のことを指すのを知らないのではないか。そして、日本でトップレベルのフィールド疫学者たちが、今ここでSARSを疑えと言っているのだ。

「正直、典型的なSARSとは思えません」仙水が応えた。「ただ、新興感染症であるSARSの典型例なんて、まだ誰も知らないんです。今の状況では新型インフルエンザなど重要な感染症の要観察例や疑似症として報告するのは難しい。しかし、重症化する非定型肺炎には何か警戒すべきものがあると、ぼくらも含め、多くの現場の関係者が感じている。ならば、行政に大きなインパクトを与え、真剣に取り組むきっかけにするためにも、SARSアラートを発するのもアリ、というわけです」

「非科学的だな」内藤が小さな声で吐き捨てた。

「フィールド疫学者はそこのとこ、無節操にできてます」

仙水は粗暴なことを言いながら、顔には微笑みすら浮かべている。確証もなくそんなことをしたら風説が……と、自分も病院経営のことを考えていることに高柳は気づいた。

内藤が頭を抱え、保健所の職員と協議を始める。ぼそぼそと生気のない声で、はっきりとは聞こえてこない。一転して真剣な顔になった仙水がそこに加わり、話し合いはますます深刻な雰囲気になっていく。

「非科学的と言われると、ちょっとむかつくのよね……」いつのまにか島袋が隣に立っていた。

「フィールド疫学が、厳密な意味での科学とは違うって意見があるのは知っている。でも、科学的に構築された理論はあるし、わたしはこれぞ科学的だと言いたいわけ。とにかく、できることはすべてやりましょう。わたしたちがここに来たのは、現場がちゃんとやってますってアリバイ作りのためじゃないわ」

「なんか……えげつないですね」と高柳はつぶやいた。

「これがわたしたちのやり方。強引に見えても、その時その時のベストな証拠に基づいているの。わたしの方でも、もう少し情報を集めてみるわ。今この状態が、曖昧模糊としていのは事実だから」

「わかりました……そして、曖昧さの霧を蹴散らして、可能性を限定できたら……」

「……元栓を締める」島袋が応じた。

棋理のセミナーを受けた時に最も印象的なフレーズだった。とはいえ、今、のっぴきならない臨床の現場にいる高柳には、あの時感じたほどピンとくる言葉ではなかった。

第五章　最初の一人（二日目・承前）

移動には保健所の公用車を使うことになった。運転手は感染症対策係の小堺賢一。この落ち着きのない若者のことをケイトは今ひとつ摑みきれない。サーベイランスの担当だというが、まったく不勉強だ。疫学をこの前までヤクガクだと思っていたなどと言われた時には、体から力が抜けた。にもかかわらず、こんな夜の仕事にも「ぼくが車を運転します」と志願してくる。志願したからやる気があるかというと、決してそんなわけでもなく、緊張感がないし、視線が定まらない。

「崎浜は、叔母が住んでいるんすよ。叔母には子どもがいなくて、夏休みは姉と一緒によく遊びに行ったんですよね。ぼくは市街地の方だから、子どもの頃はワイルドな崎浜の方がおもしろくて。だから、こんな病気が出るなんてショックでかいっすよ」と個人的なことを述べる。

でも今、あんたは公務としてそいつに対処しなきゃならない立場なんだ、と後部座席から蹴りを入れたい気分だった。それでも「そうね」と相づちを打ったものだから、調子に乗ってますますよく喋る。

「――FETのみなさんって、すごいっすよねぇ。こういうところに飛び込んで、感染症をやっつけるわけでしょう。恰好いいです。さっき病院でだって、最初はどうなることかと思ったけど」

ケイトはため息をつき、隣の席にいる仙水を見た。そして、低い声で話しかけた。

「病院はあんなものでしょう。まずまずの成功だと思う。あなたの所見は？」

「ケイちゃんが、SARSアラートのことを思いついたのは脱帽。病院を脅すのにはちょうどよかったんじゃないかな。久々のぼくらのコンビネーションもまずまず。四年前の大阪を思い出すね」

ケイトは上機嫌な仙水の口調に苛立ちを覚える。

「そういうことじゃなくて、病院でカルテを見たりして感じた所見」

「すごく気持ち悪いよね。微妙なところをついて、隙間に落ち込んじゃってるっていうか」

「なにそれ」

「つまりね、症状とか、状況とか、いろいろな感染症の特徴をつぎはぎしたみたいで、気持ちが悪い。きっと時間がたてば、ぴたっと一つのイメージに収斂していくわけだけど、最初の時点でここまでばらけているのって無節操でいやらしい。でも、考えてみたら、ぼくみたいな獣医師にとっては、研究され尽くして病像がしっかりとした人間の病気よりも、こういう無節操なやつの方が親しみが持てるわけ。動物の病気なんて、犬猫家畜の代表的な病気を除けば、みんなこんなかんじだからね。明日東京に帰るのは諦めた方がいいかも」

ケイトは小さく息を吐き出した。まったくその通りだ。家に帰るのはいつになるのか。リカにどう説明したものか……。

「とにかく、形骸化していたアラートの仕組みでも、あるものは使えばいい。正攻法では時間がかかりすぎる。嫌な予感がするのよね」

仙水は小さく口を開き、思わず「へえっ」と声を漏らした。

「ケイちゃんが、予感だなんて言うなら、本物だね」

「直感は信じない。だからデータを集めるの。そして、データが集まって、反対の結論が出たら予感なんて無視するわ。もともと、そんなに勘が当たる方じゃないし。でも、今は急がなきゃ。吾川さんの家族の聞き取りは急務だもの」

「それ、ケイちゃんに任せるからね。ぼくが喋るのはまずい。遺族インタビューって、ぼく一番の苦手」

「分かってる……」

実際、仙水に話させたら、遺族のデリケートな気持ちを踏みにじりかねない。この局面では仙水は戦力外だ。

とにかく、最初の死者である吾川の自宅に向かう。中国旅行の時に感染したのだとしたら、それがＳＡＲＳだろうがなんだろうが、同じ感染源に曝露(ばくろ)した人たちがほかに十数人いるわけだ。名簿が手に入れば、できるだけ早く連絡を取り、今現在の体調を聞き、症状がある場合は入院の上経過観察、そうでなくても、自主的に人との接触を避けて静かな生活を送るようお願いすることになる。

亡くなった吾川重造の自宅は、崎浜町の中では一番山よりにあった。新興住宅や例の奇妙なリゾートマンションなどがある新田地区と、農村部の松陰地区の境界で、かろうじて松陰地区に入る。母屋の背後には山がせり出して見え、裏庭がそのままだらだらと斜辺へと続いていた。夜闇の中の山肌は、黒々として不気味な存在感があった。古めかしい瓦屋根がそこに溶け込み、渾然一体（こんぜんいったい）となっている。コウモリが常夜灯の周囲を飛び、昆虫を食べているのが見えた。

小堺がインターフォンを押して、用を告げた。すぐに入るようにと指示される。半日前に家族を失った家を訪問し、質問攻めにするのは気が引けるが、それでもしなければならない。ケイトは気持ちを引き締めた。

二〇畳近くはあろうかという大きな畳の居間は故人があちこちで買い求めたという雑貨や骨董品（こっとうひん）で満ちあふれていた。壁には水墨画や油絵やリトグラフが無節操に掛けられ、テーブルや棚はもちろん窓の前の小さなスペースにさえ、それぞれの空間に応じた大黒様やガラスのウサギや巨根を突きだしたエロチックな人形などが配されていた。これまで症例（ケース）と呼ばれていた患者が、一気に「人間」になるのを感じる。かなり趣味の悪い収集癖がある、しかし、愛すべき田舎紳士、といったところではないだろうか。

畳の上に直接置かれた応接セットを中心に、二〇人くらいの親族や近所の人たちがソファに座ったり、直接、畳に腰を下ろしたりしていた。ケイトたちの顔を見ると黙礼をして、沈痛な表情のまま立ち上がる。そして、ゆるやかな葬列のように、別の部屋へと移っていった。

残って応対してくれたのは、故人の義理の娘だ。四〇代だと思うが、ずっと老けて見える。ケイトも仙水も、お悔やみの言葉をまるで打ち合わせをしていたかのように唱和した。そして、最低限の予防措置のため、マスクとグローヴをつける非礼をわびた。

「通夜はあしたになったよ。じっちゃんがおっ死んだのに、病院がまだじっちゃんを返してくれん」と文句を言いつつ、「じっちゃんは、変な病気をもらってきたんじゃろか」と心配そうでもある。

「それがわからないから、お伺いに来たのです。まず香港の旅程ですとか、一緒に行かれた方がわかるようなもの、お持ちですか」

「ちょっと待ってな」と義理の娘が腰を上げて、隣室への扉を引いた時、空気が動いた。白と茶色の小さな生き物たちが飛び出してきた。

「しっ、あっちいっときな」と手で払う。

二匹の白猫と、一匹のチワワだった。お互いに敵視するわけではなく、三匹で一体といった統一感のある動きをする。

義理の娘は「じっちゃんが飼ってたですよ」と言って、涙ぐんだ。

それでも、手足を動かして三匹を追い払う。またも、ケイトの中で「ケース」に人間味が加わり、ますます患者として立ち上がってくる。犬や猫を愛した優しい人。

ほんの一分ほどで彼女は戻ってきて、農協のツアーの旅程表をケイトに手渡した。滞在は実質五日で、そのうち一日は日帰りの深圳（しんせん）ツアーに費やされている。

ケイトは仙水と顔を見合わせた。深圳は、SARS発祥の地と言われる広州と同じ広東省（カントンしょう）に位置している。

まだアルバムに整理されていない、現像店の袋に入ったままの写真を見せてもらった。空港での集合写真、飛行機の窓に映った香港、起伏に富み混雑した町の雑観。本人が写っている時には必ず笑顔で、門歯の金歯がこぼれて見えた。いかにも人の良さそうな屈託のない顔つきだ。これがわずか二、三週間ほど前の姿なのだ。家族としては、信じられない気分だろう。

バスの窓から撮影された巨大な橋がある。香港から深圳へと渡る虎門（こもん）大橋だ。旅程表には「壮大なスケールの虎門大橋を渡って深圳へ」と書いてある。

大きな市場でにこやかに立っている吾川。背後には様々な食材を扱った露店がびっしりと並んでいる。一連の写真をテーブルに並べ、一枚一枚写っているものを確認していく。「これだ」とケイトは言った。「うわっ、こんなの売ってるんだ。噂には聞いていたけど……」のぞき込んできた仙水が応えた。

露店では、様々な動物たちが、生きたままの状態で食材として売られている。アヒルとブタが隣り合っているのを見ると、感染症対策関係者はドキッとするものだ。なにしろ、それが様々なタイプのインフルエンザを人間にも感染するものへと変貌させるメカニズムのワンセットだからだ。だが、それらはまだ「食べ物」としてはまともに思える方で、さらに写真を見ていくと、犬、猫、ヘビ、イタチ、ジャコウネコ、タヌキ、センザンコウ、コウモリ、カエル、白くむっちりした幼虫、ヒトデなどが、すべて生きたまま陳列されていた。

「SARS騒ぎの後、省政府はこういった野生の食材の売買を禁じたはずよね」とケイトは仙水に目配せした。

「それでも、行くところに行けば売っているということだよね。中国一三億人の食生活に指図するなんてしょせん無理だ。写真に写っている中では、ジャコウネコやタヌキあたりがあやしいね。さすがにハクビシンはいないか……あ、いた。マジですか！」

仙水の声が裏返った。そして、ケイトを見ると、「病院と保健所に電話してくる」と言って腰を浮かせた。

欠けていたピースがぴたりとはまり、隠されていた全体像がはっきりと見えた瞬間。いや、本当にそうなのか。一抹の違和感を覚えながらも、今、下し得る最良の結論はそれだ。

「もうひとつ大事なことがある――」ケイトは背後でもじもじしている小堺に声を掛けた。

「ツアーに参加した人たちの名簿から、本人や家族に連絡をつけてほしいの。それぞれ体調はどうか確認することと、多くの人と接触するのは当面避けてほしいとお願いをして。それも、今晩中に」

小堺が、「え？」と大袈裟に言った。

「今、やるんですか」

「もちろんよ。今は非常時なの。明日になってからでは遅い」

「ええっ、でも、今からやるとなると大変っすよ」

「だから――」ケイトは小堺の耳元に口を寄せた。「今この瞬間にだって感染が拡大している可能性があるわけ。わたしたちが吾川さんが亡くなる前の動きを知りたいのも、今ここに集まっているような親しい人たちの体調を知りたいのも、そういうわけなんだから」

突然、小堺がビクンと体をこわばらせた。

「それって、今この瞬間、ここでも――」

「それは言わないこと」

この仕事にかかわる限り、自分自身にも感染のリスクはある。マスクをした時点で気づきそうなものなのに、今更怖じ気づいたのが露骨に分かり、げんなりする。

「分かりました」と元気よく立ち上がった。「近くに保健所の支所があるんで、そこを開けてもらって、電話してきます」

まったくゲンキンなもので、意外に機敏な動作で玄関の方へと向かった。ここから出られるのが嬉しくてたまらない、というふうに。

「あのう、どうしましょうかね。なんか、お話、ようわからんけど、これでおしまいでよろしいか」義理の娘が、目をしばたたかせて問い掛けた。

「ええっと、もう少しだけお願いいたします」とケイトは頭を下げた。そして、考える。ほかにも聞いておくべきことはないか。深圳の市場に行っただけでなく、さらに濃厚な接触がなかったか……。

「動物に嚙まれたとか、そういう話は聞いていませんか」

「さあ、どうでしょうかね。一緒に行った人なら分かるかもしれんが……」

義理の娘はふいに目を細めた。

「動物がいかんのですか。じっちゃんは、ヘビの肉の薫製とか、買ってきてくれたんだがね」

家族の危険が急に気になったらしい。調査に来た者たちがばたついているわけだから無理もない。

「薫製を食べても感染しません。でも――」ケイトはできるだけ穏やかな声を出した。

「正直なところ、ご家族や、お義父様とよく会っていた近所の方なんかは、体調がどうか気をつけていただきたいんです。特に、付き添っておられた、お義母様はいかがですか」

義理の娘ははっとしたように口に手を当てた。

「二階で、寝てますがね、なんせ二晩徹夜した、ちゅうことで」

「熱はないですね」

「ないです。疲れだとは思うとるんですがね、あの歳で徹夜なんかすんもんだから……」

「熱が出るようなら、地元の病院に行く前に保健所に連絡をいただけますか。それは、ほかの方も同じなんですが」

彼女の顔に恐怖が張り付いた。それがはっきり分かった。

「あくまで、念のための調査をわたしたちはしているんです。もしもの時に備えて……」

これは、そうであってほしい、というケイト自身の強い願望でもある。

結局、この後、戻ってきた仙水と一緒に、一時間ほどかけて吾川の帰国後の日々や、病歴や、ごく基本的な生活習慣などについて聞いた。特記事項はなし、と言いたくなるような内容だった。普段から酒はあまり飲まず、タバコはこのところやめようと努力していた。旅行から帰国した後は、毎日、花畑か果樹園で農作業をしていた。倒れたのは花畑で、突然、「熱い」と訴えてそのまましゃがみ込み、自分では立てなくなった……。あのうららかなポピーの畑で、吾川に決定的な瞬間が訪れたことが、ことさらむごいことに思えた。

吾川邸を出る時には、香港旅行の同行者だけでなく、帰国後に接触した人たちのリストも手にし、初動調査としては大きな成果となった。

玄関を出て門のところまで送ってくれた義理の娘が、暗がりの中で何かを蹴飛ばした。ガシャッと鈍い金属音。照明の下に転がったそれは、スチール製の錆の浮いた小さな籠だった。

「いたっ」と顔を歪めた後で、黙り込んだ。

「どうしましたか」

「じっちゃんは、優しいから、殺すには忍びないって……愛護ホームに持ってったですよ。もともと、誰かがペットにしようと連れてきて、飼いきれなくなって放したんだろうから、不憫だって。罠から籠に移す時に、親指の付け根をかじられちゃって……。ほら、ヘビを食べるやつ。でも、最近のはね、うちの果樹園の枇杷を食べよるんです。そう、マングース。去年、ずいぶんやられて、そんでじっちゃん、ずっと罠を仕掛けとったんです」

ケイトはいったんバッグにしまったノートを取り出して、「マングースに噛まれる」と書き込んだ。ただ、帰国後のことだ。これはあまり本質的じゃないだろう。日本にいるマングースに噛まれたってなんてことはない。

小堺の公用車はまだ戻ってきておらず、義理の娘に言われて自動車免許を取ったばかりと思われる孫息子が車を出してくれた。車高を低くした下品なセダンで、彼自身は一言も喋らなかった。次に訪問予定だった新興住宅街「ハイタウン」の入口でおろすと、すぐにエンジンを噴き上げ走り去った。

　亡くなった二人目のケース、斉藤毅の自宅は照明が消えており、誰もいないのは明らかだった。電話で確認しなかったミスだ。でも、ケイトはこういう場合は、直接、自宅を訪問した方がいいと判断していた。まだ三〇代の「青年」とさえいえそうな年齢での死は、老人の死よりも身内に及ぼす衝撃がずっと大きい。声だけの電話だと、遺族の気持ちを害して関係をこじらせてしまうこともあり得る。

　とりあえず、住宅街の構造を頭にたたき込み、小堺の携帯に電話した。ちょうどツアーの参加者全員の家に電話をかけ終え、不在のところには留守電にメッセージを録音したという。さいわい、今のところ発熱している人は出ていないらしい。「それでは、すぐに迎えに来て」とケイトは我ながら人使いの荒いことを言った。分かりやすいように、住宅街の入口まで歩いて戻る。

　両側に住宅が並ぶ道路が終わると、一気に農村地帯が広がった。

　夜闇は深い。花畑も水田も、ところどころ街灯で照らされている部分の他は、黒い海と同じだ。

　でも、このあたりから見ると、ひどく異質なものが、闇に呑み込まれることなく、存在を主張していた。

　昼間、前を通った例のリゾートマンションだ。四方からライトアップされ、シャープな輪郭を浮かび上がらせている。湿気の多い空気のせいなのか、光が滲んで白い光のピラミッドの中に佇んでいるように見える。

「なにあれ！」仙水が素っ頓狂な声を出した。「最低最悪。センス悪すぎ！　こういうのって我慢できないんだよね。ああっ、体が痒くなってくる」

ケイトは仙水をにらみ付けた。この男の言動は何事もとかく大袈裟だ。

「バブル期のリゾートマンションですって。いまはどこかの企業が研究所として使っているとか。バイオ系だって聞いたけど、具体的には分からない。地元から浮いた存在だというのは事実みたいね」

「それにしたってひどすぎる。なんでギリシア風の門柱なわけ？　おまけにあれ、なに？　ノアの方舟のつもり？」

仙水が指さしたのは、少し離れたところにある動物愛護団体の「ホーム」だった。ライトアップされているわけではないが、大きな直方体の建物の窓にずらり灯りがともっている様子は、巨大な船の一部が霧の中から顔をだしたかのように思えた。

「あれは、動物愛護団体のホーム。捨てられた猫や犬を保護しているみたいね」

「ホームって、つまり、症例一がマングースを持ちこんだとこだよね」

「そうだけど」

「SARSコロナウイルスって、あの手の食肉類に感染する可能性が高いはず。そして、そのマングースは症例一と濃厚接触している……つまり、日本にいたマングースから感染した可能性は薄くても、症例一からマングースの方が感染した可能性はある……」

仙水は獣医師出身だから、動物が絡むことになると強い。言われてみれば、充分にあり得ることであって、ひどく嫌な気分にさせられる。

「ああっ、もやもやして気持ち悪い！」と仙水が言った。「よくもまあ、そんな平然としてられるよね。これだけの要素が揃った土地ってなかなかないんじゃない？　バイオ研究所とか、ホームとかって、いったいなに？　普通こんな小さな町に、そんなんがある？」

「それ以前の問題よ。農家はブタを飼ってるし、合鴨農法もしている。まだ行ってないけど、近くには野鳥サンクチュアリがあって野鳥がたくさん来るらしい……」

「感染源の可能性が多すぎる。それこそ雲を摑むみたいじゃないか。それでも、SARS仮説は使える。そして、有力仮説でもある」

「まさにその通りね」

小堺が運転する公用車がやってきて、目の前できゅっと音を立てて止まった。

「動物愛護団体のホームと呼ばれているところ。そこに行ってほしいの」

ケイトはドアを開けるとすぐに言った。

赤坂吾朗（あかさかごろう）は、心の高ぶりを押し隠して、「このたびは、ご愁傷様です」と紋切り型のお悔やみを述べた。T駅前の喫茶店にて、午後六時半。外はすっかり暗く、人通りもまばらだ。

連絡をくれた斉藤繁(しげる)は四〇歳前後の筋肉質な男で、交換した名刺によれば中堅の証券会社に勤務している。角張った顔に小さな目が印象的で、疲れからかその目が独特の輝きを放っていた。

斉藤に会う予定はつい二時間前までなかった。赤坂がC県庁の県政クラブで原稿を書いていると、デスクから電話がかかってきて斉藤の連絡先を告げられたのだ。

「吾朗、おまえ、何か摑んだかもしれないぞ」

デスクの声はかなり熱が籠もったものだった。

「T市の駐在に、斉藤という人物から連絡があった。総合病院で医療過誤があった、というんだ。まだ三〇代の弟さんがインフルエンザ肺炎で亡くなったそうだ。医師の説明が不自然で、納得できない、と。どうだ、おまえが言っていたことと線がつながりそうだろう」

「ええ、そうですね」努めて静かに言いながら、赤坂は自分の手元にいくつかの糸がたぐり寄せられ、ひとつによりあわされていくように感じた。赤坂は電話を終えると教えてもらった番号にすぐにかけて、駅前の喫茶店で会うことに決めた。

はじまりはC市の病院でインタビューしたフィールド疫学者だ。C市内の私立病院で起きた院内感染事件を、疫学という方法で制圧した鮮やかな手際に魅了された。新人記者として配属された地方都市での一年目が終わりかけており、そろそろ「自分のネタ」

を要求される時期だった。赤坂はたまたま目の前に転がっていた「疫学」に飛び付くことにした。聞き慣れない学問だし、話を聞いているとまるで探偵のようだ。医学探偵、ないしは疫学探偵の活躍を描く特集、というのは紙面に馴染むのではないか。もっとも、取材対象の「探偵」は、県内最南端部のT市で起きた新たな集団感染のためにすぐに立ち去ってしまった。赤坂は一応のところ、T市の自社駐在に電話をして、本当にそのような集団感染事件が起きているのか照会した。「遺族」から連絡があった時、デスク経由で赤坂にすぐお鉢がまわってきたのは、駐在員がそれを覚えていたからだ。

　T駅には、暗くなってから到着。その後、駅前ロータリーをわたり、商店街に入ってすぐの喫茶店に入った。斉藤繁はすでに来ており、赤坂はさっそく彼の話に耳を傾けた。

「病院は何かを隠しています」低く押し殺した声で斉藤は言う。

「どうして、そう思われるんですか」

「佐智（さち）さんによると――ああ、弟の嫁ですが――、毅は発病する朝までまったく自覚症状がなかったそうです。朝、家を出て、東京へ打ち合わせに行き、帰ってくる途中で突然倒れた、と。そして、その後、二日もたずに死んでしまったわけです。インフルエンザといっても、ちょっと重たい風邪みたいなもんでしょう。そんなもので、若い健康な男が急に死ぬものでしょうかね。毅はね、本当に元気で頑強なやつだったんです」

　斉藤はやたら唾が飛ぶしゃべり方をする。それを気にしつつも、赤坂は身を乗り出して聞いた。

「たしかに、インフルエンザって、かかると辛いですが、寝ていれば何日かで治るものですよね。お年寄りならいざ知らず、若い人が死ぬなんて話あまり聞いたことありませんね」

「そのあたりを問い質したんだが、あそこの医者はインフルエンザウイルスが出たからインフルエンザ肺炎と診断したと言うばかりで、なぜ、こんなに早く死んでしまったのか説明できない。じゃあ、誤診がなかったと証明するためカルテを開示しろと言っても、拒否される。やつらは何か、大きな誤診をしているに違いないのです」

「インフルエンザ以外の可能性について、いっさい、説明はなかったのですか」

「ありましたよ。ええっと——」斉藤はメモ帳に視線を落とした。「マイコプラズマ肺炎、クラミジア肺炎……いずれも検査の結果、否定、と。しかし、納得できない。最期を看取ることすらできなかった。親族は外に締め出されて救命措置をいろいろやって、その時、医者も看護師も顔なんか隠れちゃうくらいのマスクで、ゴーグルまでして、えらい重装備だったんです。おまけに、毅の心臓が止まってしまった後も、まともに引き合わせてくれない。佐智さんが体にすがりつこうとするのも止められた。あれはなんなんだ。インフルエンザでそこまで用心しなきゃならないのか。映画で見たエボラみたいだったぞ」

斉藤の言葉が刺々しいものになるにつれて、唾の飛沫がさらにたくさん飛んできた。そのうちの一つはノートに文字を書き連ねる赤坂の手の甲に落ちた。

「なんでなんだ毅、なにもおまえが死ぬことはないじゃないか——」

その言葉は赤坂に向けられたものではなく、細く震えてかき消えた。小さな目に涙を浮かべ、胸ポケットから取り出したタバコを、ドラッグの禁断症状に見舞われた依存症患者がやるように、震える指で取り出した。煙を吐き出しながら、やはり細い声で、「お願いします」と言った。「毅になにが起きたのか、調べてほしいんです」

「できるだけのことを、やらせていただきます」店を出る斉藤を見送ってから、座ったまま携帯電話でデスクに報告する。

「よし、気合をいれて取材してこいよ」と激励を受けた。「そろそろ、一本立ちする時期だろう。自分の足でかせいでこい。うまくいったら、おまえが言っていた、なんとか探偵ものだって、特集枠で考えてやる」

普段から厳しく、酒を飲むとやたら絡んでくる上司だが、この時ばかりは携帯電話を耳に押し当てたまま一礼した。赤坂自身、学生時代は調査報道で力を発揮する記者になりたいと願っていたのに、最近の自分はただの原稿作成機械になりかけている気がしてならない。県庁の発表原稿や事件事故を追いかけるだけで目一杯であり、興味のあることに突っ込んでいくことができないのだ。それが今、事実上、自由に動け、と言われているに等しい。

「二つ、気をつけてほしいことがある」とデスクは言った。「感染のリスクはおかすな。もしも、その病気がヤバいものだったら、とっとと逃げて帰ってこい。その時は態勢を整えて再出陣だからな。それと、だな。斉藤さんのことだが、ネタを提供してくれたからといって、それがうちだけだとは思うな。うちみたいな中堅紙だけでなく、必ず大手にもたれ込むはずだ。うちが優位なのは、今この時点でおまえが現場にいることだけだと思え」

はじめて感染の可能性に思い当たり、さっき斉藤の唾が飛んだ手の甲をナプキンで強く拭いた。しかし、その心配以上に体が引き締まり、力がみなぎるのを感じる。

動物愛護団体の「ホーム」は、近くで見るとますますくっきりした箱形で、船を思わせた。小型トラックが出入りできそうな大きな扉の隣に通用口があり、インターフォンが取り付けてあった。島袋ケイトはその白いボタンを押して返事を待ったが、しばらくたっても何も返ってこない。もう一度プッシュ。そして、待つ。

「まいったなあ、ここに来ることになるなんてなあ」と小堺がぼやいた。「住民からの苦情が何度もあって、保健所としても苦慮してるとこなんっすよねぇ」

クリョなんて言葉が、小堺の口から出ると、どことなく冗談のように聞こえる。

「苦情って、どんなことがあるの」ケイトは聞いた。

「ええっとですね、ここには引き取り手のいない犬や猫やいろんな動物が保護されているわけですが、時々、逃げるんですね。特に犬ですね。大型犬が逃げたことが何度かありまして、そうしたら、もう保健所対応ってことになるでしょう。あと、東京で引き取った猫をここで保護して、地元の野猫が死にそうになっていても助けに来ないとか、いろいろ文句を言う人はいますよ」

小堺は鼻の穴を膨らませて、本気で怒っているようだった。

さらにもう一度、白いボタンを押すと、「はい」と怪訝そうな女性の声がやっと返ってきた。

「島袋さんが話してくださいね。保健所だと言うと、いろいろあったんで警戒されます」小堺が耳元で囁いた。

「東京の国立集団感染予防管理センターから来ました、島袋といいます。ちょっとお伺いしたいことがありまして……」

そう言っている途中で、通用口が開いた。

「あ、昼間の……」

ケイトが自転車でこのあたりを走っていた時に会った若い女性だった。

「やっぱり、あの時の人なんじゃないかと思ったんですよ」と言って招き入れてくれる。

中に入ったとたん、異臭がした。ケモノ臭さ、というか、糞尿の臭いだ。おまけに、空気が生暖かい。高い天井からいくつも蛍光灯が吊られていて、室内は明るかった。

「町民体育館だったそうです。新しいのができたので、古いところを貸してもらっているんです」

そう言われれば、たしかに小ぶりの体育館のように見えた。バスケットボールのゴールを吊り下げていたと思われる鉄骨の構造物も天井に残っている。

　でも、問題は床の上の方だ。あちこちに大きなケージがあり、犬や猫が収容されていた。数としては猫が八割から九割くらいか。さらに視線をめぐらせると、片隅に野生動物が固められていた。猿が何種類か、そしてイグアナやカメレオンなどの爬虫類……。

　壁際にあるスチール製のテーブルと椅子に、ケイトと仙水と小堺の三人は導かれた。ところが、仙水は動物たちが気になるらしい。「失礼」と言ってケージの方に歩いていった。

「うわぁ、仔猫ちゃん、かわいいでしゅねぇ」と赤ちゃん言葉で話しかける。いったい何を考えているんだか。

　ケイトは着席して、女と向かい合った。テーブルの上に置かれた女の左の掌が、膨れあがっているのに気づく。親指と人差し指の間に嚙み痕らしきものがあり、そこを中心に赤く熱を持っているようだ。おまけに手首にもひっかき傷がついていた。

「あ、これですか」と女が言う。ケイトの視線に気づいたのだ。

「ハムスターに嚙まれちゃったんですよ。近くの住宅地の小学生が殖えすぎて飼いきれなくなって相談してきたんで、預かってるんですけどね」

「アレルギー反応ね。次に嚙まれたら、アナフィラキシーショックで、やられるかもしれないわよ」ケイトは釘を刺した。

「わかってます。こうは見えても、わたし、獣医なんですよ。でも、この子たちの世話をするにはグローヴをしてると不便なことも多くて……」

いつか、自分も獣医師である仙水が言っていた。この仕事には、危機管理の意識が薄いやつが多い。人畜共通の感染症に無頓着だし、直接ふれあうことを愛情だとはき違えている、と。ましてや、ここは動物愛護団体の「ホーム」だ。ボランティアの獣医師にも、特別濃厚な愛情が満ちみちていることだろう。そのことを指摘した仙水自身、今この瞬間、目尻を下げてケージ越しに猫の毛並を撫(な)でているくらいだし。

「この子たち、全部、野猫で、死にそうになっていたのを助けられたんですよ。猫が好きって自分で言っている人が、猫を不用意に繁殖させて結局飼いきれずに捨てるものだから。野猫って長生きできないし、悲惨なんですよねぇ」

「あのさぁ」と声がした。小堺だった。「じゃあ、地元の猫も引き取ってよ。今年なんか、病気で死にそうになってたやつらがかなりいたんだし、言ってることとやってることが違うよね」

「でも、このあたりは暖かいから、冬でも死ぬ猫は少ないし、食べ物も漁村にはあるみたいだし……」女の口調はどこか自信なげで、視線も一瞬宙をさまよう。

「今年は、たくさん死んだって聞いてるよ。それに、月に二〇万円以上使って、餌をやってる人だっているしね」

「小堺さん――」ケイトが割って入る。「それ、今は本質的なことじゃないでしょう」

鋭く言い放つと、小堺は肩をすくめた。まったく、自分の仕事を分かっているのだろうか。

女に謝罪すると、逆に恐縮して、「こちらこそ、心苦しいんです」と言った。

「地元の子が病気になっていたら、わたしたちだって保護したいんですよ。でも……この施設は東京で保護されて病気が治った後で、里親が見つかるまで待つための場所なんで、病気の子を持ち込むわけにはいかないんです。せめて、もうひとつ別のケージを準備できればいいのだけど……」

話題自体が、どうやらこのテーマに囚われてしまった。ケイトは小堺を横目でにらみ付けた。

「ええっと、何日か前に、マングースが持ち込まれたはずですよね。その子は、どうなっていますか。どこにも見あたりませんが」

言ったのは、動物の様子を一渡り見終わって戻ってきた仙水だ。ストレートな言い方のおかげで、聞くべきテーマに立ち返る。

「あ、あの子は死にました。ついさっきです。罠でやられた傷が化膿して治らなかったんです」

「手首の傷ですけど……」ケイトは気になって聞いた。

「ぐったりしちゃってからあの子のことをずっと抱いてたんです。それで、何度か引っかかれて」

ケイトは女がマングースをまるで人間の赤ん坊のように抱きしめている姿を、はっきりと思い浮かべることができた。やはり、特別濃厚な愛情が、ここにはある。

「インフルエンザが流行っているのを、ご存じですか」ケイトは低い声で言った。ＳＡＲＳのことはまだ言えない。

「ＳＡＲＳの心配もあるんですよね。だから、ぼくらが動いているわけで」

仙水があっけらかんとつけ足した。こっちがあえて黙っているのにと一瞬むっとする。

「ＳＡＲＳですか……そんなことありえるんでしょうか」女は小首をかしげた。

「ええ、ですから、くれぐれも体調に留意し、変化があったらすぐに連絡をください」

小堺を促して、名刺を差し出させる。感染症対策係の電話番号がそこにある。

「それから――」と仙水が割り込んだ。「猿も気になるんですよ。リスザルとマーモセットがいますよね。このところ体調はどうですか。悪い点があったら教えていただきたい」

「猿は元気です。ちょっとしょんぼりしている子もいるけれど、あれはむしろメンタルな問題ですね。すごくデリケートだから、飼い主と離れての生活に慣れてないんです」

「あと、マングースはどこに埋めましたか。掘り出して、持ち帰る必要がありそうなんで」

仙水は徹底的にやるつもりだ。わずかでもある可能性は追究する。そして、それが否定できればしめたもの。一つの仮説が棄却、ということになって、「なんでもあり」の確率密度の霧が少しだけ晴れる。

しかし、そこに到達するまでどれだけ遠いことか。ケイトは今夜もリカに電話をするのが無理だと気づいた。

「……というわけで、明らかに新型インフルエンザの要観察例ではありません。しかしながら、青壮年の重症肺炎は重く見るべきとの点から、初動調査に着手することにいたしました。現時点で、市中流行が見られるというわけではなく、あくまで危機管理を徹底する意味で……」

電話の向こう側の男は、歯切れの悪い言葉で現況を説明する。目には見えずともあたかも揉み手をしているかのようなニュアンスだけがはっきり伝わってくる。

厚生労働省感染症課の課長補佐は、それをむしろ好ましいと感じる。入省以来二〇年間慣れ親しんだ独特の語法にも近く、つまり、同じルールを了解し合っていることの証拠だ。つい一〇分前にかかってきた国立集団感染予防管理センターの長からの電話の方が、「身内」であるくせにルールからはみ出した規格外の物言いが多かった。

「万事了解しております。集団感染の防護は一義的には各県に委ねられているものでありまして、適切にお願い申し上げます。要請に基づいて派遣されたNCOCの疫学部隊はぜひ有効に活用なさっていただきたい。万全の調査を期待いたします」

課長補佐は国会での答弁を頭の中でイメージしながらコメントを述べた。グレイのスーツの背が、自然とぴんと伸びる。

「つきましては、現時点での情報公開について、ご意見を……」電話の相手であるC県健康福祉部長がことさら声をひそめた。

なるほど、そういうことか。県としては、当然の懸念だ。

感染症というのは、現代社会において、単なる病気、ではない。世界を揺るがしたSARS騒動や、莫大な費用をかけて行われる新型インフルエンザ対策にも見られるように、一国の経済や金融を巻き込んだ政治問題であり、官僚はまさにみずからの属する集団の利益を最大化することが責務だ。同じことを裏から述べるなら、国民なり県民なりに、批判を受けない方法を常に考えねばならない。今この瞬間に批判されないだけでなく、将来においても妥当な判断を下したという証拠を残しておかねばならないわけだ。

「関東でも随一の農業・水産県ですからね。風評被害を避けたいというのは理解できますが……」

課長補佐はあえて一歩踏み込んだ。

「その通りでありまして、まさにご助言をいただきたいと……」

「法令に基づいて適切な判断をしていただければよろしいわけです」と鷹揚な口ぶりで返す。

いざことが大きくなった場合、県と事前に協議し準備をしてあったという既成事実は必要だ。それがないと、もたないし、責任問題になる。互いにとって必要な手続きであり、暗黙のうちに了解しあうべきルールだ。

「少々お待ちいただけますかね」と課長補佐は言い、部下に国立集団感染予防管理センターから届けられていたメールのコピーを持ってこさせた。

本来なら、上司である感染症課長の判断を仰ぎたいところだ。しかし、課長は、ドイツでの国際会議に出席しており、この問題については彼の担当になる。自分の判断は最小限に留め、マニュアル化してある部分はすべてそれに従うのが最良の選択だ。

T市における重症者は二名で、死亡者は二名。ただし、死亡者のうち一名は高齢者。症例は一名を除き、通常のインフルエンザウイルスが検出されており、もう一名も偽陰性だろうと推察されている。当たり前だがH5N1型の鳥インフルエンザや新型インフルエンザは検出されていない。従って、新型インフルエンザの要観察例や疑似症にはならないという県の判断は妥当。ルールから機械的に導くことができる。

とはいえ、新型インフルエンザではなかったとしても、国民の健康に大きな脅威となるものであれば、当然、対策を取らねばならないし、また、国際的な公衆衛生共同体にも通告しなければならないわけだが。

「今の時点では、この事例につきましては――」課長補佐は重々しく口を開いた。

「中央官庁が、新型インフルエンザ対策推進本部による対策本部会議を招集するものではありません。また、WHOや各国に対して、ただちに報告をしなければならないものでもないと思われます。経過をよく観察し、なにかありましたらご連絡いただくのがよいと思われます」

なにかがあれば連絡。それは、つまり、相手にボールを投げ返し、こちらは関知しないという意味だ。おたがいに協議し、その時点で手に入る情報に基づいた適切な判断を下した既成事実だけが残る。

ふと壁に目をやると、時計は九時を過ぎている。しかし、これからまだ、近年、とみに増えている結核の多剤耐性菌についてのミーティングに出席しなければならない。書類をファイルから取りだし、腰を浮かした時、電話が鳴った。部下である医系技官が取って、こちらをちらりと見た。

「SARSアラートが出されます」とあわてた口調で言う。

「誰からだ？」彼は眉をひそめて聞き返した。「いや、おれが聞く」

受話器をもぎ取るようにして耳に当てる。

「や、久しぶり、元気にしているかな？」と声がした。

嫌な予感がする。いや、予感ではなく事実だ。

この男と話すと、しばしば頭が混乱する。官僚のルールに馴染まないといえば、この男の右に出る者はいない。関東北部の辺鄙（へんぴ）な大学にやっかい払いしたはずだが、なぜ首を突っ込んでくるのか。

「とにかく、アラートが出るというか、たぶんもう出されたんじゃないかな。ということなんで、国としてもしかるべき準備をしておいた方がよいね……とにかく、病院側からの強い意向でアラート報告がなされた、と」

「唐突ですね。今更SARSアラートということもないでしょう」

つい本音が出た。これはSARSが世界的に流行した時に作った古い仕組みだ。サーベイランスが広汎になり、呼吸器感染症についての警戒がより強くなった現在、旧来のアラートとして「SARS」の報を聞くとは考えていなかった。どうもT市の病院では、過剰な反応をしているのではないか。

「いやね、サーベイランスの網の目をどれだけ細かくしても、すり抜けるものはあるわけで、そのシミュレーションになるんじゃないかな。それと、電話したのはね、近々、ぼくも出動して感染症モデルのためのデータを取っておきたいんだよ。調査にはもちろん協力するし、ほらきみの前に担当だった梨元(なしもと)クンって今、官邸にいるんでしょう？ ぜひ話をつけておいた方が……」

棋理が話し続けるのを無視して、課長補佐は部下に受話器を戻した。

アウトブレイク・ノート（二日目）

罹患者数　四名（死亡二名、重症二名）
症例定義　崎浜町に居住する者で、二月一五日以降、三八・五度以上の高熱を発して、肺炎症状を呈し、呼吸管理を必要とした者。
病名・症候名　重症化するインフルエンザ肺炎？ SARS？ あるいはその他の呼

吸器感染症。

病原体　インフルエンザウイルス？　SARSコロナウイルス？　あるいはその他の病原体。

潜伏期間　インフルエンザなら一日から三日、SARSなら二日から一〇日。

感染性期間　インフルエンザなら発症から最長五日間（子どもは七日間）、SARSなら発症一〇日目にウイルスの排出が最大になるとの報告がある。しかし、詳細は不明。

特記事項　亡くなった症例一には、発症前に香港と広東省深圳への渡航歴。食材市場にてハクビシンなど野生動物との接触あり。

第六章　ハッカーとリヴァイアサン（三日目）

東京駅発の快速電車には対面式の四人掛けボックス席があり、混雑していない時間帯にはまるまる一人で独占することができる。ラッシュの時間を過ぎているため、県庁所在地であるC市を過ぎたあたりで乗客は激減し、以来、彼はボックス席で足を伸ばし、優雅な一人旅を続けていた。

壁に固定された小テーブルの上には、C駅で五分間停車した際に手に入れた温かい日本茶のプラスチック・カップが三本。ペットボトル全盛の世の中に逆行するかのようなレトロな形状に惹かれ、わざわざ車内から出てまとめて購入した。

二本目のボトルを摑もうとして、指先が滑った。生ぬるい液体が飛び散って、シャツを濡らす。あわてて手で拭き取ろうとするが、急に開けた車窓からの眺めに目を奪われた。海だ。東京湾がのったりと凪いでいる。干潟に打たれた梁の杭の上に、名前を知らない磯鳥がとまっていた。

ゆっくりと移り変わる眺めは贅沢で、彼はこういった時代遅れの移動手段を好む。いつの間にかシャツは自然乾燥しかけており、彼はその原因となった小さな出来事について忘れ去っていた。

現場に出るのは、何年ぶりだろう。彼にとっての最後の現場は、例の香港だ。

「ＳＡＲＳ騒動の顛末は、世界的な公衆衛生ネットワークの勝利だったのか、それとも敗北だったのか」

彼はごく小さな声で自分につぶやく。あれから同じことを何度もみずからに問いかけている。

「勝利でもあり、敗北でもある。しいて言えば、勝敗のつかない前哨戦……」

このような歯切れの悪いことを言い得るのみだ。

一九一八年、世界的なパンデミックとなったスパニッシュインフルエンザは、なんら有効な手だてを見いだせないまま一説では一億人の死者を出し、自然終息するのを待たなければならなかった。それに対して、ＳＡＲＳは集団感染が発覚してからわずか一ヵ月ほどで病原ウイルスが特定され、さらには遺伝子コードまで解読された。感染をコントロールする方法も確立されたと考えてよい。だからこそ、人類のほとんどすべての共同体が被ったかつてのパンデミックとは違い、ごく一部の場所のみで食い止められた。ＳＡＲＳは基本的に院内感染病であり、今では「制圧された感染症」だ。

にもかかわらず、ＳＡＲＳ騒動の一連の流れの中に、どうしても看過できない部分がある。それはスピード、だ。広州であらわれた風土病が、わずかな時間で、香港、ベトナムといったアジアの国々に広がっただけでなく、ヨーロッパ、アメリカ大陸にまで飛び火した。特にカナダのトロントでの集団感染は、いわゆる医療先進国も例外ではないのだと思い知らされるのに充分だった。これは敗北、あるいは、敗北の予兆、と言い得る。

希望が砕け、理知が折れる瞬間。

そういったものが、容易に実現するものだと彼は知っている。

現にSARS騒動の時、この国でもきわどい瞬間があった。もしも対応を誤れば、各地でSARSの院内感染が続発していたに違いない。細いロープをなんとか渡りきり、完璧な防疫を果たしたその時のチームが、今ふたたび結成されるのはただの偶然なのか。

彼はブリーフケースの中から、ノートパソコンを取りだして、古い文書を開く。公開されることがなかった報告書。大阪で起きたある一家の集団感染事件で、症状からSARSを疑った彼は、ウイルスが検出されないという理由で主張を認められず、当時研修生だった島袋と仙水とのたった三人で、公の後ろ盾なしに調査を進めなければならなかった。

調査を成功させたのは島袋で、制圧を成功させたのは仙水だ。彼自身は何もしなかった。

島袋は一家の過去二週間の行動から細い糸を辿り、台湾からの来客を突き止めた。その人物は帰国直後に発症しており、日本で接触した者の感染が疑われた。そこで島袋は当時明らかになっていた感染の効率や、潜伏期間の頻度分布を考慮して、感染の恐れが高い人々のリストを早々に作りあげた。一方、仙水は保健所のトップをほとんど脅すようにして、法的な根拠もない自宅待機勧告を導き出した。それは、むしろ心理学的な駆け引きの成果であり、水際だった現場での即時の対応といえた。結局、島袋と仙水の勝利であり、中央官庁の説得のために右往左往していた彼自身はなんら直接的な寄与をしていない。

だから、チームを再結成する、というわけではない。彼は今回はただ初期の介入（インターベンション）を行うのみ。部外者であることこそ、彼の役割だ。あの時よりも、はっきりとそれを自覚している。それを成長というか、なんというか。常にアウトサイダーへ。彼はそういうベクトルに乗って生きてきた。

時計を見る。午前九時過ぎ。Ｔ市の総合病院から保健所へと通達されたＳＡＲＳアラートについて、記者会見が行われる頃合いか。

幕がゆっくり上がる。

彼はぎりぎりで舞台へと滑り込むアクターだ。憂いとも、平静とも、あるいは無表情とも思える、独特のポーカーフェイスで、彼は窓の外を見つめ続ける。

赤坂吾朗は、報道陣でごった返す県民センターの大会議室で来（きた）るべき時を待っている。

記者会見の知らせは早朝にファクスで各社に送られてきた。「記者会見のお知らせ――ＳＡＲＳアラート事例の発生について」という素っ気ないタイトルで、詳しい内容には触れられていなかった。とにかく、午前一〇時、県民センターの大会議室で、記者会見をする、と。

ファクスを受け取った各報道機関が、色めき立ったことは間違いない。赤坂の社でも、保健所、県民センター、総合病院といった関係各所に電話取材をこころみた。普段は脇の甘い地方の役所だが、この時ばかりは毅然と「詳細は記者会見で」と繰り返し、具体的な情報は得られなかった。

今、パイプ椅子に座って待っている記者たちには、どことなく落ち着かない様子が見て取れる。彼らはほとんどT市の駐在で、こんな田舎町で全国区のニュースに出会うことなど滅多にない。いや、新興感染症の「現場」の取材など、全国紙本社勤務の記者ですら経験した者はほとんどいないだろう。

おたがいに顔見知りの記者たちが、「本当にSARSなのかよ」「いや、アラートってのは念のために出しておく、みたいなものらしい」「取材してて感染する心配はないのかね」などと口々に話し合っている。不安を感じながらも、事態を把握しきれていない様子が伝わってきた。

赤坂は聞こえないふりをしつつ、口の端で笑う。目下のところ、赤坂は彼らに比べて、格段に有利な立場にある。すでに複数の情報源から、会見の内容を想像できるだけの取材をなしとげているのだから。

昨晩遅く、島袋ケイトを電話でなんとか捕まえた。名刺にあった東京の本部に電話すると「出張中」とのことだったので、必ずT市にいると確信していたものの、さすがに電話口で彼女の声を聞いた時には興奮した。

「島袋さん、赤坂です。今、T市に来てるんですよ」赤坂はつとめてさりげなく言った。

「赤坂さんって、C市で会った記者さん？」

「そうです、その赤坂です。ちょっとした事件があって駆けつけてきたんですけど、ひょっとしたら島袋さんがいるかなあと思いまして……」

「なんで、ここを知っているのかしら」露骨に嫌そうな声になった。

「しらみつぶしに電話をかけました」

「観光地なんだから、宿泊施設はたくさんあるはずなのに……」

「逆にビジネス用途のホテルは少ないですよ。ここで五軒目でした」

「一応、休暇のつもりなんですけどね」

「よかったら、お会いできませんか。夜遅く申し訳ないけど、興味を持っていただけると思います」

「ごめんなさい、疲れているの。もう眠ろうとしていたところ」

「じゃあひとつだけ、お伺いしますが、総合病院で人が死んだそうですね。ひょっとすると院内感染も起きているんじゃないですか。病院が隠そうとしているとか」

赤坂は単刀直入に切り込んだ。カードの出し惜しみをしている場合じゃない。電話の向こうから息を詰める音が聞こえた気がして、さらに畳みかけた。

「亡くなった斉藤毅さんのお兄さんと話をしました」

「斉藤さん……、崎浜の斉藤さんのことね……」島袋は絶句するように言葉を切った。

少し間があって、「選択肢は二つ」と続ける。

「わたしから大まかな情報を聞いた上で、記者会見まで公表しないと約束するか、あるいは、このままノーコメントで電話を切るか」

「記者会見はいつですか」

「まだ決まっていないわ。でも、午前中にはできるでしょう。報道記者が嗅ぎつけた以上、会見はしないわけにはいかないもの。保健所や県に対しても説得材料になるから、その点ではギヴ・アンド・テイクね」

赤坂は迷わずに最初の選択肢を選んだ。今、手元にある情報だけでは確証のある記事にはならない。どのみち記者会見までは待たなければならないわけだ。だから、島袋から事前にブリーフィングしてもらえるならそれに越したことはない、という判断だ。

島袋はそれから一五分ほどを割いて、赤坂に今、総合病院で進行中の事態、および、保健所やFETの対応などを解説した。患者はすべて市内で発症しており、それ以上はプライバシーの関係で明かせないと言う。「フィールド疫学」に関して、付け焼き刃の勉強をしたせいもあって、赤坂にはだいたいの事がすんなり理解できた。

電話を切った後で、赤坂はさっそく予定稿を書いた。渦中の人物からの情報だから、かなり精度が高いものだと自信が持てた。原稿に目を通したデスクが電話の向こうで興奮のあまり、「おい、これは特ダネだぞ。朝刊にぶち込めるか」と叫ぶのを、必死にならなければならなかった。島袋との関係は維持しなければならない。だから、約束通り、記者会見の後まで待つ。これはさらに大きな特ダネを求める記者としての計算だ。一夜明けて、本社ではすでに、号外の準備が進んでいる。また、ウェブでの速報は赤坂がゴーサインを出した瞬間に公開されることに決まっていた。

会見は、おもむろに始まった。粗末なスチール机を挟んで、会見する側も、取材する側も、それぞれ不慣れでぎこちない出だしだ。

最初に保健所長があいさつをするが、これが長い。「東京からの調査員を迎え、鋭意、調査を進めておりまして、その間にも総合病院では患者を救う最善の努力が……」など と分かり切ったことを述べるだけで五分がすぎた。

「で、結局どうなんですか」と苛立った声で述べたのは、地元の重鎮記者だった。「人が死んだ、と聞いています。それが何人で、どういう病状だったのか、というのが問題なわけで、ポイントを述べてもらわなきゃ話にならない」

白衣を着た医師が、マイクを取った。土気色の顔は、すでに疲労困憊（ひろうこんぱい）している。「内藤です」と言った声も低く凍てつくようだった。

「昨日、入院加療中の二名が亡くなりました……」と続けるが、記者たちは互いに顔を見合わせるばかりだ。そして、小声での耳打ちが続く。

「二人死んだって……病院だろ」

「そうだよな。病院なんだからさ……」

その通り、病院で一日のうちに二人の患者が死ぬのは、それほど珍しくはないだろう。しかし、それが重症化する肺炎なのが問題であり、症例の渡航歴がさらに問題なのだ。記者たちはまだそれを理解していない。本物のＳＡＲＳ感染事件に立ち会っているのかもしれないと思っているのはきっと赤坂だけだ。

「亡くなった方のうち一人は、つい最近、ＳＡＲＳが報告されている中国南部から帰ってきたばかりでした」

そこまで言って、やっと会見場は静まりかえった。

内藤の口から語られた入院患者の転帰。七一歳男性、三三歳男性の二人が相次いで死亡。さらに二人に加療中。市中で発症したもので、院内感染ではない。ということは、今も市中に感染者がいるかもしれず、感染が拡大する可能性もある……。

ここまでくれば、まともな記者なら誰だって、事態の大きさに気づく。

さらに、ＦＥＴから来たという仙水という名の男性が、現在の状況を解説し始めた。細身のジャケットを羽織ってネクタイをしめただけの比較的くだけた恰好をしており、語り口のソフトさと相まって、耳にすんなり入ってくる。

彼が言うところによれば、ＳＡＲＳアラートとは、ある一定の基準を満たした場合に出されるもので、必ずしもＳＡＲＳ患者が出たという意味ではない。今回の場合も、まだＳＡＲＳが確定したわけではなく、今、検体を送って調査している途中である。今のところ、これが本当のSARSである確率は、高いとも低いとも言えず、とにかく注意を喚起するためのアラートであることを了解してほしい。そして、万が一、SARSであると分かったとしても、以前の世界的集団感染で得られた知見があるから、制圧できると考えている。むしろ、怖いのはパニックだ。今後もできるだけ情報はリアルタイムに近い形で公開していくつもりなので、憶測でパニック心理を煽るような記事は書かないでほしい。

それにしても、FETというのはおもしろい組織だ。赤坂は、C市で島袋の記者会見に出た時と同じ印象をこの仙水にも感じた。無駄のない話し方をし、無理のない論理構成で納得できる結論に至る。記者の仕事をしていると、論理の飛躍や、曖昧な物言いには敏感になるが、島袋や仙水は、常に自分が語り得るロジックの「強度」に意識的な気がした。手持ちの証拠の強さよりも大きなことは言わないし、小さくも言わない。だから、信頼できると感じられる。

しかし、だからこそ、赤坂は警戒する。記者は決して丸め込まれてはいけない。仙水の隙のない弁舌には、どこかに誤魔化しが入り込んでいるのではないか。

やがて、記者との質疑応答の時間に入った。彼らはSARSについての知識も何年か前の集団感染の時から進歩していないし、そもそも「初動体制」「初動チーム」「フィールド疫学」といったことにも無知だ。きのうまでの赤坂と同じなのだ。だから、質問はきわめて基本的で素朴なことが多かった。今更、赤坂が聞いても仕方がない。

赤坂は膝の上にノートパソコンを載せて、会見の雑感などを入れ込んだ決定稿を急いで書き、そのまま無線のインターネット接続カードを使って、社会部の原稿受け用アドレスに送った。速報にもゴーサインを出した。

会見が一段落し、席を立って携帯電話で社と連絡を取る記者の姿が目立ち始めた。「ちょっとおおごとかもしれませんよ」「正直、よくわからん。これはニュースなのか。ハズレの確率の方が高いらしいぞ」などと、受け取られ方の温度差がかなりある。

でも、これはニュースだ。間違いなくニュースなのだ。

多くの記者が保健所長や総合病院の医師にぶら下がっているが、赤坂はひとりぽつんと取り残されているFETの仙水のところへ向かった。彼がこの場の鍵を握る人物であることを赤坂は知っている。

名刺交換をしてから、「つい一昨日(おととい)、C市で島袋さんにインタビューさせていただいたばかりなんです」と言った。「フィールド疫学(エピ)についての特集記事を書こうと思っていたんですが、こんなことになっちゃって……」

「そうですか、ぼくたちの仕事に興味を持ってくださったみたいで光栄です」と如才なく言う。島袋のように嫌そうな顔はしない。

「エピというのは、とても魅力的なテーマです。今まで、日本で有名じゃなかったのが不思議です」

「そう思うでしょう！」仙水が表情を崩した。「ぼくに言わせれば、日本の社会にエピが根付かないのは、根本的に我々の社会が科学的な思考に慣れていないからですね。ほかの国々を訪ねてみれば分かりますよ。アメリカや西ヨーロッパはもちろん、東南アジアなんかの方がよほどエピの優秀な人材がいる。今や医学的な因果推論はエピなしには成立しないのに、いまだに『医学とは病理学に始まり病理学に終わる』なんていう素敵な大先生がいるのは日本だけですから。もっとも、ぼくはメディカルドクターじゃなくて獣医ですから、自由にやってますけどね」

マシンガンのように淀みなく、しかし、頭の中にすっと入ってくる話し方だ。とはいえ、内容がよく分からないから、混乱する。

「ところで、崎浜で何があったんですか」

話題を変えたくて、苦し紛れに言った台詞だ。結果的に、かまをかけたことになる。昨晩、島袋がぽろりと漏らした地名。亡くなった斉藤の自宅は崎浜という町だと分かっているので、その符合が気になっている。はたして、仙水もぽろりと、何かを漏らしてくれないか。

「崎浜って……ああ、そういう町があるんでしたっけ」

とぼけた言い方だった。でも、赤坂は、微笑んだ目の中にほんの一瞬だけ宿った鋭い光を見逃さなかった。

新たな取材の方針が決まる。何かが背中を後押ししている感覚を抱く。

午前一一時半、民放の昼ニュースのオンエア。パソコンで受像する。「ピラミッドと太陽」の絵が描かれたペットボトルから水を飲み、少年は画面を凝視する。トップニュースは、年始から荒れ続けている政局と、アメリカ大統領の訪日中止のニュースで占められている。発足後間もないタカ派内閣は内外の政治的緊張を高めており、アメリカのみならず、アジア諸国、西欧諸国から懸念の声が上がっている。そんな中、関東地方の南端から発せられた、日本で初めてのSARSアラートは、かろうじて、全国ネットの時間帯の最後に挿入され、「全国区」の面目を保つ。「まだSARSと確定したわけではない」というアナウンサーのコメントも添えられて、次のニュースへと流れていく。

インターネット上では、もう少し流れが急だ。C県の地方紙が自社サイトに掲載した記事が大きな話題を呼び、専門家のメーリングリスト、様々なブログや掲示板が鋭い反応を示す。本当にSARSなのか。もし、そうだとしたら、どれくらいの規模の集団感染が起こり得るか。死亡した人物の一人は、発症前に東京にいたらしい。SARSを受け入れられる病院はどれだけあるのか。SARSにならないためには？　そもそも、SARSってどうよ。

ネットの情報交換は急速であり、時に爆発的だ。少年にとって、それが心地よい。行動範囲が限られている彼にとって、インターネットは宇宙そのものでもある。それに等しい現実的な重みを持ったものとは……しいていえば、晴れた冬の夜、ライトアップが終わる午前零時以降に見上げる澄み渡った空と、白日、エントランスの円柱の陰から見渡す農村風景くらいなものだ。

少年は、みずからが住まうこの土地の名を知らない。にもかかわらず、直観する。これらのニュースは、少年にとっての「今ここ」を指し示している、と。

だから、少年みずからも、掲示板やメーリングリストに情報を投げてみる。少年が得意とするのは、一九一八年のパンデミックだ。それについては、折に触れて調べてきた。例えば、アメリカのある陸軍キャンプでは、一万五〇〇〇人の兵士のうち、当初、数人の病人がいただけだったが、ある日、突然、一五〇〇人が発症した。まさに感染爆発だった……。

何かが変わろうとしている。大きく変わろうとしている。

意識は澄み渡り、確固として揺るぎない。

一方、少女は、少年がいる建物から一キロも離れていない古いアパートの一室で、涙にくれている。冷蔵庫の中の食べ物はもうほとんど残っていないし、パックの口が開いた牛乳も全部飲んでしまった。アパートの部屋は、北向きで昼間でも暗い。もう泣く以外にできることがない。

母親は家から出てはならないと言った。朝には帰ってくるから、眠って待っていなさい、と。

朝、目が覚めて、ママー、と呼んでも、母親はいなかった。こんなのははじめてだった。夜は仕事でいないけど、眠っている間に帰ってくるのに。すごく心細い。壁に貼ってある番号で携帯電話を鳴らしても、出てくれない。

どうしようもないから、冷蔵庫の中にあるものを自分で食べた。チンするのはできたから、冷凍食品も食べられる。そして、ビデオをたくさん観た。シンデレラや白雪姫のディズニーの映画。トトロも観たし、セーラームーンも観た。お腹が空いたら、何度もチンした。でも、ひとりきりは寂しい。ママはどうしてしまったんだろう、と不安がどんどん大きくなる。

お腹が鳴る。なにか食べたい。でも、もう残っているのは、キムチとからっきょうとか、少女が苦手なものばかりだ。

外に出てみた。言いつけをやぶることになるけれど、もうがまんできなかった。

靴が片方、見あたらないので、洗ったばかりの保育園の上履きをはいた。部屋は二階だから、手すりの向こう側に、往来を見下ろすことができる。道路を挟んで少し離れたところにスーパーマーケットがある。あそこまで行けばお菓子や冷凍食品があるのに、少女はまだ一人で買い物をしたことがない。それどころか、お金を持っていない。

階段を上がってくる音がして、少女はあわてて部屋に戻った。電話が鳴っている。

でも、取らない。一度鳴らしてからいったん切って、またかけるのが母親のいつものやり方だ。そうじゃないやつは取らない。耳を塞いでやりすごす。

もう一度、夜になる。すると、お化けが来た。隣の部屋や下の部屋から、声がするのだ。それも、すごく苦しそうなうなり声だ。お化けが来てだれかが食べられているのだと想像する。怖くて布団にくるまっているうちに眠ってしまう。

　朝、目が覚めて、ママー、と声に出したら、ママがいる気がした。でも、いない。涙があふれ出した。でも、待っていればきっと帰ってくる。ママは待っていなさいと言った。だから、待つ。少女は涙を流したまま、唇をかみしめる。


　黒部久子は、にわかに息苦しさを覚えて、大きく息を吸い込んだ。目の細かいN95のマスクを通すと呼吸は常に意識しなければならない行為になる。人工呼吸器につながれ屍蠟（しろう）のように青ざめた夫の顔を目の前にしながら、むしろみずからの身体（からだ）の欲求に煩わされることが不愉快でならない。

　年齢の差があることから、いずれ夫に先立たれることは覚悟していた。しかし、それは今ではない。今であってはならない。

　強い思いに駆られながらも、久子があくまで冷静なのは、おそらく職業意識のせいだ。先端の医療現場に身を置いたことがないとはいえ、久子は看護師である。患者を前にして、看護師はパニックに陥ってはならない。たとえ、目の前にあるのが、生命の兆候を少しずつ失いつつある夫の姿であったとしても。

　この病院からSARSアラートが発せられたということを、今朝、久子は高柳相太から聞いた。高柳は医師会の部会で夫とつきあいのある若い医師で、これまでにも何度か夕食を食べに来てくれた。子宝に恵まれなかった夫婦にとって、もしも子どもがいたなら今頃は、と思わせる存在だった。

久子はまんじりともせずに夫の枕元に座っており、はたしてインフルエンザの肺炎でこんなことになるのだろうかと疑問を抱いていた時だ。人間の体がこんな急に小さくなるものか。内側で何かが夫の肉を食らっているかのようだ。夫だけではない、同室の窪川という壮年女性もそうだ。崎浜の人だというから、どこかで会った気がするのだが、これだけげっそりしていたら分かるはずがない。個性をそぎ落とされた、ただの症例だ。

SARSなら、合点がいく。

久子は事態を静かに受け止めた。これも職業意識ゆえかもしれなかった。保健所が黒部小児科医院に入り、診療室の拭き取り調査をしたいという。それに合意して看護師の堂嶋に立ち会ってもらうよう電話したのが朝一番だ。きっと今頃は、主（あるじ）のいない医院は物々しい雰囲気に包まれているのだろう。

それにしても、特に久子は、一日二四時間の大部分を夫とともに過ごしてきた。同じ病原体に晒されていたと考える方が自然だ。久子と夫との間を分けたものは何なのか。堂嶋なら「あたしは、良い水を飲んでいるからだよ」などと言い放ちそうなものだが、久子はさすがにそうは思えない。

正午のサイレンが遠くから聞こえてきた。防災無線の点検を兼ねて毎日鳴らされるものので、いつもながら騒々しい。

「奥さん」と声がした。高柳だった。

「病院としての対応が決まりました。申し訳ないのですが、ここから先、付き添いはご遠慮願いたいのです」

「わかりました」久子は椅子から腰を浮かした。

「それと、念のために、奥さんの咽頭や鼻腔の拭き取り、それと、血液検査もお願いいたします」

やはり、そうかと久子はうなずいた。当然だ。今はただの「潜伏期間」なのかもしれない。久子にはその方がむしろ好ましいと思える。夫を今失ってしまえば、残りの人生はまことに味気ないものになるだろう。それに耐えるよりは、同じ病気で後を追う方がずっとよい。

高柳に促されて、夫に背中を向ける。

それでも、後ろ髪を引かれ、もう一度振り返る。

「ＳＡＲＳにかかった人で、亡くなるのはどれくらいですか」と久子は掠れる声で聞いた。「この前の流行では――地域や年齢群によってかなり違いますが――中央値は一五パーセントくらいです」

「でも、このように重症化した時点から考えると、もっと数字は上がるのでしょうね」

「それは、なんとも……でも、奥さん、かかった人全員を殺す病気なんてありえないんです。ぼくたちは希望を持たなければ」

希望、という言葉が耳を打った。

急に涙が溢れてきた。

「希望」が語られたからではない。

今、この瞬間の別れが、ひょっとすると今生の別れになる可能性に思い当たったからだ。

足が動かない。頬を伝った涙が、マスクの縁を濡らす。

その時、久子は息を呑んだ。

「どうかしましたか」と高柳。

それには答えず、夫の顔を凝視する。

しばらくして、「ほら」と注意を促した。

「今、目が動きました。目を開けようとしたんです。朝に比べて顔に赤みが戻ってきています」

高柳が久子の隣に立ち、腰をかがめた。

「そうでしょうか。そうだといいんですが」高柳の口調は確信に欠けたものだ。

「本当です。わたしは、昨晩からずっとここにいるんですからね」

久子は自分自身に言い聞かせるために、強く言い切った。

島袋ケイトが、コンビを組まされた相手について、呪詛の念を抱かずにいられなかったのはもっともだ。小堺賢一は、疫学調査に関して素人であるばかりか、基本的なデリカシーが欠如しており、話しているだけで気が立ってくる。運転手としての機能は果たすものの、それなら、ケイトが自分で運転したって変わらないわけで、小堺の存在価値は目下のところマイナスでしかない。昨晩ホテルの部屋に電話をかけてきた若い記者にも苛々させられたが、こっちは目の前にいる分さらに悪質だ。まったく最近の若いもんはなってない……と自分が一〇年前に言われていたことをそのまま型にはまったかのように思っている自分がさらに腹立たしくなる。

「それにしても、これって嫌な仕事ですよねぇ、ダンナを失ったばかりの奥さんにああだこうだと聞かなきゃならないわけでしょ」

運転しながら話す言葉遣いにも、すでにそこはかとない品のなさが漂っている。

「誰かがしなければ、同じ悲劇をたくさん生んでしまうかもしれない。だから、たいていの遺族は受け入れてくれるけど、かといって、彼ら彼女らの悲しみが慰められるわけじゃないのよね。たしかに、因果な仕事だと思う」

「ぼくたちの側だって危険なわけじゃないですか。進んで感染の危険に身を晒すなんて、どうかしてますよね」

カチンと来る。この青年には自分の仕事について、誇りってものがないのだろうか。

「FETにしても、保健所にしても、そういう仕事なのは当然でしょ。嫌ならやめればいいだけで」ケイトは少し声を荒らげた。

「そうもいきませんよ。安定した職場だって、親だって喜んでくれてるわけじゃないですか。ぼくの友人でも、いまだにフリーターやってるやつ、いくらだっていますからね」

さも当然というふうに言われると、たしかにそういうロジックはあり得るのだと感じ、ケイトはふっとため息をついた。思えば、母だって、仲の良い友人だって、ケイトの仕事を「理解できない」と言うわけだし。

小堺が運転する公用車は、崎浜の新興住宅街ハイタウンの入口を通り過ぎ、目的の家の前に停まった。最初に訪ねた時は夜だったし、また照明も消えていたので気づかなかったのだが、薄ブルーの艶消しタイルで覆われた印象的なたたずまいだった。アプローチの部分に波をかたどったレリーフがある。また、玄関の脇の駐車スペースに、サーフボードが無造作に立て掛けてあった。

ケイトが「症例」としてしか知らない個人の生活の細部がむくむくと立ち上がってくる。独立して一線の仕事をこなしつつも、自分自身のライフスタイルや家族との生活を大切にし続けた、意志の強い男。そんなところだろうか。

小堺がチャイムを鳴らし、初老の女性の声で中へと招き入れられた。玄関を開いたのは、壮年の男性だった。密葬にすると聞いていたが、すでに親族が集まりつつあるらしい。

天井が高く風通しの良さそうなリヴィングは、フローリングもつややかで手入れが行き届いている。ひとつながりになっているキッチン側には大きなダイニングテーブルがあり、逆側にはイームズ風の洒落た赤いソファセットが並べられていた。彼女はその中で、一番大きな三人掛けソファにぐったりと身を委ねていた。小柄で、細く、今にも折れそうだ。

「佐智さん」と壮年の男が呼びかけて、彼女は物憂げに顔を上げた。

ほとんど同時に「ママー」と甘い声がした。まだ歩き方にぎこちなさが残る、三歳か四歳くらいの女の子だった。腕にアッシュグレイの猫を抱えていて、それでますます歩き方が幼児的になる。

「パパ、かえってきたの？」

「まどかちゃん、ママは大事なお仕事の話なの。あっち行って待ってましょうねぇ」

キッチンからお茶を運んできた初老の女性が言うと、女の子はケイトと小堺のことを屈託のない目で見た。

「パパが、かえってきたらおしえてね」

猫を床におろすと競走するみたいに走り去った。

ごく近い将来、あの子が「パパはもう帰らない」と理解する瞬間のことを考えると胸が潰れた。

一人掛けのソファに座り、ありきたりのお悔やみを述べ、こんなタイミングで訪れたことの非礼をわびる。と同時に、なぜこの聞き取りが必要なのかも説明する。彼女は時々視線を泳がせながらも、「はい」とか細い声で答える。三人掛けソファのもう一方の端に壮年の男が座り、亡くなった斉藤毅の実兄だと自己紹介した。

「ご主人が発症して入院する前、二週間くらい、何をされていたのかまず教えていただきたいのですが」ケイトはつとめて事務的に切り出した。

彼女は指を顎にあてて、小鳥がやるように小さく首をかしげた。

「ずっとこちらにいたと思います。東京に行くのは月に一回、多くても二回ですので」

「毎日、ご自宅で仕事をしていた、と」

「はい、だいたいそうですね」

「その間、何か特別なことはありましたか。外国から帰ってきたばかりの人に会ったりですとか、動物に嚙まれたりですとか、なんでもいいんです」

「近所の人に会ったりはしますが、それほど人付き合いが多い方でもないし……あ、岩場で怪我をしました」

「岩場、ですか？」

「主人は毎朝、サーフィンに行くのが日課なんです。車で一〇分くらいのところのビーチです。小さな浜なので、端のあたりに行くと岩場なんかもあって、そこでウェットスーツごと足を切りました」

「健康状態はどうでしたか。なにか変わったことは？」

「いいえ、とりたてて。もともと、風邪もひかないような健康な人なんです」

「どんなささいなことでもいいんです。覚えてらっしゃることがあれば」

「それなら……東京に行く前に口の中が痛いって言ってました。珍しく口内炎が出来て、嚙んでしまったって。本当にそんなささいなことしかないんです」

ケイトはメモに「口内炎」と書きながら、眉間に皺をよせた。何人か似た症状の患者がいて、それぞれの背景をさぐればどこか共通点が洗い出されるに違いない、と考えるのが疫学調査の第一歩だ。なのに、昨晩訪ねた吾川と、きょうの斉藤の間には直接の接点がないばかりか、行動上の類似点も少なそうだ。かたや伝統的社会で農業を営み、かたやほとんど外出せずに仕事をする情報技術者の新住民。違って当たり前なのだ。特定すべき原因、締めるべき元栓の所在は、やはり雲のように曖昧なままだ。別々の病気がたまたま同じ時期に偶然起きただけなのではないか、とすら思えてくる。

念のために、保健所が入手してくれた写真を見せた。死亡した吾川に加えて、現在、総合病院で加療中の二人、そして、吾川と一緒に香港旅行をしたメンバーの中で写真が手に入った五人。これらの中で、最近会った人、あるいは知っている人はいないかどうか。

まず、吾川を含む香港旅行組六人が排除された。やはり、ここには接点はない。そして、ほかの重症患者である、地元の小児科医の黒部と、窪川の写真が残された。

「黒部先生には娘がお世話になっています。でも、主人がつれていくことはありませんし、わたしにしても最後に行ったのは二ヵ月くらい前です。娘はこの前インフルエンザにかかりましたが、夜に熱が出たので、市街地の救急病院に行って、結局、黒部先生にはお世話になりませんでした。それから、もう一人の方は――一緒に入院していた方ですよね――スーパーなんかで時々見かけたことがありました。うちの子より少し大きなお子さんがいらしたみたいで」

ここまで話すと彼女は、深いため息をついた。話すうちに目の中に宿った光はすーっと消えてしまった。「毅の部屋を見ますか」と言ったのは、隣に座っていた実兄だ。

「はい、お願いします」

ケイトは、腰を浮かせた。仕事場は二階にあり、リヴィングと同様に天井が高かった。見たこともない何種類かのコンピュータが並んでいた。

「うわっ、ハッカーの部屋みたいだ」小堺が場違いな声をあげた。「パソコンじゃなくて、サン・マイクロシステムズのワークステーションなんかもありますよ。それにヴィンテージだけどNeXtcubeなんてはじめて見た」

L字型の大きな作業デスクの上には今もプリントアウトされたA4用紙が乱雑に積みかさねられ、ついさっきまでここで仕事をしていたかのような生々しさだった。

「毅はハッカーなんかじゃありませんよ。むしろ逆です」実兄が割り込んできた。「仕事では金融関係のシステム設計をやっていたようですが、趣味でコンピュータのセキュリティ関係のボランティアをしていると言っていました。それにかなり時間が取られるけれど、やりがいがあるから無償でもやめられない、と」

「いいえ、そういう人もハッカーって言うんですよ。いや、白い帽子（ホワイトハット）といって、本当の意味でのハッカーは善玉なんです。ぼくは真のハッカーはすごく尊敬します。知識や技術だけでなくて、強くないとできないことだから。どんな系統のボランティアだったんでしょうか」

「スパイウェア対策やコンピュータウイルス退治の仕事だと言っていましたね。最近、流行っているリヴァ……なんでしたっけ」

「リヴァイアサンウイルス！　あれは本当にたちが悪いです。どんどん亜種が出てきて、対策が追いつかないですからね。久々に大流行しているウイルスなんです。弟さんは、きっと強くて凄いハッカーだったんですね。でも、リアルのウイルスにやられちゃうなんて、皮肉です……」

　実兄は眉をひそめた。

「小堺さん、コンピュータの話は関係ないでしょう。それよりもこっち――」

口を尖らせる小堺を無視して、ケイトは半開きになった遮光カーテンの向こう側を指した。

　ウッドデッキのバルコニーだ。カントリー調の楕円テーブルがあり、四脚の椅子が寄せられている。手すりの部分に木製の箱のようなものがあって、ケイトの目はそこに吸い寄せられた。箱の下には開口部があり、さらにその下に木製のトレイが置かれている。窓を開けて外に出てみると、周囲が白く汚れているのが分かった。

「あれはバードフィーダーですか」とケイトは言った。

「そのようですね」と実兄。

箱の中に餌を入れておくと、自動的に定量が給餌されるタイプのフィーダーだ。白いものは野鳥の糞に違いなかった。

「これはどなたが管理していたんですか」

「毅のはずです。二階の仕事部屋とバルコニーの管理は自分がしていると言ってましたから」

「あちらのもそうですか——」

ケイトは眼下に広がっている小さな裏庭の一角を指さした。

そこにはバードフィーダーとしては大きな、犬小屋サイズの木造物が地面から一メートルくらいの高さの台の上に置いてあった。

「あれは、バットハウスですね。コウモリのねぐらです。毅は変わったやつでしてね。コウモリがいれば蚊を食べてくれるからって、ねぐらを作ってやって……」

実兄は腕時計に目をやった。

「そろそろ、よろしいですか。葬儀の相談をしなければならないので……」

「あ、すみません、いろいろ見せていただいてありがとうございました」

ケイトは例によって、遺族や最近、故人と接触した人が発熱した場合、すぐ保健所に連絡するようにと説明し、斉藤邸を後にした。吾川重造の香港旅行の詳細を知った昨日の成果に比べると、あまりぱっとしない聞き取りだった。実際、ノートを見てみても、大きな文字で下線を引いてあるような部分は、「岩場で足を切る」「バードフィーダー」「バットハウス」くらいなものだ。

車に乗り込んだ時、仙水の携帯電話から着信があったことに気づいた。きょうは保健所の別のスタッフと一緒になって聞き取り調査を進めている。留守電に「ちょっと頼みたいことがある」とあったので、すぐにかけた。

ケイトは単刀直入に「今、斉藤さんの奥さんたちから話を聞き終わったところ」と言った。

「ぼくの方は、窪川さんの職場で話を聞いたとこ。ぱっとしないけどね」

今、入院加療中の窪川洋子は、バス通りでもある国道近くのアパートに住んでいる。家に電話しても誰も出ず、親族とも連絡がとれないとのことで、病院も困っているらしい。ちなみに職場とは、市街地にあるスナックで、いわゆる夜の仕事だ。彼女はここでいきなり発熱し、倒れた。

「で、お願いってなに」ケイトは聞き返した。

「黒部小児科医院に寄っていってほしいんだ。きょうは保健所のチームが拭き取り調査に入ったから、立ち会いに看護師が出勤しているそうだ。インターフォンを鳴らせば、開けてくれる。それで、最近一ヵ月分のカルテをごっそり持ってきてほしい。こういうの保健所の連中には頼めないから」

「そんなことしていいわけ」

「黒部さんの奥さんともう話はついた。本来ならちゃんと手続きを踏みたいところだけど、それじゃ間に合わない。窪川さんの周辺をいろいろ調べて、気になったことがあるんだ」

「すごくいい加減な理由な気がする」

「悪かったね。これはぼくの小さなインスピレーション。尊重してもらいたいもんだ。いつもはケイちゃんに振り回されることの方が多いんだからさ」

一方的な物言いだった。しかし、背後に切迫したものを感じ取ってケイトは「わかった」と答えた。


高柳相太は、衝立(ついたて)だけで作られたにわか仕立ての「緩衝領域」に立ち、そのたたずまいを確認する。衝立の内側にはガウンが掛けられ、小さなテーブル上に消毒済みのマスク、手袋、ゴーグルなど、個人防護具(PPE)が整理されて置かれている。

これができることのすべて、だった。陰圧室はおろか、前室を備えた病室さえ持たないこの病院では、可能な対策など、しょせん限られている。なにしろ、この緩衝領域は、廊下である。ナースステーションと、病室との間のわずかばかりのスペースに衝立を設けて、男性用と女性用の着替え室を作っただけだ。こんなものが、ＳＡＲＳを疑われる病気と、日常的な「非感染」世界との間の、事実上の前線なのだ。見た目の印象は頼りないことこの上ない。

しかし、SARSについてこれまでに分かっていることを反映した、必要にして充分な対応だという自負はある。接触や飛沫を介して感染するわけだから、それをコントロールするためには、厳重な設備で封じ込めるというよりも、ふだんから医療従事者が行っている標準的予防策（スタンダードプレコーション）と飛沫感染用の対策をいかに適切にとり得るかにかかっている。

衝立内部の維持管理状態は上々。今のところ、院内感染対策に破綻はない。

あとは、SARSアラート事例にかかわる医師、看護師らが、どれだけ正確に事態を理解し、みずからの行動を律することができるか、だ。

言葉にしてしまえば、拍子抜けするくらい単純なことだ。手洗いやうがいに始まって、フィットテストを済ませたN95のマスク、ガウンや滅菌済みの手袋を着用する際の基本的な手技、等々。単純である分、おろそかになりがちな部分でもあり、高柳はこれについては口を酸っぱくして言い続けなければならないと覚悟している。

ナースステーションの方に歩き始めると、女性用の衝立の中から年配の看護師が出てきた。手洗い場の前に立ったものの、わずか五秒ほどで水を切ってしまう。

「手洗いはきちんとやりましょうね」高柳は呼びかけた。「今、指の先と親指の洗浄を省略しましたよね。最低二〇秒はかかるはずです。ペーパータオルやマスクはそこにある蓋付きのゴミ箱に——」

「はいはい、分かってますよ」看護師は悪びれもせず、こちらを見た。「でもね、高柳先生、ちょっと今は緊急時なの。窪川さんがかなり悪くなってます。先生も中に入ってください。人の手が足りないんです」

「分かりました」と言いつつため息をつく。

ベテラン看護師の良い面と悪い面が同時に出ている。良い面というのは医師に対する遠慮のなさであり、悪い面とは、自己流のやり方を曲げようとしない頑（かたく）なな態度だ。この道三〇年の自信で裏打ちされているから、若造の言葉では動いてくれない。

「SARSって院内感染病、なんですよ」と続けてみた。

返事はなかった。看護師はすでにナースステーションに飛び込み、足りなかったらしい様々な薬剤をかき集めている。使う可能性が少しでもあるものは、緩衝領域の内側にストックしておくべきだと気づく。

高柳も薬剤の入った箱を分担して抱えると、ふたたび衝立の向こうに入った。ガウンの外側にはいっさい手を触れず着用するには、ちょっとしたコツがいる。手袋、マスク、ゴーグル、靴カバーを着け、病室エリアへ。目下、呼吸器内科専用のICUと位置づけられている四〇二号室のドアは開いており、内藤医師や看護師らの背中越しに横たわっている女性の姿が見えた。自発呼吸はしておらず、脈拍も弱い。

四〇二号室は、死の部屋。

看護師の間では、すでにそんなふうに言われているらしい。つい前日、吾川重造を見送り、斉藤毅を見送った。そして、今度は窪川洋子だ。

「そうだ、黒部さんの点滴が外れてるの。高柳先生、みてあげて」と看護師が後ろ向きのまま叫んだ。高柳は小児の細い血管に点滴の針を刺してきたから、大人の血管なら目を瞑（つむ）っていてもラインを確保できる。というのはオーバーにしても、かなり自信がある。結局、ベテラン看護師にしてみれば、高柳など点滴要員ということか。

高柳は四〇二号室から出て、四〇一号室に向かった。今、この部屋に横たわっているのは黒部だけだ。生気をいっさい感じさせない身体は、ミイラを通り越して、もはやただの物体に見える。

高柳はどうにも切ない気持ちにとらわれた。アウトドア好きで活力に満ちた彼の姿を知っているだけに、今、こうやって横たわる姿を見たくない。自分の無力さを感じ、釈然としないもやもやしたものが心の中で育ち始める。

外れてしまった点滴は、どうやら本人が大きく動こうとしたからのようだ。

今度は逆の腕の静脈を探し出して針を刺した。

おやっ、と思った。

挿管されて不自由な口元が、ぴくりと動いた気がした。凝視して、はっと息を呑んだ。

「先生！　黒部先生」

高柳は呼びかけた。

またも口元が動く。

聞こえているという意思の表明か。

いや、違う。痙攣だった。

激しくはない。しかし、口元や、目尻、そして、指先がはっきりと震えている。

肺炎だけではない、別の合併症の兆候か。

内藤に伝えなければ。しかし、隣室では内藤の怒声が飛んでいる。

「除細動器、もう一度！」と一際はっきりと聞こえてきた。

その言葉が意味するところは明瞭だ。高柳は黒部のもとを離れ、今まさに救命のぎりぎりのところで闘っている同僚たちのところへと急ぐ。

第七章　仮説の構築（三日目・承前）

黒部政義は、夢の世界に囚われている。

それは半径五〇〇メートルほどのドーム状をしており、小さな砂浜と干潟がある。隅々まで歩き通すことはできるが、境界には白い霧がかかっている。空も常に薄白い曇天で白い霧と区別がつかない。

霧の壁にたどり着くのはたやすい。しかし、中に足を踏み入れると、いつのまにかこの小世界に戻ってくる。囚われているというのはそういうことだ。

ここにいるのは黒部ひとりだけ、というわけではなかった。

時々、海にはサーファーの男が現れた。もっとも、男はひたすら海とビーチを行ったり来たりするばかりで、黒部が話しかけても振り向かなかった。

彼が引き連れるように、しばしばイルカの群れがやってくる。そうすると、その後に大きなクジラが突進してきて、そのまま砂浜で座礁する。カモメや野猫の群れが、屍肉を食い散らかす。強烈な腐臭の中で、死にまつわる表象が、あたりに満ちる。

干潟の側に歩いていっても同じことだ。たくさんの野鳥たちが、浅い水に半分体を沈ませている。かつてこのあたりでもよく使われていた鉛の散弾を呑み込んだのか、それとも、ビニールを喉に詰まらせたのか。心痛む光景だ。

ここでは時間の流れが速いと感じる。座礁したクジラはやがて大波に呑まれて消えてなくなり、干潟の野鳥たちの死骸も水の底に沈んでしまった。サーファーの男の姿も消えて、ドーム状の世界を潮騒が支配する。

夜が来る。珍しく空が晴れ渡り、満天の星が降ってくる。

海から薄白い手が伸びて、黒部を引きずり込もうとするが、必死に抵抗しているとそいつは来たときと同じように唐突に去っていく。

星空の中に細長い楕円の窓が開き、誰かの目が浮かび上がる。なんの確証もなく、黒部はそれが妻の久子のものだと知っていた。

おーい、と叫ぶ。

そちらに戻るぞー。今、戻るぞー。

声は届かない。

暗い海から、またも薄白い手が伸びる。抵抗するうちに霧がかかり、朝が来る。

保健所内に設けられた対策本部に島袋ケイトが帰り着いたのは午後遅い時間だった。黒部小児科医院で仙水に頼まれたものをピックアップし、その後で、吾川重造の香港旅行の同行者の一人に会っていた。

ケイトは、会議室の一角に持ち込まれた冷蔵庫からポリビタを取り出し、一気に飲み干した。

そして、ノートパソコンでメールをチェックするうちに、ふと指を止めた。高柳が業務の合間を縫って打ってきた短信だ。入院中の窪川洋子が危篤に陥ったとある。黙ったまま画面を向けて仙水に見せると、「まあ、予想はしていた。もう時間の問題かもね」と返ってきた。

「不謹慎！」とケイトは責めた。

この男の独特の軽さは本当に鼻につく。

「あのね、ぼくらはみんな死ぬの。今生きている人間で、二〇〇〇年後にも生きている奴はいないの。遅いか早いかの違いなわけで。死を語ることを避けるのは単に逃避。特にぼくたちみたいな仕事は、日常のこととして死を語ってなんぼなわけ」

「まだ死ぬ年齢じゃない。それに窪川さんって子どもがいるのよね。母親ってのは簡単に死ぬわけにはいかないの。死んではいけない人なの。わたしは、逃避してるわけじゃないから」

「うん、ケイちゃんが言うならそれは正しい。んじゃ、意見が合ったところで、ちゃっちゃっとやっちゃおうか」

「ええ、とにかく、情報の共有。重要情報だと現時点では思えないことも含めて、すべての可能性を排除しないこと……」

言葉の最後のあたりは、現場での棋理の口癖だった。すべての可能性に対して思考を開きつつも、限定できるところはどんどん切り捨てていくのが、ケイトが仕込まれたやり方だ。

仙水が自分の椅子をずらして、ケイトと相対した。ケイトと仙水はこれまでに分かったことをまとめて、保健所に積極的な施策を提言しなければならない。それなしでは保健所は本庁からの指示を待つばかりで、初動チームもただのお飾りになってしまう。

「で、ケイちゃん、症例との接触がある人たちで、症状が出ている人はいたの？」

「いなかった。吾川さんと一緒に深圳に行った人もみんな平常通り。ちなみに、例の野生動物市場ではみんな一緒にぐるりと見学はしたけれど、特別、何かの動物に触るとか、濃厚な接触はなかったらしいのよ。それと斉藤さんの方は——」

ケイトはノートを見ながら、自分が見聞きしてきたものについて話した。斉藤毅の自宅には、あまり引っかかるものがなかったわけだし、ものの五分で報告が終わる。

続いて、仙水の番だ。

「こちらも症状が出ている人はゼロ。ぼくが辿った限り、窪川さんと直接、接触した人はみなぴんぴんしてる。ちなみに、窪川さんは、つい最近引っ越してきたばかりで、国道から一本入ったアパートに住んでるんだよね。それがみすぼらしいところで、家賃なんてめちゃくちゃ安いんじゃないかな。チャイムを鳴らしても、反応はなし。母子家庭で、夜は倒れた時にいたスナックで働いていて、昼は派遣で事務仕事だって……おかげで聞き取らなきゃならない人が多くてさ、なのに、なんの実りもなくて、ふと思ったんだよ。窪川さんにも子どもがいたわけだし、黒部小児科医院に意識を向けた方がいいんじゃない？」

「たしかに、気になるわね」

「ね、そうでしょ。つまり、黒部医院に感染の元になる共通の源があるのかもしれないし、拭き取り調査を型どおりにやっても、何かが検出できるとは限らないし……ひょっとすると、通院していた子どもと関係するのだとしたら――」

「だから、そんなことじゃなくて！」

仙水が座ったまま椅子を引いた。ぽかんと口を開けて、間抜け顔になる。

「じゃあ、ケイちゃんは何が気になるわけ？」

「母親が入院している間、子どもはどうしているのか。母子家庭なんでしょう。保育園とか学校にも聞いてみた？」

「さあ……母親の実家に引き取られている、とかじゃないの。さすがによく気づくよね」

ケイトはむっとしてにらみ付けた。仙水にとやかく言われる筋合いはない。

「でもね、ぼくが言いたいのは、小児科医として日常的に子どもと接していた黒部さんや、母親である窪川さんだけじゃなくて、斉藤さんにも小さな子どもがいたわけだし、吾川さんにもきっと小さなお孫さんとか――」

「だから！」

ケイトは鋭い動作で立ち上がった。仙水が驚いてのけぞった。

「緊急時なのよ。いきなり倒れて、子どもの心配までできると思うわけ？」

ケイトはまだ窪川洋子の子どものことを言っている。窪川自身にケアする余裕はなかったわけだから、近所の人が気を回すのでもない限り、かわいそうなことになっている
のではないか。

「そこの、あなた！　何してるの」

ケイトは会議室のドアのところで、ぽかんと口を開けて立っている小堺に向かって言
った。

「す、すみません。白熱した議論で、思わず聞いちゃいました……」

小堺は、そそくさと去ろうとする。

「待って」と呼びかけると、びくっとして立ち止まった。

「今すぐ確認して。窪川さんのお子さんがどうしているか。保健所が動くのか、児童福
祉司が動くのか分からないけれど、とにかく確認するように伝えて」

「は、はい！」と小堺がかけ出した。

背中を見送って、椅子に座り直した。ふいに目頭が熱くなった。どうしたんだろう。

母親が亡くなり子どもが取り残されるかもしれないというだけで、ここまで動揺するの
って我ながら変だ。

もう一本、ポリビタを飲んで仕切り直す。しばらくすると用向きを済ませた小堺が戻ってきて、児童福祉司に動いてもらうことになったと伝えた。

「さあ、やるわよ」ケイトは言った。

顔色をうかがうような上目遣いの小堺と目を合わせた。

「あなたもいてくれる？　データの入力を頼みたいの。そういうの得意なんでしょう」

「まだ症例は四つだけなんだし、やる意味なんてないと思うんだけど……本当にやるの？」と仙水。

「記述疫学は基本中の基本。症例が一件だけでもやるの。情報はばらばらにしておくのではなく、ある形式の升目の中に入れることで取り扱いやすいデータになり、論理に従ってくれるようになる。エピの現場にいる者なら常識でしょう。どうせ、のちのち症例が増えることになったら、同じことをやるんだし、今からやっておいて損はないわ」

「うへぇ、本気なんだ。分かりました。不肖、仙水、記述疫学に協力いたします」

仙水は咳払いをして、自分のノートパソコンを近くに引き寄せた。そして、急に厳かな顔になる。

「それではまず、症例定義は？」

「今年二月、C県T市に居住する者で、三八・五度以上の発熱を見、非典型的な肺炎を発症し、人工呼吸器による呼吸管理を必要とした者、といったところかな。でも、市中にいるかもしれない感染者を探すなら、呼吸管理の条件は外した方がいいかもしれないわね。でも、今の四例については、どっちでも同じ」

「いずれにせよ、今は情報が少なすぎる。シャープな症例定義にするためには、病像がもっと収斂してこないことには無理だ。現時点では、異議なし」

「さて、『時間・場所・人（タイム・プレイス・アンド・パーソン）』の要素をどうまとめていきましょうか」とケイトが言う。

小堺は目をしばたたいている。

「ぼくは、『人』をやろう」と仙水。「こちらからの情報も、考慮するから」

そう言って、テーブルの上の書類の束を軽く叩いた。

「それ、なんですか」と小堺。

「最近一ヵ月分のカルテ。黒部小児科医院のもの」仙水が答えた。「この時期、症例の子どもや孫が、黒部医師のところに行ったのかどうか、行ったならいつだったのか。そういうこと、知りたくない？　ほかにもいろいろ役に立つ情報はたくさんあるし」

「ええっ、そんなの……まずいんじゃないですか……」小堺が目尻を下げた情けない顔をした。

「非常事態だからね」と仙水はさらりと言う。

小堺は目尻を下げたまま、顔の汗をハンカチで拭き取った。

「それでは、タイム・プレイス・アンド・パーソンを、一気に記述してしまいましょう」

「あのう、さっきから気になっているんですが、タイム・プレイス……ってなんのことですか」と小堺が言った。

仙水はカルテを見ながらパソコンを操作している。ケイトは自分が説明するはめになったのを自覚した。面倒だ。しかし、この先のことを考えると、理解しておいてもらわないと困る。本来、これくらいのことは誰もが知っているべき保健所で、この手の説明をせずに済む日はいつ来るのか。深くため息をつく。

御厨潤一は、エアロックを通って専用の防護衣に着替えると、さらにもう一段あるエアロックを抜ける。バイオセイフティレベル（BSL）3の検査室へと足を踏み入れるたびに厳粛な気持ちになるのは、ウイルスを探求する情熱を新たにするからだ。

検査室中央にあるテーブル上には、C県T市より届いた検体の、大きさの違う容器が三つ並べられていた。C県の衛生研究所に運び込まれたものとは別に、急遽（きゅうきょ）、こちらにも取り寄せた。SARSアラートが発せられる段階であるなら、国の機関が検体を直接、検査するのは当然の成り行きだった。

三つの容器はもともとひとつに梱包（こんぽう）されていた。一番大きな外側容器はプラスチック製の密閉容器でバイオハザードマークのシールが貼られている。内側の二次容器はちょうど茶筒大の金属製、さらに内側の一次容器はそれを小型にしたものだ。感染性の検体を搬送する場合、三重の梱包が基本である。

検査室で目下、淡々と、しかし、着実に作業をこなしている人数は五人。FETとは別部署であるが、国立集団感染予防管理センター（NCOC）の精鋭であることには変わりない。

「御厨センター長、わざわざこんなところまで……どうされたんですか」小柄な検査主任が言った。

「いや、ぼくは現場には顔を出したい方だからね」と応える。実際、病原体を扱うこの場所に、検査に直接携わらない者が出入りすることは無用なリスクを増やすことであり、あまり褒められた習慣ではない。しかし、御厨はしばしばこの場所に戻りたくなる。

「検体の検査に入ってからそれほど時間は経（た）っていないわけだが、もう結果は出ているのかな」

「迅速検査用のキットやＬＡＭＰ法は一通り」

「で、どうだったの」

「すべてネガティヴ」

「偽陰性はどれくらいあるもの？」

「ご存じの通り、ＳＡＲＳの場合、重症の肺炎が起こっている時期なら八割くらいの感度があるんですが、今回の場合は、検体に適した糞便ではありませんし、正直、この検査結果は当てになりません」

「ほかにはどんな検査を進めているの」

「今、血中抗体を間接免疫蛍光法（ＩＦＡ）で見ているところです。ちょうどあちらで結果が出始めています」

促されるままに、御厨は検査主任の後を追った。

「ご覧の通りです。蛍光は出ません」若い技師が言った。

彼の前の液晶ディスプレイには、暗くぱっとしない像が映し出されていた。蛍光顕微鏡からのアウトプットだ。

「これも陰性ですね」と検査主任が続けて言った。「さすがに、これだけすべての検体で陰性ばかりですと、我々もSARSであるという説を支持しにくいのも事実です。最終的には培養結果を見たいところですが……」

「じゃあ、インフルエンザの方はどうなの？　二つの症例からA型が検出されているわけだけど」

検査主任がほんの一瞬口ごもった。

「亡くなった二人の方の組織標本を送ってもらいましたが、肺からはインフルエンザウイルスは出てきませんね。あくまで上気道のみです。つまり、インフルエンザウイルスはごく普通に喉にとりついているだけで、肺炎には直接寄与していないんです。じゃあ、何が肺炎を起こしたのか、分からない。よくある一般細菌による合併症かというと、そんなことはないわけですし、正直途方にくれます……」

検査主任の表情に、どことなく疲れともとれるものが浮かぶのを御厨は見逃さなかった。無理もないことだ。こうやって重要な検体が運び込まれると、ラボは二四時間態勢の激務となる。検査の速度が、人を救い、感染を断ち切る鍵ともなるわけで、彼のような責任感の強いタイプは家に帰らずに仕事を続けているのだろう。

御厨は主任の肩をぽんと叩いた。「きみが、そんなことを言ってもらっては困るよ。検査室からの報告は、様々な可能性の霧の中で迷いかねない我々にとって、常に誘導灯（ガイディング・ライト）だ。真実を明らかにするためには、きみたちの力が必要なんだ」

可能性の霧というのは、棋理文哉が使いそうな表現だ。しかし、霧を振り払う方法は、御厨と棋理では違う。

もう一度、ラボのメンバーに激励の言葉をかけ、御厨は自室に戻った。席に着く前にコーヒーを淹れた。この時間にくつろいだひとときを持つのは、自分に対するルール違反だが、とにかく考えをまとめる必要がある。コーヒーカップを手にしたまま、椅子に浅くかけ、両足を投げだし、天井を見つめる。

なんとミステリアスで、魅力的な感染症事件であることだろう。ＳＡＲＳでもなく、インフルエンザでもないとしたら、いったい何なのだ。ひょっとすると、ＳＡＲＳの時以来の、いや、それ以上の謎へと発展するかもしれない。ＳＡＲＳが新興感染症として世界を震撼（しんかん）させた時、御厨はワシントンＤＣでウイルス研究の現場にいた。テーマはＲＮＡウイルスの起源にかかわるもので、医学よりもむしろ生物学寄りだった。ある日、棋理からのメールが届き、すべてが変わった。

ＳＡＲＳ、つまり重症急性呼吸器症候群という、症状だけで定義される病原体不明の感染症が東南アジアで猖獗（しょうけつ）を極めている。ウイルス性であるらしく、全世界の感染症関連研究者が正体を突き止めようとやっきになっている。きみも、参入してはどうか。

今にして思えば、はめられたのだと、思う。御厨は同じ大学のもう少し物騒な感染性の高いウイルスを研究している連中と一緒に作業をはじめ、すぐにのめり込んだ。文字通り、寝食を忘れて没頭した。未知のウイルスを追いつめる仕事はそれ自体スリリングであり、また、研究のスタイルも魅力的だった。流行中の感染症だから、通常の研究とは違って先取権など問題にせずすべての情報を公開しながら前に進む。連日、ネットで議論しながら、病原ウイルスを特定していくプロセスは、まさに人類の英知の象徴たるサイエンスだった。その知的興奮は、科学する者だけに与えられる特別なものだ。

そして、今、あの時以上の謎が目の前にあるのかもしれない。謎が謎を呼ぶ感染症であり、おまけに、我が国の首都圏で発生したものだ。科学する人間の理性がそいつに打ち勝つために、今しなければならないことは何か……考えるだけで、手が震えるほどの興奮を覚える。

思考に没頭するあまり、ノックの音が聞こえなかったらしい。指示を乞うために入ってきた若い隊員が、両足を投げ出したポーズに目をすがめた。

「珍しいですね。なにか悪いニュースでもありましたか」

「良いニュースなのか、悪いニュースなのか……問題は検証可能な仮説を我々がまだ持てずにいることなのだよ」

これも棋理が言いそうな台詞だと思いつつも、やはり、それに対処する方法は別だ。

「はあ？　なんのことですか」

「ひょっとすると、とうとうあれを使うべき時が来たのかもしれない……」

御厨は天井を見たまま、つぶやいた。そして、隊員に視線を移した。「きみは、臨床医出身だったね。なら、知っているだろうが、現在の外科手術では、病理医を待機させて、術中に迅速組織診断を行うことが多いそうじゃないか。同じことを疫学調査でも行いたい……導入した機材を実地に使うのはまさに今だ……」

「と言いますと……例のやつ、ですか」

「その通り。我が国の感染症対策に必須でありながら、稼働率が低いと国会で指摘されてやり玉にあがったあれだよ」

御厨はラボの内線を押して、検査主任を呼び出した。そして、緊急の出動に応じることができる人員がどれだけいるか、確認する。

「あのう……」小堺はキーボードから手を離して言った。「入力、終わりましたけど。見ていただけますか」

自信のなさがあらわれて、おのずと小さな声になった。小堺にデータを与えてから、ずっと激しい議論をしている島袋と仙水には届かない。それにしても、この人たち、どうしてこんなに言葉がきついのだろう。普通に話しているくせに喧嘩（けんか）しているみたいだ。

小堺はふたたび自分の手元に視線を落とし、画面を見た。入力に使ったソフトは「エピキュリアス」という。疫学調査のための統計パッケージだそうだ。無償で提供されるオープンソースのもので、ウィンドウズでもＭａｃでも各種ＵＮＩＸ系のＯＳでも走る。きっと、疫学(エピ)に興味があるスーパーハッカーがいて、こういうものを作っているのだと想像した。

しかし、小堺には銀色のマシンそのものの方がもっと興味深い。島袋のノートパソコンは最新機種ではないものの、小堺が前々からほしいと思っていたシリーズだ。光学メディアの読み書きフル対応で、そこそこ高速なプロセッサ、一・五キロを切る軽量、しかもバッテリーも長持ちするから、出先でも気兼ねなく使える。実は仙水も同じシリーズの最新機種を使っていて、やはり、その道のプロは「道具」にもこだわりがあるのだと感心させられた。

「どうしたの、手が止まってる」と島袋に言われ、びくんと体を震わせた。

「いえ、あの、このマシン、すごくいいなあって。ぼくもほしいくらいで……」と素直に言ってしまう。

「データは？」島袋は素っ気なく切り返した。

パソコンへの愛が、島袋には伝わらないらしい。そういう人が使うのはもったいないと思いつつも、小堺は「入力なら、終わりました」とおずおずと口に出した。

手渡されたデータは、それぞれの症例について、年齢、性別、発症日、住所など、様々なデータをまとめたもので、項目自体はたくさんあったけれど、たった四例だからそれほど時間を要さなかった。

「じゃあ、見せて」と島袋が体を寄せてきた。小堺は緊張して自然と体を硬くした。島袋の指先がトラックパッドを撫で、キーを叩いた。

とたんに画面が切り替わった。

「うわっ、こんなことできるんですか」

目の前の画面に崎浜町の地図があらわれたのだ。

「いいじゃない。これで、ずいぶん見通しがよくなった」

「そうだね。でも、ぼくが言った通りだ」仙水がいつのまにか背後にいて、うなずいた。

「何か分かったんですか」

「今、見ているのは『時間・場所・人（タイム・プレイス・アンド・パーソン）』のうちの『場所』。そして、今のところ『場所』の分析では何も言えないことが分かった」

「なんですか、それ」

「どこまで曖昧さを限定できるか、たえず問うのが大事よ。今はまだ曖昧さを拭うことはできない……」

自分がやったことが、否定されたみたいで嫌な気分になる。

「ほら、症例を示す赤いマークは、崎浜地区全体に散っているでしょう。どこかにまとまったところがあれば、近くに感染源があるとも考えられるのだけれど、今この時点では何も言えそうにない」

「でも、黒部小児科医院と窪川さんのアパートは近くですよ。道路を挟んでほとんど斜（はす）

向かい」


小堺があえて反論してみると、島袋は意外にも「そうなのよねぇ」とつぶやいた。

「それが、唯一、集積らしい集積ね。あとは、吾川さんのところは山側に飛び出してるし、ハイタウンは別の方面の山際……」

島袋は黙り込んでしまった。熟考中というかんじだ。

「まだ考え込むところじゃないよ。『時間』のデータはどうなっているのか。見せてほしいな」

仙水の声に、島袋がまた指先を翻す。

映し出されているのは、グラフだった。横軸が時間、というか、日付で、縦軸が「症例数」。

「なんですか、これ。棒グラフですね」と小堺は聞いた。

「発症者の数を日ごとに数えているだけ。疫学では、エピデミックカーブ、流行曲線というのだけれど、棒グラフを習った人なら、小学生でも書けるでしょうね。とにかく、こうやって『時間』の観点から、分析するわけ」

なるほど、言われてみれば簡単だ。二月一五日が「１」になっているのは、吾川が発症した日だからだし、一六日が「２」なのは斉藤と窪川が発症したからだ。さらに、一日飛んで、一八日の「１」は、黒部だ。

「何も捨てられないわね」と島袋。「持続曝露なのか単一曝露なのか。ヒト・ヒト感染は成立しているのかどうか。これだけでは判断はできない」

「捨てられないって……何を捨てるんですか」

「調査というのはね、消去法なんだよ」と仙水。

　小堺は首をかしげた。「でも、タンイツバクロとかって……」

「曝露というのは、この場合、人間が病原体に晒されることを指している。英語ではイクスポージャー。たしかに、疫学独特の言葉だ」

「例えば——、これが未知の感染症だったとする」島袋が割り込んだ。「まず期待したいのは、病原体の人類への適応度が低くて、ヒトからヒトへと感染しないこと。その上で、発症した四人が同じ時に同じ感染源に触れていて、それが本当にたまたまだったこと。単一曝露というのだけれど、これなら、最初に曝露した人以外、新たな感染者は出ない。逆に今も、健康な人が未知の感染源と日常的に接触しているなら、だらだらと新たな患者が発生する。これが持続曝露。ちなみに、効率的なヒト・ヒト感染が成立していれば、感染した人が簡単に新たな感染源になるわけだから、最初の感染源がどこにあろうがあまり関係なくなる……」

　島袋が自分に対して、言葉を尽くして説明してくれているのだと途中で気づいた。面倒くさそうだけど、意外に律儀なのだ。

「これを見る限り、ジゾクバクロ、なんじゃないですか。だって、一五日からだらだら続いているみたいだし」

「感染してもすぐ発症するわけではないし、人によって潜伏期間の長さは違う。だから、これくらいの症例数がこの程度ばらけても、なんとも言えないね――『人』の情報の方が、今のところはむしろ大事だよ」

今度は仙水が小堺の肩越しに手を伸ばし、キーボードを操作した。

画面にいくつかのグラフと表が浮かび上がった。仙水が画面をスクロールさせるのを、小堺は目を凝らして追った。

性別、年齢、職業、インフルエンザ陽性反応、インフルエンザの予防接種、一ヵ月以内の海外旅行および帰国者との接触、野生動物との接触……といった項目ごとにあてはまる症例の分布を示すグラフと表らしい。さらには、同居する子どもが、ここ一ヵ月のうちに黒部医院で受診したかどうかも、子どものカルテから探し出して確認してあった。すべて小堺が入力したデータだが、こうやって視覚的に表現されると分かりやすい。

「小堺さんも、ひとつひとつ見てみて、何がこの病気の感染に影響しているのか、思いつくことがあったら言ってほしいの。こういうのはできるだけ新鮮な目で見るのが大事だから。わたしたち専門家は、いくら心がけていても無意識に自分の枠組みでものを見てしまう」

「はいはい、分かりました」と言いつつ、頼りにされているみたいで悪い気はしない。にわかに熱心に画面を見つめる。

年齢や職業といった項目は、かなりバラバラだ。でも、たった四人なのだし、こんなのが何の役に立つのだろうか。職業なんて、農業、自営、事務およびスナック勤務、医師、と各人のプロフィールをそのまま並べて、該当者の数をそれぞれ「１」としてあるだけだ。わざわざグラフにする意味がないと思う。

黒部小児科医院での子どもや孫の受診歴の表があった。それを見た瞬間、小堺は思わず背筋を伸ばした。

医師の黒部は当然としても、ほかの三人のうち二人が、この一ヵ月の間に、子どもか孫を黒部小児科医院に通わせている。これは何か関係がある気もする。

「ぼくが感じていることを言おうか」と仙水が切り出した。

小堺は考えるのを中断して、顔を上げた。

「ケイちゃんは、重要なことをひとつ見落としている。斉藤さん宅に、バットハウスがあったって言っていたよね。ぼくに言わせりゃ、そいつは、一番疑わしい元栓候補のひとつだ。コウモリが狂犬病の感染源になるのはよくある話だし、ほかにも東南アジアのニパウイルス、オーストラリアのヘンドラウイルスなんて、コウモリが自然宿主で人間が呼吸器症状や脳炎を起こす。それに、ＳＡＲＳコロナウイルスもコウモリ由来であるという説が出ている。今やコウモリって、新興ウイルスの宝庫だ。ケイちゃんはせめてバットハウスに積もった糞くらい、サンプリングしてくるべきだった」

一瞬の間があった。小堺は緊迫したものを感じ、身をすくめた。

「そうね。その通りだわ」島袋がしおらしく認め、張りつめていた空気が緩んだ。「聞き取りだって、斉藤さんがどれだけコウモリと接触があったか聞くべきだった。わたし、視野が狭くなっていたみたい」

「でも、むしろ、ぼくが言いたいのは、その時、なぜケイちゃんが、口癖みたいに言っている『すべての可能性を排除しない』ことを、簡単に破ったか、だね。誰にだって分かりそうなことをどうして見過ごしたか。経験上、その方が大事」

「何が言いたいわけ？」

「ケイちゃんはいつだって最初から分かっている。でも、自分で気づかない。だから、指摘してあげる人間が必要だ」

「大きなお世話！」

「とにかく糞のサンプリングはしたいね。それで何も出てこなければ、コウモリ仮説を捨てられる」

　島袋が眉間に皺を寄せて、どことなく険悪な雰囲気になる。

「あのう……こんな説はどうですか」と小堺は切り出した。嫌な雰囲気から逃れたい一心だった。

「ぼくサーベイランス担当なんですけど、何日か前の定点情報では、子どものインフルエンザが増えてました。普段はですね、T市ではこの時期、もうインフルエンザの流行は終わってるはずなんで、おかしいなと思ってたんですけど」

　島袋と仙水がまじまじと小堺を見た。意外そうな感じだ。自分だって一応感染症の仕事をしてるわけだし、これくらいのことは言えるのだ。

「言っている意味、分かってるの?」と島袋。

「分かってますよ。A型のインフルエンザにはたくさんの亜型があって、亜型が違えば予防接種していても、あまり効かないわけですよね。いや同じ亜型でも、株が違えば、効いているのか効いていないのか、よく分からないじゃないですか」

必死にまくし立てて、ふと我に返ると、島袋の目が冷たかった。仙水に至っては、小堺を無視して黒部小児科医院のカルテに視線を落としていた。

「新型インフルエンザ仮説は、とっくに捨てたんじゃなかったっけ」

「そんなこと言ったって、ぼくは素人ですからね。そんな簡単にインフルエンザじゃないって言っていいんですか。さっきだって、隣のK市のさらに向こうのI市の境にある養鶏場で鳥インフルエンザが発生して、全羽の殺処分が決まったってファクスが入ってきたばかりですし……」

小堺は途中で言葉を切った。

島袋が鋭い動作で、腰を浮かせたからだ。

「それ本当?一応、そのファクスを見せてくれるかな」

「だって、I市ですよ。何十キロも離れてます」

「鳥は、飛ぶのよ」

島袋が低く抑制のきいた声で言った。

小堺はぴょんと椅子から跳び上がり、ファクスを取りに走った。

T駅のキオスクで買った夕刊の一面に、そのニュースはでかでかと書かれていた。

T市で日本初のSARS患者が発生か。総合病院がアラートを届け出。県が初動チームをつくり、調査を進めている。SARSが疑われる患者は市の東端にある崎浜町から出ており、目下、東京から派遣されたフィールド疫学チーム（FET）が、感染ルートなどを調査している。また、すでに死亡した患者の遺族によれば、入院前日まで症状はなく……。

同時に買った複数の新聞でも一報が載せられているが、扱いは小さい。「崎浜」という地名が出ているのが、一社だけだということに気づいて、彼は小さな胸騒ぎを覚えた。

これはいわゆる「特ダネ」だ。当局にコントロールされない情報が、独自に流れ出すのは、ある程度、仕方がないこととはいえ、タイミングが早すぎる。報道機関との信頼関係、協力関係が樹立される前だろうから、これを機にほかのマスコミ各社も特ダネ合戦に走りかねない。メディアが節度を失うと、住民のパニックまであと一歩だ。

彼はしばらくT市の町並を歩いて回る。城址公園のある丘に登ると、地勢が理解できた。山と海が間近に接した、空と海の狭間（はざま）の世界がこの半島だ。感染症対策の観点からいうと、それは大きな意味を持つ。

「感染症とは、つまり、生態系の問題なのだ」と彼はつぶやいた。

例えば、海。黒々とした水中には無数のウイルスが存在しており、ある試算によれば炭素量換算でおよそ二億トンの現存量(バイオマス)を持つ。海中のウイルスの核酸鎖をすべて直線にしてつなげれば、一〇〇〇万光年の長さになることを示した者もいる。地球はウイルスの惑星であり、本来、生態系の重要なメンバーであるものを病気の原因としてのみ捉えるのは事態を歪めることになる。彼からFETを引き継いだ御厨など、そのあたりを強調するだろう。

ここ数年、マクロな観点から感染症について考えている彼にとっても、自明の理だった。それどころか、二重の意味で正しい真実とさえ言える。ウイルスは生態系の構成員であり、また、ある種のウイルスにとって人間とは生存の場、つまり「環境」だ。ウイルスは、文明という繭の中で安穏とする人間を、生態系に対して剝き出しにする。圧倒的なまでの事実だ。感染症の数理モデルが、個体群生態学に発していることは、まったくもって自然な流れだった。

にもかかわらず、そのことをすんなりと理解する者は、日本ではそれほど多くない。また彼自身にしてみても、いや、疫学(エピ)という知的営み自体、ウイルスを病原体として捉える枠組みの中で理論や方法を研ぎ澄ませてきた。この半島のように生態系の中に見事なまでに「剝き出し」の場所は、すなわちエピにとっての敵対的最前線なのだ。

やがて、町並を点検し終えると、彼は急な坂を歩いて下り、市役所行きの路線バスに乗った。途中、「総合病院前」のバス停を通り過ぎた時、敷地の中に新聞社の社旗をつけた取材車や、テレビ局のロゴの入ったワゴンが何台も停まっているのが見えた。過熱した報道は、全国の視聴者や読者の好奇心を満たすためのものであり、たいていの場合、地元にとってはマイナスでしかない。彼の懸念がすでに現実のものになろうとしている。

バスが終点に到着すると、市役所には目もくれず、斜向かいにある保健所の門をくぐった。「FETの島袋クンか仙水クンがここにいるはずなんですが、どこに行けば会えますか」と言い、用聞きに出てきた事務の女性が答えるよりも前にずかずかと入り込んだ。案内板にあった三階の所長室へと向かう。

ノックして入ろうとしたとたん、計ったかのようにドアが開いた。

「棋理先生、どうしてこんなところに……」と言ったのは仙水望だ。腕に書類を抱えたまま、一歩後ずさった。

「先生はやめていいよ。御厨クンがセンター長になって下した決断の中でも、おたがいに先生と呼ばないのは秀逸だと認めているからね——それで、仙水クン、質問だけど、すでに積極的な患者探しはやっているの？」

仙水の目尻の下がった顔。自分の存在が仙水を困らせていることくらい、いくらなんでも棋理にも分かる。

「いや、それがですね——」言い淀む仙水の後ろから、小柄で筋肉質な人物が前に進み出た。

「仙水先生、こちらの方は？」

「棋理文哉さんです。今はG大教授ですが、FETを実質的に設立した方です」

「それはそれは」と言って、男は名刺を差し出した。この人物が保健所長なのだと知った。

「積極的患者探しは、まさにあしたの早朝から始めるところでありまして、しかし、それ以前に、きょうの記者発表以来、発熱電話相談を設置しましたところ、自分がSARSなのではないか、家族がSARSではないか、と心配する電話が鳴り続けているのです。本当は、風邪であったり、インフルエンザであったりするわけでしょうが、アラート事例が報告されたことを重く見て、積極的に調査していきたいと思っております。今まさに仙水先生とそのことについて話し合っておりました」

「大変結構です」と棋理は言った。「ところで発熱相談にかかってくるのは、崎浜町からが多いですか」

保健所長はかすかに顔を歪めた。

「どうして、それをご存じですか」

棋理は駅で買った夕刊を差し出した。ポケットに無造作に突っ込んでいたので、皺が寄っている。

「まだごらんになっていないようですね——。実に得意げな記事です」

紙面に目を落とした保健所長の顔が曇った。

「患者のプライバシー、名指しされた地域が受けるかもしれない差別問題など、課題は多い。しかし、早めの患者探しは必須です。や、それどころか、今すぐ始めないと大変なことになりかねない。その感染拡大を防ぐという、本筋からいえば、やって損をすることは何ひとつない。リスクマネジメントの基本です」

「どういうことでしょうか」

保健所長の顔にさらなる不安の陰がよぎった。しかし、棋理はそんなことには頓着しない。

「長居するつもりはありませんよ。しかし、島袋クンには会いたいな。今どこにいますか」

「これから向かうところです。一緒にどうぞ」

仙水が言って、廊下を歩き始めた。

島袋ケイトは、小堺が持ってきたファクスを一文字一文字はっきりと読み上げる。そして、最後までたどり着いた後で、脇から覗き込んでいた西山係長と視線を交わした。如才ない仙水が保健所長に説明しに出向き、ケイトは現場レベルでのブリーフィング。そういう役割分担だ。

数十キロ離れたI市で起きた養鶏場の集団感染。ここ数年立て続けにニュースになった京都、茨城、宮崎、岡山などでの事件のこともあって、「またか」という印象はぬぐえない。しかし、今回のものについてはきわめて重要な特記事項があった。

「どうしてなんですか。鳥インフルエンザは関係ないという検査結果のはずですが」

西山が言うのを、ケイトは肩をすくめて聞き流した。

「本当にそうだと思いたいのだけれど、無視はできないんです。きちんと確かめないと。検査結果の表、見せていただけませんか」

西山が小堺に目配せし、小堺はあわてて会議室の外に出た。小堺が帰ってくるのを待ちながら、ケイトは今後のことを頭の中で組み立てた。もしも、仮説が本当のことになったら、日本ではじめての鳥インフルエンザでの発症例・死亡例だ。感染症法にのっとって国家規模の制圧態勢になるし、ヒト・ヒト感染が確認されて新型インフルエンザと認定されれば、地域封鎖まで検討されるだろう。とはいえ、そこまでやるだけの確証はない。今必要なのは、検体の再検査と、積極的な患者探しだ。そのために、せめてFETのメンバーをもう一人増員して、保健所の職員を指揮した方がいいだろう……。

ケイトは携帯電話で東京の御厨の番号にかける。しかし、つながらない。さっきから何度もかけており、メッセージまで残してあるのだが、反応がない。会議中なのか。そうだ、棋理先生ならどうだろう。この事態に対して、なんと言うだろう。

そう思った時、すーっと空気が動き、ドアが開いた。仙水の顔が目に入ってくる。

「みなさん、聞いてほしい。自分はSARSかもしれないという人からの電話が、今、発熱相談の番号にどんどんかかってきているそうです。積極的な患者探しに出るべき時だと所長は判断されました。というわけで、さっそく態勢を整えます。西山係長は疫学調査の経験のある職員や保健師をどれだけ集められるか、検討してください。質問票の内容は、ぼくと島袋がたたき台を至急作ります。なんとか明日の朝から、調査を始めたいので……」

一気に話す仙水の背後に目が吸い寄せられる。

「先生！」とケイトは叫び、立ち上がった。

「来てくださったんですね。今、とんでもないことに行き当たっちゃったんです。ここから三〇キロくらい離れたI市の養鶏場で、鳥インフルエンザの集団感染があったそうです。それも亜型が――」

仙水が机の上にあったファクスを黙って差し出すと、棋理は前に進み出て受け取り、妙にくつろいだ様子でテーブルの上に軽々と腰掛けた。尻に押されて書類の束が床に落ちる。西山が目をすがめるが、棋理は頓着しない。目の前の紙に集中する。

「亜型がH5型じゃなくて、日本では初のH7型によるヒト感染の可能性か……や、なんともややこしくなってきたね……ここまで錯綜するケースは珍しい……」

「H7型というところが、とんでもなく嫌なかんじです」とケイトは言った。

「それはどうかなぁ」仙水が割り込んできた。「さっき黒部小児科医院のカルテをあらためて見ていたんだけど……黒部医師が発症する何日か前から、インフルエンザだと診断された子の迅速診断での陽性の割合が落ちているんです。二割から三割ってところかな。いくら発症直後の子が多いといっても、普通は半分くらい陽性は出るでしょう」

「たしかに、H7型でもA型はA型なんだし、迅速診断のキットでの感度は変わらないはずよね」

「や、そうとも言えないよ。通常のインフルエンザとは病態が違うなら、ある時期の検査で陽性割合が下がるのは充分あり得るのだね」

ケイトはかぶりを振った。現在の手持ちの情報では、これもただの憶測だ。とにかく新たな、それも、身震いするような可能性に出会ってしまったということには違いない。

ここ数年、日本の養鶏場で流行っていたのは、鳥インフルエンザの中でもH5型のものだ。東南アジアで散発的に人にも感染し、死亡者もかなり出ている。だから、日本で鳥インフルエンザといえばH5型を想定しており、もしもこれが人間にうつった場合、感染症法でいう「指定感染症」、つまり、かつてのSARSと同じ扱いがされることになっている。一方、H7型はこれまでにカナダ、パキスタン、オランダなどで流行ったことがあるだけで、日本の近くではあまり報告されていない。

小堺が戻ってきた。棋理を一瞥すると、机の上に青い表紙のファイルをどんと置いた。

「やっぱり、衛生研究所で新型インフルエンザじゃないって確認は取れてるんですよ。ぼくが言うのもなんですけど、これやっぱり関係ないと思います」

小堺はなぜか強硬な調子で言った。

「ぼくが自分で検体を届けたんですからね。強くお願いしたんで、その日のうちに一通り検査をしてもらえたんです」

「小堺君、ちょっと黙ってなさい」と西山係長が言い、ファイルの表紙を開いた。

一番上に、検査結果を通知するファクスが綴じ込まれていた。

「県の衛生研究所では、H7型の抗原抗体反応なんて見ていないですね。H5型だけですわ。わたしたちも特にH7型を指定したわけじゃないですから。わたしたちのミスということになりましょうか」

「お気になさらず」と言ったのは棋理だった。いつの間にか棋理のまわりに人が円を描くように集まっている。「日本では滅多にない亜型なんだから、誰がやっても同じだったのです。それを確認している暇があるなら、ほかの可能性を試すだろうしね。そもそも県のレベルでは、H7型の抗体検査はできないんじゃないかな」

ケイトは棋理の言葉の抑揚や見慣れた仕草に、不思議と安心感がこみ上げてくる。

「新型インフルエンザに不意打ちを食らったら、一週間で全世界に蔓延し、最終的な死亡者数は五億人という試算があるのですよ。その数字を弾き出したモデルは問題が多いのだが、まあ具体的な数字としてはよく知られている……」

棋理の淡々とした言葉に、会議室はにわかに冷え冷えとした雰囲気に浸される。にもかかわらず、ケイトの心の中では温かな感覚はますます大きくなった。きっと大丈夫だ。先生が来てくれた……。

ケイトが知っている棋理文哉は、とてつもなく明晰だ。棋理と一緒に調査するのはSARSの時以来で、あの時はまだキャリアも浅く右も左もわからなかった。今度こそ、ちゃんと棋理についていきたいと切実に思った。

「まあ、これもひとつの可能性だね。今この時点で可能性を限定しすぎるのはまずい。みんな、ここから踏ん張りどころなんだ。霧の中を歩きながら……や、足場のない雲の中でもがきながら、すべての可能性を正当な確率分布に従って考慮しなければならない。そこがまさに疫学理論とフィールドとの接点であり……」

ケイトはくすっと口元で笑った。本当に棋理先生は変わらない。

それにしても、たしかに今この瞬間、笑ってしまうほど、たくさんの可能性がある。

エピの調査員として、つい飛び付きたくなるような大きな仮説だけでも、SARS、H7型の鳥インフルエンザ、あるいはH7型の新型インフルエンザ、さらに、コウモリが媒介する未知のウイルス……。どれが正しいかなど分からないし、全部、間違っているかもしれない。本当は仮説とすらいえない。全部、机上の空論で、おまけに、空論のくせに無視できない。

先生、まずどの仮説から切り捨てますか。ケイトは心の中で思う。

「御厨隊長に連絡します。会議中でも、つないでもらいます」

仙水が言い、携帯電話を取り上げた。

「それがいいよ。この展開は、まさに御厨クンの好みに違いない」

大きな身振りのせいで、棋理はバランスを崩してテーブルの上から体を滑らせた。不思議と不恰好ではない猫のようなしなやかな動きで、床の上に尻餅をついた。そして、天井を見上げる。

「うーん、実におもしろい。ぼくたちは生態系の中に剝き出しだ。そのことを実感するのにこれほど適したチャンスはない。みなさん、ぼくたちは、人類の歴史の岐路に立っているのかもしれない。感染症とは、ただ病気であるだけでなく、生態系の問題なのです。ぼくたちはみな、環境の一部であり環境そのものなのだと自覚しなければ……」

その通りだ。生態系の問題。そして、今ここではそのことを強く感じられる。でも、人類の岐路というのは、大袈裟じゃないだろうか。棋理先生のいつもの物言いだ。いや、パンデミックにつながる可能性があるのなら、たしかにわたしたちは岐路に立っているわけで、先生の認識は正しい……。

窓の外はすでに暗い。きっと明日は棋理とフィールドに出る。単純にそのことで胸が高鳴る。

アウトブレイク・ノート（三日目）

罹患者数　四名（死亡二名、重症二名）

症例定義　崎浜町に居住する者で、二月一五日以降、三八・五度以上の高熱を発して、肺炎症状を呈し、呼吸管理を必要とした者。

病名・症候名　H7型の鳥インフルエンザ？　H7型の新型インフルエンザ？　SARS？　コウモリが媒介する未知の感染症？　その他？

病原体　Ｈ７型インフルエンザウイルス？　ＳＡＲＳコロナウイルス？　コウモリが媒介する未知のウイルス？　その他？
潜伏期間　ＳＡＲＳなら二日から一〇日。
感染性期間　ＳＡＲＳなら発症一〇日目にウイルスの排出が最大になるものの詳細は不明。それ以外の場合、不明。
特記事項　保健所の発熱相談窓口へ発症したのではないかとの相談電話多数。

第二部　アウトブレイク

第八章　患者探し（四日目）

T市崎浜町の那智地区には、歯が抜けたように住む者を失った古い家屋の一画がある。海から立ち上がる斜面の途中に作られた石畳と石垣の町並は、元来、瀟洒（しょうしゃ）であり、網元とその親族の裕福な漁師たちが集住する場所として知られていた。しかし、今では、建ち並ぶ半数が廃屋となっている。

ある崩れかけた一軒家は、猫屋敷と呼ばれている。かつて網元の次男一家が住まっていたもので、ここ一〇年手を入れられていない。数年前の台風で屋根は落ち、窓が割れた。あちこちの隙間から野猫が出入りし、たえず仔猫（こねこ）が生まれ、今では大きな群れに発展している。

須沢敬子（けいこ）の自宅は、この猫屋敷の向かいに位置していた。例外的に手入れが行き届いた石垣と庭を持ち、家の表面にも大きな傷はない。このあたりの住人で、唯一、五〇代の彼女は、地域共同体をかろうじてつなぎ止めている中心人物だ。保健所から委託を受けたヘルパーとして各家を訪ね、身の回りの世話をする。特に寝たきりの夫を介護しみずからも腰を痛めた老婦人や、共に軽度の認知症の夫婦、そして、一人暮らしで心細い高齢者たちにとって、須沢の存在は遠く離れた血縁者よりも大きい。各家を訪問する合間に、猫屋敷や周辺の野猫たちに餌を与えてまわる日課も欠かさない。

平素であれば、石畳の通りでは、早足に行き来する須沢の姿が頻繁に見られる。しかしながら、この一週間、須沢の姿を見た者はいない。普段、ヘルパーとして須沢を週に何度か迎え入れている家ではそのことに気づいたはずだが、かといって、保健所に連絡をする者はなかった。

一方、この間、野猫たちは、定期的な給餌者を失い、腹を空かせていた。特に数十匹からなる猫屋敷の野猫たちの間では諍いがたえず、多くがどこかに傷を負っている。少し前に猖獗をきわめた疫病から快復しきらないものも多く、群れとしての健康状態は悪い。

しかし、そんな猫たちに福音がもたらされる。白いステーションワゴンが石畳に侵入し、猫屋敷の前で停車した。降り立った若い四人の男女が、乾燥飼料と水をプラスチックの容器に入れて、庭に置いていく。殺到する猫たちを前に、手慣れた様子でデジタルカメラを操作し、個体ごとの写真を撮っていく。

やがて、若い女が足を進め、餌を食べる猫たちから取り残されてぐったりしている一匹を抱き上げた。そいつは、体をねじるが、どこか弱々しい。べっとりと目やにがついており、鼻からも液体が垂れている。若い女はその猫を、ステーションワゴンまで連れて行き、小さなプラスチック製のキャリアに入れた。

若い女はほかの男女に指示をする。男女はそれぞれ、ぐったりして餌を食べられずにいるものを探し、抱きかかえる。ものの五分で八匹が保護される。そのうち三匹は両手で包み込めるほどの仔猫だ。

ステーションワゴンが去った後は、ふたたび静寂が戻る。石畳と石垣の町並はまるで何千年も前からそこに存在している自然物のような独特の重みをまとう。廃屋の庭に植えられた赤松が、風に吹かれて細い針葉を地面に散らす。このまま堆積すれば、何年かの後には柔らかな林床になるだろう。

野生生物のような、しなやかな影が、石垣をよぎる。

艶のない黒で塗り込められた生き物。そいつに導かれて、痩せた色白の少年が同じくしなやかな仕草で通りを歩いていく。

須沢敬子の家の前で黒い影は立ち止まり、ひょいと石垣へと飛び乗る。影は黒猫の形をとり、左右の虹彩（こうさい）の色が違う不思議な目で少年を見る。

少年は確信をもった足取りで庭を横切り、扉に手を掛ける。鍵はかかっていない。そして、靴を履いたまま上がり込むと、ほんの数分で外に出てきた。

ふたたび石垣の前に立ち、ゆっくりとうやうやしい手つきで、ポケットの中から白い紙を取り出した。四つ折りにされた画用紙のようなもので、それを丁寧に伸ばしテープで張り付けた。

黒猫が跳び、少年はまた歩き始める。

風に乗ってどこかから小さな女の子の泣き声が聞こえ、耳をそばだてる。そして、その方向へと進んでいく。古い通りは取り残され、今度こそ、誰もやってこない。

風向きが変わり潮の匂いが遠くなる。かすかな異臭が漂ってきても、それを感知する者はどこにもいない。


「甘い匂いがしますね、おまけに息苦しいです」と小堺賢一は言った。

「それじゃ、だめだめ。匂いがするのは、マスクのサイドが浮いている証拠。ちゃんとフィットさせないとつける意味がないよ」

仙水の言葉はぞんざいで、小堺にとってやりにくい相手だ。男女の違いこそあれ、島袋と似ている。どちらも、話しているとすぐ馬鹿にされているような気分になってくる。

小堺は、顔の下半分を覆っている折りたたみ式のN95マスクをずらして、密着度を上げた。

仙水が手に持ったスプレーを一吹きする。今度は匂ってこなかった。

「これでいいみたいです。でも、息苦しくて、話しにくいです。聞き取り調査なんてできないですよ」

「それをやるの。もし感染したら、その瞬間にきみだけの問題ではなく、身の回りの人を巻き込むことを忘れずに」

小堺はマスクを取り、仙水からスプレーを受け取った。中には人工甘味料のサッカリンが入っている。なにしろ、サッカリン粒子は二マイクロメートル強で、ほどよい大きさなのだそうだ。マスクがちゃんとフィットしていれば、ほとんど集塵（しゅうじん）されて匂いを感じることはない。

「それじゃ、ほかの人にはきみが説明してフィットテストをして。ぼくはちょっと考えたいことがあるから、分からないことがあったら声を掛けて」

そう言うと仙水はデスクに陣取って、ノートパソコンの画面に目を移した。その集中力の切り替えにはすごいものがあって、彼とパソコンのまわりに侵しがたいバリアがあるみたいに感じる。これも島袋と似ていると思うところ。

要するに、強いのだ、と思う。白い帽子（ホワイトハット）の善玉ハッカーみたいに、この人たちは強いのだ。育ての母である叔母がよく言っていた。悪い人なんて滅多にいない。でも、弱い人はどこにでもいる。悪いことをするのはたいてい弱い人だ。だから、力がある者は、強くなければならない。ケンちゃんも、勉強して立派になったら強くなりなさい、と。結局、小堺は充分に勉強しなかった気がするから、そこが後ろめたい。ネットで出会うスーパーハッカーは素直に尊敬できても、島袋や仙水と話していると、どことなく複雑な気分になる。そういえば、島袋は、叔母とどことなく似ている。はっきりとした顔立ちで、背筋が伸びて、はきはきとして、いつも正しいことを言う……。ますます複雑な気分だ。

小堺と仙水がいるのは、保健所の崎浜支所だ。目下のところは二人きりで、積極的患者探しのために動員された人々が集まるのを待っている。集合時間の午前八時半にはあと五分ほど。小堺は仙水の背後にまわり、作業の様子を見守ることにした。

仙水が取りかかっているのは、黒部小児科医院に通院した子どものカルテから抽出した情報をもとにした分析疫学だ。データは例によって小堺が入力させられた。「時間・場所・人」というキーワードは、小堺には今ひとつピンと来ていないが、しかし、住所を入力するだけで地図の上に症例の居所が表示されたり、その上に道路や施設や農地や人口密度といったデータをそれぞれ別に重ね合わせることができる地理情報システムには感動した。本庁の都市計画課あたりで導入されているものと同じ種のものらしい。

もっとも、仙水は今のところデータを解釈しかねている。

「やっぱり、症例の数が少ないからなあ。総合病院の四例の症例と、子どもたちの分布。なんともいえない。ぼくに言わせりゃ、こんな気持ちのわるい状況ってない……」

小堺が背後から見ているのにお構いなく、ぶつぶつつぶやき続けている。

やがて、支所の前の駐車スペースからエンジンの音が聞こえてきた。マイクロバスが乗り付け、保健所の職員たちがぞろぞろと降りてくる。さらに自家用車で保健師や訪問看護師が三々五々やってくる。総勢二〇人ほどが一室に集まり、小さな支所はすし詰め状態になった。全員分の椅子もないから、立ったまま説明をするしかない。

「きょう会っていただきますのは、風邪をひいたりして不安になった人がほとんどですから、あんまり心配しないでください。ただ、念のために自分でもマスクで防護して、あと、聞き取りする患者さんにもマスクを差し上げてください」

小堺はさっき仙水から教えられた通りの方法で、各人のフィットテストを行う。レギュラーサイズとラージサイズの二種類あるマスクのうち、合いそうな方を選択し、マスクを通してサッカリンの匂いをかいでもらう。

すぐに、あちこちから不満そうな声があがった。

「こんなの着けて喋れないわよ」「暑い！」「現場判断でやめたっていいわけよね」

契約の訪問看護師や保健師は、ながく仕事を続けている者が多いから、彼女らの目には新人に等しい小堺よりも自分の方がずっと偉いと思っている。これは仙水や島袋とは別の意味でやりにくい。

「でもですね、もしも、感染してしまったら、困るのは皆さんだけじゃなくて、家族や同僚もなわけですから、きちんとやってください」

さっき仙水に言われたのと同じことを言い返して、小堺は議論をおさめた。でも、それが諸刃の剣だ。感染の可能性を強く言いすぎると、不安を植え付けることになるかもしれない。事実、保健師たちが小声で何かを囁き合っているのが聞こえてきた。「あら、やだ、これ危ないいんじゃない」とかなんとか。小堺も本当は「そうですよね」と合いの手を入れたいが、立場上できない。

「まあ、みなさん、気をつけて行きましょうよ」と豊かな体格の女性が言った。

小堺も何度か会ったことがある訪問看護師で、見た目は初老だが、その実、七〇近い高齢のはずだ。今年から契約を更新していなかったはずだが、人が足りなくて呼び出されたのか。

「堂嶋さん、どうも、です」

小堺が挨拶すると、堂嶋は小さな目をさらに小さくする独特の笑い顔でうなずいた。そして、みんなの方を向く。

「感染症というのは、注意して注意しすぎということはないからね、みなさん、気を引き締めていきましょう。ま、こんなマスクない方がいいんだが、病棟の看護婦だって結核や麻疹の患者さんに接する時には必ずしてますからね」

堂嶋が言うと、にわかに説得力が増して、漂っていた不安な空気が鎮まっていく。おもしろくないと同時に、ありがたい。困ったものだ。

「それじゃ、担当割りをしちゃいましょうか。看護婦が行くのは、重症らしいところがいいわね。質問の内容は、みなさんちゃんと理解していますか——突然の発熱だったのかよく聞いてくださいよ。なにしろ、SARSってのは突然高熱になるらしいですからね。でも、まあ、これはインフルエンザだって一緒だね」

「堂嶋さん、ちょっと——」と耳元で言う。

「どうしましたか、小島さん、いや、小暮さんでしたっけね」

この婆さん、正職員の小堺の名を覚えていないのだ。

「それ、ぼくが仕切りますので、堂嶋さんは黙っててください」

小堺は少し声を荒らげて言った。

「ちょっと、いいかな」背後から声がした。

仙水が立ち上がっており、ゆっくり数歩前に進み出た。

「質問票の中に、一つ新しい項目を加えてください。口内炎があるかどうか――」

「どうしてですか」と小堺は聞いた。

「いえ、なんとなく。ただの小さなインスピレーション」

「そんないい加減な……。質問票に新しい項目を加えるなんて、上司に聞いてみないと」

仙水は小堺のことを一瞥もせずに、堂嶋を見た。

「堂嶋さんは、黒部小児科医院に勤めてらしたんですよね」

「忙しい時だけだよ。今年は、インフルエンザがひどかったからね。それにしても、あの先生が倒れちまうんだからねぇ」

「カルテを閲覧していたら、口内炎の出ていた子がずいぶんたくさんいたみたいですね」

「みんな、抵抗力が落ちてるわけだから、出来たって不思議じゃないだろ」

「きょう、堂嶋さんと一緒に行動させてください。いろいろ話を聞かせていただきたいんです」

「若いオトコとデートなんて何十年ぶりかしら」と堂嶋が言い、笑いが広がる。

堂嶋はバッグからミネラルウォーターのペットボトルを取り出して、ぐいと飲んだ。緑色のラベルに「スカイウォーター」の文字。小堺は試したことはないのだが、これでアトピーが治ったり、体質改善して肌が綺麗(きれい)になったり、という体験談を見たことがある。

「堂嶋さん、その水、どうしたんですか。すごく高いんじゃないですか」

「なに言ってるんだい。値段なんて関係ないだろう。あたしはね、もう五年も前から、これを飲んでるからね。おかげでピンピンしてるよ。なんだったら、紹介してやろうか。これはね、店じゃ滅多に売ってないんだ。直接、買うんだよ。地元でつくっている水だっていうのに、みんな知らないんだ。おかしなものさ」

「へえ、そうなんですか。このあたりの水なんですか」

そう言いながら、小堺は仙水が眉をひそめるのに気づいた。

早朝に高柳から電話をもらった時、島袋ケイトは非常に不吉なものを感じた。目下、彼からの電話の大半は悪いニュースであって、そういう条件反射ができてしまっている。

「三人目の症例が亡くなりました……ほかの二人とまったく同じパターンでした」

やはり、予想通りだ。予想が当たったことが、むしろ、うとましい。

「でも、良いニュースもあるんです。意識を取り戻したんです」

意味が分からずに黙っていると、高柳はさらに続けた。

「黒部先生の意識が戻ったんです。きのうの午後あたりからうっすら目を開けることがあって……肺の機能も改善しています。もう挿管は外しました」

「すごい。快復者第一号ね」

「ほんと、山を越えたらすごい快復力です」

電話を切った後で、ケイトは同じホテルに部屋を取っている棋理に電話をし、まず最初に総合病院に行く旨を伝えた。「現場」を棋理に見せるように、というのが御厨からの指示だ。隊長が前任者である棋理のことを煙たく思っているのは周知の事実だから、これにはケイトも驚いた。

現場というのは、二つある。ひとつは患者が集まっている総合病院であり、もうひとつは患者が発生した崎浜町だ。

総合病院の駐車場にはテレビ局の中継車が停められており、注目を浴びていることがありありと分かった。ここに来るのは、内科カンファレンス室を訪ねた一昨日の夜以来だ。

病棟の四階はアラート患者専用のものとして、様変わりしていた。衝立で廊下を仕切っただけとはいえ、前室が出来ていたし、防護衣も整えられている。にもかかわらず、ケイトは理由の分からない違和感にとらわれた。

ナースステーションの前の廊下には、未開封の段ボールがつみ上げてあって、かなり雑然としていた。あまりごちゃごちゃしているものだから、きちんと感染防護の意識があるのか心配になるのは事実。でも、それだけでは説明できない、妙に穏やかで弛緩した雰囲気が漂っている。

高柳は棋理と顔を合わせると固い握手を交わし、「よく来てくださいました」と言った。

「今回はお手柄だったね。高柳クンが早く異状を伝えてくれたおかげで、初動が二、三日は早くなったんじゃないだろうか――ところで、この段ボールはなに?」

「開封して整理しなきゃならないんですけどね」と高柳はそれらを一瞥して応えた。「飛沫が発生しにくい人工呼吸器セットですとか、新型の除細動器ですとか、感染防止用のストレッチャーですとか、もう開梱しましたが電動ファン付きのマスクですとか。あれは便利です。全部、県の方で、手配してくださったんです。でも――」

高柳が言い淀んだ。

「でも、こういった機材を使う機会があるかどうか……」

「なぜ?」とケイトは聞いた。

「だって、もう重篤な患者さんはいないわけで……」

あ、とケイトは口に手を当てた。その通りなのだ。三人目の患者が亡くなり、四人目の黒部医師には快復の兆しが見えた。ということは、この病棟には、重症肺炎の患者が一人もいなくなったということになる。

「きのうから、保健所には発熱相談の電話がたくさんかかってきたと聞いているわ。中には救急車で運ばれた人もいたとか」

「でも、重症者はいなくて、点滴を打って帰りました」

「そうだったの……」拍子抜けする。とにかく、最初に覚えた違和感の謎が解けた。

三人が死の転帰を迎え、一人は快復に向かっている。これをもって、集団感染は終結。そう信じて、安心しきっているのだ。

「しかし、この機材は上出来だね」と棋理が言う。「早く梱包をといて使えるようにした方がいいよ。ここまで至れり尽くせりだと逆に変な意図も感じられなくはないが……とにかくこういうものは、ないよりある方がよいからね」

「変な意図とは、なんのことでしょうか」高柳が聞いた。

「ほら、本格的なアウトブレイクになった時の問題で、ぼくがもしも県知事だったら――」

言い終わらない間に棋理はつかつかと歩き、衝立の向こうに行ってしまった。

ケイトは高柳と目配せをしてから、後を追った。急いで女性用の前室に入り、手早く防護用具を身につける。電動ファン付きのマスクは数がしっかりそろっていて、これには感動した。C県には感染症の輸入窓口にもなり得る国際空港があるから、こういうものもある所にはあったのだろう。

高柳に先導され、四〇一号室の扉の前で立ち止まった。

「息が浅くて大きな声は出せませんが、少しだけ話が出来ます。まだ、支離滅裂な部分もあるんですが、まずまず良い状態です」

高柳の言葉は、疲労を滲(にじ)ませながらも力強く感じられた。

もっとも、ベッドに横たわる黒部医師のことを、ケイトはお世辞にも「良い状態」とは思えなかった。酸素吸入マスクをつけて、うっすら開いた目は虚(うつ)ろだ。まるで生気のない蠟人(ろうにん)形(ぎょう)を思わせる。指先や唇が震えているのが気になった。

高柳が腰をかがめて、「黒部先生」と呼びかけた。「お加減はいかがですか。もうすぐもっと元気になれますよ。きょうはＦＥＴの方がいらっしゃいましたよ。先生とお話ししたいそうです」

呼びかけに応じて、顔に表情が戻ってきた。宙をさまよっていた視線も、しっかりと棋理とケイトに向けて合わせられた。

「先生、初めまして、わたし、島袋ケイトと申します。東京の集団感染予防管理センターから来ました」

黒部は今度はかすかに首を動かしてうなずいた。

「先生はご自身でこの病気を経験した唯一の医師です。率直に伺いますが、これはどんな病気なんでしょうか」

ケイトは、自分の聞き方があまりに漠然としていると思う。でも、仕方ない。病院に運び込まれる前にどんな経過をたどったのか、今のところ知っている者はこの医師しかいない。

黒部医師は質問の意味が分かったのか分からなかったのか、かすかに首を振った。酸素マスクがずれ、それを高柳が直した。

「先生の体験された範囲で、症状を教えていただけませんか」

唇が動いた。ゆっくりと、しかし、確実に音を発する。

ネツ、バ、ク、ハ、ツ……。

爆発的な発熱ということか。これはほかの患者でも観察されたことだ。

ユメ、ミ、テ、タ。ウミ、トリ……。途中で、目を閉じる。

後ろに立っていた棋理が一歩、前に進み出た。

「棋理文哉です。G大学の疫学研究者です」大きな声でゆっくりと言う。「鳥、が問題ですか。感染症は生態系の問題ですからね。その鳥のことを教えてください。あるいは、ほかにも何か思い当たるふしはありませんか」

黒部医師が大きく目を見開いた。ほんの一瞬だけ顔に赤みが戻り、高柳に向かって何かを囁いた。

「フィールドノート、干潟、と言っています。干潟というのは、町はずれにある野鳥のサンクチュアリのことじゃないかと思います。フィールドノートは、黒部先生がほとんど毎日干潟を観察してつけているもののことでしょう」

「何が書かれているんでしょうか」ケイトは言った。

黒部医師が、ああっ、とため息のような声を漏らした。そして今度はぐったりと目を閉じる。

「すみません、よく聴き取れませんでした。たぶん、空と、海と、霧、と言ったのですが、どういうことかは……」

「それで充分です。黒部先生、ありがとうございました」

棋理がことのほか爽やかに言って、くるりと背中を向けた。

「先生、なにが分かったんですか」ケイトも後を追う。

「いや、なんにも。でも、ぞくぞくしない？　今、この病気の正体について、可能性は無限に開かれている。呼吸器感染症であること以外、とりたててめぼしい情報があるわけじゃない。エピのために誂えられたみたいな状況だ。ぼくたちを取り巻く霧を払うのに、島袋クンたちの活躍が期待される」

「そんな……」

「とにかく、フィールドノートは手に入れたいな。どうすればいいのかな」

「奥さんに貸してもらえますよ。自宅まで取りに行けば良いでしょう」

「病像についてなんだけど、高柳クンはもっと詳しいこと聞いたんじゃないのかな」

「そうですね。興味深い表現ですが、体の中で爆弾が炸裂したそうです。まず関節がこわばる症状があって、強い焦燥感にとらわれる。そして、何かが爆発するように感じ、一気に発熱する。黒部先生はご自身の診療室で発症したので、すぐに看護師が熱を測っていますが、つい一〇分前まで普通に診療を行っていたのに、倒れた時には三九・六度もの高熱になっていたそうです。そして、一時間後には、肺炎による中心性チアノーゼになっていました……」

「爆発的な発熱、だね、まさに。実におもしろい。つまりだね、かりにこれがＳＡＲＳコロナウイルスの仕業だろうが、インフルエンザウイルスの仕業だろうが、ほかの何かのウイルスの仕業だろうが関係ない。とにかく、ぼくたちはまったく新しい症候群と向き合っているのだと考えた方がいい。病原体が何なのか、この際、不問に付してまっさらの頭で考えるんだ。さあ、高柳クン、正念場だよ」

そこで、衝立で仕切られた境界領域にたどりつく。ケイトは、高柳の弛緩して、ぴんと来ていないふうな表情を見て、不安に駆られた。やはり、この件はもう終わった、と感じているのだ。

ケイト自身、今ここに新たな患者がいないと分かった時点で、たしかに拍子抜けする部分があった。もしも、仙水が指揮している積極的患者探しでも、特に異状がないなら……二、三日でことを丸めて東京に帰ることが出来るかもしれない。

そう考えて、またもリカに電話するのを忘れたと気づく。我ながら情けない。

ふたたび前室で着替える。どうしても男性よりも遅くなる。衝立の向こう側で棋理と高柳が話すのが聞こえてきた。

「──ですから、これでおしまいなんだと思っていいんじゃないですか。少なくともうちの病院にはこれ以上、患者は来ないです。だってもっと大きい病院だって県内にはあるんですし」

「ぼくには、そうは思えないんだけど……まあ、このまま終われば、SARSアラートは勇み足で、でも、結局、何の病気だったのか分からないまま放り出すことになる。それはそれでよし。あとはウイルス学者が時間をかけて、病原体を探し出すだろうね。ひょっとすると本当に新興ウイルスだったのかもね。でも、今この時点で安心するのは早いんだ。仙水クンたちの患者探しを待たないとね──」

「でも、先生、うちの病院にはこれ以上は無理ですよ」

高柳がそう言ったところで、ケイトも衝立の向こう側に出た。

棋理が、県から送られてきた物資を見渡して、肩をすくめた。

顔に密着するマスクを顎までおろし、小堺賢一はため息をついた。太陽はすでに高く、額には汗が噴き出している。

漁港と国道に挟まれた崎浜町那智地区の半分ほどが小堺の担当になった。このあたりは土地の傾斜がきつく、正直、運動不足の体には堪(こた)える。叔母の家が近くだから、子どもの頃は、夏の暑い盛りでも走り回っていたのだが、今ではその頃の活力を思い出すことすらできない。

おれ、いったい何をやってんだか。

おばちゃんの保健師と一緒に、汗をかいて、田舎町をだらだら歩きまわるばかり。おまけにマスクが暑苦しくて、とてつもなく不快だ。いったん取るとまた装着するのが面倒だから、喉が渇いても何も飲めない。患者との面会の時は玄関先か家の中だから陽差しはしのげるが、それでもマスクをしたままだと喋りにくく、時々、ストラップを引きちぎりたい衝動に駆られた。

「こんなのしてたら会話になんないわね」とおばちゃんは言う。名前はなんていったっけ。スズキだったか、サトウだったか、平凡な名前だった。

「でも、ちゃんとしててくださいよ。それがぼくらを感染から守る最後の砦なんですからね」

「どうせ、ただの風邪かインフルエンザなんでしょう」

「そりゃ、そうかもしれないけど、万が一ってことがあるじゃないですか」

自分で言いながら、説得力がないことを認める。

きょう訪問しているのは、電話相談の上で新しい症例の可能性があると判断された者だ。たしか基準は、突然の発熱で三八・五度以上になったということだけだから、通常の風邪も紛れ込むだろうし、インフルエンザに至っては区別できない。実際、すでに訪問した五人の患者宅では、快癒したり、三七度台に熱が下がっているケースばかりで、小堺は今後もしもふたたび熱が上がったりするようなことがあったら保健所に連絡するように念を押すだけでその場を後にしてきた。

「結局、インフルエンザですよ、インフルエンザ。わたしが訪問介護で行っているところでも、今年は熱を出すお年寄りが多いですからね」

でも、総合病院で亡くなったり、入院している人たちは、ほとんど壮年なんです。と言いかけたところで、後ろから車の音が聞こえた。白いステーションワゴンが近づいてくるのが見えた。狭い道だから、小堺は住宅の垣根ぎりぎりまで体を寄せた。

目の前でステーションワゴンが停まった。ウィンドウがするりと下りる。

「あ」と小堺は声を上げた。助手席の女に見覚えがあったのだ。

「あの時の保健所の方、ですよね」女は言った。

「あ、はい」小堺はどぎまぎして、一歩後ずさる。垣根の植え込みに背中が押しつけられた。

「あの後、反省したんです。ここにホームを作っている以上、やっぱり地元のノラたちも助けなきゃダメなんじゃないだろうかって。スタッフで話し合って、病気の子たちの保護を始めています」

「へえ、それはそれは」

「たぶん町中のすべての病気の子を探すのは無理だけど、できるだけがんばってみます。ありがとうございました。おかげで目が覚めましたから」

ステーションワゴンがふたたび動き出し、すぐに道の向こうに消えた。荷台のケージに何匹かの猫が見えた。

「なに考えてんでしょうかね、ああいう人たちは。こっちは、ヒト様の病気で忙しいっていうのに」

「本当ですねぇ」と言いつつ、小堺は落ち着かない気分になる。

たしかにあの時、ひどく彼女に絡んでしまったわけだが、何かが変わるとは思っていなかった。逆に、彼女が小堺の言葉を重く受け止めたとなると、それはそれで負担感があった。

「なにこれ！」という声で、我に返った。「なにが書いてあるの。小さくて読めないわよ」

保健師は町内会の古びた掲示板の前に立っていた。去年の盆踊りや秋祭りのお知らせがいまだに貼られている隣に、水色の真新しい紙があった。

一番上のタイトルは「急告！　棺（ひつぎ）を作れ！」と読めた。時節柄というかなんというか、著しく不適切なビラだった。

さらに、細かい字で本文が続く。

〈人口一七〇万人のある都市での死亡者は、一〇月第二週に二六〇〇人、第三週に四六〇〇人、第四週に三〇〇〇人、そして、一一月第一週には一二〇〇人にも達した。つまり、わずか一ヵ月の間に一万人以上が死んだ。スパニッシュインフルエンザに冒され

た町では、何が起きたか

――葬儀が滞り、町は遺体で溢(あふ)れたのだ。

遺体が家の中に放置されるケースも多かった。運び出す者がいなかったため、警察官が何日にもわたって何百もの遺体を家の中から搬出しつづけた記録がある。しかし、葬儀を速やかに行うことはさらに困難だった。手の空いた葬儀屋などおらず、葬儀の相場は高騰した。

疫病に見舞われた町の者よ。まず職人をかき集め、棺作りを始めることだ。また、葬儀の手順についてあらかじめ考えておくといい。さらに、火葬場の職員をかき集め二四時間態勢でフル回転させる準備をすること。そうしておけば、少なくとも死体がどんどんたまっていく事態は避けられる……〉

文章の最後には、手描きで、ピラミッドと太陽、そして小鳥が描かれたイラストがあった。

「いったい何が書いてあるわけ」と保健師がせっつく。

「なんかひどいことです。昔のインフルエンザの時のことみたいです」

「だから、どんな？」

小堺は答えなかった。ビラを掲示板から引きはがして、「さあ、このへんじゃないですか」と話題を変えた。意味不明で、ただ気味が悪いビラなんて話題にする価値もない。

「たしかにそうね」保健師が立ち止まり、訪問先をプロットした地図に視線を落とした。

目の前の家の表札は、掠れていて判じにくい。西日が当たる位置であり、あまり手入れされていないのだ。このあたりは、高度経済成長期に一軒家が増えた区画だ。もう少し離れたところにある石畳の通りとは違い、単に古びて貧乏くさい印象が強い。小堺は表札に顔を近づけて文字を拾い上げるように読んだ。

「ここで合ってます」

呼び鈴を鳴らし、顎のマスクをずり上げた。しばらく待って、返事がないのでもう一度。「こんにちはー、保健所でーす」と大声で叫んでみる。マスク越しではやはり響かない。何分かたって、不在なのかと思いかけた時、ドアが開いた。

青白い顔の四〇代くらいの女性が、ドアに寄りかかるように立っていた。

その顔を見た瞬間、小堺は無意識のうちにマスクに手を触れていた。変な隙間ができていないか。フィットテストをした時のように、ぴったりと顔に張り付いているかどうか。

「きのうお電話をいただいたご本人……じゃないですよね」

手元にある訪問台帳では、患者は六七歳の女性のはずだった。

「寝込んでるのは、ばあちゃんだぁ」と女は息も絶え絶えな様子で言った。「でも、病院には行かせねえぞ。行ったら、もう帰ってこれんって噂になっとるって……松陰の吾川さんだっておっ死んだっていうし、黒部先生だって帰ってこんだろう。総合病院には行けけん。行くなら、別んとこ連れて行くって……」

それだけ口にすると体力を使い果たしたとでもいうように後退し、上がり口に腰掛けた。

「あなたは大丈夫なの？　熱は？」保健師が問いかけた。

「熱かあ？　熱はさっき出た。体の中がぼっと急に熱くなって、そいで、急に寒くなって……」

「口の中はどうですか。口内炎とかできてませんか」今度は小堺が聞いた。

返事がない。

「口の中、見せてください」

弱々しい動きで、女が口を開いた。

遠巻きに中を覗き込むと、唇の内側に白いポツポツがいくつも見えた。

「あ、もう、いいです」と言いつつ、小堺は後ずさる。

「そう、お婆さんは奥なのね？　じゃ、入るわよ」と言って保健師はつかつかと上がり込む。

「小堺さん、あなたが来なくてどうするの」

言われるままに靴を脱ぐ。

おれ、なにやってんだろ。そんな気持ちが強くなる。

保健師が奥の和室の引き戸を開け、小堺は背中越しに覗き込んだ。

しなびた老女が横になっていた。六七歳という実年齢よりも、ずっと老けて見える。

保健師がしゃがみ込み、声を掛ける。ダイジョウブデスカ、ダイジョウブデスカという声がひどく遠くに聞こえた。

「大丈夫じゃないですよ」と小堺はかろうじて言った。息がすごく浅くて、唇が紫色になってるじゃないか。これは、肺炎なのだ。酸素が足りなくてこんなふうになっているのだ。

こういう場合は、保健所に連絡の上、入院してもらうように家族を説得するのだった。

「外に出ましょう。とにかく外に出ましょう」

小堺はくるりと反対を向いて、廊下を小走りに戻った。玄関ではさっきドアを開けてくれた女性が、体を横にして、苦しみの表情を浮かべていた。小堺はダイジョウブデスカと問いかけることもしない。だって、どう見ても大丈夫じゃない。

靴を履いて表に飛び出す。

背後で保健師が、女を抱きかかえるのが分かった。

「やめてください！」と大声で叫ぶ。「うつりますよ！　それはぼくらの仕事じゃない」

息苦しくなって、マスクをむしりとった。反射的にそうしていた。こんなところで死ぬのは嫌だ。おれはまだ何もやっていない。強くもなく、立派でもない。まだ死ねない！　心の中で叫ぶ。

携帯電話から保健所を呼んだ。すぐに西山係長が出た。

「至急、救急車を呼んでください。患者です。それも二人です」

舌をもつれさせながら、なんとか事情を説明する。訪問先の患者への対応は三種類だ。訪問の時点で熱がひいていれば「様子見」。もし、三八・五度以上の発熱が続いていれば、自宅待機をお願いし、後に医師を派遣する。そして、さらに、発熱が続いて、自力で立ち上がれなくなっている患者は……入院を勧め、速やかに搬送することになっている。

「じゃあ、おれがこれから公用車でそっちに向かう」

「救急車の方の手配はお願いしてもいいですか」

「いや、おれが行くからいいんだ」

小堺は混乱した。

「どうして……ですか」

「救急隊は動かない」

「どうしてですか！」今度は大声で言った。

「まだ充分な準備が出来ていないそうだ。きのうのうちに連絡しておいたんだがな。どうしても間に合わない、と。逆に、相談を受けたよ。今の手持ちの装備だけで、大丈夫でしょうかって。すると、こっちとしても、大丈夫だと言えない」

「そんなあ……いっそ自衛隊の災害派遣とか、お願いできないんですか」

「まあ、焦るな。救急隊の装備はすぐに整う。県が国際空港にある仰々しい機材を回してくれるらしい。今だけ、おれたちも踏ん張りどころだ」

電話を切って、小堺はその場にへなへなと座り込みたくなった。

保健師が玄関から出てきた。小堺の電話の最後のあたりを聞いていたらしく、「あんた、これは、あれってわけ」と聞いてくる。

「そうですよ、あれですよ」小堺は吐き捨てるように言った。

「あら、やだ、あんたなんで言ってくれなかったわけ。あちこちペタペタさわっちゃったわよ」

「マスク、とっちゃったんですか」

玄関から出てくる時点で、彼女のマスクは顎の下にだらりとさがったままだった。

保健師は何も言わず、あわててマスクを元に戻した。


「高柳先生、こんなものが来ているんですが」と看護師が言った。

ナースステーションから顔を出して、手にしているのは青い封筒から取り出された青いA4用紙だ。ぎっしりと細かいフォントで書かれた文が見えた。

「なんか、すごくひどいことが書いてあって……」

しかし、高柳には今、それを読んでいる時間がない。ちょっとした課題をクリアするためにどうすればいいか思案しているところだった。なにしろ「煙」が必要なのだ。とはいえ、霊安室の線香を持ってくるのは法度だし、院内ですぐ手に入るもので煙を出してくれるものを思いつかない。

「そうだ、タバコ吸いますよね。一本もらえませんか」

看護師が、えっ、というふうな顔をしたのは当然だった。線香ほどではないにしても、タバコは病棟には似つかわしくない。彼女は、同じ時期に着任したいわば「同期」で、集中治療室付きだが、今回の件で呼吸器内科に回された。医師を相手にしても臆することなく発言し、実際、手際も、患者受けもよい。優秀な看護師だと評価されているが、ただ頑固なスモーカーでもあった。

「病室の陰圧チェックに使いたいんです」と言うと、小首をかしげた。

「陰圧って……どうしてですか」

「いや、念のためというか……ちょっと人に言われまして」

看護師は釈然としないふうな顔つきのまま、ロッカー室に向かい、一分もたたずに戻ってきた。

ライターを借りて、廊下に出る。

相変わらず、段ボールの箱が積み重ねられたままで、緩衝地帯の衝立は脇に寄せられている。もう重症患者はいなくなったので、床や壁の消毒を済ませたら自由な行き来を再開することになっていた。

ではなぜ、わざわざ陰圧を確認するのか。自分でもちぐはぐな行動だと思う。疲れているのだから、いったん自宅に戻って休めと言われているし、三人目の死亡で責任を問われるに違いない主任の内藤すら、今は仮眠室で睡眠をむさぼっている。

しかし、高柳はそんな気分になれなかった。棋理と島袋のせいだ。特に棋理。重症患者がいなくなったのに、まったく気を緩めていない。だから、棋理が去り際、「時間がある時に陰圧を確認しておくとよい」と言ったのが気になった。

たしかに高柳自身も、四〇一号と四〇二号室に重症患者を収容していた時、室内からウイルスが流れ出してこないか不安を感じていた。常に病室内の気圧を下げ、廊下から風が吹き込む状態にしておくのは、院内感染の予防策として有効だ。しかし、この病院に陰圧室はない。もっとも、棋理は、「別に陰圧室がなくたって、換気扇を常にフル回転させれば自然と陰圧が保たれていることが多いよ」と言う。

確認のために煙を使う。病室の換気をオンにしてから外に出てドアをきちんと閉めた。そして、しばらく待ってから、タバコに火をつけた。細身でメンソールが入った、いかにも女性が吸いそうなタイプだ。煙がなかなか出ないので、高柳は自分で口を付け、煙を吹き出した。

煙はゆっくりと流れる。病室のドアのわずかな隙間に向かって移動し、最終的には吸い込まれた。つまり、ここでは病室の陰圧が保たれていることが確認できた。

すべてチェックするのにそれほど時間はかからなかった。一本のタバコで済んでしまったから、ほんの数分だ。結果はすべて合格であり、高柳は今や各病室が、換気をオンにしておけば、基本的には陰圧に保たれていると断言できた。

とはいえ、だからどうした、というものでもない。案外、病室はうまく設計されているものだと感心したものの、それだけだ。こんな確認作業が、無駄に終わるのはむしろ好ましい。

ナースステーションに戻って、タバコのパッケージを返し、思い立って机の上の青い手紙をつまみ上げた。

タイトルの部分を見て、高柳は思わず「なにこれ！」と声を上げた。

黒々としたゴシック文字で、〈医者が足りなくなります。看護師は倒れます〉とあった。

「でしょ、先生、気味が悪いってみんな言ってて……ほかの病棟にも来たらしいんですよ……」

高柳は答えずに、小さな文字を目で追った。

〈――パンデミックでは、医師も看護師も疲労で倒れます。そして、病気にもなります。診療数世界記録保持者は、スパニッシュインフルエンザの際のファウラー医師で、サンノゼ市において一日に五二五人の患者を診療しました。また、サンフランシスコのブラック医師は一五二人でした。これでは医師は倒れます。看護師も倒れます。そして、病気にもなります。気を付けて！　助けを求めるのです！　怖ければ、今のうちに逃げ出すのです……〉

といった文章が延々と続く。そして、文末には太陽とピラミッド、小鳥のイラストが描かれていた。

　隣で覗き込んでいた看護師が、体を寄せてきた。ふわりとしたシャンプーの匂いがした。つい昨日までなら、看護師たちも文字通り髪を振り乱して、シャワーを浴びる余裕すらなかったはずだ。

　高柳が顔を上げると、看護師は「先生……どうですか」と聞いた。

「一九一八年のパンデミックのことを言ってるみたいですけど……いったい誰からだろう」

　封筒には差出人は明記されておらず、謎だ。

「いたずら、ですよね。こんなことありえないですよね。もう最悪の時は終わったんですか」

　さらにシャンプーの匂いが強く香ってくる。

「そう、最悪の時は――」

　言葉の途中で、遠くから慌ただしい音を聞いた。

　エレベーターが開き、ストレッチャーが押されるノイズ。タイヤが回転する低い音。

　高柳は青いA４用紙を放り出して、思わず廊下に飛び出した。

　透明なビニールで覆われたストレッチャーに何人ものスタッフが取りついているのが見えた。そして、そのまま小走りにやってくる。早口で言葉を交わしているが、鋭い語気だけが耳に刺さり、内容は聞き取れない。

ビニールの内側に、女性が横たわっているのが見えた。たぶん二〇代ではないかと思われるほど若い。浅く上下する胸と青黒い唇の様子から、肺炎によるチアノーゼが進んでいると推察できる。

「ほかにも運ばれてくる。使える部屋はどこだ」

仮眠室にいたはずの内藤医師がストレッチャーの後から走ってきた。看護師からガウンを手渡され、手早く身につける。

「どこでも大丈夫です。すべて陰圧を確認しました」

高柳も自分のガウンに袖を通しながら応えた。

「下手すりゃ満床になるぞ」

言葉の意味が染みこんでくるまでに数秒かかった。

第九章　空と海と地が交わるところ（四日目・承前）

T市駅前通りの薬局店店主は、昨日からやたらとマスクの売れ行きがよいことに気づく。花粉症の季節だから、豊富な品揃え（しなぞろ）えを心がけているが、にもかかわらず、もうほとんどなくなってしまった。顔にフィットする立体裁断の高価なものから売れていったのが、不思議なところだ。

「やっぱり、あのせいですよねぇ」とアルバイト店員が言うのを聞いて、はっとした。

そうだ、あのせいなのだ。

崎浜町の出来事だと高をくっていても、市街地へ通勤してくる人は多いわけだし、そもそも、患者は総合病院で受け入れている。とすれば、この近辺の人間が不安を感じるのも当然だ。そのこととマスクの需要についてつなげて考えなかった自分の商魂のなさに呆（あき）れ果てる。

新たな注文を出そうと受話器を持ち上げた時、ふと思い出した。SARS騒ぎの時に品薄になって高値がついたマスクがあった。あれを仕入れとけばいいんじゃないか。

「あー、あの、ほら、昔すごい値段になったやつあるじゃない。エヌなんとかってやつ。

あれある？」電話口で出入りの業者に告げる。

返ってきた答えは、否定的なものだった。今朝から、あちこちから引き合いがあり、充分な量が確保できていない。今後は、T市に優先的にまわすようにする、云々。

アルバイト店員が咳をした。

店主は店員の前を用心深く遠回りし、花粉症用マスクの陳列棚の前に立った。残りはわずか三パック。すべてをフックから外しながら、自分と家族用にはこれで足りるだろうかとにわかに不安を覚える。

さらに、何か確保しておくべきものはないか、と店内を見渡す。免疫力を高めると評判のミネラルウォーターのパッケージが目に入った。太陽とピラミッドのマークが描かれ、中にはアンプルに密封された水が入っている。注文に応じて取り寄せたもので、意外にも地元の企業が製造販売しているものだ。毎日飲むだけで「風邪にも、インフルエンザにもならない」と、熱心な顧客は言っていた。通常の広告はしていないものの、非常に人気が出ており、入荷までずいぶん時間がかかった。

店主はパッケージを手にとって、カウンターの内側にしまい込んだ。そして、顧客のために、新たに注文票を起こす。

隅田川の河畔に立つマンションのリヴィングからは東京湾が見渡せる。

島袋陽子は、最近、この南向きの大きな窓の前に立つことが多くなった。

気温が低く空気の澄んだ日には、南に突きだしたC県の陸塊が、黒々とした海とうすら白い空の間で、曖昧に溶け合いつつ渾然となって遠方まで続いていくのが見える。すべてが溶け合った向こう側に娘のケイトがいるのを、彼女はここのところ四六時中、意識している。

まったくあの子の無鉄砲さときたら！　呆れた気持ちになるのはいつものことだが、今回は特別だ。きのうの夜のニュースで陽子は、「T市の集団感染」について報じられるのを観た。とんでもなく憂鬱にさせられる内容で、パートの職場にも欠勤の電話を入れた。

なぜこんなふうに育ってしまったのか。ひとつ考えられるのは、小学校四年生の時にケイトを襲った試練だ。三学期のはじめに体調を崩したのをきっかけに、さんざん検査を受けたあげく小児がんだと宣告された。そして、以降、二年近く入退院を繰り返すことになった。化学療法で頭髪が抜け落ちたり、一時は本当に死んでしまうのではないかと思うほど衰弱したりしつつ、最後の最後で驚異的な回復を見せた。小学校の卒業式に出席して、痩せ細ってはいるけれど誇らしげなケイトの顔を今も彼女はよく覚えている。

ケイトの中学校での弾け具合は、母親の目から見ても際だっていた。闘病生活で失った小学校の二年間を取り戻そうとするかのようだった。一年生からずっと弁論部で、ディベートの全国大会にも出た。二年生の時は生徒会副会長、三年生で会長をつとめた。人目を惹いたし、人気もあったようだ。

高校は県内でも屈指の公立進学校に進み、医学部を目指すと言い出した。母子家庭で、経済的に恵まれていなかったものの、親類からの援助と、ケイト自身が勝ち取った奨学金で目処がつき、地元の国立大学に通い始めた。誰の目にも明るく、学業優秀な娘だったが、母親である陽子は、この頃からそこはかとない不安を覚えるようになった。いったい、この子はどこまで行ってしまうのだろう。せっかく助かった命なのだから、地元で育ち、結婚し、静かで幸せな家庭を営んでくれればよい。それなのに、医者になって多くの人を助けたいなどと、大それたことを言う。

やがて大学を卒業すると、いわゆる医局を嫌って東京に出、それっきり島には戻ってこなかった。アメリカに留学までして、かわいい子どもを産んだのは上出来だが、結局、母と同じように離婚し、開業もせず、それどころかおよそ医者らしくない職業に就いている。危険で、理解に苦しむ職種だ。出張続きだから育児にも支障をきたす。結局は自分が上京して同居し、孫娘の面倒を見ることになった。ケイトのせいで、自分の人生までもが微妙にねじまがり押し流されていく。

いったいなぜこんなふうになってしまったのか。何度も問い返すうち、自分の血を分けた存在が、まったく理解不能で、別の世界に属するモンスターに感じられることがしばしばある。

電話が鳴った。保育園からだった。リカが三七・八度の発熱。預かってもらえる基準値をわずかながら超えてしまった。できるだけ早く迎えに来てほしいという。

陽子はそそくさと、支度を整える。点けっぱなしにしてあるテレビがたまたまケイトのいるT市の話題を語る。サーズだか、インフルエンザだか知らないが、そんな所に好んで出かけていったケイトに対して、怒りに似た感情がこみ上げる。小さな子を残して、なぜこんなことができるのか。

いや、自分がまだ若く、ケイトが小さな子どもだった頃、やはり、仕事に出てケイトを寂しがらせたのではないか。家計のために必要だったとはいえ、陽子は職場での人間関係を楽しみ、息詰まる母子二人だけの家から逃げていたようにも思える。ケイトの浅黒い肌を見るたびに、元夫を思い、苦々しい気持ちに支配された。ケイトが病気になった時、呪詛の念がまわりまわってケイトを毒したのかもしれないと自分を責めた。霞のかかった遠い記憶だ。ケイトは大きくなり、今は、かつてのケイトによく似たリカがいる。

保育園では、ホールで遊んでいたリカがこちらを見つけ、「ばーば！」と駆け寄ってきた。熱はあるものの、機嫌はよい。咳も鼻水も出ていないし、帰ってゆっくり休ませればよいと判断した。

帰り道、運河沿いを歩きながら、「ばーば、ママみたいね。ばーばママだね」と言った。

嬉しくないわけではないが、あえて聞きとがめた。

「リカ、あんたのママはあたしじゃないよ。ケイトもいい加減に、帰って来なきゃだめだ」

ふいにリカが足を止めた。

「ママぁ」と小さく声を上げる。目に涙が溜まっているのに気づき、膝を折った。

「リカちゃん、大丈夫だよ。ママはもうすぐ帰ってくるよ……」

そう言いながら、語尾がぶれた。視線は涙が溢れる目ではなく、首筋に釘付けになる。どうして、右側だけぽってりと膨らんでいるように見えるのだろう。

もう二〇年以上前のことだ。彼女は娘のケイトの首に同じような膨らみを見つけた。そして、一ヵ月後、ケイトは悪性リンパ腫と診断され、長い闘病生活が始まったのだ。まさか、と思う。

病院に連れて行こうか、と真剣に考える。発熱のこともあるし、行った方がいい。かかりつけの医院ならまだ午前中の診療時間に間に合う。あるいは最初から大きな病院で診てもらうべきか……。

考えあぐねて、ケイトの携帯電話を呼んだ。しかし、つながらない。

ケイトは母親であり、医者でもある。なのに病気の娘のそばにいない。彼女は怒りを新たにする。

赤坂吾朗は、昨日から拠点にしている崎浜町の民宿を出ると、近所のバイク兼自転車店で借りたスクーターに飛び乗った。アポイントメントの時間まであと一〇分。普通に走れば五分とかからない距離だから、事故にでも巻き込まれない限り、余裕で間に合う。

保健所の支所というのは、この町の中心でもある国道沿いで一番高い三階建てのビルの一階に入っていた。ビルは横長で、一階のほとんどの面積を信用金庫とプロパンガス会社が占めている。支所があるのは道路から見て左端のごく小さなスペースだった。

網目の入ったガラス張りで、中が丸見えだ。がらんとしていて、すでに彼女がここに来ているのも確認できた。白っぽいシャツにジーンズの姿は、以前C市で会った時よりもずっとカジュアルだ。

自動ドアのセンサーの前に立った時、自然と身が引き締まった。C市での一度目の面会の時は、自分の知識不足からあまり相手にしてもらえなかった感がある。今度こそ対等な立場として、情報を提供し合う協力関係を築かなければならない。

「ご無沙汰してます。といっても、まだお会いして四日目ですけど」

自動ドアがスライドし、こちらを向いた島袋ケイトに話しかけた。あえてゆっくりとした口調を心がける。

島袋はつかつかと歩み寄り、ポケットから「滅菌済み」と書かれた紙袋を差し出した。

「マスクをしてよ。まったくそんな無防備な恰好(かっこう)で、よく取材をしてるわね」

「ありがとうございます……」赤坂は袋をやぶって、中から出てきたマスクを装着した。

一方、島袋はマスクをしていない。

「お礼を言われることじゃないの。むしろ、こっちのためにしてもらってるの。この町を歩き回って、ひょっとすると感染者と会ってるかもしれないわけだから」

「まさか、感染なんて……」

赤坂は崎浜町に来てからの二日間、総合病院に入院していた患者たちの周辺取材を進めてきた。患者本人には会っていないし、感染の可能性があるなんてつゆほども感じていなかった。

「今朝からの積極的な患者探しで、新しい症例が次々に見つかっているの。それもすべて崎浜町から。感染の可能性はどこにだって転がってるわ」

じゃあなんで島袋さんはマスクをしてないんですかと突っ込もうと思ったけれど、語気に圧倒されて言い淀んだ。

「わざわざ来てもらったのは、言っておきたいことがあったから」島袋は小さな打ち合わせデスクの前のパイプ椅子を赤坂に勧めた。「あなたはたしかに間違いのない情報を手に入れて報道したわけだし、それは問題ない。でもね、こういう感染症関係の取材をする時には、気をつけなきゃならないことがあるのよ」

「わかってますよ。ぼくだって、一応プロの記者です。パニック、差別、といった問題には注意してます。だから、患者さんの実名とか出してないし」

「崎浜町での流行をいち早く書いたわよね。あれはフライング。まだ、わたしたちすら確信を持っていない時だったし、足並を揃えて情報を出さないと、変な風説が流れるきっかけにもなりかねない。マスコミ間であまり競争をしてほしくないの。正しい情報を正しいタイミングで出してくれればいいのよ」

「それって、ちょっと馬鹿にしてませんか。我々はお役所の発表をそのまま報道する機関じゃないんです。例えば、県の方針で患者のプライバシーや人権が大幅におかされるようなことがあったら、きちんと批判しなければならない時もあるだろうし」

「感染症って、そんなに甘いものじゃない。ＳＡＲＳの時だってそうだったけど、感染を断ち切ることと、人権の保護は、両立しない瞬間があるのよ」

「だからこそ、ぼくたちが目を光らせるんです」

議論を交わしながら、赤坂は入社してわずか一年なのに、自分の中に報道人としての自覚が芽生えていることをはっきり意識した。島袋も、結局はお役人体質なのではないか。マスコミをコントロールしようとするなんて最低だ。

「ＳＡＲＳはもはや制圧可能な病気だ。国や県はそう主張してますよね。うちもそのことは、しっかりと伝えてます。パニックにならないように、呼びかけてるんですよ」

「まだＳＡＲＳって決まったわけじゃないんだけど」

「じゃあ謎の奇病とか言って騒ぎ立ててればいいんですか」

島袋が赤坂の顔をまじまじと見た。そして、ため息をついた。

「とにかく、あなたの行動が、風説やパニックの原因にもなることを忘れないで」

話は終わったとばかりに島袋は立ち上がった。

「新たな患者発生のニュース。いつごろ発表されますか。ぼくが言うのも変ですけど、スピードが大事だと思うんです。発表が遅れると何かを隠しているのではないかという憶測を生んで、それこそ風説の原因になります。素早く正確な情報公開が一番大事なんです」

「でもねー」島袋が言いかけた時、背後でガチャンと大きな音がした。

「あちゃ、やっちゃった」

赤坂はまったく気づいていなかったのだが、支所の奥の椅子に壮年の男が座っており、手に持っていたらしいコーヒーカップを床に落としてあたふたしている。

「先生、本当にこれだけは変わりませんね」と島袋が言い、かいがいしくハンカチで男のズボンを叩(たた)くように拭いた。

「や、ごめんごめん。でもね、記者クン――」

いきなりこちらを向く。赤坂は人を食ったようなその目に、一歩退いた。

「きみの意見はやはり間違っているよ。アウトブレイクに相対する現場というのはいつだってぎりぎりのところで闘っている。患者も、医師も、保健所も、みんなそうだ。報道対応というのは、大変、手間がかかることで、速く正確にというのは事実上無理なんだよね。や、速くというなら、たしかにできる。だが、正確を期することはできない――」

「正確じゃなかったら、逆にパニックのもとになりますよ」赤坂は攻撃的なトーンで口を差し挟んだ。

「例えば、いつだったか大阪でのO157集団感染の時、マスコミは発症者の正確な数字を求め、行政はそれに振り回された。しかし、そんなもの現場ですぐに集計できるはずがないのだよ。むしろ、メディアはアウトブレイク対応の特殊性を学び、求めるべき正確さの水準を時々に応じて調整すべきなのではないかな。メディアの役割とは、情報の発信者と受け手との間に入り、そういった調整役を担うことなんだと思うよ」

赤坂は言葉を失った。淡々とした言い方といい、論旨といい、反論すべき点が見つからなかった。

「さ、島袋クン、そろそろ出かけようか。記者クンも一緒に来るかい。ここまでかかわった以上、きみも一緒に見ておくべきだろう」

「先生！」島袋がまた大きな声を出した。

「だって、きみ、この記者クンは、意欲的じゃないか。疫学探偵の話を書きたいって言っていたのは、彼なんだろう。ワトスン君になりたがっているのなら、連れていかなきゃ」

赤坂は軽いめまいを覚えた。島袋と「先生」に同行するのだから、チャンスといえばチャンスだ。しかし、ペースを握られてしまっている。

先生はどうかしている、と思う。

でも、先生だからいいかと思っている自分がいて、ケイトは苦笑する。

「先生は桃太郎ですね」と言ったら、「ならば、島袋クンは犬ですか猿ですか雉子(きじ)ですか」と来た。

「犬と猿はほかにいますから、わたしは雉子じゃないでしょうか」

「雉子は綺麗な鳥だからね」

「先生、お世辞、言ってるんですか」

「や、綺麗なのはオスの方だ。だから、島袋クンが桃太郎で、ぼくが雉子なんじゃないか」

「わたし、男の子じゃないし、先生は綺麗じゃないです」

保健所から貸してもらった公用車を運転しながらルームミラーをふと覗くと、忠犬顔の赤坂が首をひねっているのが見えた。ケイトはとりあえずそれを無視しておく。

「でもね、島袋クンは桃太郎さんなんだよ。これから鬼ヶ島を探しに行くんだから」

「桃太郎は、鬼ヶ島を探しに行ったというより、単に鬼退治がしたかっただけだと思います」

「細かいことはいいじゃない。でも、たしかに、我々、疫学者(エピデミオロジスト)は、こういう緊急の状況下で、どこかにあるかもしれない唯一無二の原因を探したりはしない。どこでもいいから、感染環を切ることができれば鬼に勝ったことになる。とすると——たしかに、鬼ヶ島なんてどこでもいいことになるな。や、それでも、島袋クンは桃太郎さんなんだな」

「どうせぼくは犬ですよ」後部座席で赤坂が言った。

なんだ本人にも自覚があるのかとくすっと笑ったところで狭い道を抜け、目的地である漁港が見えた。総合病院を出た後、棋理が最初に行きたいと指定したのがここだ。

公用車を降りると棋理は大きくのびをした。目の前はすぐに岸壁で、少し先には今はチェーンで封鎖されている小さな市場がある。コンクリートの床の上に屋根だけをつけた、漁港でよく見かけるタイプのものだ。

「いいねえ、港って」

棋理は潮に晒（さら）された木製のベンチにどっかと腰を下ろした。そして、空を見上げて深呼吸する。

「先生、そんな暢気（のんき）なことを言って」

「いいじゃないか。桃太郎はきみなんだから。ぼくはね、きょうはのんびりさせてもらうんだ」

「棋理先生、このあたりは、エピの観点からはどんな意味を持つんですか」

赤坂がメモ帳を持って問いかけた。

「うーん、今は特にない。ただ、黒々とした海と青い空があって、カモメが飛び交い、野良猫が群れる。日本の漁村ってだいたいこんなかんじだよね。すごく、いいね」

「わたしは、沖合にクジラなんかが泳いでいるとさらにいいと思いますけど」

「そうだね、島袋クンの生まれた島じゃ、クジラがたくさんいたものね」

「ええ、そうです。ザトウクジラがよく見えたんです」

ケイトはアウトブレイクの真っ最中のこんな状況でも、自分が棋理との再会を楽しんでいるのに気づいた。故郷の島の話題は、棋理と自分との絆につながるものでもある。

「うーん」と棋理がうなっている。「あと、ひなびた爺さんや婆さんがいれば完璧なんだが、きょうは天気もいいのにどうしちゃったんだろ。ね、記者クン、どう思う?」

「きのうからこんなかんじですよ。みんな外に出たがらない。病気のことで怖がってるんです」

「そうか、疫病の影が町を覆う、と」


「さ、次に行こう」

一同は公用車に乗り込んで、また別の場所を目指す。石垣が連なる古い家並や、ポピーの咲く農村地帯。ここでも、漁港と同じように車を降りて、雰囲気を満喫した。

「いやあ、いいねぇ。この花畑って観光スポットなんでしょ。その価値はあるね。冬のこの時期にこんなものが見られるなんて。まるでゴッホの絵の中にいるみたいだね。なんというか、色遣いが、ほら、大胆でさ」

「そうですか?」

ケイトはくすっと笑いながら首をかしげる。

たまたま農作業をしている初老の男がいて、棋理は「この時期、どんな虫がいますか」と聞いた。

「棋理先生って、昆虫マニアなんですか」と聞く赤坂は質問の意図を理解していない。

「節足動物媒介（アルボ）ウイルスって、病原性ウイルスの一大ジャンルがあるのよ。身近なところでは日本脳炎。あと、ウエストナイル熱やデング熱。みんな蚊が媒介する」

解説しながら自分でも実に恐ろしいことを言っていると、ケイトは思った。あの病気が昆虫に媒介されるものだとしたら、これまでに知られていない新興（エマージング）ウイルスだということも確実だ。

「それにしても良い天気だ。や、汗をかいてきたぞ。二月に散歩しただけで汗をかくなんて、ここは南国だねぇ」

いつの間にか棋理は男と話をするのをやめ、空を仰ぎ見ていた。「先生」と呼びかけても返事しない。いつものことだ。棋理は集中して考え始めると、時々、無反応になる。五分くらいがすぎて、棋理が思考の世界から帰ってきた。小さく息をつき、こちらを見る。

「先生、昆虫が媒介するウイルスが原因なんですか」赤坂が聞いた。

「え、そうなの？　記者クン、もしもそうだったとしたら、世界的な大発見だよ。昆虫に刺されてウイルスが血管に入ることから、いきなり重篤な肺炎になる病気なんて、考えただけで恐ろしい」

「なにか、掴（つか）めましたか。これまでのことで」

「いや、それほどでもない。頭の中でありとあらゆる感染経路をイメージしていたんだ。

これだけたくさんの要素があるんだから、片っ端から考えていっても、どうしても時間がかかる。感染症の場合、ヒトからヒトへの感染が成立すると、その都度、新たな感染源ができるわけでいやがおうにも複雑さは増す。ぼくらは足下が定まらないまま歩いていることは変わらないよ」

赤坂は肩をすくめてケイトを見た。棋理の考えを読み取るのは、きょう会ったばかりの新聞記者には無理に決まっている。

この後、また公用車に乗って、「最初の一人」である吾川重造の家、動物愛護団体の「ホーム」、バイオ企業の「研究所」、二人目に亡くなった斉藤が住むハイタウンなどをひとつひとつ見て回った。そして、黒部小児科医院に立ち寄って、目的のものをピックアップした。夫人は不在のようで、玄関先にノートが無造作に置かれていた。最初の漁港に戻ってきた時にはきっかり二時間がすぎていた。

太陽の位置がめぐったとはいえ、まったく変わらない景色だ。公用車から降りた棋理の手には、掌（てのひら）よりも一回り大きな茶色い表紙の冊子があった。黒部医師が日頃からつけていた崎浜の自然に関するフィールドノート。

「このノート、おもしろいよ。つくづく、この土地は空と海と地が交わるところだ」棋理はのんびりと言った。

「それ、どういうことですか」と赤坂。

「つまりね、記者クン、感染症というのは生態系の問題なのだよ」

「はあ？」

「これくらいのことが分からないと、優秀な桃太郎の犬というか、ワトスン君にはなれないよ。あとで島袋クンに聞いておくといい」

言葉の途中から棋理は歩き始めた。本気で歩くと、棋理の歩幅は広く、普通の人が小走りするくらいの速度になる。ケイトも赤坂も無言でついていく。

海沿いの遊歩道を進むと、思いがけず砂浜があらわれた。汀線は数百メートルくらいで、中央が河口になっていた。陸側はすぐ松林だ。

砂浜とはいっても、岩場続きのところにぽつんとあるものだから、少し沖に行くとゴツゴツした岩がいくつも突きだしている。亡くなった斉藤が毎日のようにサーフィンに訪れていた場所がここなのだとケイトは気づいた。

「このパラボラみたいなのが、ハマヒルガオだね」

棋理はノートと足下の花を交互に見つつしゃがみ込んだ。ノートにはちょっとしたコメントとともに、ハマヒルガオの花が描かれていた。

「葉にはかなり斑が入っている。たしかレトロウイルスの仕業なんじゃなかったっけ」

「タバコモザイクウイルスなんかのことですね」

「そう、人間が最初に分離に成功した、由緒正しいウイルスだ」

「え、草からうつるんですか――」赤坂が後ずさった。

「植物のウイルスが動物に感染する事例はこれまで見つかっていないわ」

本当にこれだから記者ってやつは嫌だ。こんな基本的な生物学知識も持っていない。そのくせ、ＦＥＴのことを税金の無駄遣いだなどと叩く。

棋理は赤坂とケイトのやり取りを気にもせず、そこかしこを歩き回っている。一歩ごとになぜか砂を蹴散らしながら進むので、棋理のウォーキングシューズはすでに砂まみれになっていた。

「たぶん、このあたり」と棋理が地面を指さした。

ふたりが駆けつけると、ノートを見たまま、「死せるリヴァイアサンに捧（ささ）げる」と続けた。

「先生、どうしちゃったんですか……」とケイト。

「いや、ね、黒部先生って、詩人だね。去年の一二月、この浜でクジラが座礁したそうだ。黒部先生は、わざわざ散文詩みたいなものをノートに書き付けている。今や、巨体滅びて、カモメがついばみ、猫が食らう——や、まさに空と海と地が一点に収束しているのだな」

「リヴァイアサンって、海の怪物のことですよね」と赤坂。

ケイトははっとして赤坂を見た。

「うん、ヨブ記だね。旧約聖書に出てくるやつ。口から炎を、鼻から煙を噴き、体全体に硬い鎧（よろい）をまとった怪物」

「神をのぞきこの世で最強のもの、でしたっけ」

会話についていけない。さっき赤坂の知識不足を心の中で馬鹿にした分、ぐさっと自分に刺さるものがある。

「そう。神のように不死でも万能でもないが、かぎりなくそれに近い」

棋理は膝を折ると、砂地の上に指を走らせた。

まるで子どもが描いたような動物の姿が浮かび上がる。

「リヴァイアサンの想像図」

「なんか、それかわいすぎます。エルマーの竜みたいです」

「口から火を噴く怪獣なんだけど。おまけに目は、爛々（らんらん）と赤い光を放ち、背中にはギザギザ、腹には陶器の破片みたいなトゲトゲ……」

棋理がさらにパーツを描き足した。

「今度は、出来の悪いウルトラ怪獣です」

「うーん、そうかなあ」

棋理は少々、憮然（ぶぜん）としたふうで立ち上がり、指先の砂を払った。

「ところで、きみたちはホッブズは読んだ？」

「読んでません」ケイトは即座に答えた。

「『リヴァイアサン』でしたら、抄訳ですが学生時代に……」少し遅れて赤坂。

「さすがに、記者クンは文系の教養ならあるね。島袋クンは高校で習わなかった？　万人の万人に対する闘争ってさ。今、ウイルスと我々の関係は、おそらく、まさにそれ、なのだよ……ホッブズはこの無秩序な闘争の状態に、同じくヨブ記に登場する陸の怪物ビヒモスを当てた。そして、ビヒモスが跋扈する世の中は困るということで、解決策として持ち出してきたのが、抗いがたい権力による統治だ。こちらが怪物リヴァイアサン。つまり、我々、エピは集団感染の現場において、病原体を統御する権力たり得るかが問題なのだね――」

言われてみれば聞いたことがある話だが、社会科方面の教科はどちらかと言えば苦手だったケイトにはおぼろげな記憶しかない。

「それで思い出したんですけど――」ケイトは話題を変えた。「亡くなった斉藤さんって、コンピュータ関係の仕事をしてて、ウイルス関連のセキュリティのためのボランティアもしていたんですよ。今、流行っているリヴァイアサンウイルスの対策にもかかわっていたそうです」

「それは奇遇だ」と棋理が久しぶりにケイトを見た。「ぼくのコンピュータにもウイルスがとりついてね。そこで、ぼくは学生に復旧を頼んで出かけることにしたのだ。や、あれ、リヴァイアサンウイルスって言っていたかな」

「うちの科学部も最近記事を書きましたよ。二〇〇〇年前後にいくつものウイルスが大流行して以来の新しい波だということです。もともとは反米的なハッカーが作ったものだと分かっていて、亜種が簡単にできるので対応が難しい、と。リヴァイアサンという名前は、アメリカ帝国主義に対する批判から来ているそうなんですね。もっとも、今、流行っている亜種は、そんなことは関係なしに、愉快犯的にばらまかれたものみたいですけど」

「なるほど、ぼくは帝国主義リヴァイアサンの反対勢力に導かれてここにいるともいえるわけか、なかなかおもしろい。ホッブズのリヴァイアサンは秩序を打ち立てようとする力、コンピュータウイルスは秩序を乱そうとする反権力として混沌（こんとん）の怪物ビヒモスに通じる。そういえば、リヴァイアサンやビヒモスのことを中世のキリスト教徒は悪魔だと思っていたんだっけ。まさに今、我々に襲いかかるウイルスのようにね。実に両義的だ。ならば、ぼくたち疫学者（エビ）はどうだろう……」

　小堺ならきっと「善玉ハッカー」などと言うのではないか。そう連想して、すぐにその考えを頭から振り払った。

「そうだ」棋理がぽんと手を叩いた。「言い忘れてたけれど、きみたち、今、クジラを踏んでるのだよ。そのあたりに埋まっている。聖書のリヴァイアサンは海の怪物だから、よくクジラと混同される」

　赤坂がなぜかその場から飛び退（の）いた。「クジラの骨格標本をつくるには、何年か砂浜の下に骨を埋めておいて脂抜きするんだってね。今、我々の足の下には、海獣（リヴァイアサン）の骨が横たわっていて、しみ出す脂でおびただしい微生物の群落を養っているのだね」

　そういえば、この地域の人たちはクジラを食べるんだなあと思い出した。クジラ好きのケイトにしてみれば、ひどく嫌なかんじがする。

しかし、そのことを口にする前に、ケイトは松林に目を吸い寄せられた。木立を縫って陸側に向かう細い道に、色白で整った顔立ちの少年が立っていたのだ。

少年は痩せた胸の前に腕を組み、黒いものを抱えている。黒猫だ。遠巻きにも瞳が光って見える。左右の虹彩の色が違うのがはっきり分かった。

さらに少年の後ろに、少女がいた。小学校に入るか入らないかくらいの年齢で、むしろ幼女といった方が近い。風に乱れた髪を、大きな大人用のカチューシャで留めている。だから、しょっちゅう頭を気にしている。

ケイトは少女に目を奪われた。視線が落ち着かず、おどおどしているのはなぜか。かつての自分自身と重ね合わせる。不安で、すがるものもなく、病院のベッドに寝ていても体がいつも浮いているようだった。何も自分をつなぎ止めてくれるものがなかった。この子、今、そんなふうなんじゃないか。理由などなく、ただそう感じた。

「ねえ、どうしたの……」ケイトが話しかけると、目をそむけた。

少年の方が一歩進み出て、ケイトを見た。

「あなたは……」ケイトは思わず声を出した。

この子のことを知っている。遠巻きにちらりと見ただけだけれど、間違いない。

「わたしのこと見てたでしょ。白い門柱の陰から」

少年は小鳥のような仕草で小首をかしげた。問いかけには答えない。そのかわりに、変声期独特のしわがれ声で、「あんたたち、やめた方がいいよ」と言った。

「あっち行くのは、やめた方がいい。あんたたちも、死ぬよ」

　指さしているのは今、少年と少女が辿ってきた道だ。

「なにを言ってるのよ。物騒な」

「たくさんの死体。最初の患者だったんじゃないかな。たぶんここが始まりだったんだ。そして、水を通じて伝っていった……」

「どういうこと」

「行けばわかるよ」

「行くなって言ったり、行けって言ったり、どっちなのよ」

「どっちでもないよ。ぼくには関係ないから。本当に、ぼくたちには関係ないんだ。あんたたちの問題なんだ」

　少年はまた歩き始めた。今度は波打ち際と並行して、崎浜町の漁港の方へ向かっていく。少女もその後をついていく。

「ねえ、待って。あなたたち、大丈夫なの。いえ、あなたじゃなくて、その子、大丈夫なの。お父さんとお母さんは？」

　少年が振り向いて、口の端に笑いを浮かべた。

「ちゃんと家族はいるよ」

　家族と聞いて、思い出す。昼前、母の携帯から着信があったのを、まだ折り返せずにいる。仕事中に電話がくるのは珍しく、とすると、重要な要件かもしれない。だからこそ気持ちに余裕がある時に、と思っているうちにますますかけ直しづらくなってしまった。そういえば、亡くなった窪川の子どもはどうなったのだろう。小堺に頼んだきり、報告を受けていない。

考えるうちに少年の背中が遠のいた。ケイトの背後から、「おーい」と声が聞こえた。

棋理と赤坂は松の木立の中にいた。

「島袋さん、行きますよ！」

ケイトは小走りで追いついた。松林は斜面に沿って続いており、頂点に達すると干潟が見えた。ちょうど砂丘の上から見下ろす形だ。

「くさいですね」と言ったのは赤坂だった。「なんか地獄谷みたいな臭いですね」

赤坂がいったん外していたマスクをつける。

「硫黄の臭いだね。タンパク質が分解するとこうなる。フィールドノートに書いてある通りだ」

「棋理先生、これは……」ケイトは絶句した。

干潟にはあちこちにカモの死骸が浮いていた。比較的新しいものから、羽毛がこびりついた骨のように見える古いものまで。強烈な臭気とともに、不吉な予感が、すでに予感ではない確定した事実のように迫ってきた。

「や、書いてあるより多いかな。目につくだけでも、軽く一〇〇羽はいそうだね。これはサンプルを持ち帰らざるを得ない。島袋君、グローヴやマスクは車の中？」

「はい、そうです」

「じゃあ、いったん戻って、大きなビニール袋を何枚かどこかで調達してこよう」

「わかりました」

砂浜に戻る道を辿り始めるが、赤坂だけ動こうとしなかった。

「ぼくはここで待ってます」と言う。

しばらく進んで振り向くと、干潟に下りてコンパクトカメラのシャッターを執拗（しつよう）に押し続けるのが見えた。

あんたたちも、死ぬよ。

さっきの少年の言葉が頭の中で鳴り響いた。


御厨潤一は、着実に準備を進めている。

バイオセイフティレベル（BSL）3相当の装備がある移動式ラボを稼働させるのは今回がはじめてであり、クリアすべき課題も多い。しかし、それらはいずれも解決できるものだ。あと一日もすれば、部下が奮闘するC県T市の現場に、彼自身が身を置いていることだろう。

それにしても、と御厨は思う。SARSの線はどの程度、あり得るのか。最初の症例の渡航歴や、ほかの臨床的な病像からSARSアラートを発することになったが、目下、その可能性は低い。これは御厨だけの見解ではなく、専門家集団のメーリングリストに状況を説明する短信を投げて以来、世界中の研究者から同じ見解が述べられている。

では、本当は何なのか。

新型インフルエンザの可能性が再浮上していることは、注目しなければならない。

ついさきほど、島袋ケイトより、携帯電話のカメラで撮影された写真つきのメールが届いた。明らかに興奮したトーンで、「カモの大量死です。問題はカモは普通、インフルエンザでは死なないことです」と書かれていた。

T市からそれほど離れていないI市の養鶏場で鳥インフルエンザの集団発生が確認され、亜型が日本の鳥インフルエンザでよく見られるH5型ではなく、珍しいH7型だったとの報告を受けたのは昨日のことだ。

そして、今やカモの大量死という事実が加わる。

専門家集団のネットワークは、本来、SARSのために作られたわけではない。むしろ、新型インフルエンザの警戒のために維持されている。究極の大流行(パンデミック)にも発展しかねない新型インフルエンザは、世界中の感染症対策関係者からそれだけの大きな扱いを受けている。

新たなメールが届き、パソコンにアラートの文字が浮かんだ。

〈とうとう我々が心配している可能性を検討しなければならない〉

アトランタの同僚、トマス・オースターだ。この時間はあちらでは深夜のはずであり、ひょっとすると研究室に泊まり込んでいるのかもしれない。このワーカホリックぶりは上昇志向の強いアメリカ人としても常軌を逸しており、家庭が破綻するのも仕方ないだろう。トムという愛称ではなく、堅苦しい感のあるトマスと周囲に呼ばせるあたり、禁欲的な聖職者の雰囲気もある。

〈SARSの時に現場をふんだ調査員を現地に送ったよ〉

〈非公式にしか語られないオオサカの事件だね。きみの国の行政（アドミニ）は、ああいう時、素晴らしく機能する。今回のケースではどうだい。正直言って、心配する者が多い〉

　トマスの皮肉な言い回しに、素早く返答しようとすると電話が鳴った。携帯ではなく、オフィスの加入電話だ。

「御厨さん、あなたの意見を聞きたい」

　声は厚生労働省の感染症課の課長だった。今まさに話題にのぼっていた行政からのアプローチ。今回の件では、これまでにも何度か課長補佐に報告をしているが、国側の本格的な動きはまだない。通常の感染症対策の中で、C県が独自に対応すべきという立場だった。

「T市の事件だが、これにて一件落着とはいかないのかね。今、患者探しで新たに症例が見つかっているようで、健康局長も心配されている。県から上がってくるのを待っているといつになるか分からないから、あなたに聞くわけだが——実際のところどうなのか」

「課長は、今、ドイツにいらっしゃるのでは？」

「そうだ。この件について部下から連絡を受けたが、今ひとつ状況がクリアではないのが気になってね」

「ひとつ言えるのは、今、国際的な研究者共同体が色めき立っていることです。課長も国際会議に出席してらっしゃるなら、質問を受けたりされていませんか。今、そこに課長がいること自体、意味があることかもしれません。早めの対策を取って、我が国の対応の速さを印象づけるのです。それこそ、新感染症に指定していただくとか」

「おいおい、何を言い出すかと思えば、新感染症かい。いきなりそれはないだろう」

「確証を得るには時間がかかるものです。前回のＳＡＲＳ騒ぎの時のことをお忘れですか。我が国の対応は国際的非難の対象となりました。症例のカウントの仕方も不可解で、あたかも日本では一例もＳＡＲＳ患者が出なかったかのように操作された。今回は、あの時と同じ轍（てつ）を踏まず、積極的な情報公開と――」

「御厨さん！　そういうことを聞きたいわけじゃない。集団感染の対応は、科学や医学だけで決まるものではない。むしろ、政治なんだ。様々な利害を調整しなければならない。あんたがそれを忘れてもらっては困る。それに、実際、そんなに重大に考えなくてもいいケースなんじゃないか。たまたま重症の肺炎の集積があったからといって、いちいち新型インフルエンザや、ＳＡＲＳを疑っていたらもたないよ。最近だってＣ市の院内感染も、最初は謎の呼吸器感染症としてＳＡＲＳを疑われたじゃないか」

「Ｃ市のケースは、うちの部下が解決しました。同じ調査員がＴ市に入っています。これまでのところ、現場では尋常ならざる雰囲気を感じ取っているようです――」

ひとしきりやりとりを終えて、受話器を置いた。国際電話をかけてくるあたり、かなり気になっているのだろうが、事態を小さく見るバイアスがかかっているようだ。現場はむしろ事態を大きく見がちだから、それらをすり合わせるのは、当面の御厨の仕事になる。ふたたびパソコンに向かい、アトランタのトマスに向けてメールを送る。

〈行政のサポートはまずまずだ。つまり、多くの関係者に心配されているように、いつも通りと言えるね。科学的な探求によって、彼らの背中を押してやる必要がある〉

第一〇章　夜のうちに根を張るもの（四日目夜から五日目未明）

「本当に行っちゃうんですか」とケイトは言った。

　T駅のホームで、足下に黄色いタックルケースを置いた棋理はどうしたって目立つ。ジーンズにジャケットを着た服装と、本格的なタックルケースは不釣り合いだ。とうてい釣り人には見えない。

「うん、だって学生さんが待ってるし、単位出さないと進級できない子もいるし、コンピュータ直ったし」棋理は素っ気なく言った。

「そんな……そりゃあ、先生の今の仕事はそうでしょうけど、もしパンデミックの危機だったらどうするんですか」

「それはね、島袋クンたちを信頼してるから。ぼくがいても、きみたち以上にはうまくはやれないよ。最強なんじゃないかな。良い組み合わせだ。絶妙だよ。だって、まだ国も県もまともに動いていないのに、現場の判断だけで積極的患者探しまでやっている」

「ありがとうございます。でも、それは買いかぶりです。先生がいてくれればすごく心強いです」

「いや、ぼくがいるのは逆にまずいんだ。今はね、ぼくは現場を見るだけの方がいい。現場を見ないままだと、いざという時に不健全（アンサウンド）な推論をしてミスリードしてしまうかもしれないから、この機会に一通り目を通したけれど、本来ぼくが介入（インターベンション）するのは今ここではなさそうだ」

「先生……言っていることが、意味不明です」

「とにかく、今は基本に忠実に。そして、臨床の現場にも顔を出して、きちんとした症例定義を早く作ること。最初は広めに拾わざるをえないけれど、時機が来たらきゅっと締める……って、その頃になったら、ぼくはまた顔を出すよ。今ぼくがここにいても、むしろ、予断で目が曇る――それに、この検体、誰かが持って行かなきゃならないしね。今夜中に届ければ、たぶん丸一日早く、検査結果が出るよ。どうせ御厨も、検査技師もワーカホリックだから、遅くてもセンターにいるだろう」

「保健所の若手に行ってもらいます。うん、それがいい。嫌だとは言わせないから」

「御厨クンと会って話したいことがあるんだ。ああそうだ、仙水クンに言わなきゃならないことがあったんだけど、チャンスがなかったな。まあいいか、あとで携帯に電話する――」

　ちょうど特急電車がホームに滑り込んできて、棋理が言葉を切った。

　車両が所定の位置に停まり、ドアが開いた。

「とにかく、島袋クンは自信を持った方がいいね。疫学探偵のシャーロック・ホームズはぼくじゃなくて、島袋クンなんだよ」

「わたし、そんなんじゃないです。先生みたいなひらめきはないし」

「本当にそう思っているのかな。まあ、それが島袋クンのすごいとこなんだけどね」

棋理は特急電車の中に足を踏み入れる。雑な動作でタックルケースを扉にぶつけ、ひやりとさせられる。

ケイトが何かを言おうとすると、圧搾空気の音がシュッと響き、ドアが閉まった。

心細さを感じるのは、ほとんど条件反射のようなものだ。

小児病棟に入院していた頃、主治医の棋理が立ち去る時、いつも寂しかった。棋理は嘘を言わない医師で、ケイトはそこに惹かれた。ケイトが問えば、「きみの病気は世界でこれくらいの子どもがかかっていて、そのうち治って大人になるまで生きられるのは何パーセント」と包み隠さずに言った。つらい治療にもかかわらず、なかなか効果があらわれず、このまま自分が死んでいくのだろうと思っていた頃も、「絶対なんてことは、ありえないんだ」と力説した。

「白か黒か、はっきり決められるものじゃない。ひとつだけ分かっているのは、誰だっていつか死ぬということで、それまではみんな生きる。だからあとどれだけ生きられるのかというのが正確な問いかけだ。きみは、まだまだ生きられる。きみが大人になり、結婚し、子どもを産み、良い仕事をし、年老いて死ぬ確率はゼロじゃない。むしろかなりあると思っていい。今はつらいかもしれないが、踏みとどまるんだ」

棋理の言葉に支えられて、ケイトは踏みとどまることにした。自分の生命が消えようとしているのか、それとも、まだまだ続こうとしているのか、結局はよく分からない。しかし、だからこそ安心できた。棋理の言うとおりにしていれば、いずれ結論は出る。この曖昧な状況の中で踏みとどまるうちに、遠からず道が定まっていく……。

そう信じて過ごす日々だったから、棋理の存在は絶大だった。彼が病室に来てくれると霧が晴れ、いなくなると不安がぶり返した。

その時と同じ。しばらくすると、普段の自分に戻ることも分かっている。駅舎から停めてある車に向かいつつ、ふいに娘のリカと話したくなった。今晩こそ忘れないと心に決める。

夜のうちにひっそりと成長するものがある。昼の光の届かぬ世界で、人々の無意識という土壌にしっかりと根を張り、版図を広げていく。それらは、まず最初に「不安」という形で、人々の意識のうちに表出する。

島袋ケイトは、ホテルに戻ったとたん、棋理と別れて以来わだかまっていた不安が、喉元にせり上がってくるのを感じた。

冷静になれと自分に言い聞かせ、頭の中の情報を整理しようと試みる。いまだ、国や県が正式に動き出してもいない集団感染が、かくも不安をかき立てるのはなぜなのか。形がないから、にちがいない。ウイルスであれ、細菌であれ、ターゲットが分かれば安心できる。はっきりしないまま事態は動き、拡大する気配を見せている。それが、不安の種なのだ。そう思いこもうとする。

ならば意外に簡単ではないか。幼少より棋理の薫陶を受け、長じてフィールド疫学者になったケイトは、曖昧な状況の中で正体の分からない敵を相手にするのに慣れているはずだ。SARSであろうと、新型インフルエンザであろうと、同じ呼吸器感染症であり、感染の経路もたぶん飛沫による。疫学調査の要点も、防御の仕方もまったく同じだ。正体はブラックボックスにしたままでも、淡々と仕事をこなすのみだ。

いったんはっきりと思い定めた彼女は、なんとか恐れを心から排除する。

シャワーを浴びてさっぱりした後で、まだ仙水が働いている保健所へと向かう。そろそろ自己隔離の時機だ。バックパックにはシュラフと空気で膨らむ枕が入っている。調査の中、病院で症例と会ったりしているわけで、ほかの人々との接触のあるホテル暮らしではなく、保健所の空き会議室で寝泊まりさせてもらう。仙水もすでにホテルを引き払った。

これにはメリットもある。仕事場と生活の場が一緒になることで、時間をむだにせずにすむ。とにかく、今できることをやっておきたい。後悔するのは嫌だ。その気持ちがケイトを突き動かす。

保健所への道すがら、携帯電話から自宅の電話番号にかけた。

「ママぁ、元気ー?」とリカの声が明るいのにほっとする。

T市に来てからもう四日目だが、その間、一度もリカと話せなかった。いや、電話をすると言いながら、その時間を見つけられなかった……というのが言い訳だと自分でも分かっている。

元気だよ、と答える。そして、矢継ぎ早に聞く。

リカは元気に保育園に行っている？　あら、誕生会はまだなんだ。メグちゃんにカード渡すの？　お腹に赤ちゃんがいるヤマダ先生はだんだんお腹が大きくなってきた？　え、病院に行ったの？　喘息じゃなくて？　熱だけで咳やくしゃみは出ないのね？　うん、元気ならいいけど。

少し舌足らずの声を聞くと、次から次へとリカにかかわる事々が頭に浮かんでくる。集団感染の現場で、そういったものを無意識に抑え込んでいるのだと自覚する。

「ねえ、ママ、シャオンカイ、くるよね」リカが聞いた。

不意をつかれて、一瞬、何を言っているのか分からなかった。謝恩会のことだ。年度末に保育園の保護者会が主催して行うもので、もう準備は始まっている。自分も委員に入っていることをうっかり忘れていた。

「大丈夫。さすがにそれまでには帰ってるよ」と言う。きっと大丈夫だ。謝恩会は三月後半で、今から一ヵ月以上の猶予がある。

「よかった！」と言うリカの声で、本当に心配していたのだと知る。胸がきゅんとなった。

「じゃあ、ママ、びょーきにならないで、かえってきてね」と言った後で、「ばーばとかわるね」と電話口からいなくなった。

もう保健所の建物が見えている、母と話している余裕は時間的にも精神的にもない。聞こえなかったことにして、電話を切ってしまおう。

「ちょっと、あんた、待ちなさい」と母に考えを読まれた。

「自分の娘のことなんだから、ちゃんと聞きなさい」

声にただならない様子があり、居住まいを正した。

「きょう病院に行ってきたのはね、熱のせいじゃないのよ——」

母の重々しい声が、遠くから響いて頭の中にしみ込んできた。いわく、リカの首にかすかな腫れがあり、気になってかかりつけの小児科医を訪ねた。小児科医は何度も触診した後で、首をひねり、大きな病院で診てもらうように言った。そこで、紹介状を書いてもらい、明日、検査に行ってくる……。

にわかに息苦しくなった。ケイト自身も、発熱して訪ねた地元の小児科医で、首の腫れを指摘され、あれこれ検査するうちに、悪性リンパ腫だと診断されたのだった。

検査は終わりのないトーナメント戦のように思えた。採血したり、触診したり、エコーで内部を見通したり……それでも、結論は出ずに、経過観察ということになって、何度も病院に通う。病気ではないときっぱり否定されればもう行かなくていいのに、検査だけがだらだらと続く。勝ち残ってチャンピオンになることは、つまり、病気だということだ。いつになればこの検査のゲームから降りることができるのだろう……宙ぶらりんの不安は、今も忘れられない。

自分のことならかまわない。しかし、まだ幼いリカが、白とも黒ともつかないのっぺりした灰色の空間を漂うのを想像するだけで、胸が潰れる。

あまり遺伝は関係ない種類の病気のはずだ。リカがかかるのは、おかしい。ケイトが東京にいれば、信頼できる小児科医のところに連れて行くのだが、とりあえず今は地元の大きな病院で検査をしてはっきりさせるしかない。

「ごめんね、母さん。いろいろお願いすることになって。できるだけ早く帰るから」そう言って電話を切った後、いくつもの部屋で灯（あか）りがともっている保健所の建物を見上げた。

どうして、わたしはここにいるのだろうと考え、胸をかきむしりたくなる。小児がんを生き延びて以来、ケイトの胸の中にある何かがせき立てる。もっと遠くへ行け、限界を超えてどこまでも進め、と。内なる声には抗うことができない。でも、たった一人の娘が病気かもしれない今、それにどれだけの価値があるのだろう……。

仙水望は、ホテルから引き揚げてきた荷物を足下におき、ノートパソコンに向かって、一心不乱にデータを入力し続けている。疫学統計ソフト、エピキュリアスのグラフィック画面は非常に使いやすいのだが、結局データは手打ちだ。そこのところが、釈然としない。

目下、仙水が興味を持っているのは、子どもたち、だ。黒部医師がみずから発症する前の一〇日ほどの間にインフルエンザと診断した子ら。彼自身の発症数日前から、インフルエンザ迅速診断キットの陽性の割合が極端に落ちている。これは何を意味するのか。ほかにも昼間、看護師の堂嶋と会った時、会話の中で示唆されたことがいくつかあって、これまでのデータに新たに項目を増やして、再入力する必要が出てきた。

早く島袋の反応を知りたい。彼女が窪川洋子の娘についていきなり怒り出したのには面食らったが、そのことが仙水の確信を深めている。彼女はいつも周囲にアイデアをまき散らす。さっき、電車で大学に戻る棋理から電話があった。言わずとしれたことの確認だ。「島袋クンを活かすのは、今回は仙水クンの役割だから」と。もう何年も同じ職場で働いてきて、彼女のことは分かっている。島袋はつまり他の人にはない独特のセンサーを持った人間であって、周囲はそれをフルに引き出さねばならない。今回は、子どもや小児科医院をめぐるところになにかがある、というのが一つの論点なのは間違いない。

作業を進めるうちに、バサッという音と共に風を感じた。

少し開けてある窓から、一羽の鳥が飛び込んできた。いや、外はもう暗い。鳥ではなく、コウモリだった。あまり知られていないが、コウモリはれっきとした都市動物だ。東京の都心でも夜になるとよく街灯の近くを飛んでいる。

お茶を運んできてくれた女性職員が、甲高い悲鳴をあげた。

「な、なんですか、この変な動物」と言うのだが、コウモリを知らないのだろうか。女性職員はお茶を置いて急いで逃げていく。

とにかく仙水は窓をすべて開け放ち、そいつが飛び出しやすいようにした。

コウモリのことも考えるべきか、と仙水は思い直した。

現代の生活において、人々は生き物を意識から排除しすぎる。実際のところ、この世は「人間以外」の生き物に満ちている。都市では、そこから目をそらして生活するシステムが出来上がっているだけのことだ。獣医師であり、また、一時は動物園への就職も考えた仙水にしてみると、ヒトを中心にした世界観はなじめない。考えてみれば、人間だって動物なのだ。男も女も、大人も子どもも、みんなそうだ。

パソコンに戻って入力を再開する。

すると、何者かに導かれている感覚が満ちてくる。そんな時、決まって打ち寄せてくる知的興奮も、今度ばかりは不安に縁取られている。

言葉にしようとしても、掬い上げることができない。もどかしい。総合病院に入院して亡くなった症例と、黒部小児科医院に通っていた子どもたち。それらが一つに重なって見えてくる。いったい何がこの事態の背後に隠れているのか。不安はさらに広く根を張り、領域を広げていく……。

赤坂吾朗はT市の繁華街にも近い支局で朝刊のための長い原稿を書き続ける。

新型インフルエンザについての情報を、いかにさりげなく、恐怖心を煽らない冷静な筆致で入れ込むか腐心する。デスクが電話をかけてきて、「干潟で大量死しているカモは独自ネタか」と確認してくる。「そうです」と答えてから、「でも、病気と関係あるか分からないですよ。変に使わない方が得策です」と釘を刺す。

「カモは普通インフルエンザでは死にませんからね」

「じゃあ、カモさえ殺すとんでもないウイルスなんじゃないか」

「憶測で書くわけにはいきません」

デスクは明らかに独自ネタを欲しており、赤坂は警戒する。

不安。ここにも、別の不安が根を張っている。赤坂は歯車だ。場合によっては自分の記事が取り返しのつかない事態を誘発するかもしれない可能性は常にある。記者としての成功とは何だろう。できるだけ大きなスクープを飛ばして、世間の注目を浴びることか。ついさっきまではそう考えていた。そして、今の赤坂はそれにすぐに手が届く場所に立っている。しかし、その責任を自分は負いきれるのか。キーを叩く指を止めた時、指先の震えに気がついた。

小堺賢一は、初動チームの仕事で忙殺される。

年上の職員の中にはパソコンが不得手な者も多く、小堺が細かなデータ入力や、文書作成にフル稼働せざるを得ない。FETがやってきてからというもの「残業」という概念がなくなり、一日二四時間、ずっと仕事をしているような気がする。

作業には、普段は残業しない女性の非常勤たちも加わっていて、小堺は彼女たちに指示する立場だ。ＦＥＴの仙水からスタミナドリンクの差し入れを受けたが、冗談としか思えなかった。あんなどぎつい飲み物はかえって体に悪い。こっちはせいぜい体調を整えるサプリをとって、ミネラルウォーターで喉を潤すのみだ。

サービス残業だから、定時の就業時間後には自分の携帯電話の電源をオンにする。親しい友人と接触を失いたくない。でなければ、頭が変になりそうだ。ただでさえ、日課のネット巡回すらできず、欲求不満が溜まっている。

家族がいる西山係長などは、万が一の感染を心配して、保健所内の会議室で寝泊まりすることに決めた。小堺は一人暮らしだし、保健所で借り上げているアパートだから、ほかの住人も所員だ。自宅に戻っても人と会わなければ問題ないと言われた。ほっとした。もしも、ここで缶詰めになったらたまったものじゃない。

深夜零時近く、着信があった。小堺はためらわずに通話ボタンを押した。

「賢ちゃん、久しぶり」と語りかけるのは、東京に住む姉の志保里だ。

「志保姉、どうしたの」

ただならないものを感じて小堺は聞く。姉が携帯に電話をよこすなど何年ぶりだろう。

「叔母さんのことなんだけど――」

崎浜町に住んでいる叔母のことだ。子どもの頃、小堺と姉は父と子だけの家庭だったこともあって、夏休みのたびに訪ねた。すでに結婚している志保里はＴ市を離れて久しいから、いきなり叔母の話が出てきたのには面食らった。

「先週、父さんのところに寄る予定があったから、ついでに叔母さんの顔も見に行こうと思っていたんだけど、仕事が入って行けなくなったのよ。電話して留守電に入れておいたのに、反応がないの。何度電話しても留守電のままだし。それに、このニュースでしょ。急に心配になっちゃって」

　小堺はその「ニュース」の渦中に自分がいるのだとは言わなかった。ましてや、日中、何人もの患者をみずから病院に運んだなどとは。

「大丈夫だと思うけどね。叔母さん、近所づきあいも多いし、何かあったら誰かが気づくよ」

　姉の心配をなだめつつ、小堺の方は不安が膨らんでいく。もっとも、今の小堺にはその不安をしっかりと受け止めるだけの余裕がない。可能な時に家を覗いてみると約束しつつ、新しいデータの入力票に目を走らせる。

　高柳相太は、にわかに疲労を感じ目を閉じる。

　この一日で、病院に運ばれてくる患者は飛躍的に増えた。すでに以前からの入院患者は別棟に移しているものの、四階の呼吸器内科のベッドは遠からず満床になるだろう。もはや本来の居所である小児科に戻って休息を取る時間はない。内科カンファレンス室に折りたたみベッドを持ち込んで、医師は順番に仮眠している始末だ。さっきまで別の医師が眠っていた温(ぬく)もりの中に、高柳は身を横たえてささやかな休息を取ろうとしている。疲労しきった身体(からだ)に相反して、精神は澄み渡り、眠りはそう簡単に訪れない。新たな患者が運び込まれてくるのが廊下の喧噪で分かる。衝立で作られた緩衝地帯の前で、救急隊からストレッチャーを受け取る際の会話。やっと救急隊が職務に就いたのだと気づく。国際空港があるN市から、カプセル型の防護ストレッチャーが届いたのだろうか。日中は、防護衣を着た保健所職員と総合病院の医師が一緒になって、ビニールで覆われたストレッチャーで飛沫を避けつつ病室まで運んでいた。

「高柳先生――」おずおずとした声がふいに聞こえた。

目を開けると、「同期」の看護師だった。高柳は上半身を起こした。

「どうしたの。新しい患者さん？」

「違うんです……わたし、怖くて……」

驚いて顔を上げると、うっすら涙を浮かべていた。疲労の色が濃く、目の下には隈ができている。熱っぽく見えるのは、涙のせいだろうか。

「いったん終わったと思っていたのに、次々、新しい患者さんが来るし、みんなどんどん状態が悪くなっていくのを見てて、どうしようもない気分で……」

涙がゴーグルの脇から流れ出し、N95マスクに染みこむ。気が強く、常に冷静だと評判の彼女だが、たしかに今晒されているストレスは生半可なものではない。

「ぼくだって同じですよ」高柳は立ち上がって言った。

「先生って、ものに動じないから、こんな時、頼りがいがあります」

職歴の長さは同じでも、彼女が何歳か歳下であることに思い至る。

「そんなことないですよ。鈍いだけで、本当は臆病なんです。今もうとうとしたら悪夢を見ちゃいそうで……」

看護師は何も応えずにうつむくと、そのまま高柳の肩に頭を預けてきた。

高柳は本能的に避けた。そして背中を向けると、看護師と目を合わせることもせず「疲れているんですよ」と言った。

「ぼくからも師長に言っておきます。仮眠した方がいい。熱は定期的に測っていますよね」

「はい、ありがとうございます」

沈んだ声がいたたまれず、高柳はそそくさと廊下に出た。

内藤が沈痛な表情で立っていた。高柳を見ると、こちらも疲労困憊の土気色の顔で告げた。

「高柳先生は一度家に帰ってくれないか。なんなら朝までゆっくり眠ってもらってもいい。ただ今度来たら、もう外には出られないと思って、その準備をしてきてくれ」

「わかりました」と頭を下げた。

ゆっくり、といっても、今から帰ってもせいぜい四時間しか眠れないだろう。それが「ゆっくり」だというのが、今、この現場での基準だった。

病院を出る前に四〇七号室をのぞく。防護を整えるのに時間を費やしてでも、そうしておきたかった。

病室を移された黒部は、酸素マスクをしたまま天井を見上げていた。島袋たちの訪問を受けた後、日中ずっと眠ったり覚醒したりを繰り返していたのだが、今はかなり状態がよさそうだ。

「久子、は？」黒部は掠れた声で言う。

「ご自宅です。今、ここには家族も立ち入ることはできないですから」

「あれ……どうした？」

「あれ、とは？」

「フィールド、ノート」

「FETの島袋さんが持ってますよ。大丈夫、ちゃんと見てくれてます」

「死せる……リヴァイアサン」

「どうかしましたか」

返事はない。黒部はまだ時々、意味の分からないことを口にする。

「ええ、大丈夫ですから。きっと先生はもうすぐ元気になります。最初の快復者（サバイバー）なんですから、みんなに希望を与えてください。急性期と回復期のペア血清を採れるのだって、最初なんですからね」

黒部は、ああ、とため息を漏らした。

「そうです、たくさん休んで、早く良くなってください。先生は希望の星なんです」

黒部が目を閉じるのを確認すると、高柳は境界領域の衝立の中で着替え、帰り支度にかかった。

当面、「ゆっくり」眠ることができる最後の機会だ。

駐車場に停めてある車のエンジンは、バッテリーがあがっていた。ライトをつけっぱなしにしていたことに気づく。よりによってこんな時に。

裏門にも少なからずマスコミがいて、近づいてきた高柳を見逃してはくれない。

「中の様子はいかがですか。患者さんたちは？」とマイクをつきたててくる。

「公式の発表を待ってください。情報が混乱しますので」

医師たちの間での申し合わせだ。個別の取材にはいっさい応じない。

記者たちの間を通り抜けながら、高柳は異様な印象を受ける。テレビで観る政治家などへの「ぶらさがり」では、もっと近づいてきて体を引き留めるようにして話を引き出そうとするのではないか。だが、今、記者たちはむしろ、高柳を避けている。

ちょうどタクシーが目の前で停まった。記者たちのせいで道幅が狭くなっており、停まらざるを得ない状態だった。高柳は後部座席の窓をコツコツと叩く。

運転手は気づかない。

強く叩くと、運転手は振り向き、お愛想笑いにも、申し訳なさそうにも見える曖昧な顔つきで会釈した。記者たちが道を空けた瞬間、高柳をその場に残したまますごい勢いで発車する。

自分の居場所は今やここしかないのだと悟り、高柳は踵(きびす)を返した。深夜でも灯りのともった病棟。ここで寝起きし、送り込まれてくる患者たちと運命を共にするしかない。

どのみち、自己隔離で、病院の中に籠もる生活になるはずだったのだ。それが数時間早まっただけだ。

四階のカンファレンス室に戻ると、内藤を捕まえた。

「ぼくたちはもう閉じこめられたも同然ですね。ここ以外に居場所はない」

「アラート患者以外は、新たに受け入れないし、また、ほかの入院患者も転院してもらうことになったそうだ。患者や家族たちが不安がっている。仕方ないことだが」

内藤は疲労しきった、しかし、静かな目で高柳を見る。

ああそうか、と高柳は理解した。棋理が言ったとおりになった。隣市の大きな私立病院に搬送するのではなく、ここが専用病院になる。そのために送られてきた多くの機材……。県は本当にそれを見越していたのだろうか。

小児科の入院患者たちを見舞っておくべきかと考えて、やめた。今の自分は無用にこのフロアから出るべきではない。せめて内線電話で確認して、ここ数日新たな入院を受け入れなかったため、ほとんどの子が転院ではなく自宅に戻れることを知る。インフルエンザ脳症だと思われていた子も、結局は異常行動どまりだったのでそろそろ退院の時期だった。ほっとするが、同時にえも言われぬ不安が心の底にわだかまるのを感じる。

空が白み始める頃、少年は一人目覚めて、大部屋の床に放置してあったノートパソコンの電源を入れる。そして、起動を待つ間、仲間たちの眠る姿を穏やかな目で見つめる。

長い間、この敷地の中で守られて、彼と共に暮らしてきた子どもたち。そして、昨日、街で出会った女の子が一人。床のマットの上で、穏やかな寝息を立てている。

　ここは研究所であり、彼ら「空の子」らを育て上げる教育施設でもある。

　夜明け前のこの場所は静かだ。建物は中庭を囲むコの字形で、正面には円柱が立ち並ぶ。白い光条を宙に描くライトアップも、深夜ともなるともう消えている。この建物も、幹部の一人が俗世にいた頃手に入れたもので、教団に寄進したのだと聞いていた。でも、その幹部を少年は見たことがない。

　上階にある居住区画からは、もう物音がほとんど聞こえなかった。彼らの旅立ちを、見送るのは空の子の義務であり、それが済んでしまえば解き放たれるだろう。

　もうことの仕組みは見えた。丸一日かけて、外を出歩いたらすべて分かった。

　立ち上がったパソコンで、ネットの定期的な巡回を済ませてしまう。地の災いのことを離れ、ネット界で問題になっている様々な亜型リヴァイアサンウイルスの動向を確認する。

　リヴァイアサン。神をのぞきこの世で最強のもの。なんと相応しい名前であることか。今世界を浄めるために、目に見えぬ巨大な体を揺り動かそうとしている。

　いくつものリンクを辿り、一〇〇年近く前のインフルエンザ大流行の際に流行った戯れ歌を知った。

I had a little bird.
And its name was Enza.
I opened the window,
And in-flew (flu) -enza.

あたしは小鳥を飼ってたの
名前は、エンザといったの
あたしが、窓を開けたなら
エンザが飛び込んで（イン・フルー・エンザ）きたの

その通りだ。疫病は常に身近にあり、ある日突然牙を剝（む）く。小鳥のように可愛（かわい）らしい姿を纏（まと）っていたとしても、凶暴さはどんな猛獣とも比較できないのだ。

ふと気配を感じ振り向くと、昼間、出会ってここまで連れてきた少女が目を開けていた。今朝、町に解き放たれた少年が、泣きながら彷徨（さまよ）う少女を見つけたのは、まさに導かれた運命だ。少女は、少年と同じく、聖痕を持つ身なのだから。

「ママぁ」とか弱い声を出す。

「ママはお空に行った？」

「うん、空に行ったよ。だから、きみはぼくの家族になったんだ。これから家族が増えるよ。大きい子や小さい子で賑(にぎ)やかになるよ」
少年は少女の額にそっと手を当てる。

アウトブレイク・ノート（四日目）

入院者数　一九名
死亡者　三名
症例定義　崎浜町に居住する者で、二月一五日以降、三八・五度以上の高熱を発して、肺炎症状を呈し、呼吸管理を必要とした者。
病名・症候名　不明。
病原体　不明。
潜伏期間　不明。
感染性期間　不明。
特記事項　市中に流行を確認。検体検査では、ＳＡＲＳを積極的に支持する要素はない。また、Ｈ７型インフルエンザの検体検査を東京のＮＣＯＣのラボにて急遽(きゅうきょ)実施。

第一一章　崎浜病（五日目）

その日の朝刊は、地元紙を含めた各社の一面を似た内容の記事が占めた。

まずはアラート患者の増加。昨日の積極的な患者探しの結果、新たに一八人が入院。さらに多くの者が経過観察で自宅待機を言い渡された。淡々と事実を報じるが、丹念に読むと、数字が持つ重みは隠しようがない。

さらに、アラート患者を冒す病魔についての新たな仮説が伝えられる。


　T市のSARSアラート患者、新型インフルエンザの可能性？

　新型インフルエンザの可能性を示唆。

　鳥インフルエンザから新型インフルエンザへ？


これに対して厚生労働省は、「あくまで可能性の問題。まだ検体検査の結果は出ておらず、短絡的な結論は慎むように。厚生労働省でも情報を収集し、必要とあれば万全の態勢で臨む」との声明を発表し、とかく、パニックを煽りがちなマスコミに釘を刺す。

もっとも、この集団感染事件は、この日に限っては、国内ニュースの中でも、目立たない隅に押しやられている。ニューヨークのウォールストリートではじめて起きた自爆テロのせいで社会面も関連情報で圧迫された上に、九州で国内観測史上最大級の竜巻が発生し、二二名が死亡、八五名が負傷する事件があった。まだ三名しか死亡者のいない集団感染は、自然と扱いが小さくなる。

一連の報道の中で出色だったのは、ある全国紙の地方版に掲載された新型インフルエンザについての解説記事だ。これは、T市のみならず、C県全体でよく読まれ、地元民たちの基礎知識として浸透するに至る。同じ内容の記事が半日遅れでウェブにもアップされたため、日本中で標準的な基礎情報として読まれた。

解説記事の要点は、以下の通り。

まず最初に、専門家が懸念しているのは、通常のインフルエンザでも鳥インフルエンザでもなく、「新型」であることをあらためて強調する。その際、第一次世界大戦に参戦するべく新兵たちを乗せたアメリカ船が、洋上で「新型」インフルエンザの流行に見舞われ、壊滅的な打撃を受けたケースを紹介し、戦争よりも疫病が多くの兵隊の生命を奪った事実を指摘した。

二点目として、「新型インフルエンザ」は、この一〇年近く、常に警戒されてきたこと。一九九七年、人間が鳥インフルエンザに集団感染する事例が香港であったのを皮切りに、これまで鳥にしか感染しなかったインフルエンザが、人間の新型インフルエンザに変身する可能性が現実味を帯びてきた経緯。

三点目は、個人的な防護の方法。通常のインフルエンザと同様に、人混みを避けること、うがいや手洗いの徹底、マスクの着用など。マスクはSARSの時に流行った目の細かいN95タイプのものなら申し分ないが、感染者の口からの飛沫を避けられればこと足りるため、市販のガーゼなどを使って自作したものであっても一定の効果は期待できる。咳やくしゃみをしていない人でも、人混みでは必ずマスクをする咳（レスピラトリー）エチケットが推奨される。また、一九一八年の大流行の際にも、マスクの着用が徹底された都市では流行が下火になった例を紹介する。

ここで、重要な指摘がひとつなされる。感染経路として、インフルエンザは通常は、空気感染（飛沫核感染）ではない、ということだ。咳やくしゃみなどで飛沫が届く範囲でしか感染は成立しない。空気中を漂って空気感染が成立するためには、乾燥しきった状況下で飛沫の水分がなくなり、直径五マイクロメートル以下の「飛沫核」の状態にならねばならず、室内では加湿器を使うことで防ぐことができる。空気感染が認められる感染症は、結核、麻疹（はしか）、水疱瘡（みずぼうそう）など、ごく限られたものだけだ。どこからともなく漂ってくる病原体に晒される「空気感染」ではないという情報は、パニック防止のための一定の抑止力を持つと期待できる。

T市の市街地は、ほんの一晩にして様相が激変した。人々の多くがマスクを着用している。花粉が多く飛ぶ時期だからマスク姿は珍しくないとはいえ、通行人のほとんどが口を白いもので覆っている光景は、混雑した通りに突如として不吉な白い花畑が出現したかのようだ。口をむきだしにしたまま咳やくしゃみをする者には冷たい視線が集中し、彼らはコンビニやキオスクでマスクを買い求める。花畑は満開になる。

近隣のK市、I市、C市などに通勤する者は、列車がT駅を離れ、ほかの駅からの乗客が増えるに従って、自分のまわりに空間が出来るのに気づく。満員とは言えないまでも混雑した通勤電車の中で、彼や彼女のまわりだけぽっかりと空隙ができる。マスク越しであっても、咳をすると、人々の肩がビクッと揺れ、その次に殺気立った雰囲気が一瞬にして立ち上がる。列車が駅に停まると、近くの者がいったんホームにおりて、別の乗車口に回るのが分かる。

出勤と同時に上司に呼ばれ、「自宅待機して様子を見てくれ」と言われる者が続出する。通勤途中で携帯メールや電話が入り、同じことを通達された者も多数おり、午前九時すぎのT市方面行き下り電車は、マスクをした青壮年で占められる。

彼らが戻っていくT市でも、同じ現象が一段小さなスケールで生じている。崎浜町からT市市街地のオフィスに出勤する者の多くに自宅待機令が出された。T市長からも、「事態がはっきりするまでは、できるだけ外出せず待機してほしい」との声明が午前中のうちに通達され、これによって自宅待機令は明確な根拠を得る。また、これが、公の機関がこの感染症についてはじめて発した、公式な対策のコメントとなる。

一方で、崎浜町では脱出を図る者たちが後を絶たない。みずから健康であると確信する者たちにとって、薄気味悪い疫病に冒された町に住まい続けるのは苦痛だ。とりわけ小さな子どもを抱える新住民は、実家を頼って早々に町を去る。T市街地を通らず逆方向に向かって車を走らせる者がほとんどであり、市当局や保健所が把握するところではない。それは、沈没を予期した船からネズミが逃げるシーンを彷彿させる。

いつになく風が強い。それも山から吹き下ろす北風だ。冷たい風は潮の匂いを吹き飛ばし、そこかしこで救急車のサイレンの音が響いている。

「わたしは厚生労働大臣のスポークスマンではありません」と御厨潤一は言った。

いつものように朗々たる発声で、臆するところはまったくない。

「国の感染症対策政策の末端で、現場の差配をするのがわたしの仕事です。これからわたし自身がT市に向かい、陣頭で指揮を執ります」

御厨が相対しているのは、C県の知事だ。五期目を迎える保守のドンで、厚生労働大臣とは同じ党の別の派閥に属する。導かれた知事室は、高級木材のデスクや革張りの大きなチェアなどが置かれとても重厚な雰囲気だった。

「SARSだの、新型インフルエンザだの、恐ろしげな情報が飛び交っておるが、憶測には耳を貸さないように国から言われている。しかし、正確な病名はいつになったら分かるのかね。はっきりしてくれんとこっちも対応に困る」

「もはや、そのような段階ではないと思いますが。三人が亡くなり、今も多くの新たな患者が見いだされています」

「しかし、正体が分からんのはまずい。ウイルスだろうがなんだろうが、ああいったものは顕微鏡で覗けば見えるはずだろう」

「今回のものは血中や組織の中のウイルス量が多くないようです。電子顕微鏡で見ても決定的なものは発見できずにいます。そのために培養を試みていまして、おそらく一両日中にその結果が出るでしょう」

「そうか、ならば安心だ。それを待って、本格的な対応を決めてもよいだろう」

「お言葉ですが——培養の結果が出ても、病原体が必ず発見されるとはいえません。なぜなら、培養できなかった、という結果もありえますので」

「なんだ、それは困るじゃないか」

「ええ、困ります」

「きみたちは無能ということにならないかね」

「間違いなくそうです。なすすべもない、という意味で——なぜなら、その場合、新興感染症である可能性が高くなるからです。つまり、SARSでも、新型インフルエンザですらなく、我々がこれまで知らなかった病気ということです」

御厨は自分が明らかに昨晩訪ねてきた棋理文哉の影響を受けていることを自覚している。あの男は常に事態の外に身を置いているように見えて、各アクターに決定的な影響力を行使する。でなければ、かくも早く御厨がこの場所を訪ねることはなかっただろう。

「きみ、本気で言っているのかね」

知事の眉がピクリと動き、鼻腔が広がった。

「ありとあらゆる事態を想定しています。そして、そのような事態に備えるために、さきほども申し上げた内容、ぜひご検討いただきたい」

知事の視線が御厨を刺す。こういう時に一瞬見せる鋭い眼光は政治家という人種に特有のものだ。

「きみは厳しいことを言う。現場の差配をするのが仕事なのではなかったかね」

「その通りです。部下が現場の増員を要求しておりましてね、長たるわたしみずからが赴くことに決めました。その際、さきほどご許可いただいた新しいラボを稼働させます。しかし、それだけでは足りないのです」

「きみの方がよほど政治家ではないか。国だってそこまで必要だとの認識は示していない。現場では事実上、病院封鎖して対応しているのだから、それで充分だろう」

「霞が関が検討しているのは、むしろ、タイミングでしょう。感染症はもはや経済リスクであり、金融リスクである、というのが共通見解のようですから。大きなもののためには、C県を見捨てかねませんよ。だからこそ、知事は独自に判断を」

「しかし、海の物とも山の物ともしれん病気なんだぞ！」

知事はあからさまに顔をしかめた。理由は明白だ。ひとたび重大な感染症の発生を認めれば、C県の観光業が壊滅的な打撃を受けるのみならず、元来、関係のないはずの農産物や水産物までイメージを落とす。関東随一の農業・水産県であるC県にしてみれば、死活問題だ。これは、日本という国全体を考える霞が関でも、まったく同じだ。

「それでは――」御厨はゆっくりとした語調で言った。「その海の物とも山の物ともしれない存在に、ここで名前を付けることにいたしましょう」

知事がふたたび御厨を凝視した。

「病気の名前は、なければ付ければいいのだよ。もしも、その方が動きやすくなるなら、是非、名前を付けるべきじゃないかな」ときのう力説したのは、棋理だった。

シナリオに沿った展開は本意ではないが、しかし、ここでは有効だ。名付けることで「海の物とも山の物ともしれない存在」はひとまとまりの事象になり、探求したり対策すべきものとしての輪郭を得る。

「きみはいったい何を……」

「決断を下すのは知事です。のちにご英断を讃えられることになりましょう」

御厨は白い歯を見せて笑いかける。そして、自分のポケットから手帳を取りだし、破り取った一葉に万年筆を走らせる。

黒部久子は、彼女にとっては大きすぎるフィールドジャケットを着て、歩き続けている。北風のせいで気温が上がらず、日陰に入ると肌寒い。

二月になって一番冬らしい日だ。崎浜町では一番の繁華街ともいえる国道沿いの道にも人影はない。

夫の意識が戻ったと、昨日、高柳から連絡があった時、喜びのあまり目の前のすべてのものが輝いて見えた。ほかの患者の転帰から見て最悪の事態を覚悟していたからなおさらだった。電話を切ってから、涙が溢れていることに気づいた。

一夜明けた今朝の報告ではすでに挿管を外したどころか、酸素吸入の必要もないという。肺の機能は驚くべき速度で回復している。退院の時期は分からないものの、容体は安定しており、安心してよいとのこと。わざわざ電話連絡してくれる高柳の厚情に感謝しつつ、本当は自分が常に傍らにいたいと願う。看護師なのだから、志願して総合病院の中で手伝いはできないだろうか。そう思ってはみても、自分はキャリアの大半を医療事務をこなすことに費やしてきた。病棟では足手まといにしかならないとも分かっている。

町に一つだけあるスーパーで買い物を済ませたところで、口を大きなマスクで覆った女に会った。うつろな視線を宙に投げ、足下もおぼつかない。ふと目が合って、会釈され、こちらも頭を下げる。

「先生も入院されたんですよね」と消え入るような声で言った。

小さな男の子をよく連れてくる母親だと気づいた。喘息持ちで三週間ごとに薬の処方が必要なのだ。

「うちは、夫が発症したんです。きのうです。もう気が気じゃなくて。本当にどうしていいのか」

「病院では、よくなりかけている人もいるらしいですからね。悲観しないで、待ってらして」

それが自分の夫だとはとても言えなかった。

「だといいんですが……でも、もし子どもにもうつっていたらと思うと……いえ、わたしがかかっていたら、子どもたちはどうすればいいんでしょう」

「お母さんがそんな弱気でどうするの」

子どもを得なかった久子は、こんな時、紋切り型の言葉を返すしかない。

「そうですよね。ありがとうございます」

スーパーの駐車場に向かう女の後ろ姿は、やはり足下がおぼつかず痛々しく感じた。久子自身、夫が発症してからこれまでの四日間、記憶がとぎれとぎれだ。最初の一日は病棟で眠らずに付き添っていた。自宅に戻って夫の病状が改善していることを知った時には、ぷっつりと緊張の糸が切れて睡魔が襲ってきた。夫のフィールドノートを見たいという申し出を電話で受けたことは覚えているものの、どうやって渡したのか記憶は霧の中だ。

買い物を済ませると、自宅の方向に歩く。いきなり後ろから上着の裾を引かれた。路側に立ち並ぶ背の低い木々の枝に引っかけたのだ。本来強いはずのジャケットの生地が見事に破れており、不吉な感覚にとらわれた。

夫の身に何かあったのだろうか。いや、そんなはずはない。でも、何か大事なことを見落としてはいないか。そんな気持ちがむくむくと立ち上がる。

さらに進むと、子どもの声が風に乗って流れてきた。

それで気づいた。

忘れていたのは、子どもたちのことだ。

夫が倒れた時に待合室にいた子らはどうなったのだろう。さいわい堂嶋がいたから、うまくさばいてくれたはずだが、とはいえ、中にはかなり症状が重く辛そうな子もいたのだ。そういえば、何日か前に脳症疑いで総合病院に送った子どもも気になる。高柳に転帰を聞いていない。それに……。

まだあるはずだ。ほかにも気にしなければならないことが。なのに、思い出せない。

子どもの声がさらに強く響く。人気がなく、静かな町で、それは一種独特な雰囲気をもたらす。不調和で、アンバランスで、やるせない。

子どもたちの声が、実は歌声だと気づいた。いったいどこで遊んでいるのか。親たちはよく外に出したものだ。崎浜町では小学校は閉鎖になり、自宅で過ごすように指導していると聞いていた。

久子は間歇的に聞こえてくる歌声に導かれて進む。いったん国道を渡り漁港の方へと下りていくと、とたんに声が大きくなった。急な坂道の途中から、ふたたび石組みの階段を上ったところに鳥居が建っている。住み込みの神主もいない小さな神社だ。

風が止み、にわかに声が大きく間近なものとして響いた。久子は石組みの階段を上がった。境内からは、少し下にある石畳の区画が見えた。けれど、子どもたちの姿はない。

「あなたたち！」久子は大きな声で呼びかけた。

「いるのは分かってますよ。出てきなさい。みんな家に帰りなさい」

久子は古びた社に向かって歩き始める。賽銭箱の裏側を上から覗き込む。

「ほら、一人見つけた。お友達はどこにいるの」

幼い少女だった。まだ小学校にも上がっていないはずだ。この寒さの中、上着を着ておらず、それでもさっきまで歌っていたせいか頬が上気していた。震えているのは、むしろ怯えのせいか。

「ねえ、どうしたの。みんなはどこ」

柔らかく問いかけながら、目が合った瞬間に急に気づいた。さっきから気になっていたのは、実はこの子のことではないのか。理由はまだ思い至らないが、そのように強く感じる。

「菜摘ちゃん、だったわよね。そうね、菜摘ちゃんよね」

黒部小児科医院に最近、通うようになった女の子だ。東京在住の親友の初孫と名前が一緒だったので覚えていた。

「カンゴフさん？」と菜摘ちゃんが言った。

「そうよ、看護婦さんよ。どうしたの、こんなところで」

「あたし、空の子になったの。空を飛ぶ、小鳥なのよ」

「なんのこと言ってるの。こんな寒いところで。薄着で遊んじゃダメ。喘息っていろんなことがきっかけで起こるのよ」

「それくらいにしてよ。あんたには関係ないでしょう」

別の方向から声がした。顔を上げると、色白で細い、中学生くらいの少年が社の脇に立っていた。

「あなたたち、どうしたの。今は家の中でじっとしていなきゃだめだと知っているでしょう」

「疫病のことを言っているんだね」

分かってるなら、なぜ……久子は喉まで出かけた言葉をひっこめた。なぜか少年に気圧（けお）される。

「さあ、行くよ」

少年は少女の手を取って歩きだした。その後を数人の子どもたちが従うのを見ながら、急に鼓動が高まった。

久子は、石組みの階段を下り、坂道を上がった。自宅まで急げば五分の距離だ。少年から逃げるかのように、足早に進んだ。

自宅では電話が鳴っていた。ひどく不吉な音で、外からでも分かるほど、けたたましく鳴り続けていた。

「崎浜病」という言葉をメモ帳に書き付けて、赤坂吾朗は自分の指先に息を吐きかけた。こんなに寒いのは、T市に来てはじめてのことだ。空は抜けるような青なのに、風が強く目にゴミが入るのがやりきれない。

赤坂が立っているのは駅前広場で、駅舎から出てきたばかりの熟年ビジネスマンにインタビューしている。

「みんな心配しすぎなんですよ。T市でも患者が出ているのは崎浜町だけで、市街の方はなんともないでしょう。これは崎浜病なんだよ。あのあたりって閉鎖的なところだから、なにかあんじゃないかな。なのに、上司は出勤するなという。これって差別だよね。でも、仕方がない。同僚も不安がるし帰ってきたよ。あいつら、おれの席やロッカーやおれが触ったドアのノブなんかを本気でアルコール消毒するんだ。これじゃあ、やってられないだろ。本当は午後に大事な商談があったんだけどね」

まくしたてる男は、電車に乗っている間ずっとためこんでいた憤懣(ふんまん)やるかたない気持ちを一気に赤坂にぶつけたのだった。

「でも、T市病とも言われているのはご存じですよね」赤坂は言った。

「知ってますよ。同僚たちがそう言ってた。だから、おれは、崎浜病だと言い返したんだ。もっとも、やつらは崎浜なんて地名は知らないけどね。ほんの一部の地域で流行ってるだけなのに、迷惑だよ」

「じゃあ、ここではマスクをしなくても平気だと思いますか」

男は口全体を覆うマスクをしている。

「ほら、これはエチケットみたいなもんだからね。してないと白い目で見られるし、やらないわけにはいかないでしょ」

そう言いながら、男は咳き込んだ。痰のからまない、乾いた咳だった。

「大丈夫ですか」

「大丈夫、大丈夫。ほら、急に寒くなったじゃない。咳くらい出るよ。それより、記者さん、今急に思ったんだけど、取材で崎浜に行ったりはしないの。なんかそっちのが物騒だなあ……いったん崎浜に行った人は、市街地には戻ってこないでずっと現場で取材するようにとかできないのかね」

男はまた咳き込むと、足早に去っていった。

それもそうだ。でも、実際のところポジションが固定できるほど人員が豊富なわけではない。

昼食をとりに、駅前近くの食堂に入る。店内はがらんとして、客は赤坂一人だ。カウンター席のメニューの中から豚肉の生姜焼きを選ぶ。すぐに肉を炒める音が響き、ほどなく赤坂の前に湯気を立てた生姜焼きが置かれた。

地元のケーブルテレビが、総合病院での定例会見を映していた。支局の駐在員が出席しているので、赤坂は自由に泳いでいられる。

昨日からの患者探しで収容された者が、午前一一時の時点で三〇人を超えたとまず発表された。

これまで初動体制のまま調査を行っていたが、ここから先、県庁と保健所、そして、市役所にも対策本部を立てて、緊密に連絡を取りつつ、事態に対処する、という。当然だと赤坂は思った。むしろ、遅すぎたくらいだ。いや、アラートが公にされたのもつい二日前なわけで、ここまでの集団発生は予期できなかった。事態の進展の方が速いということか。

「崎浜病やT市病という俗称にも懸念を覚えます」とFETの仙水が述べていた。「けさのいくつかの新聞でそういう表現が使われていましたが、お願いですからやめていただきたい」

仙水は一度だけ直接話した時に感じた、ロジカルながら斜に構えた話し方を、この時ばかりは完全に消しさっていた。

「それじゃあ、なんと呼べばいいんですか」と記者から声が飛んだ。当然の質問だ。新聞記者として名前を与えたい欲求は常にある。

「T市の集団感染、ではだめですか。あるいはT市の呼吸器症候群」と仙水。

結局、T市という言葉が入っている。専門度の高い言葉を使って、冷静な雰囲気を持たせているだけだ。

「やっぱり、謎の奇病なんですな」

ぽつりと声がして目を画面から外すと、店主が厨房の中で白い調理服のままタバコの煙をくゆらせていた。窓は開けているとはいえ、厨房の中でタバコ！　ここが本当に田舎なのだと実感する瞬間だ。

「お兄さん、報道の人でしょ。雰囲気で分かるよ」と言いながら、タバコを灰皿でもみ消す。

「商売あがったりだね。みんな外に出ないからね。普段ならこの時間、満席なんだがね。あんな病気、とっととどっかに行ってほしいさね」

「そうですよね」

「結局、SARSじゃないんだろ。新型インフルエンザだったとしたら、どうなるのかね。新聞に書いてあったが、昔の大流行ではとんでもないことになったんだってね。なんだっけ、なんとかっていう名前の船」

「リヴァイアサン号のことですか」

「そう、その船さね。T市って、三方を海に囲まれてて、まあ船みたいなもんじゃないか。あのたとえ話はまんざら人ごとじゃないような気がしてね」

その記事を書いたのが自分だとは、赤坂は言わなかった。

リヴァイアサン号は、第一次世界大戦で使われたアメリカ軍最大の兵員輸送船だ。スパニッシュインフルエンザの流行期に大西洋を渡り、多くの若い兵員と乗組員を洋上で失った。その悲惨な航海の記録は、感染症研究者に様々な角度から研究されてきた。もっとも、赤坂がこの船について興味を抱いたきっかけは、その名前だった。G大学の棋理や、FETの島袋と一緒に昨日、浜辺を歩いた時の会話が頭の中に残っている。常に闘争状態にある生態系は、混沌(カオス)の怪物だ。それに対して、人間の理性と知性は絶対的権力を打ち立てられるのか。あるいは感染症そのものが、すべての生き物の上に君臨するリヴァイアサンなのか。一世紀近く前の感染症大流行(パンデミック)で、その名を冠した船が大西洋を渡り、その間、船上で苛烈な「闘争状態」が見られたことに強く興味を惹かれた。

「リヴァイアサン号には一万人くらいが乗っていて、その中でインフルエンザで倒れたのは二〇〇〇人くらいです。実際にはもっと多かったと思われますけど、それくらいしか記録に残っていないんです。でも、二割も人が動けなくなれば、社会ってめちゃくちゃになるんですね」

「組織ってのはもろいもんだからねぇ。わたしも以前宮仕えだったから分かるよ。意思決定する人間が突然いなくなったり、替えがきかない仕事してるやつが消えたりすると、だめさね」

「そういうものなんでしょうね。ほんと、リヴァイアサン号はよく目的地まで到着したもんだと思いますよ。病人の看護にどれだけ人手をとられようとも、やはり船を動かす機能だけは最後まで死守したんです。ぎりぎりの判断が必要だったんでしょうね。ぼくらもそういうことを迫られるのかもしれない……」

「でも、まあ、そこまではひどくならないと思うけどねぇ。わたしが思うにね、ほら、なんていうのか、風土病ってやつじゃないのかな。崎浜っていったら、このあたりでも古い習慣とか残ってるところだし……」

「そうなんですか」

「そうよ、平家かなんか知らんが、どこかから落ち延びた連中が作った町だよ」

どう考えても何百年も前の話で、今とどう関係があるのか赤坂には分からなかった。

視線をテレビに戻すと、記者会見ではなく、どこか見覚えのある道路が映っていた。車通りはまったくなくて、右側の砂防林と左側の花畑のコントラストが印象的だ。

遠くから白い車体が見えてみるみる大きくなった。

「白いカローラ、ナンバーは……ちっ、見えなかったな」

「これ、なんなんですか」赤坂は聞いた。

「ん？　今朝からやってるさね。ケーブルの定点カメラ。崎浜からこっちに来るのって絶対ここを通るんだけど、こうやって見ておけば崎浜の車が来ても近づかないでおけるだろ」

「それって……ひどくないですか」赤坂は絶句した。

「こっちだって死活問題だからね。だいたい役所も家でじっとしてろって言ってるんだから、来てほしくないよ。見張られてたって文句は言えないさね」

赤坂は落ち着かない気持ちになって、そそくさと生姜焼きをかっ込んだ。

「いくらなんでも、ひどすぎる！」

島袋ケイトは叫んで、新聞を会議室のテーブルの上にたたきつけた。

「なんで、こんなのが一面トップなわけ？　ニューヨークの自爆テロや、被害の大きかった竜巻ならまだ分からなくはない。でも、こんな芸能ネタに負けちゃうのは理不尽」

小堺がおずおずと新聞を拾い上げ、きれいに折り直した。

「だって、やっぱり、この人は国民の注目の的ですからね」

「世界的な日本人元サッカー選手と、イギリス人のスーパーモデルが極秘結婚――」仙水がどことなく楽しそうな声色で言った。

「おまけに、先月、子どもが生まれていた……たしかに、ワールドクラスのニュースだね。なにしろアフリカ人やラテンアメリカ人でも知ってる日本人といったら、彼がナンバーワンだし」

「だからなんだっていうのよ。腹が立つ」

「まあまあ、メディアがパニックを煽るよりはまし。各紙ちゃんと報道はしているんだし、無関心ってわけじゃない。これは上出来の類だよ」

「そりゃそうかもしれないけど……」ケイトはため息をついて、椅子に深く座り直した。たしかに、報道のおかげで非常事態だという認識が浸透し、ケイトたちの仕事の優先度は今まで以上にあがった。きょうからは、発症した人だけでなく対照群となる健康な人たちにも質問票を使った聞き取りを始めることができた。食中毒で疫学調査の経験が豊富な生活衛生課の職員を動員してもらったため、ケイトたちは午前中、崎浜町で実地に指導をした後は調査を任せて保健所に戻ることができたくらいだ。一緒に持ち帰ってきた記入済みの質問票は、患者の家族、近所の人々など五〇人分。これまでに聞き取った症例の分も含めれば、とりあえず分析に足るだけのサンプルになる。

「ケイちゃん、仕切ってもらえるかな」と仙水。「分析疫学では、ケイちゃんに従えって、これは御厨隊長の意見でもあるからね」

もう一度深呼吸すると、ケイトは頭の中にわだかまっていた憤りの残滓を振り払った。

「それじゃあ、プロジェクタにアウトする。見えやすいところに座って」

会議室の最前部には、据え付け型のスクリーンが下ろされて、保健所にひとつだけある液晶プロジェクタからパソコンのデスクトップの画像が投射される。

ケイトはノートパソコンを膝に置いて、スクリーンの方に椅子ごと向いた。仙水と小堺がそれぞれ右左に椅子を引っ張ってきて、腰を下ろす。まるで自主上映の映画を三人で観ているような図になる。

「それでは、分析疫学、行きましょう」ケイトは言った。

「まず流行曲線、最初の四人の後に爆発的に増えている。せめてあと何日かの推移を見たいところだけれど、でも現時点でもかなり形がぐちゃぐちゃの流行曲線になりそうな予感がする。単純な単一曝露は期待しない方がいい」

小堺が目をしばたたく一方で、仙水が無言でうなずく。本来なら発生から一気に患者数が増えて、やがて減っていく単一曝露を望みたいところだ。でも、こんなふうに次々と患者が見つかる以上、今もどこか人が接触しやすいところに感染源があるか、あるいは、よほど効率的にヒト・ヒト感染が成立しているといった事々の方にリアリティを感じる。

「次に、場所のデータ――」と仙水が言い、ケイトはまたもトラックパッドを操作した。

画面にはまず地図のデータがあらわれた。地理情報システム(GIS)を活用したものだ。コンピュータの扱いには明るい小堺は、この地図描画にはかなり詳しくなって、データとリンクさせた時に見やすくなるように調整してくれた。聞けば、彼は保健所のウェブサイトの管理もほとんど一人でやっており、ちょっとしたサーバトラブルに対処する知識もあるらしい。人は見かけによらない。

ケイトはキーを操作して、画面の上でアニメーションを再生した。

これまでに得られた症例の居所を、発症の日ごとに分類して、どんな地理的・時間的相関があるか、直観的に把握しやすいようにしてある。もっとも、今のところデータはわずか五日分だから、ものの一〇秒でアニメーションは終わる。

「これで二つのことが分かるわね」とケイト。「集積が見られるのは漁村の那智地区と、山に近い新田地区、とりわけ新住民が住むハイタウンだということ。それと、症例の出だしは松陰地区だけど、その後、那智地区でステディに症例が増えていること。もっともこれも、まだデータの数も日数も不足。一発ですっきりと分かる事例ではなさそう」

「特定の施設が関係しているという説はどうだろう」と仙水。

「動物愛護団体のホームは、ハイタウンのすぐ南側にありますからね」と小堺。

「でも、わざわざ掘り起こしたマングースの検体からも何も出てこなかったし、そもそも、あそこの職員はみんな元気だ。結局、ホームが感染源だという仮説は棄却、だね」

「後はカモ、ね」とケイト。「わたしと棋理先生が見つけたカモがどんな型のインフルエンザを持っているか……」

「でも、カモにインフルエンザウイルスがついているのは当たり前だよ」仙水が口を挟んだ。「ケイちゃんは、カモの検査を重視するけど、カモは自然界での貯蔵場所(リザーバー)なんだから何が出ても不思議じゃない。むしろ、なんでそこにこだわるのか知りたいよ」

　仙水の言葉に、ケイトは思わず顔が熱くなった。

　その通りなのだ。一羽のカモの腸管の中には何種類ものインフルエンザウイルスが取りついている。I市の養鶏場で集団感染したのと同じ亜型、H7型のウイルスが出ても不思議ではない。かといって、それが崎浜の集団感染と直接結びつく証拠にはならない。むしろ、患者から出るかどうかが問題だ。

「あのぉ、これさっき来たんですが――」小堺がファクス用紙を一枚、テーブルの上に置いた。

　ケイトは文面に目を落とし、小堺をにらみ付けた。

「どうして、こんな大事なものを黙っていたの」思わず叱責する。

ファクスの送り元は、東京の国立集団感染予防管理センターのラボ。一昨日の夜に依頼したH7型のインフルエンザウイルスについての検査を、きのう一日かけて詳細に行ってくれたようだ。

「血清学的な方法も、遺伝子増幅装置（PCR）を使った遺伝子の探索でも、すべて陰性」

仙水が検査の結果の表を見ながら言った。

「これでもかってくらい何度もやってくれている。培養だけは時間がかかるから結果はまだだけど、ここまでひっかからないなら、これ以上、新型インフルエンザの線を深追いするのはどうかと思うよ。隊長はまだこの検査結果を見ていないのかな」

ケイトは自分でも検査結果を子細に読んだ。そして、ふうっとため息をついた。心の中で変に力瘤（ちからこぶ）が出来ていたところが軽くなる。

仙水の言う通りだ。どうも、ケイトはカモを感染源にした新型インフルエンザに強く心惹かれすぎていた。理由は……単純に思い当たる。カモの大量死の現場は、棋理と一緒に訪れ発見したものだから。あの瞬間、ケイトは棋理に依存して、自分の感覚を遮断していたのかもしれない。もちろん、干潟でのカモの大量死は重要な問題だけれど、それだけを見ていたら目が曇ってしまう。

「新型インフルエンザ仮説は棄却ね」ケイトは力強く言い切った。

「おまけにSARSもだ」と仙水。「すべての検体で陽性は出ず。SARSは検査に時間がかかるものだけれど、ラボでもそろそろＳＡＲＳの線を追求するのはやめたいと考えている」

「とにかく、元栓を締める」とケイトは自分に言い聞かせるつもりで、力強く言った。

「わたしたちの仕事は、元栓をひねって感染源を断つこと。病原体の探求は、また別の人たちの役割。原点に戻って、やることをやらなきゃ」

カモの大量死にこだわるあまり、ラボからの検査結果を心待ちにしていたことを認めざるをえない。新型インフルエンザだとすれば、世界中にすぐさまアラートが発せられ、国家的な態勢で封じ込めにかかることになる。多くの人材が投入されて、臨床の現場でも、疫学調査の現場でも、満足のいく動き方ができるだろう。そんなふうにどこかで感じていた。

これは基本に忠実、とはいえない。棋理の助言を活かせていなかったわけだ。

「元栓って……なんですか」小堺が小声で聞いた。

「ぼくらの先生の名台詞（めいぜりふ）」仙水が答えた。「どこかで感染源から病原体が垂れ流しになっていたとして、フィールド疫学者の仕事は、その元栓を探して締めること。病原体がなにかにかまっていられないこともある」

「それは困るんじゃないですか。病原体が分からないと、サーベイランスでも分類できないし……」

「そういうのは、後の話。細菌学者やウイルス学者が見つけるだろう。疫学では元栓の場所を特定する道具を持っていて、病原体探しをするよりも先に元栓探しができるというだけだ。具体的に言うと、今まで出た話の中では、崎浜町の特定の施設とか、コウモリとの接触とか……だね」

「そんなのが原因だとしても、病原体が分からなきゃ、本当に原因だって言えないと思います」

「良い質問ね」とケイトは話を引き取った。前に記者の赤坂にも同じことを聞かれた。

「それには筋道だった判定の仕方があるの。原因候補がいくつかあったとして、病気になった人の群と病気になっていない人の群で比較して関連の強さを計算する。指標としてはオッズ比を求めるのが一般的だけど……今、説明している時でもなさそうね」

ケイトは、小堺が口をぽかんと半開きにするのを見て言葉を切った。そして、仙水の方を向いた。

「元栓の候補として、コウモリは有望なの？　わたしが見逃したのを一喝するくらいだから、かなり分があると考えているわけ？」

「それほどでもないね。少なくとも持続的な感染源にはならない。なぜなら、コウモリとの濃厚接触を日々繰り返す人が、そうたくさんいるとは思えない。ヒト・ヒト感染の明らかな証拠はないけれど、それを前提にしないといけなくなる」

「あのぉ」小堺がおずおずと声を出した。「ちょっと小耳に挟んだんですけど」

まだ何か言っていないことがあるのか。ケイトが見ると小堺がのけぞるみたいに視線を避けた。

「噂でもなんでも、話すに足ると思うなら話して」

「患者探しで崎浜に入った職員から聞いたんです。地元の人たちは、あの研究所が怪しいんじゃないかって思ってるみたいですよ」

「たぶんね」と仙水。「たしかに浮世離れした変な建物だけど、まわりで特に集積があるわけじゃないし、保健所からの問い合わせにもちゃんと異状はないと返事をよこしたらしい。無関係だと思うよ」

「やっぱり、そうですよね。でも、なんか気味が悪くて……」小堺はそう言いながら、ミネラルウォーターのボトルを口に運んだ。

本当に無関係、なんだろうか、という気持ちが湧き上がる。棋理と一緒に干潟を訪れた時に出会った少年は、間違いなく研究所にいた子だ。あの子が思わせぶりなことを言っていたからといって、どうというわけではないのだけれど……。

ケイトはこういう時、自分の直観を信じすぎないようにしたいと思っている。直観に導かれてよい結果を出せるのは、一部の天賦の才を持って生まれた者のみだ。ケイトは明らかにそうではなく、だからこそ、分析疫学という「方法」を手にした。現場で限界まで論理的で科学的であろうとするのが、ケイトのアイデンティティですらある。

「人間は、意味の『真空状態』を嫌うからね」仙水が言った。「なにか事件が起こり、目の前に得体の知れない存在があれば、人はすぐに結びつけるよ」

「うまいこと言うわね。意味の『真空状態』か。それ、分かる。わたしたちの仕事の半分は、一見もっともらしく結びついている見かけの因果関係を切って、本当に確からしいものを見つけ出すことね。だから、今、ちゃんとしたデータを分析するの」

小堺が情けない顔をするのに対して、ケイトは微笑みかけた。

「というわけで、もう少し細かくデータを見ていきましょうか。性別、年齢別、といったあたりを手始めに。どこかにお決まりのパターンが出てくるのではないかと、期待して……」

小堺にパソコンの操作をまかせ、ケイトはデータに集中する。

「男女の差はあまり関係ないみたい。両方とも同じような流行曲線を描いている。一方、那智地区では極端に年齢が上の方に偏っている。もっとも、これは実際に高齢者が多い地域だから、という解釈が成り立つ。一方、新田地区はハイタウンがあるため高齢者の割合が小さい地域で、症例にも高齢者よりも壮年が多い。ただ……」

「ただ……どうしたの」仙水が促した。

「やっぱり不自然。ハイタウンでこれだけ症例が出ているのに、二〇歳以下の症例がほとんどいない。一八歳の高校生が一人、報告されているだけ。この地域って、まだ入居が始まったばかりで小中学生くらいの学童がたくさんいるはずなのに……」

ケイトはいったん言葉を句切って、仙水を見た。

「黒部小児科医院のカルテ。あなたが見ていたわよね……」

「たしかに、子どものインフルエンザがこの一週間くらいの間に増えているんだ。黒部先生は、それを今年最後の流行と考えていたわけだけれど」仙水の意味ありげな視線を、眉をひそめて受け止める。

心の中に急にもやもやした感覚が立ち上がってきた。

「……本気で、そう思っているわけ？」

「うん、ぼくはこの病気の病原体のリザーバーを見つけたと思っている。エウレカ、かな」

仙水がパソコンを操作すると、症例を赤でプロットした地図の上に、黄色い別の点があちこちにあらわれた。

「黒部小児科医院のデータから抽出した情報。ハイタウンのあたりでは、子どもの通院歴と大人の症例がかなり重なる」

「かなりといっても半分くらいじゃない。それに漁村の方ではまったく関連が見えない」

抑制がきかず、ケイトは声を荒らげた。会議室の外からのぞき込む顔がいくつか見えた。

「ねぇ、二人とも、どうしちゃったんですか……。ぼくはさっぱり……」

小堺がまたもおずおずと聞いた。

ケイトは振り向いて、小堺をにらみ付けた。

「この男はね、人間の子どもが病原体の貯蔵場所だなんていうのよ。馬鹿にしてるわ」

「インフルエンザと診断された多くの子どもは肺炎にならずに快癒した。でも、大人と同じ病気にかかっているんだとしたらどうだろう。大人は重い肺炎になるけれど、子どもが軽かったり、症状が出ない不顕性の感染で終わるような病気」

「子どもが軽く済むなら、いいことじゃないでしょうか」と小堺が気楽なことを述べた。

「そんなことはないよ」と仙水。「もちろん、子どもが死んだり苦しんだりしないのはいいことだが、とはいえ、かりにヒト・ヒト感染するなら、感染者が外を出歩いた分だけ病気はどんどん広がってしまう」

「あっ」と小堺が自分の口を手で塞いだ。

「SARSの時にスーパースプレッダーっていたでしょう。他の人が感染しやすいような形でウイルスを排出しながら歩き回って、異常な数の二次感染者を生んでしまう人。病気になったら寝込んで動けなくなる方が、集団感染防止の観点からいえばありがたいのよ」

「だから、子どもがいる家庭や、小児科医院のお医者さんが真っ先にかかったってことですか……」

「あくまで仮説だけどね」と仙水が言った。

「検証しなければね。さっそくオッズ比を計算する時が来たみたい」

ケイトの声は掠れていた。

第一二章　ＸＳＡＲＳ（五日目・承前）

小堺賢一はパソコンデスクの前で、大きなため息をつく。

自分は変なことに巻き込まれつつあるようだ。島袋と仙水の会話を聞いているだけで頭が痛くなってきた。上司に報告するのすら、憚（はばか）られる。恐ろしい話というだけで、咎（とが）められそうだ。だから、島袋たちがあたふたと出かけていったのはむしろさいわいだった。分析は中途で、まだ報告しなくてもいいらしい。

目の前のスクリーンには、表が浮かび上がっている。「病気になった人の群と病気になっていない人の群で比較して、『元栓』候補と病気の関連の強さを計算する」ための表だと説明を受けた。

本当に単純な表だ。「二×二表」というだけあって、「計」をのぞいて四つの数字があるだけだ。

表の意味自体は、疫学を勉強したことがない小堺にも分かる。少しだけ言葉が特殊なだけだ。症例と非症例というのは、「病気の人」と「病気ではない人」のこと。医師は

「12歳以下の子どもと同居」を
曝露とした場合の2×2表

	曝　露	非曝露	計
症　例	15	10	25
非症例	20	30	50

オッズ比　2.25（95％信頼区間0.84-6.00）

すぐに患者のことを症例と呼ぶ。

曝露と非曝露というのは、変な日本語だ。もともとは「病原体に触れる」ことを「曝露する」というふうに使っていたらしいが、ここではもっと広い意味だ。「子どもと同居」が曝露で、「子どもと同居していない」が非曝露。

オッズという概念の説明を受けた。この表でいえば……、病気になった人（症例）の中では、子どもと同居する人（曝露）が、同居しない人（非曝露）よりも、一・五倍多かった。一五／一〇だから。これがオッズ。

一方、病気にならなかった人（非症例）でもオッズを計算すると、このグループでは、子どもと同居する人（曝露）は、同居しない人（非曝露）に対して、二〇／三〇で〇・六六七倍……。つまり、子どもと同居している人の方が少なかったことになる。

病気になった人は子どもと一緒に住んでいる人が多く、病気にならなかった人では逆に少なかった。ということは、たしかに「子どもと同居」がリスクであると思わせる。

じゃあ、どの程度、という時には、オッズの比を取る。それがオッズ比で、この場合は、一・五／〇・六六七だから、計算

「2週間以内に発熱した子どもとの同居」を
曝露とした場合の2×2表

	曝　露	非曝露	計
症　例	12	13	25
非症例	8	42	50

オッズ比　4.85（95％信頼区間1.63-14.41）

すると二・二五ということになる。この数字は、「子どもと同居すると二・二五倍感染の危険が高い」と解釈していいそうだ。

ちなみに、説明を受けた時には、オッズを求めてからオッズ比を導いたが、実際にはオッズ比を知りたいわけなので、いきなり計算する方が楽だという。つまり表の数字を斜め同士で掛けてから割り算する。（一五×三〇）／（二〇×一〇）＝二・二五。計算としては拍子抜けするほど簡単で、なんか狐につままれたみたいだ。

島袋と仙水はさらに細かな条件を設定して二×二表を作った。今度は小堺が入力して、自動で計算させた。

子どもが発熱していたかどうかまで条件に加えると、オッズ比が倍以上に跳ね上がる。これには小堺も驚いたが、島袋と仙水の興奮の仕方といったらなかった。島袋など、最初はあんなに嫌がっていたのに、だんだん目に火が入ったみたいに活き活きしてきた。おろおろするばかりの小堺は、島袋をこれまでとは別の意味で怖い、と思った。

とにかく、今は島袋から頼まれたことをしなければならない。

まず一つ目は、「交絡要因（コンファウンダー）について考える」こと。

「数字の上では、発熱した子どもと接触することがリスクであることを示しているけれど、それが見かけの上だけということはあり得る。例えば、子どもがいる家によくあるものが感染源で、子どもも大人もそこから感染していたとしたら？　その場合、子どもを遠ざけただけでは、有効な対策にならないでしょう。こういう時、『発熱した子ども』は一見、リスクに思えるけど、実は真の原因ではなく、交絡要因だったことになるわけ」

一見、強い関連があるように思えても、それが見かけのものである可能性。小堺自身、最近の若い連中はゲームや携帯やネットばかりやっているせいで、すぐにキレて人を殺す、などと言われて育った世代だ。

そんなことを言われるたびに、「ゲームも携帯もネットも、誰だってやってる。それでもキレるやつとキレないやつがいるわけで、原因があるとしたら何か別のものだろう」と思ってきた。つまり、ゲームや携帯、ネットは交絡要因だと言いたかったのだ。

島袋が慎重に原因を探そうとするのは、好ましく感じた。

とはいえ、そんな「真の原因」などすぐに思いつくはずがない。発熱した子どもがいる家にありがちなものといえば、処方された薬とか、氷嚢とか、水分補給のイオン飲料とか、そういったものだろうか。もっとも、子どもの薬を親が飲むとは思えないし、イオン飲料が汚染されていたとしても、同じ銘柄のものをみんなが買うこともありそうにない……考えていると頭がこんがらがってくる。

そこで、小堺はこの課題を保留にして、もうひとつの指示に進んだ。それは、「エピキュリアスに習熟すること」だ。

もっとも、こちらについて小堺は詳細な説明を聞いていない。その前に、島袋と仙水は連れだってあたふたと出かけてしまった。

きっかけは仙水が受けたメールだ。

「隊長が到着する！」仙水が言い、「そんなの聞いていない！」と島袋が叫んだ。

「たしかに、わたしは調査員の増員を頼んだけど、隊長みずからなんて！」

「あの車らしいよ。たぶんチャンスとみて、実績を作りにかかってるね」

「もう頭、痛い！」

意味不明な会話を交わして、作業中のノートパソコンを閉じないまま保健所を飛び出した。

いったいＦＥＴってどんな組織なのだろうか。保健所などとは根本的に違うのだろう。決定をするのに上司の印鑑なんて待っていられない人ばかりが集まって血の気の多い議論をふっかけあい……まわりは振り回されるばかりだ。

保健所からあの二人が消えただけで、平常時の穏やかな空気が戻ってきた気がする。

とにもかくにもエピキュリアス。自分のパソコンにもインストールして使ってみる。

すでに何度か見ているメニュー画面にあらためて相対する。“Time”“Place”“Person”という項目が、正三角形の頂点をなすように並んでいる。「時間・場所・人」という要素の分析を、フィールド疫学がことさら重要視するのを小堺はすでに知っている。

三角形から少し離れたところに、"Simulation"という項目があった。小堺はこのセクションの機能をまだ試していないことに気づいて、クリックしてみた。「シミュレーション」というと、パソコンのフライトシミュレータや、様々な現実を模倣したゲームを思わせる。

〈チュートリアルを開きますか？〉

いきなり日本語だった。

もちろん、はい、を選ぶ。

最初に出てきたのは、「謝恩会で食べたロリポップソニック社製のコーヒーミルクゼリーが原因食品と思われた食中毒事件」のケーススタディ。よく分からないうちに流行曲線が描かれ、それに適したモデルを選ぶように求められる。オッズ比を求めて、原因物質を特定するクイズもある。交絡要因を探し、真の原因はコーヒーゼリーそのものではなく、上にかけた濃縮ミルクだったことが明らかになる。数字が出てくると必ず「確率分布」が示されるのだが、小堺には確率と確率分布の違いがよく分からない。頭がますますこんがらがる。頭の中に霞がかかって、ふわふわ浮いている気分になる。

自分の体が、自分のものではないかのように感じるのは、極度の疲労のせいだ。体が重く、指先が震えている。外科医なら、この時点で使い物にならないだろう。

しかし、内藤英俊（ひでとし）は呼吸器内科医だ。自分の足で立つことができ、判断力が鈍らない限り、勤務を続けることができるし、限界まで働き続けることに異存はない。

とはいえ、疲れた。次々と運び込まれてくる患者のほとんどが症状の増悪をみる。呼吸逼迫（ひっぱく）の状態に陥ると、現代医学ではそれに対抗する積極的な治療法はない。ただ人工呼吸器で場つなぎして、患者の体がウイルスに勝つのを待つだけだ。しかし、一次的に小康を得ても、すぐに重症化してしまう。

正式な病院封鎖の決断を、院長と理事長の口からついさっき聞かされた。しかし、実質的にはすでに外来はストップしており、アラート症例以外の入院患者の転院も進んでいる。医師や看護師だけでなくコ・メディカル・スタッフまで、病院内に寝泊まりする自己隔離態勢も始まった。今やこの疫病を受け入れる唯一の病院として走り出してしまったことは明らかだった。

目の前には霧が広がっている。そして、足下には暗闇が口を開いている。自分の足で立っているのかどうかすら分からなくなる瞬間がある。

そもそも、おれはなぜ、こうまでして闘っているのか。もっと早い段階で、外部の医師団を迎え入れる選択はあった。分不相応なことを任されて、心身共にすり切れそうになっているのは、「病院を護（まも）るため」にすぎない。いったん乗ってしまった列車から、もはや降りるすべはなく、ただひたすら急坂を転げ落ちるように走り続ける。

いや、今からでも間に合う。Ｎ医大との不和が問題なら、国や県の主導で医師団を派遣してほしい。正直、もう自信がないのだ。今のままなら、祈禱師（きとうし）や呪術師でも呼んだ方がましじゃないかと、自嘲する。にもかかわらず、県は様々な機材を送ってくるだけで医師はよこさない。いったいどうなっているんだ。

内藤は四〇七号室を訪ねる。ここには、すでに峠を越えて、「生還者（サバイバー）」と呼べる唯一の症例が収容されている。病院のスタッフにとって、いや、内藤にとって、この症例の存在は希望だ。重篤な肺炎の症状をやりすごせば、いつか快復できる。必ずしも死に至る病ではないのだと、ただ一人この患者が証明してくれている。患者や患者の家族だけではなく、医療スタッフにとっても「希望」は必要だ。

四〇七号では、担当の看護師がベッドに横たわる黒部政義の身の回りを整えているところだった。小児科医でもある黒部のことを、内藤はほとんど知らない。おそらくは何かの会合などで顔を見たことはあるはずなのだが、記憶にはない。だから、ここに運び込まれた時の青黒い顔が、まさに初対面だった。あの時と比べると、もう症状は快癒したと言ってもいいほどだ。にもかかわらず、いまだ退院に至らないのは、衰弱が激しいことと、予後の確認をしっかりとりたいということにつきる。

看護師がこちらを見て、「先生」と呼びかけた。

「ちょっと、みていただきたいんですが」

看護師は黒部の顔を指さしていた。

内藤は黙ったまま、ベッドサイドに進み出た。

看護師の語調にはただならないものを感じたが、とはいえ、ぱっと見たところ大きな変化はない。

じっと見下ろしているうちに、気づいた。

黒部の顔に、斑紋が浮かんでいる。褐色のような灰色のような微妙な色合いで、大きさで言うと五百円玉に近い。よくよく見ると、それらが肌の露出している顔から首にかけて、いくつも連なっている。点滴のラインが刺さっている腕にも、同じような斑紋があった。

「また、熱があるんです」と看護師が言った。「それも今朝から上がっています。おまけにずっと眠ったきり目が覚めなくて、変なうわごとを口走るし……」

内藤はしばし息を止めて、黒部の様子に見入った。一度は抱いていた希望が、急速に色あせて感じられる。急坂を下りきったと思ったら、その先は崖になっていたということか……。

「高柳先生を呼んでくれるかな」内藤は静かに言った。

新たな症状を増悪させている黒部について、小児科医の柔軟な意見を知りたかったというわけではない。単にあの若い医師の間の抜けた顔が、急に思い浮かんだのだ。

きっかけはあいつではないか。今から思えば洒落にもならないＳＡＲＳアラートを出すように説得したのはＦＥＴであり、高柳は妙にＦＥＴと親しい。あの調査員たちには今も腹に据えかねるものがあって、思い出すたびに怒りがこみ上げてくる。

しばらくして、高柳がやってきた。マスクとゴーグルのせいで顔など見えないが、それでも、のっそりした歩き方で分かる。

「きみは何か知っているんだろう。つまり……FETのことだ」内藤は強い調子で話しかけた。

「はあ……なんのことでしょうか」

「あの調査員たちのおかげで、おれたちはこんなことをさせられている。本当はこの規模の病院で扱える感染症じゃない。だいたい、非科学的で非論理的なんだ。結局SARSアラートを出す必要なんてあったのか」

高柳の目がゴーグルの向こうでしばたたいた。

「内藤先生、いくらなんでも……」と語尾を濁らせる。

「結局、疫学なんていかがわしいもいいところだ。あんなものは、医学でも科学でもない」

言葉に自然と熱が籠もる。医学とは科学と経験知が合わさったものであって、そこに妙に優等生ぶった疫学者がやってきてもろくなことがない。とりわけフィールド疫学者は、科学をふりかざして非合理的なことをやらかす迷惑千万な輩(やから)だ。

「お言葉ですけど、今の医学は疫学的な根拠(エビデンス)に基づいていまして……」

高柳が言葉を途中で止め、視線を落とした。若い医師がかぶれがちな「科学的根拠に基づいた医療(EBM)」について言うなら、受けて立つつもりだったので拍子抜けする。

「先生！　先生！　どうしたんですか、大丈夫ですか」

高柳のせっぱ詰まった声で、内藤は我に返った。

黒部の両の眼(まなこ)が開いていた。それも、かっと大きく見開き、天井の向こう側に何かがいるかのように凝視している。

「おい、来たぞ！」

いきなり黒部が大声を出した。病人とは思えないほど、張りのある切迫したものだった。

「死せるリヴァイアサン。来た、来たぞ。逃げろ！」

リヴァイアサン？　意味不明だ。

無性に腹が立った。あなたは死線をくぐり抜けて快復したはずだ。なぜこんなふうに病気のようなことを言うのか。おまけに、指先が震えている。

発熱、意識の混濁、痙攣(けいれん)……まるで、脳炎じゃないか。

「内藤先生、これ、おかしいじゃないですか。顔に模様が出てますし、熱もまた上がっているんですね。おまけに、このうわごと！　なんでこんなことに……」

熱、という言葉が遠くから聞こえた。

その通り。発熱は問題だ。とても、問題だ。

黒部ではなく、自分自身の中に熱がある。

急に気が遠くなり、つとめて意識の手綱を繰り寄せる。疲労は極に達している。しっかりしろと自分に言い聞かせる。

さらに腹が立つ。苛立ちがつのる。

体の奥底から、こみ上げてくるものがある。嘔吐感にも似ている。食べたものを吐き戻すというわけではない。食欲がなく、ここのところまともに食べていないから、胃の中は空のはずだ。

しかし、何かが突き上げてくる。制御がきかない。またも気が遠くなる。

肺炎の後の再度の発熱。体の斑紋。自分の体の奥底に潜んだ熱。医師である自分と、病床の黒部。

渾然として、区別が付かなくなる。

ああ、そういうことか、と、そのことだけははっきりと認識する。

奥底からの突き上げはさらに激しく、爆発的に膨れあがる。

両腕で自分自身を抱きしめ、激しく歯を鳴らした。

「内藤先生！」高柳が叫んだ。

「逃げろ。爆発するぞ」

しわがれた声を発すると、内藤は体を激しく反らした。そして、その姿勢のまま、倒れ込んだ。

「先生、しっかり！」

高柳の声が次第に遠くなり、内藤の意識は深い霧に包まれる。

夕闇が下りてから、一台の大型バスが総合病院の正門から敷地へと乗り入れた。たむろしている記者やカメラマンたちは、あわてて道を空けた。バスの側面に書いてある文字を確認すると、更に二歩三歩と後ずさる。

国立集団感染予防管理センター。〝NCOC〟の大きなロゴと〝National Centers for Outbreak Control〟の英名も小さくあしらわれている。

記者たちはこの中に何が積み込まれているのか理解していない。翌日以降、このバスの中で何が為されることになるのかも。

大型バスは職員用駐車場のある病棟の裏側へとまわる。東京からの一〇〇キロあまりの旅を終えてエンジンが切られると、灰色のスプリング・コートを着た男がゆったりとした動作で地面に降り立った。まるで飛行機のタラップに姿を現したセレブリティのように軽く手を振る。

出迎えた院長と握手を交わし、男は微笑みを浮かべた。その一方で、初老の院長は肩を丸め唇を嚙み、明らかに緊張している。

「心配には及びませんよ」御厨潤一はにこやかに請け合った。「ここを乗り切りさえすれば、アウトブレイクを制圧した立派な病院として、世界中に名前を知られるようになるでしょう。地域に信頼され、世界からも一目置かれる存在になるためのステップと考えていただきたい」

「ありがとうございます！」院長は地面につきそうなほど深く頭を下げた。

御厨は満足げに、「ええ、心配には及びません」と繰り返した。

そして、顔を上げた院長に笑いかける。

「とうとう院内感染が起きたとの報告を受けました」

「そうなのです。我々といたしましても、最善の対策はとっていたわけですが……」

「院内感染の発生が何を意味するか、ご理解いただいておりますでしょうか」

「もちろんです。今後はさらに厳重な管理態勢を……いや、この病院の設備では元来不可能なのです。陰圧室すらないわけでして……」

「そういうことではなく……ヒトからヒトへの感染が起きたことがはっきり示されたわけです。それが重要です。我々も現場レベルでは、もうこの病気を新しい感染症だと考えて動いています。ウイルスが人間に感染するようになるのが第一ステップだとすると、その感染者からさらにほかの人間へ感染する二次感染の能力を持つようになるのが第二ステップです。今、我々の敵が第二ステップに達していることが証明されたわけです。つまり、ヒトに対して適応した新型ウイルスです」

院長は黙り込んで、御厨をまじまじと見つめた。

「そろそろこの病気に正式な名前を付けましょう。独自の名前を与えて、新たな感染症であることをはっきりさせた方がよい」

「はあ、どのような……」

「ＸＳＡＲＳ」

御厨はさりげなく言った。

院長は小首をかしげる。

「イクスサーズ、です。もともとSARSというのは『重症急性呼吸器症候群』という意味ですが、今は特定のコロナウイルスによる呼吸器感染症を指しています。そこで、『未知の重症急性呼吸器症候群』という意味で、ＸＳＡＲＳ」

院長は目をしばたたき、御厨はさらに微笑みかける。

夜の病棟は、咳の音すらしない静寂の中で、その実、混乱を極めている。求心力を持ったリーダーが不在であり、誰もが不安を感じ、浮き足立つ。

これまで総合病院の呼吸器内科を率いてきた内藤医師は、今やベッドに横たわる一人の患者にすぎない。高柳は、その姿を見下ろして、しばし呆然とする。気管内挿管された青黒い顔と、本来逞しいはずがひとまわりしぼんでしまった体。黒部医師もそうだった。人は身に纏っていた活力のオーラをはぎ取られた時、かくもみすぼらしく、頼りない「患者」になってしまうものなのか。

今この瞬間、この場のリーダーは高柳自身だ。年配の内科副主任と、呼吸器内科医、看護師長が院長に掛け合うために出かけたきり帰ってこず、一方、新たに投入された消化器内科、小児科からの応援部隊は、この病気についてほとんど知識がない。何かが起これば、高柳が判断して、対処しなければならない。

しかし、高柳自身、疲労から朦朧として、体が動かない。もともと専門外で、なおかつ、極度の緊張を強いられるところで闘っているのだからミスも多くなる。自分だけではなく、看護師も、コ・メディカルも、みんなそうだ。ほうっておけば、そのうち、内藤のように院内感染するスタッフが他にも出てくるだろう。

それでも、XSARSという病名が提案されたと知った時、一瞬にして意識がはっきりした。名を与えられることの重さは計り知れない。未知の感染症だと「確定」した気分になってある意味では安心し、また別の意味で不安になる。合併症防止のための抗菌剤点滴はよいことなのか。炎症を食い止めるのに使う大量のステロイド剤は、何か別の症状を悪化させていないか。感染様式が分からないものを、どう感染防護すればいいのだろう……。

無知は無力だ。知識で武装していたつもりがすべてをはぎ取られた時、医師もまた無力になる。それをことさら意識させられ、焦燥の中ふたたび疲労が襲いかかる。朦朧とした意識のまま病室を回る。

希望を持てる患者はいない。奇しくも死の部屋と呼ばれた四〇二号室に収容された内藤は、ほかの重症患者とともに挿管を受けている。落ち着いているように見えて、いつ急坂を転げ落ちるか分かったものではない。一時は意識を取り戻した黒部は四〇七号室で、体に斑紋を浮かべ、昏睡に陥っている。脳炎症状は一進一退であり、予断を許さない。

そういえば、インフルエンザ脳症疑いの子が、黒部小児科医院から搬送されてきたのは何日前だったか。あの子も、実はＸＳＡＲＳにかかっており、そのせいで異常言動が出たのではなかったか。とすると、自分も含めて小児科のスタッフ全員が危ない。通常のインフルエンザ患者として接してしまったわけで、防護が不充分だったかもしれないのだ。もちろん標準的な予防策(スタンダードプレコーション)は取ってある。それでも、一瞬の気のゆるみから感染することはありうる。何十人もいたはずの接触者の中から、そろそろ誰かが発症してもおかしくない。それが、自分でない理由などない……。

病室から飛び出してきた看護師が高柳を呼んだ。

四一八号室。昨日、運び込まれてきた患者の部屋だ。看護師の声は力なく無力感を滲(にじ)ませている。

患者の状態を見て、高柳は息を呑(の)んだ。ほかの部屋の重症患者に意識をとられて、この部屋については油断していた。いや、油断とは違う。軽症者まで慮(おもんぱか)る余裕がなかった。精神的な余裕はむろん、それだけでなく、物理的な意味でもこれだけの人数で数十人もの重症患者をケアするのは無理なのだ。

救命措置をとる必要すらない。容体の急変というよりも、目の前の患者はすでに亡くなっていた。体には斑紋が散っている。肺炎はそれほど重くなかったはずだ。よほど急に悪化したか、あるいは脳炎の症状が出たのではないか。

高柳はその場に膝をつきたい衝動に駆られる。ここは病棟だ。病人を治療し、元気になってもらうところだ。かりに助けられない生命だったとしても、最期の瞬間まで努力し、この世につなぎ止めようとするための場所なのだ。なのに、この患者は適切なケアを受けることなく、誰にも看取(みと)られることなく、命を終えてしまった。

呆然としたまま、高柳は骸(むくろ)となった若い女性の姿をただ見続けた。

「先生……」看護師がか細い声を出し、体を委ねてくる。

力なく倒れ込むようで、高柳は反射的に抱きかかえた。ゴーグルをつけ、ガウンを纏った「同期」の看護師だ。体温が防護衣越しに伝わってくる。身を捩(よじ)って、胸の膨らみが押しつけられ、その向こうに鼓動すら感じられた。

ふいに性的な感覚が研ぎ澄まされる。これまで何度かアプローチを受けたものの、はぐらかしてきた。しかし、今、疲労と失望の極で、高柳はむしろこの肉体の接触を好ましいと思う。衝動に埋没したいと願う。

看護師の胸に手をやって、ガウンの上から揉(も)みしだく。小さなあえぎ声が、欲望をさらに膨れあがらせる。青黒くなった遺体の隣で、窓枠に手をつかせ、ガラス窓に背中を押しつける。マスクやゴーグルをつけたまま、口づけすら交わすことなく、ただ硬くなった陰部を白衣の下腹に密着させる。このまま下半身だけを剝き出して、粘膜と粘膜を摩擦する行為に及んでしまえ。感染の危険？　性器に感染する呼吸器感染症関連の病原体など、せいぜいクラミジアくらいじゃないか。どうせ修羅場だ。誰も来やしないし、何を憚ることもない。

ああっ、と看護師が一際切なげな声を上げた。

「先生……熱いです」とあえぎあえぎ言った。

そして、気づいた。密着した体が急に燃えるような熱を持ち、細かく震えている。

高柳は静かに体を離した。マスク越しに、ゆっくりと深呼吸する。下腹部にわだかまっていた欲望が急速に霧散する。

「大丈夫。今、ナースコールしますから。安心して……」なるたけ穏やかに言った。

ほどなく看護師が早足でやってきた。

「……発症したみたいです」肩を抱かれていた看護師はその場で足を崩し、高柳に抱きかかえられた。

さらに慌ただしい足音がして、防護衣姿の副主任が顔を出した。看護師長も一緒だ。

「大丈夫よ。しっかりしなさい」体も声も大きな看護師長が、高柳から看護師の体を引きはがした。

「空いているベッドはどこだ。急げ」と副主任の声が聞こえるものの、あまり現実感がない。

そういえば、今亡くなった患者のことを告げるのを忘れていた。

それを言う前に、別の病室から看護師の悲鳴が聞こえる。

「急いでください！」「先生、早く！」「除細動器はいりますか！」

高柳はもうその場から動くことが出来ない。

「高柳先生……」と呼ばれ、我に返った。

小柄な男が立っていた。顔を覆って個性を消してしまう個人防護具(PPE)をつけても、貧相であるという強烈な個性を持って、ゴーグルの奥の目は抜け目なく輝いていた。

「院長……どうしてここへ……」

「わたしも、内科出身ですからね」院長は沈痛な声で言った。

「もう無理です。このままじゃ、全部めちゃくちゃです。患者さんも、ぼくたちも、みんなです」

院長は応えない。

「今、軽症だと思われていた患者さんが、死にました。いいえ、死んでから気づいたんです。病院なんですよ。こんなんなら、家で家族に看取られた方がずっとよかったじゃないですか。ぼくらだって、みんな死んでしまう！」

「それは、違いますね」院長は言った。「家で看取った場合、家族にもうつります。だから、ここに運んだ意味があるのですよ」

「院長！　それはそうですが……」

体の中で感情の塊が膨れあがり、うまく話せない。

「高柳先生の言うとおりなんでしょうね。我々は、たぶん最初の二人が亡くなった時点で、応援要請をすべきだった」

高柳は、ただうなずいた。

「安心してください。医師団の派遣を受け入れました。ほどなく東京から呼吸器内科のチームが到着しますよ。先生たちはもう一がんばりです」

「それだけじゃだめです。神経内科も……脳炎に強いチームも必要です」

「脳炎……ですか。たしか、ひとつの症例で……」

「いえ、さっき亡くなった患者さんも脳炎だったかもしれないんです。それと、小児科に何日か前に入院したインフルエンザ脳症疑いの子もひょっとすると……」

　話の途中で気が遠くなって、舌をもつれさせた。体がぐらりと揺れ、自分の四肢が遠く飛び散る気がした。目の前が白くなる。

　ほら、こうやって、ぼくらは滅んでいく……。


　深夜、霞が関、中央合同庁舎五号館。ドイツより帰国した感染症課長以下すべての職員が残り、粛々と、しかし、緊迫した雰囲気で職務を遂行している。この場合、職務とは国内外の様々な関係団体、関係者との連絡、調整につきる。

「イエス、ヨハン、我々もベストはつくしている。疫学チームも現場に送り込んだ。今のところ分かっているのは、メールで送った通りだ。新型インフルエンザではありえない。今後、新たなことが分かれば、逐一、連絡する――」

　抑制された語調の英語で電話に向かって話しかけているのは、感染症課の課長補佐だ。世界保健機関（WHO）への出向経験もある彼は、かつてのジュネーブでの同僚からの問い合わせに、個人的な親密さを装いつつも、その実、自分の意見ではなく公式発言を繰り返している。

「そうだよ、今のところ単なる地域流行なんだ。新興感染症の可能性？　断定するのは時期尚早だよ。さらに情報を収集し、必要に応じて連絡する。目下、世界の公衆衛生的な脅威とは考えられないよ」

強く言い切って、受話器を置いた。

そして、感染症課長を中心とした緊急ミーティングが行われている小さな会議室に入る。現地入りした若い部下からの報告が机上に配布されている。数字と事実だけを淡々と綴った文面のそこかしこから、押し隠すことができない不安が滲み出ている。

会議は侃々諤々だ。若い医系技官の何人かは、この感染症についてただちにＷＨＯに「危機」として報告すべきとの立場だが、医系のエリートコース筆頭と目される課長は首を縦に振らない。

「経済的な面でのインパクトが大きすぎる。単なる地域流行に対して、そこまでしても割に合わないな。とにかく、政務官まで情報を上げておこう。必要とあらば官房長官に報告して対策を練るべきか……」

若い技官たちの顔に明らかな不満の色が浮かぶ。

国益のためには隠然と振る舞うべきなのか、あるいは、同じく国益のためにすべてをつまびらかにして大胆な対策を取るのか、判断は紙一重だ。若い連中ははっきりとした対策を好み、判断ミスを恐れる課長はぎりぎりまで待とうとする。課長補佐の役割は、その間の緩衝材となることだ。

「もう一度、数字を見て、冷静に考えてみましょうか」と彼はあえて言った。「死亡者は四人。そのうち一人は高齢者だったから、実質的に重視しなければならないのは三人。一方、入院者は三〇人を超える。市中での集団感染であり、院内感染も起きた……つまり、ローカルな意味では、明らかな公衆衛生上の脅威です」

若い部下たちが、「そうです、明らかに脅威です」と繰り返す。意を得たり、と膝を打つ者もいる。

「だからこそ――」と彼は引き取った。「より大局的な観点から冷静な判断が望まれます」

「うん、それはそうなんだが、まだ今の態勢でもたせることができないかね」と課長。

「もしも、このままXSARSと呼ばれる病気の集団感染が終息に向かった場合でも、すでに重症化している三〇人あまりのうち何人かは亡くなる可能性があります。まして や、患者はこれからも増えるかもしれない。リスクマネジメントとしては、ぎりぎりのところでしょう――」

「我々ができることはすでにやっている。医師団は派遣したし、県にも適切なる対処をするよう求めている。さらには国立集団感染予防管理センター、ＮＣＯＣのチームを現地入りさせて、問題解決にあたらせている。ＮＣＯＣはこれまでにも多くの集団感染を制圧している。今回のものも乗り切ってくれるのではないかね――」

つい先日、野党から出された「ＮＣＯＣは税金の無駄遣い」という質疑をめぐって説明員として国会に召集された時の課長を思い出す。「集団感染対策は、現代において国家の要のひとつであり、それを他国に頼らずみずから処理できる機関は国の直轄であるべき」とのべ、淀むところがなかった。もっとも、この答弁の背景には、日米間に横たわる外交上の問題から、当面、アメリカの感染症対策機関CDCの直接的な支援を受けづらいという現実がある。

課長が大臣官房へ呼び出され、会議は一度中断となった。

自席に戻り、現場入りしている部下と電話で話す。メールでの文面よりも、さらに切実だ。

「感染の状況はきわめて深刻です」と繰り返す。「地域封鎖をした方がいいかもしれません。各種生活必需サービスのサポートだって必要だし、災害派遣も考えられる。もううちの課だけの問題じゃないですよ。県に丸投げはおかしいです」

臨床の現場から入省したばかりの部下は血気盛んだ。自分の立場でできることがほとんどないことに苛立ちを覚えている。しかし、これが国政というものだ。重大な判断を下すには、あえて現場ではなくて、遠く離れた霞が関の論理に従わねばならない時もある。感染症対策当局であるはずの場所で、感染症対策とは別の磁場が渦巻くのは、むしろ、当然なことなのだ。部下もやがて、それを理解する日が来る。それまで彼は何度でも、部下に理解を示しつつも、意見を却下するだろう。

部下が、ひとつ、違った声色で希望を述べた。

「NCOCの移動ラボが稼働し始めました。金食い虫なんて誰が言ったんでしょう。きょうの夕方に到着したのに、もう動くんです。二四時間態勢でやるつもりらしいです。現場でどんどん検体検査やウイルス培養ができるんですから、遠からず病原体が特定されるんじゃないでしょうか。しかし、彼らだけに賭けていいんでしょうか。もっと人を増やさないと……」

センター長の御厨のひげ面が目に浮かぶ。必ずしも本省受けの良い男ではないが、前任者よりはましだ。実際、彼らが丸くことを収めてくれれば、ぎりぎりまで待とうとする今の方針が正しかったことになる。初動の速さといい、今回は彼らに感謝しなければならないだろう。集団感染を地域内で抑え込んでくれれば、結局は「大したことがない」集団感染に見える。そうなればこっちのものだ。

電話を切った後で、時計を見た。午前零時を過ぎている。どうやら、泊まり込みになりそうだ。T市の現場でも、眠らずに闘う者たちがいる。ため息をつきつつも、パソコンを開くとグループメールが入っている。差出人は御厨潤一。噂をすれば、といったところだ。「おい、これはなんだ」メールの内容を目で追って、思わず腰を浮かせる。

アウトブレイク・ノート（五日目）

入院者数　三三一名（うち死亡四人）

症例定義　崎浜町に居住する者で、二月一五日以降、三八・五度以上の高熱を発して、肺炎症状を呈し、呼吸管理を必要とした者。あるいは、その者と接触歴があり、同様の症状を発症した者。

病名・症候名　XSARS。

病原体　未発見の新興ウイルスである可能性も。

潜伏期間　不明。

感染性期間　不明。

特記事項

●初期の肺炎症状の後、脳炎を合併することがある。子どもがかかった場合、症状が軽い、あるいは不顕性感染の可能性もある。

●積極的患者探しの結果入院した新たな症例では、インフルエンザ迅速診断キットの陽性が一〇パーセント未満。初期症例での判定結果に陽性が多かったのは、市中でのインフルエンザ流行のため複合感染したものか。

第一三章　ゴーストタウン（六日目〜八日目）

昼間から雨戸を閉め切った暗い居間の中で、テレビだけが唯一の光源だ。

妻の浅く速い呼吸音を聞きながら、男は自分自身の体内でも何かが急速に膨れあがるのを意識している。なんまいだー、なんまいだー、とつぶやこうとするが、言葉にならない。

「爆発」という言葉を使ったのは、テレビだったか。とにかくこの病気のはじまりは、爆発するような発熱だという。男は自分の中に爆発の兆候を探すが、それはむしろ川が増水するようにひたひたと押し寄せるもののような気がする。

しかし、二日前に倒れた妻はまさに爆発したかのような発症だった。六〇代も後半になって、やや乾燥し、しなびてきた感のある妻の顔が、突然、紅潮した。はじめて出会った頃の初々しさを彷彿とさせたかと思うと、次の瞬間にはぐにゃりと体を預けてきた。そして、わずか数分後には、青っぽい血の気のない顔色になり、以来、ずっと昏睡している。寝室に運ぶこともできず、居間の床の上にずっと横になっているのだ。

救急車を呼べば引き取りに来てくれるのは知っているが、きのう電話で話した知人によると「入院して帰ってきた者はいない」そうだ。どのみち助からない病気だとしたら、入院しても意味がない。だから、家にいるのが一番だ。なんまいだー、なんまいだー、と念じつつ、ただ待つしかないのだ。

にーっと細い声がして、妻の布団から愛猫が飛び出してきた。

「おい、ノラ、どこへいく」

ノラと呼ばれた三毛は、男の膝を経由して、窓の下の棚に跳び乗り、さらに跳躍して去っていった。このところ妻の体にぴったりと寄り添って、昼寝をする習慣になっている。体温が高いのがよほど気持ちがよいのだろう。

ノラの後を追って廊下を進むと、台所の窓がわずかに開いていた。もともと飼い猫ではない。隣の廃屋には大量に猫がおり、その中の何匹かが、頭と前足を使って窓を開け、この家を我が物顔に行き来している。

隙間からさす光に目を細めつつも外を見るが、ノラの姿はなかった。ただ石垣の内側の狭い庭が見えるだけだ。またしばらくすれば戻ってくるだろう。

石垣の向こうに、斜向(はすむ)かいの須沢家が見える。そういえば、ここのところ、須沢の敬ちゃんが来ない。敬ちゃんは、足の少し不自由な男を心配して、しばしば顔を見せてくれる。敬ちゃんが病気になっていなければいいがと思うものの、段差の多いこの地域では、誰かの助けを借りずには斜向かいの家にすら行くことができない。

男は須沢家の石垣が切れた玄関口に画用紙のようなものが貼り付けられているのに気

づく。彼はそれをはっきりと読み取ることができない。二文字の漢字で、ひとつ「王」という字をみとめるだけだ。意味が分からず、すぐに意識の表層から滑り落ちてしまう。

居間に戻ると、ノラが飛び出した後の布団がめくれているのに気づいた。それを直しつつ、急に不安になった。おそるおそる妻の顔に触れると、呼吸はすでに止まっていた。

男は亡骸の隣に座り、目を閉じた。乾いた心を湿った感情が満たすのを待つが、それさえゆっくりとしかやってこない。齢を重ねるとは、こういうことか。しかし、ひとたび訪れた悲嘆の感情は静かで、深い。なんまいだー、なんまいだー、二度とはい上がることが出来ないかもしれない暗く冷たい沼に引きずり込まれていく……。

同じ頃、一キロほど離れたハイタウンでは、明るいリヴィングルームでダイニングテーブルを挟み、夫と妻が口論している。二人とも、密着度の高いマスクのせいで声がくぐもっているものの、語気は鋭い。

「一家の大黒柱なんですからね、倒れられたら困ります。受診してください」と妻は言う。

「それ、おれに死ねってこと？　受診したら病棟に隔離されて、出してもらえないだろ。まわりは病人ばっかりで、本当に感染しちゃうじゃないか」

「三八度五分以上の発熱があったら、保健所に連絡するようにって言われてるのよ」

「病院には行きたくないの。こうやってちゃんと咳が飛ばないようにしてるんだから、いいだろ」そう言いながら夫は咳き込んだ。

乾いた咳だった。妻は椅子を引いて、後ずさる。

「ほら、今だって、飛び散るじゃない。マスクしてたって、全部は無理なのよ」

「おれは違うんだって。だいたいおれが入院したらどうするわけ。おまえ、外を出歩けなくなるぞ。食材を買いに行くのだって無理だろう……」

「じゃあ、せめて、部屋で静かに寝ててよ……」

患者が出た家の者が道を歩いていると、通行人はあからさまに大回りして避ける。スーパーでは入店を断られることもある。彼女自身、近所で患者が出た家の前はできるだけ通らないようにしているし、逆の立場になるのはやはり怖い。

夫が寝室に去るのを見送って、妻は小さくため息をついた。

「実家に帰ろうかな……」

とはいえ、実母の家に転がり込んでも、近所の人たちに突き上げられるのは間違いない。ならばこの疫病が消えてなくなるまでホテル住まいはどうか。しかし、あと二七年ローンが残った持ち家を抱えて、贅沢(ぜいたく)をするゆとりはない。偶然選んだこの土地に、自分たちが縛り付けられていると感じる。

「いってきまーす」

小学五年生と三年生の姉妹が玄関の方から大きな声で叫んだ。

「ちょっと、待ちなさい！」

妻が玄関にたどりついた時には、娘たちの姿はない。つっかけを履いて道路まで出てみるが、自転車がなくなっており、もう後ろ姿も見えなかった。

学校が閉鎖されても、子どもたちは自由闊達だ。自宅待機を言い渡されているのに、毎日どこかに出かけていく。

妻は携帯電話から、小学五年生の娘に向かってメールを打つ。夕飯の買い物をお願い。

テレビを点けた瞬間、画面に吸い寄せられた。

画面には恰幅のよいC県知事が映っている。

「……対策本部といたしましては、引き続き、崎浜町の皆さんには自発的な待機をお願いするとともに、一五歳までのお子さんの家庭内防護の徹底を……発熱した場合、ただちに保健所に連絡し、家庭内でもマスクや手洗い、うがいなどを徹底するなど、防護につとめてください。また、お子さんが発熱していない場合でも、おなじようにマスクと手洗い、うがいの励行を強く推奨いたします……また、万が一、保護者が病気になられた際は、お子さんを一時的に保護、収容する施設を整え……」

この三日間で何度同じセリフを聞いただろう。正直、聞き飽きた。

自発的待機というのは、耳あたりはいいものの、結局、町の中に閉じこめられたも同然だ。夫もT市街の職場からは、当面出社するなと言われている。

一方で、家庭内防護というのは、難しい。元気な子どもを家に留め置くなんて、そもそも不可能なのだ。とにかく大人とは接触しなければいいのだから、むしろ子ども同士で遊んでいた方がいいのではないか。そして、大人のかわりに、買い物などの用事を済ませてくれれば安心だ。救急車で運ばれる者はほとんど成人だというし、子どもがこの病気で重症にならないことは、誰もが感じていた。二児の母親として家族を守ろうとするなら、とにかく自分自身や夫がなんとかこの非常事態を生き延びることに意識を集中しなければならなかった。

ふいに息苦しさを覚えて、しゃがみ込む。熱が出ているのではないか。病気なのではないか。テーブルの上に出したままの電子体温計に手を伸ばし脇に挟んだ瞬間、これはさっき夫が熱を測ったものだと思い出し、気が遠くなる。

さらに一キロほど離れた山際の農村地帯。亡くなった吾川重造邸の各部屋からは、うめき声と、乾いた雑音が混じった耳障りな呼吸音が漏れる。わずか数日前に吾川の葬儀が行われ、多くの人が集まった。しかし、葬儀の翌々日から、人の出入りが絶え、夜、灯りがともることもなくなった。家の外からでも、ドアに耳を付ければ、中で人間が苦しんでいると気づいただろう。しかし、人通りが多い場所ではない。たまたま通った者も、孫息子の車高を下げた改造セダンが車庫にないことから、一家で出かけたのだと誤解した。

大きな家の中で別々の部屋に横たわっているのは、三人の男女だ。その中でも最も年配なのは、吾川重造の妻で、夫を荼毘（だび）に付してから自室で倒れた。高熱を発し、呼吸に困難を感じるものの、助けを呼ぶことができない。混濁する意識の中で、夢とうつつを行き来する。

吾川重造の息子とその妻が倒れたのはそれぞれ居間と台所だった。息子はその場から這うように移動し、寝室に向かう途中の廊下で力尽きて昏睡した。また、妻は台所に積んであったハンドタオルの山を抱きかかえたまま青黒い顔で浅い息を繰り返した。

異状に気づいたのは、保健所から派遣された保健師だった。亡くなった症例の家族の経過観察は重要な仕事であり、毎日、電話することになっていたが、応答がないため訪問した。

この地方の古い家屋の常で、玄関の扉に鍵はかけられていない。大きな声で呼んでも返答がないため、保健師がドアを開けたところ、廊下で横たわっている男を見いだした。三〇分後には、このところもはや耳慣れたものになっている救急車のサイレンが響き渡り、三人の患者が運び出された。

島袋ケイトはふと自分の髪の匂いを感じて、この三日間シャワーすら浴びていないことを思い出した。携帯電話の液晶に貼った鏡面フィルムを見ると、髪はやはり脂でべとついている。思わずため息をつく。いくら忙しいとはいってもこれはない。

会議室の窓の外はさっきまで夜明けの景色だったはずが、いつのまにか太陽が高くなっている。ずっとモニタを見ていたせいで、目が乾いて辛い。視線をめぐらせると、一緒に作業をしていたはずの仙水が床に転がっていた。寝袋に潜り込んで、芋虫のように仮眠している。それをさして不思議とも思わないのはいかがなものか、と我ながら思う。

かない。

午前中の会議まであと二時間ある。席を離れて、会議室の一角に運び込んだソファに体を沈めた。目薬を差し、瞼を閉じるが、疲れている分、変に気持ちが高揚して落ち着かない。

リカのもとに元気で帰るために、体力は温存したいのに……。財布の中からリカの写真を取りだし、ほんのつかの間、甘い気分に浸った。ホームシック。そんな言葉が似つかわしい。娘の写真を見る時だけ、家が恋しくなる。眠れないまでも、また目を閉じて、ぼーっとして時間をすごす。

三〇分くらい休んだ後で、眠るのを諦めた。寝袋の中でまだ安らかな寝息を立てている仙水がうらやましい。どんな細切れの時間でも、すとんと眠る特技は天才的だ。

ケイトはとりあえずコンピュータを操作して、これまでの調査メモをプリントアウトした。T市に来てから、一日の終わりにその日のまとめを打ち込んでいる。きちんとした分析的なものではない。むしろ、基本的なデータとざっくりした印象だけをできるだけ簡潔に述べる。新人時代、棋理へのリポートを書くために始めた習慣だが、今回のような長丁場では思考の変遷を辿るのにも役立つ。

T市に入ってからもう八日目だ。それにしても、なんと謎に満ちた集団感染事件であることか。ケイトのこれまでのキャリアの中でも、ずぬけている。メモ帳を初日の分からめくっていくと、わずかな間に考えが二転三転しているのが分かる。最初の頃は、新型インフルエンザやSARSの可能性も検討しており、結局は未知の感染症だということに落ち着いた。病名・症候名は暫定的なものでしかない。病原体も不明。潜伏期間も感染性期間も不明と書き連ねざるをえなかった数ページは、見ているだけでいやになる。数年前のSARS流行ですら、ケイトがかかわった時には、すでに潜伏期間などの推定値は出ていた。今回のXSARSはまだその域にも達しておらず、ごくごく粗い潜伏期間や感染性について統計的な議論ができるようになったのは、きのうきょうの話だ。

もっとも、この二日間、ケイトはメモ帳にまとめを記入していない。「五日目」まで途切れて、六日目、七日目は空白のままだ。やたら忙しくて、会議とデータ分析に追われていた。今、あらためて書き込む気にもなれない。こういうものは、その時を逃してしまうと後からではどうにもならない。

保健所の職員たちがFETについて抱いている感情は、小堺が定例会見の翌日に述べたことに集約できる。

「ほんと、頭にきますよ。だって、勝手に記者発表しちゃうんですから。行政が調整しなきゃならないことがたくさんあるのに無視されました。保健所長も市長も、つむじを曲げちゃって……」

さもありなん。定例会見に出席した仙水が述べたのは、簡潔で、また、データ上も正しい、ひとつの事実だった。

「今わたしたちがXSARSと呼んでいる病気の病原体は、まだ分かりません。しかし、疫学調査から、感染を抑える方法を示せます。鍵になるのは、子ども、なのです」

鍵になるのは、子ども。

その部分を、仙水はことさらゆっくり、はっきりと述べた。

一瞬、記者会見場が静まりかえった後で、矢継ぎ早に質問が飛んだ。

仙水が淀みなく答えたことを総合すると、こうなる。

これまでの発症者は抵抗力の弱い高齢者のほか、子どもとの接触歴のある青壮年にきわめて多い。相対的なリスクは、一二歳以下の子どもと同居する者は、同居していない場合に比べて二・二五倍。発熱した子どもに限ると四・八五倍にも及ぶ。この病気は、子どもは感染しても症状が軽い、あるいは症状が出ないのではないか。大人の場合、発症するとすぐに寝込んで、その分、人を感染させる機会が減るが、子どもは平気で歩き回り、病原体をまきちらしている可能性もある。これ以上の感染の拡大を防ぐためには、崎浜町では、子どもをなんらかの方法で「隔離」するのが効果的だ……。

「ここ二週間のうちにインフルエンザとされた崎浜町の子どもの多くはXSARSだった可能性があります。また、症状のない子どもでも、感染しており病原体を排出しているかもしれません。この知識を織り込んだ上でのXSARS制圧計画が必要です」

最後は仙水が静かに言い切って、会見場はふたたび静まりかえった。

その時、会見に同席していた保健所長の凍てついた表情をケイトは忘れられない。

ケイト自身、正直驚いたし、また、あまりに断定的な物言いに憤りも覚えた。

極端に高いオッズ比の数字は厳然たる事実だ。オッズ比が高いだけではまだ真の原因かどうかは分からないのだが、ほかに原因候補が見あたらないことから、今、具体的な対策として打ち出せるのはこれだけだ、ということにも合意する。とはいえ、あんまりだ。「爆弾を落としてから、後のことは考える。ぼくの流儀だからね」と仙水はうそぶいた。「ぼくが棋理先生から学んだことのひとつはこれ。緊急のことなのに、まともに取り合わない連中の方が悪い」

たしかに、仙水の発言ですべてがひっくり返った。その日のうちに、県知事が立ち上げた対策本部の最初の声明として、「子どもが感染源となりうる見解」を示した。市としても保健所としても、協調して動かざるを得なかった。

まず、流行地の地域住民に「自発的待機」を要請する。自分自身の感染防止のため、また他所への感染拡大防止のために、不要不急の用件では外出しないこと。強制力はないが、このような状況下では合理的な判断だと理解を求める。

その上で、子どもたちを自宅に留め、外出も近所の屋外のみとする。崎浜では今、小児科医がいないため、保健所の支所を簡易小児診療所として、医師を送り込む。そして、発熱などの所見を得た場合は、子どもを自宅で待機させ、保護者も支給されたN95マスクや、ゴーグル、手袋、消毒剤、うがい薬などを用い、徹底的な「家庭内防護」をはかる。

もっとも、症状の出ない不顕性感染の場合は、これでは意味がない。今後、明らかに流行が下火になったと行政が判断するまでの間、子どもも保護者も、普段からマスクを着用し、手洗いうがいを徹底、さらには寝室を共有しない、などの生活ルールを設けるなど、家庭内対策を推奨する。行政が人権に配慮しつつ考えた「落としどころ」がこれらの勧告や推奨、だった。

その効果はまだ分からない。「自発的待機」と「家庭内防護」で、新たな感染が防げたとしても、しばらくの間は、それ以前に感染していた人が潜伏期間を終えて発症するから、見かけ上、新規の発症者は減らない。結局、流行曲線が右下がりになっていくまでにはしばらく時間が必要だ。

焦りはあるか、とケイトは自分に問うてみる。

たしかに、ある。言いようもない焦燥感を、ケイトは胸に飼っている。

対策が功を奏して、あと何日かたつと発症者が減っていくのか。あるいは、単に子どもたちを感染源とまで言い切ってかわいそうなことをしただけなのか……。こと子どもにかかわることになると、ケイトは冷静さを失う。

そして、リカのもとに帰りたいと切実に願う。

三歳の男の子と添い寝しつつ、ついうとうとしていた黒部久子はけたたましい音で飛び起きた。

医院の表玄関のチャイムは家屋全体に鳴り響くように出来ている。夜間の急患でも必ず受け入れてきた夫のこだわりだった。地域の子どもたちをよりよく生かし、地域によって生かされる。それが、夫が折に触れて、久子に語って聞かせた理想だ。

理想と現実が食い違うことを久子は知っている。また、夫もそのことを気に病むほど素朴な男ではなかった。開業してからの四半世紀は、清濁併せ呑みつつも、共有する理想を一度も忘れずに済んだ幸せな日々だった。

快復に向かっているはずの夫をひたすら待ちながら、久子は時間を無為に過ごすのをやめた。夫の理想に沿った行動を常に取りたいと願う。夫が戻ってきた時に、浮かべる笑顔を見たいと思うのだ。

添い寝していた子の傍らを離れると、久子は隣の部屋で洗濯物をたたんでいた堂嶋にひとこと声を掛けた。建物の居住部分から医院の部分へと移動するには、廊下に取り付けられたドアを引き開ける。そこが医院の受付だ。カウンターを回り込み、ドアを開けて、せっぱ詰まった表情の母親から、子どもを受け取った。

まだ二歳にもならない乳児だ。

「すみません、すみません」と母親が謝るのを、久子は柔らかく抑制された声でなだめた。「おかあさん、あなたが悪いわけじゃないのよ。あなたとこの子が、一緒に楽しく、豊かに生きていけるように、今からほんの何日か、離ればなれになるだけですからね」

これは嘘ではない。子どもたちはたいていすぐに健康を取り戻す。問題は親への感染の危険であり、それを防ぐためにごく短い期間、子どもたちを預かる施設が必要だった。最初はまことしやかな噂として流通していただけだったが、県知事による「勧告」が出されて以降、「子どもは危険」という認識が広がっている。しかし、県や保健所は子どもの「家庭内での隔離」を呼びかけるだけで、発熱した子どもを預かろうとしない。保護者が病気になった場合、地元保育園が引き受けると聞いたが、それとて、今の崎浜でわざわざ二四時間の保育を引き受ける保育士は少なく、いまだ充分機能していないという。

最初の相談を受けたのは、漁村の小さな社で不思議な少年と会い、胸騒ぎを感じて自宅に戻った時だ。けたたましく鳴る電話の受話器をとったところ、か細い声で「いったいどうすればいいんでしょうか……」と声がした。よくよく話を聞けば、子どもが高熱を出しており救急車を呼びたいのだが、すべて出払っていて対応できないという。地元の医者に行けと言われても、崎浜には小児科医はここしかない。

「どうすればいいんでしょうか。街の病院に行こうにも、今、うちには車がないんです。夫が使っているのと、もう一台は修理中で……。タクシーを呼んでも崎浜には配車できないって言うし……」

直前まで混乱していた頭の中がすっきりとして、自分の為すべきことがすんなり見渡せた。

「それでは、いらしてください。医師はいませんが、薬を出すことくらいはできますから」

電話を切って、大急ぎで待合室や診療室を片づけ、入口の「休診日」の掛け札を引っ込めた。ベビーカーで連れてこられた子は、つい何日か前に発熱した子と遊んでしまったということで、見た目にもあきらかな症状を出していた。この時点ではまだＸＳＡＲ

Sという呼び名は使われておらず、インフルエンザである可能性も否定されていなかったので、一応、キットを使って反応を確認した。そして、実際に陽性が出た。今となってはインフルエンザ感染はXSARSの合併症であることが濃厚なのだが、この時はインフルエンザの子だと信じていた。抗ウイルス剤を手渡したところで、母親がへなへなとその場にへたり込んだ。

「ごめんなさい、あたし、しっかりしなきゃ……」と言いながら、息子の手を握ろうとするが、目が虚ろだった。

久子は長椅子で横になるように言い、熱を測った上で、一一九番通報した。「アラート事例らしい患者さんが出ました」と。

今度は最優先で救急車が飛んできた。母親が総合病院に連れ去られるのを、ぐったり横たわったままの息子はただ黙って、見送った。

夜、父親が帰るまでのつもりでその子を預かっていたが、父親は連絡をよこさず、久子はそのまま世話を続けることになった。巷（ちまた）に流れる「子どもは危険」というニュースを聞いたのはこの時だ。

以来、久子は相談されると可能な限り、子どもを引き受けてきた。家庭内防護と言われても、この地域には部屋数の少ないアパート住まいの貧しい家庭だってある。そういった場合、勧告はまったく意味をなさないことが県知事には分からないのだろうか。

いま一緒に暮らしているのは乳児が多く、最年長は小学校六年生の女の子だ。看護師の堂嶋も泊まりがけで助けに来てくれるようになった。同居していた娘夫婦が早々に崎浜から逃げ出して、一人暮らしに嫌気がさしたらしい。「まったく何を考えてるんだか。娘も看護師の資格を持っているんだよ。病気なんてさ、ちゃんと手洗いうがいを徹底して、しっかり栄養をとって、たっぷり眠って、あとは良い水を飲んでりゃ、そう簡単にはかからないものさ。あたしゃ、病棟勤めの時にも、一度だって患者さんから病気をもらったことなんてないからね」と力強く言って、久子の決断に賛成してくれた。

子どもたちの賑やかな声に満ちた日々だ。定期的な授乳や、おむつ換え、そして、食事の準備、後始末。始まって日は浅いが、ささやかな秩序がここにある。肝っ玉の据わった堂嶋と、多少は細やかな気配りが出来る久子で、子どもと相対するのはなかなかよい組み合わせだと気づくまでにそれほど時間はかからなかった。

日々の中で、午前中は必ず近所を散歩する。人通りの少ない漁村の方面に足を向けることが多く、自然と神社が遊び場所になった。ここで会った菜摘ちゃんのことをしばしば思い出す。喘息の発作は大丈夫だろうか。あの子の母親はどうしたのだろう。何か大事なことを見落としている気がするのだが、思い出せず気持ち悪い。いずれにしても、得体のしれない少年と一緒にいるのではなく、ここに来ればよいのに……。

ただ、そんな思いも長くは続かない。目の前にいる多くの子どもたちが、笑い、泣き、久子を求めるとき、ほかのことは考えられなくなる。母親になるとはこういうことなのだろうか。久子はいまだかつて味わったことのない感覚に浸される。

夫の帰りを待ちながら、過ごし得る最良の生活がここにある。

小堺賢一は、当番医と一緒に崎浜町を巡回する日々だ。

この時期にわざわざ崎浜に往診をしてもよいと申し出る医師は少ない。Ｔ市の医師会を通じて募集をかけても、集まったのは数えるほどだ。

もっとも、看護師はさらに不足していた。Ｔ市にも無数にある小さな医院の看護師は崎浜に来るのを怖がったし、新しい医師・看護師団が入って負担が軽くなった総合病院の本来の看護師たちも、院内感染が起こったことで動揺しており、ほとんど戦力にならなかった。

小堺は、そういう医師や看護師は腑抜けていると思う。そもそも、人の命を救う職業についたのだから、これくらいの危険の中に飛び込めなくてどうする。充分に強くないくせに、勉強だけして医者になるものだからたちが悪い。平穏な公務員生活を望んで保健所勤務しているはずの小堺が、こんな危険なことを連日やらされるのは、たまったものじゃない。

小堺が今担当しているのはハイタウンを含む新田地域だ。ここはわりと多くのＸＳＡＲＳ患者を出したところで、流行の中心地の一つだった。だから、車で区画に入っていくだけで緊張する。午前中に一回まわり、午後早い時間は会議に出席、そして、三時過ぎにもう一度崎浜に戻ってきた。いまだかつてこんなに働いたことはない、というほど秒刻みで動いている。

　真新しく、瀟洒な建物が続く中、町並の一番奥の山林との境界部分に車を停めた。これから造成が続く予定で、行き止まりの道路はそこだけ幅広になっている。スクーターに乗った白衣の男が先に来ていた。背が高く若い医師で、どこかで見たことがある気もする。何かの検診に立ち会った時だろう。保健所の仕事をしていれば、医師との接点はたくさんあるものだ。でも、今は医師の素性などどうでもいい。とにかく、仕事をとっとと済ませて、この気味悪い町から早く帰りたい。

　ハイタウンの通りには、いちいち訳の分からない名前がついている。今歩いているのは、レモネードストリートだ。ほかにも、ココナッツストリートや、ミントストリートなどがあって、地元民というか、命名者の見識を疑いたくなる。

「うわっ、なんだ、この臭い」と鼻をつまんだのは背の高い医師だった。小堺は最初からマスクをしていたため気づかなかった。たしかに、マスクをとってみると、強烈な臭いが漂っている。すごく嫌な感じだ。ひょっとしてどこかで誰かが死んでいるのではないか。

　原因はすぐに分かった。一ブロックにひとつずつゴミ捨て用のスペースがあるのだが、そこに生ゴミの袋が山のように積まれている。半透明のビニール袋が多く、中には市の手配で国道ぞいのスーパー前で安価に売られている弁当の箱もたくさん混じっていた。いったん気づいてみるとやたらゴミが目についた。ここから見える限り、すべてのゴミ出し場で、ビニール袋の小山ができ上がっていた。

ちょうどカラスが数羽飛んできた。ぐわっぐわっと騒々しい音を立ててビニール袋をつっつくと、ゴミが混ざりあった液体が路上に流れ出した。さらにきつい臭いが漂う。

「これ、人がちゃんと住んでいるってことですよね」と小堺はつぶやいた。

「当たり前でしょう。自発的待機、みんな従ってくれているわけですからね」

「ぼくだったら逃げ出しちゃいますけどね」

「逃げたら、逃げた先の人が迷惑しますよ。個人にとっても、社会にとっても、こうやって自宅待機するのが一番、安全です」

やたら正論を言う医師だ。小堺は鼻を鳴らした。そして、必要最小限しか話をしないことに決めた。

さっさと仕事を終えようと歩き始める。どのみち、各戸を訪問しても、医師はよほどでないと歓迎されない。チャイムを鳴らしても、返事がないことが多いし、インターフォンで話せても「誰も悪くないですから」と邪険にされる。たまに招き入れられる時は、明らかに重症化しているXSARS発症者がいて、医師に診てもらいたい時だけだ。「病院に行くと、もう戻れない」という噂がまことしやかに流れていることを、小堺は聞き知っている。たぶん、ハイタウンの連中も、インターネットや携帯電話で情報交換しているに違いない。

とにかく、街は静かだった。昼間なのにすべて窓は閉じられ、住民全員が申し合わせていっせいに旅行に出てしまったかのようだ。

しかし、実際は違う。家々の中には人々が息をひそめ、じっと留まっていると思うと、小堺自身息詰まる感覚にとらわれた。おまけに、車一台通らない町並のくせに、時々、子どもの自転車が猛スピードで走っていく。死を思わせる街に、子どもたちの声だけが響く。

さらに気味が悪いのは、家々の庭だった。「なんか、これ嫌ですよね」と小堺は思わず声を出した。「こんな時なのに、庭やら花壇やらはすごく手入れされていて、雑草一つ生えてないじゃないですか。朝食の準備をしたまま乗組員が全員消えた幽霊船伝説じゃあるまいに」

医師は答えなかった。やはり言わなきゃよかった。と思ったら、医師は少し先の家の芝生を凝視していた。何か動くものがある。生き物の気配がないこの場所で、芝生の上でうごめく大型生物といえば、せいぜい犬くらいだろうが……そいつはすっくと立ち上がりこちらを見た。

人間だった。少し腹が出た、まだ三〇代なかばくらいの男性。灰色のスウェットの上下を着て、芝生の間から顔を出す雑草を抜いていたらしい。こちらを見ると、目を伏せて、そそくさと屋内に戻ろうとする。

突然、ダッダッダッと大きな音がした。小堺と医師の背後から石が飛んできて、男の頭をかすめてから、家の雨戸に当たったのだった。

男は首を引っ込めてから、こちらをにらみ付けた。そして、「こらーっ」と野太い声で叫んだ。

小堺と医師の後ろを、小さな足音が駆け抜ける。振り向いた小堺は、何人かの子どもたちの姿が角の向こうに消えるのを見た。その背中に向けて、石が飛んでいく。道路脇のミラーの支柱に当たって、甲高い音を立てた。

男が芝生の上で、顔を赤くして怒っていた。

「あの、クソガキども！」

「どうしたんですか」と医師が男に声を掛けた。

「子どもは感染源なんだろうが。家の中にじっとしてろって言ったらこれだ。もう何度も石を投げられて、たまったもんじゃない」

「感心しませんね。いい大人が子どもに投石なんて、当たったらどうするつもりなんですか」医師はあくまで正論を吐く。

たしかに、ウイルスを持っているかもしれない子どもが家のまわりをちょろちょろしていたのでは、せっかく自発的に自宅待機しているのに意味がない。

「あんたさ、誰？」男は目を細めて聞き返した。

「保健所から派遣された医師です。健康相談のために巡回しています。もしも、ご家族に……」

「すごい効き目の治療薬があるから、一〇万円で買えって勧誘なんじゃないの。さっきもそういう奴が来てさ、追い返したんだけど」

「そんなのがあったらぼくが知りたいですね。ウイルスに効くクスリなんてほとんどないんです」

「じゃあほっといてほしいな。おれらは、言われた通りに、家に引っ込んでるんだからさ。いや自発的なんてもんじゃない。事実上、強制だね」

「どうしてですか」

「このあたり、結構、患者が出てるじゃない。だから、スーパーの方まで行っても白い目で見られる。うちは誰も病気になってないって言っても信じちゃもらえない。分かってるだろうけど、患者が出た家はもっと肩身が狭い。ちょっと軒先に出るだけでも、あのあだこうだ言われるし、せめて、あのガキどもはどうにかしてほしいね。ああやって、感染を広めているんじゃないか」

急に滔々と話し始めた男が、舞台の上で長台詞を言う役者のように、芝生の上を一歩一歩、近づいてきた。

「近寄らないでくださいよ！」思わず小堺は鋭く叫んだ。

病気の町なのだから、みんな室内でおとなしくしていればいい。こっちの仕事だって、インターフォン越しでいいのだ。わざわざこうやって対面する必要はない。

男ははっとして、そこで足を止めた。

「そうだ、保健所の人ならさ、清掃局に伝えてくれないかな」

「あのゴミのことですね」と医師。

「そう、もう三日も取りに来てくんないんだよね。ゴミってさ、収集してもらえないとあっという間にたまるんだな。ゴミだけじゃなくて、このあたりはまだくみ取り式のトイレのところが多いんだよね。ほら、町自体できたばかりだし、だからさ、いつまでもほうっておくと溢れちゃうんだな……」

「だ、そうです。保健所に帰ったら、伝えてもらえますか」

「わかりました……」小堺はしぶしぶうなずいた。本来、自分の仕事ではないが、上司に報告するだけならできる。

「あとさ、電話、通じにくいんだよね。なんか調子悪いの。携帯電話は通じるからいいけどさ。うちのインターネットも時々、つながらないことあるし。つながんないと不安だから、ちゃんとやってほしいんだよね。郵便も宅配もちゃんと届けてくれるのはいいけど、こっちが何かを発送しようとすると嫌がられるし、これじゃ島流しだよ。それから三軒先の家なんだけどさ、ちょっと見てきてくれない？　なんかちょっとヤバい気がするんだ。表札のところに――」

「ところで――」小堺は大声を出した。

何かすごく嫌なことを聞きそうになっている気がする。できれば聞きたくない。

「こちらのお宅は、みなさん、お体は元気なのですかね」

小堺の言葉に、男は口を引き結んだ。

「ええ、元気です。大丈夫ですから。絶対に大丈夫。病院に行く必要がある者はいませんから」

急に丁寧に言うと、そそくさとサンダルを脱ぎ、今度こそ家の中へと戻っていった。よかった、嫌な話は聞かずに済んだ。

「三軒先の家、ですね」と医師。しっかり聞いていたのだ。「行ってみましょうか。いったい何があるの……」

小堺はしぶしぶ医師の背中を追った。

三軒先の家の異状は、すぐにそれと分かった。大きな表札のところに、テープで画用紙が留めてある。そこには、黒々としたゴシック風の字で画用紙いっぱいに「毒王」と書いてあった。「毒」が大きすぎて「王」を圧迫しているあたり、稚拙といえば稚拙だが、妙に迫力がある。

小堺はこの言葉を最近、巡回しているネットのサイトで見たことがあった。自分が渦中にいる集団感染についてのサイトはできるだけ見ないようにしているのだが、どうしても目に入ってくる。怪しげな治療薬、「気」や「波動」による疫病克服法のページにまじって、「患者が出た家ははっきり分かるように、印を付けるべきだ」という主張があって、そのサインが「毒王」だった。おどろおどろしい語感が、心の中に引っかかっていた。

「スーパースプレッダー」小堺の隣で医師が言った。「SARSの時に、一人でたくさんの人にうつした患者のことが話題になったでしょう。スーパースプレッダーって言うんですが、たしか、中国人はそれを毒王と訳したんです」

言っている意味が理解できた時、歯がガチガチと鳴った。いったい誰がこんなことをしたのか。もし、本当にこの家に感染性の高い患者がいるのだとしたら……。

小堺は反射的に踵を返した。しかし、斜向かいの家のドアを見て、足を止めた。同じ文字が書かれた板きれがドアに打ち付けてある。いや、それだけではない。二軒先の家のベランダの洗濯乾燥用のひもには、ハンカチが一枚だけクリップで吊るしてあり、そこにも同じ二文字……。

「か、帰りましょう」小堺は悲鳴まじりに叫んだ。「これは上司に報告しなければ。何か変なことが起きているんですよ。決まってます。ぼくらだけで対処できることじゃないですから。さあ、帰りましょう」

「とりあえず、一つくらいは確認しないと報告もできないでしょう」

医師は言葉が終わる間もなく、インターフォンのボタンを押す。

「やめてください！　ぼくはもう嫌ですから」

小堺は泣きそうになりながら、後ずさる。ここに踏み込むのは小堺の役割ではない。自分は強くなくていいのだ。すでに夕刻近い。赤みを増した太陽の光が、血のように濁って見える。

第一四章　ハーメルンの笛吹き（八日目・承前）

長時間の会議を終えて、ポリビタを飲む。

窓の外はすっかり暗い。さっきまで夕焼けの残照がかすかに見えていたのではなかったか。しかし、壁の時計はすっかり宵の口を過ぎていると示している。ケイトは、ずっと前から片隅に置いてあった仕出し弁当を色気もなくかっ込んだ。

ずっと会議室で過ごしているせいで、自分が相対しているはずの集団感染事件についてもだんだんリアリティが薄くなってきている。さっきの会議で知った新たな注目すべき情報は、最初の症例である吾川重造の家族が相次いで発症したことだった。

発症した三人のうち、吾川の義理の娘は調査で訪れた時に長時間、話をした。気の良い、田舎のおばさんだった。誰かを愛し、愛され、この世界にしっかりと根を下ろして生きている人が、こういう病気になったとたんに、症例となり、データとなってしまう。もちろん臨床の現場では全力を尽くして救うべき生命だが、ケイトのところでは、質問票に書き込まれたイエス・ノーや、感染ネットワークの中の結節点にすぎなくなる。胸を痛めつつも、ケイトにできることは何もない。

クロックアップしたパソコンのように高速で思考が回転する。でも、空回りだ。地に足がつかず、霧の中であがくばかり。会議でみずから発言しながらも、ケイトはしばしこの現実の世界とは少しずれた亜空間を漂い、ホワイトノイズの中にかき消えそうになっていた。

さいわい、そんな感覚は長続きしない。長続きしたら、困る。

弁当を食べてしまうと、きょう新たに集まってきたデータを読み込んだ上での分析を始めた。やはり疲れの色を隠せない仙水も、最新のデータセットを使って数字やヒストグラムを検討し始める。それぞれのパソコンで、別々の作業だ。

まずは、「時間」の要素、流行曲線は以前予感した通り、「ぐちゃぐちゃ」になりつつある。「子どもが元栓」という認識が本当に正しく、制圧に役立つのかどうか、やはりきょうのデータを加味してもはっきりしない。たしかに、昨日に比べると、発症者数はわずかに減っている。とはいえ、いきなり半分や四分の一になったわけでもない。

今のところ、XSARSの潜伏期間の推定値は二日から一〇日くらいか。きょうは「自発的待機」と「家庭内防護」を呼びかけてからちょうど三日目にあたる。保健所長以下、会議の出席者は、症例の減少をそのまま施策の成功の証（あかし）と取って、ほっとした表情を見せていた。しかし、本当はそれではいけない。残念ながら、この段階では単に日々のばらつきに過ぎない可能性の方が高い。

気を緩めずに、基本に立ち返らねば。

時間的な分布、空間的な分布、年齢、性別……様々な条件で層化したら、意外に単純なパターンが現れるのではないか。そう期待しつつ、結局は年齢以外の部分でのとっかかりを得られずにいる。

今、かなりまとまってきている接触調査のリポートに目を通した。誰と誰が接触し、どのようにこの病気が伝わっていったのか、吾川家の悲劇のデータも含めて、エピキュリアスでチャートを描いてみる。それにしても最初になくなった吾川重造から、三人が感染したというのは衝撃的な数だった。今のところ第二世代の感染者はほかにも確認されているが、第三世代は分からない……。もっとも、こういったことは不顕性感染者がいるという条件で曖昧になってしまう。棋理だったらどうするだろうと考えつつ、そこから先に進めない。

気がついたら、午後九時を過ぎている。急いで携帯電話を取りだし、窓際で電話した。

このところ保健所にずっと詰めているので、電話をかけやすい。缶詰めになった生活のささやかなアクセントだ。とはいえ、こちらにはこちらの問題があり、ケイトは電話をするたびに心に鋭い痛みを感じる。

「ねえ、ママ、メグちゃんがね、びょーきなの。はしかだってー」と言う。

「へえ、それは大変。でも、リカは大丈夫。ちゃんと予防接種しているからね」

「よぼーせっしゅって、なに?」

「注射よ。チクってやつ。はしかにならないための注射があるの」

「メグちゃんは、してなかったの？」

「きっと、そうねー」

　メグちゃんという子は、たしか、父親の仕事の関係で最近まで中国に住んでいたのだ。南北アメリカではほぼ封じ込められた病気なのに、東アジアでの意識は低く、麻疹の輸出地域として世界的に非難されている。日本の場合、近年やっと幼児の予防接種がほぼ一〇〇パーセントになっており、むしろ、免疫を持っていない成人の麻疹が話題になることが多いのだが、中国で育ったメグちゃんは、タイミングがずれて予防接種をしていなかったのかもしれない。

「ママ、いつかえってくる？」といつも通りの質問に、「ごめんね、ママはまだ帰れないんだ」と謝って、例によって「ばーばとかわるねー」となる。

「超音波で首の中を診てもらったけど、はっきりしたことは言えないそうよ。国立病院での受診を勧められたわ。できるだけ早く行ってくる」

　母は淡々とした口調で、地域総合病院での診断について語った。またも、子どもの頃に感じていた「勝ち抜きトーナメント」を思い出した。リカは、明確に否定できる材料もないまま、医療機関の階段を上がり、今や国立小児科病院にまでたどり着いてしまった。かつて、ケイト自身が辿ったのと同じ過程だ。

　話の中で、はしかになったメグちゃんが、発症する前日に家に遊びに来ていたことを知った。リカが大丈夫か心配する母に、ケイトは「むしろ、母さんの方が心配」と言った。

「母さんの世代って、ワクチンを打ったかどうか分からない人が多いのよね。麻疹、つまり、はしかって、空気感染でうつって、免疫がない人はほぼ一〇〇パーセント発症する恐ろしい病気よ」

「でも、はしかくらい、なってもなんてことないでしょう」母はこともなげに応えた。

「とんでもない。すごく重たい病気よ。研修の時に成人麻疹の患者さんを診たことがあるの。ほんの一週間でげっそりと痩せ細って、悲惨だった。日本語では、はしかになったみたいなものって言い方があるくらいで、すごく軽く見られているけれど、今も全世界で年間何十万人もの人が麻疹で死んでいるの。単一の病気としてはトップクラスだと思う。この前、首都圏の若者で集団感染があって、あちこちで大学封鎖になったのを忘れた？　もし、今母さんがかかったら――」

リカの面倒を見る人が誰もいなくなる。そう言おうとして、途中でためらった。

「へえ、そうなの。で、あんたの方は大丈夫なの？」

「は？」

「感覚、麻痺（まひ）してない？　あんた、エクサーズだかなんだかの流行してるど真ん中にいるんでしょ。ワクチンなんて当然ないんでしょ」

「そりゃそうだけど……」

またも母は、叱責モードに入っており、ケイトは立つ瀬がない。

その時、背中を軽く叩かれた。

仙水が背後に立っており、腕時計をケイトに見せた。

御厨隊長がインターネットを使った定例国際会議を終える頃だ。

隊長からは、会議の後にミーティングをしたいと言われている。電話を切って、「ごめん」と仙水に言った。「娘のことで心配事があって……」

「ぼくも、心配だ。ペットホテルにルークとレイアを預けてるんだけどさ、電話しても話せないんだよね」

犬の名前だったか、猫の名前だったか。にやけた仙水は、何を考えているのかよく分からない。

「それで、ジュンの考えとしては、どの方向に調査研究のリソースを割くべきだと思うんだい。どうも、このままでは手詰まりの感があるが……」

液晶画面の上に開いている多くのウィンドウのひとつから、司会役のトマス・オースターが語りかけた。アメリカの感染症予防管理の総本山ＣＤＣのウイルス研究者で、御厨潤一とはＳＡＲＳ騒動以来の付き合いだ。インターネットによるオンライン会議システムには、すでに一〇ヵ国以上の研究者が参加するようになった。ＳＡＲＳ流行の際、わずか一ヵ月で病原ウイルスを突き止めたのは、まさにこういった研究者たちの国際協力の賜物（たまもの）であり、今回も同様の共同作業が必要だと御厨は考えていた。定例会議に参加している研究者はすべて同意見だ。

「中国の研究者が、炭疽菌ではないかという説を、いきなりWHOに伝えてきたそうだが」トマスが述べる。

「その線はない。白血球や炎症反応に大きな変化はない以上、ウイルス感染だ」とフランスの研究者。

「そろそろ、ターゲットを広げてみる時かもしれない」とシンガポールの研究者が提案し、「あらゆる想定を、あらゆるやり方で潰していかねばならない」とブラジルの研究者が敷衍した。

「こういう場合に有効な、定まった手順などないと思うね。しばらく、各人が研究者としての直観に従って、やってみるしかあるまい」

トマスがまとめ、参加者たちが少し遅れて合意の言葉を発した。

「それでは、協力に感謝する。明日また同じ時間に。ネットにて」

御厨が発言して、定例会議は終わる。ウィンドウの中の顔が一つ、二つ、と消え、最後に残ったトマスが、御厨にウインクした。

「SARSの時もそうだったが、こういうシチュエーションに追い込まれると、古いジャパニメーションやトクサツに出てきた世界的な科学組織を思い出す」

トマスはこれまでの二度の結婚の相手が、ともに日本人女性だったくらいの日本贔屓だ。普段の厳かな雰囲気からは想像できないが、日本のサブカルチャーの話をさせるととたんに表情が変わる。

「まったく私もそちらに行きたいよ。うちのエピの連中など、観光ビザで日本に入ってでも調査に参加しかねない」

「きみのところとの人事交流がなくなった件は、どう考えても我が国の行政の失策だね。安全保障上の問題と絡めて、感染症対策を語るのは、どう考えても問題を矮小化している。もっともこうやってネット会議を開くことを止めることは誰にもできない。サイエンスの現場は意外に頑強なものだ」

「ジュン、きみ次第なのではないかな。きみにはもっと高いポジションを目指してほしい。アドミニに直接的な影響力を行使できるような、ね」

トマスの意味深げな発言を、御厨は噛みしめる。本省にもっと深くかかわるキャリアを示唆されても、御厨自身にはいかんともしがたい。

「最後にひとつだけ――きみはリヴァイアサンの話を聞いたか」

トマスが何事もなかったかのように言った。

「ああ、小耳に挟んだ、というレベルだがね」

「ならばいい。信頼するに足らない噂だが、現場にいるきみは知っているべきだと思ってね。それでは、また明日」

トマスはもう一度ウインクし、ウィンドウの中から消えた。

御厨は椅子から立ち上がった。気を引き締め、背中に一本まっすぐな棒を通すイメージで上体を伸ばす。

トマスの言うとおり、我々は今、一生のうちでそう何度も巡り合えないであろう大きな波を前にしている。そして、波を乗りこなすのは、我々の義務であり、また、特権でもあるのだ。

手持ちの武器は、我々自身の論理能力。仮説を構築し、実験し、確証を得る。そして、ウイルスを追いつめる。生命史の中で確固として存在していたにもかかわらず、いまだ人の目に触れたことがなかったものを白日の下にさらけ出す。

ノックの音がして、御厨は振り向いた。御厨がネット会議のために割り当てられた病院事務室は、病棟の一階にある。ドアを押し開けて入ってきたのは、二人の隊員だった。

「きょうの報告では新たな症例は若干減りました。ただ、はっきりとしたことが言えるまで、まだ時間が必要ですね」島袋が淡々とした口調で言った。

「いまだに行政は、この集団感染をどう扱えばいいのか考えあぐねている。それはひとえに、病原体が分からないからだ。新型インフルエンザウイルスでも、SARSコロナウイルスでもないとしたら、本当にもたないところまで粘りたいというのが国政レベルでの方針らしい」

「SARSの時にも、最初の一ヵ月は病原ウイルスが特定されていませんでした」

「しかし、国際社会ではすでにSARSと呼ばれ、新しい感染症だと認定されていた。そして、我が国で現実的に対応しなければならなかった唯一のケース、つまりきみたちも知っている大阪の事件は、ウイルスが特定された後だった。どうも我々の行政は、目に見えず名付けられないものを相手にするのは苦手のようだ」

「そんな！　現にここにある病気なんですよ」

「その意識改革を今やっている余裕はない。解決方法はひとつだけだよ」

「それはなんでしょうか」

「実際にウイルスを見つけること、だ。疫学的な対策はどうであれ、再現性のある科学として説得力があるのはウイルス探しだよ。きみたちの疫学調査は一回きりで、偶然の要素にも左右される。目の前で刻一刻と状態を変えていく人間の集団を相手にするため、厳密性は期待できないし、普遍性も持ちづらい。科学ではなく技芸（アート）なのではないか。従って、行政に対する説得力も弱い」

島袋がため息をついた。

「病原体がなんであろうと、感染ルートを断つのがわたしたちの仕事です。実験室での研究のような再現性や厳密さを求められても困ります」

「わかっている。そういう便法も現場では大事だ。それを否定しているわけではないのだ。今、現場に移動ラボを設置し、これまでにない共同作業が可能になった。そのことを評価してもらいたい」

そう述べつつ、御厨はこの集団感染事件を制圧したのちに、ＮＣＯＣが手に入れるであろう新たな社会的、行政的な地位に思いを馳（は）せた。アメリカのＣＤＣと伍（ご）していくだけの智力、体力を我が国がつけていくためには、たしかにトマスが指摘する通り、このままではだめだ。

「さて——」政治的な思考に苦笑しつつ、顎髭に手をやる。

「我が精鋭たる二人に、国際的研究者ネットワークが明らかにしつつある最新の成果を説明しよう」

仙水はニヤリと笑みを浮かべ、島袋は顔をしかめた。

「我が精鋭、ですか」と島袋。

「いいではないか。我々NCOCはいわば科学特捜隊だ。そして、FETはその中のスワットだ。ケイト君も、特捜隊の精鋭たる自覚をもってほしい」

島袋の口元にも、呆れたかのような笑いが浮かんだ。さすがに御厨も気を悪くする。トマスとの会話に影響されたわけではない。むしろ、はじめて移動ラボを本格運用する今、まさにそういう気分なのである。これくらいのことは、容認してほしいものだ。

「フィールド疫学の現場にウイルス学・細菌学のラボを持ち込むという御厨隊長のアイデアは、今回の集団感染では、よく機能すると思います。というか、国内の施設だけでなんとかするなら、これしかあり得ないですよね」

仙水が絶妙のタイミングで言い、御厨は表情を崩した。

「外科手術における迅速病理診断の役割を我々の現場ラボは果たし得る。そして、より広汎で徹底的な検査は、東京だけでなく、世界中の研究者ネットワークが行う。すでに初期の検体は非公式ながら海外の主立った研究機関にもわたっている。この時点で、いくつかの検体で陽性が出たものは、最初から取りざたされているインフルエンザウイルスのほかに、ヒト・メタニューモウイルス、アデノウイルス、そして、ファイファー桿菌（かんきん）といったところだ。問題は――」

「どこにでもある病原体で、日和見的な感染の可能性も強い、ということですね。体の抵抗力が落ちているわけですから、いろんなかたちでの複合感染があり得る……」

「かりに新型のメタニューモウイルスだったり、アデノウイルスだったりしたら、どんな対策が取れますか」しばらく押し黙っていた島袋が、口を開いた。

「いきなり恐ろしいことを言うね。メタニューモウイルスは乳幼児の上気道に炎症を起こす。アデノウイルスは典型的な夏風邪の原因ウイルスだ。ウイルスの特性として、感染様式は飛沫感染だろうが、感染ルートや治療についてはまったくわからないから手探りだ」

「まったくわからない、ですか」と島袋が復唱した。「ということは、将来のワクチン製造や、次のアウトブレイク制圧には役立つかもしれないけれど、今、目の前の問題には無力です。正直、ここで話している時間があれば、早く疫学の分析を先に進めたいです」

御厨は思わず島袋の顔を見た。

「ケイト君、どうしちゃったの」

唇を嚙む表情が美しい。彼女が言わんとすることも理解できる。棋理文哉が言いそうなことだ。

「さきほどのお言葉ですが、フィールド疫学は、れっきとした科学ですので。与えられた条件の中で、可能な限り科学的で厳密なんです」

「でもね、ケイト君、フィールド疫学だけではどうにもならない瞬間って、やはりあるでしょう。例えば、リヴァイアサンのことはもう聞いているよね」

島袋が目をしばたたいた。

「ああ、ぼくは聞きましたね」と仙水。「コンピュータウイルスが現実世界で実体化した、と言っているカルトがあるようですね。ケイちゃん、保健所の連中と最近、話してないでしょ。小堺君が、そのあたりのこと詳しいよ」

「そんな馬鹿な話、あるわけないじゃないですか」島袋が御厨を鋭い目で見て、嚙みついてきた。

「うん、ありえない。でもね、どうもその説はバイオテロのことを、遠回しに言っているのではないかという指摘がある」

「だからといってどうしろっていうんですか。まったく馬鹿らしいです」

「意図的にばらまかれたら、疫学の方法の力は削がれるね」

「そんなことはありません。意図的だろうがなかろうが、まかれた後は同じことです。通常の感染症の疫学で対処できますし、ほかの方法は無力です」

「でも、何をまいたのか知って、臨床的な対策を取る方が早いんじゃないの」

「隊長は誤解されているようです。保健所に戻ります。やりかけの分析を進めます」

島袋は静かに言うと、歩み去った。

残された仙水が、妙に斜に構えた視線を御厨に向けた。

御厨は肩をすくめた後で、仙水と向き合った。

「まあ、彼女はあれでいい。きみがついているなら、いい方向に導いてくれるだろう」

「そして、隊長は——」

「もちろん、原因ウイルス探しに徹する。ケイト君にいかに非難されようと、それが一番通りのよい共通言語なんだ。特にこの国では」

「政治的科学（ポリティカル・サイエンス）ですね。さすが隊長です」

ニヤニヤしながら、仙水が言った。この男は、いやみなくらい的確だ。


保健所に戻る途中、島袋ケイトは運転席の仙水に対して、強い語調で話し続けた。

「やっぱり、変よ。FETの仕事は、感染症をできるだけ早く制圧することであって、御厨隊長がやっていることって、むしろ遠回り。今、あなたがやってる記者会見なんか全部隊長に任せた方がずっと効率的になるのに。そう思ったら、腹が立ってきて……」

おまけに、疫学を馬鹿にする発言が耳についた。あの言い方はない。再現性や厳密さは、たしかに科学の重要な要素かもしれないが、フィールド疫学が扱うのはそういうものが期待できない厳しい現場なのだ。だからといって、科学ではなくアート、だなんて！　FETの隊長があなのだから、ひどい話だ。仙水は気にならないのだろうか。

「本当にケイちゃんって、棋理先生の愛弟子なんだなあ」仙水は静かに言った。

「フィールド疫学を学んだ者なら当然の感覚だと思うけど」

「でも、怖くない？」

「なにが？」

「ぼくに言わせりゃ、誰だって何か目に見える原因がほしいんだ。ウイルスとか細菌とかは恰好の原因だよね。唯一無二の原因をさぐりあてて、そのメカニズムを見つけることで、人はやっと安心できる。でないと、人は『意味の真空』を嫌って、科学的な根拠もない変な理論に容易に飛びつく。それこそ、中世の人たちが、インフルエンザの原因を冬特有の星の配置の影響だと解釈したようにね」

「たしかに、そうだと思うわ。だれだって『意味の真空』は嫌だし、気持ち悪い。単純な説明があればすがりつきたくもなる。でも、そんなことを言ってどうなるの。そこで立ち止まるなら、エピをやめろと言っているのと同じじゃない」

「だからケイちゃんって、本当に棋理先生の……」

　仙水は言葉を途中で切って、眉間に皺を寄せた。

「ぼくはケイちゃんがうらやましいのかもしれない。ケイちゃんは、野球ならど真ん中のストレートしか投げないピッチャーみたいだ。本当は自分の直観以外あてにしてないんでしょう」

「それ、馬鹿にしていない？　わたしはこれでも、現場でこそ理論と方法を大切にするタイプです。あなたの方が、よほどえげつない。この前の記者会見だって――」

「今から崎浜に行ってみない？」

「は？」

「いやね、深夜の崎浜を見ておくべきかなと思って」

ちょうど赤信号で停止したところで、ケイトは仙水の横顔を見つめた。予想に反して、いつものニヤニヤ笑いは浮かべていない。

「ここしばらく、現場を離れすぎた。現場を見失うと、不健全な推論(アンサウンド)に陥りやすい、だよね」

ケイトは時計を見た。明け方まで仕事をする今の生活では、深夜零時を越えても、まだ宵の口の気分だ。

「うん、いいわ。行きましょう」

保健所の人たちに「足で稼ぐ」ことを任せきりにしていたのは本当で、仙水が言うことは正しい。会議室に籠もってばかりいるのではなく、やはり、外に出るべきだ。そのためには、記者会見や会議は御厨が担当するべきで……と考えたらラボべったりの御厨にまたも腹が立ってきた。

三〇分ほどの沈黙。

崎浜漁港内にある灯りの消えた市場と、坂道にへばり付いている民家の間のごく狭いスペースに車を滑り込ませる。いつか棋理と来たあたりに近い。エンジンを切ったとたんに、潮騒が耳に飛び込んできた。

「海って不気味だよなあ」と仙水が言った。

「特に夜はね。海全体が形のないモンスターのように思えてくる」

ケイトはドアを開けて、表に出た。ねっとりとした潮風は、吸い込むだけでしょっぱい味がしそうだ。

倉庫のような小屋の脇に、海へと降りる階段がある。月明かりに導かれるように一段一段下り、消波ブロックが接する場所で軽くジャンプして飛び移った。

足を伸ばせば、白く泡立つ海面に届く距離だ。その場で座り込み、スニーカーを脱いだ。爪先を海水に浸す。ひんやりした感覚が足をはい上がってきた。

気持ちいい。体からすーっと力が抜けていく。

「こんなところまで来て……いったい、なにしてるわけ？」

追いかけてきた仙水の口調が怒っている。ケイトは思わず笑ってしまった。

「笑いごとじゃないよ。落ちたらどうするの。海はモンスターだって言ったのは誰」

ケイトはもう一度、くすっと笑って、足の指先で海水を蹴った。

「あなたもやってみたら？　リラックスできるわよ」

「ぼくはいい」仙水は隣の消波ブロックの上に腰掛けた。月明かりの横顔はなぜか仏頂面だ。

「あのね、海がモンスターみたいで怖かったのは、海の近い病院に入院していた頃のこと。まだ小学生だったの。海も空も陸もひとつになって、潮騒だけが迫ってくるのってすごく恐ろしかった。だから、一度……」

「一度？」

「こんなふうに脱走したのよ。こっそり病院を抜け出して、サンダル履きで海まで行って……近くで見たら、ただの海だった。足を浸したら、気持ちよくて、逆にリラックスできた。それ以来、怖いものがあったら、逃げるんじゃなくて、近づいた方がいいと思う癖がついちゃった。でも、あの時、病院は大騒ぎで……」

話しながら、夜の海に導いてくれた仙水に少し感謝する。結局、御厨の言うとおりなのが悔しいが、気分転換は必要なのだ。

深呼吸して、潮騒を聞いて、足の指と指の間を新鮮な海水が通り過ぎるのを感じ取る。このところほとんどやってこなかった眠気が、目の奥にわだかまり始めた。

「リヴァイアサンって……海の怪物だよな」仙水がぽつりと言った。「よくＲＰＧ系のゲームなんかで召喚されるモンスターに、そういうのいたよね」

「棋理先生によれば、エピがリヴァイアサンらしいわよ。感染症と人類の闘争の中で、秩序を打ち立てる英知、みたいな意味で。御厨隊長とは正反対の立場ね」

「どうだかね。霧の中でもがいている最中に、人類の英知なんて言われてもねぇ」

ケイトはうなずいた。と同時に、大きなあくびをした。さきほどから感じている眠気が急に強くなっている。瞼が耐え難いほど重い。

「ごめん、すごく眠い」

背中を消波ブロックの傾いた壁面に押し当て、足の指先には海の水を感じたまま目を閉じる。体中が海水に満たされて、ゆったり揺れる。すごくいい気分……。

ストンと何もかもが消えた。霧の中でも雲の中でもなく、見事なまでに真っ暗で深い眠りだった。リカのことも考えなかった。ただ、水の感覚だけがいつもどこかにあった。

気がついたのは、笛の音のせいだ。小学校で使うリコーダーのような音。潮騒の中から徐々にはい上がってきて、いつの間にかケイトはそれを聞いていた。それ自体、不快なメロディではない。でも、なぜか神経を逆撫(さかな)でされる。

目を開くと、隣の消波ブロックの上にいる仙水を見た。

「おはよう。朝まで起きないのかと思ったよ」

「あれが聞こえないの？」

ケイトは返事を待たずに立ち上がった。

裸足(はだし)のまま階段を上がって車のところまで戻る。笛の音はさらに大きくなっていた。

ふいに、闇の中から黒っぽい光沢が浮かび上がった。ゆっくりと動いており、街灯の下に来てやっと輪郭を顕(あら)わにした。

「カラス？　なにあれ？　笛を吹いてる」仙水が背後から低い声で言った。

「人ね。それも、子ども？」

子どもが黒っぽい服を着て、頭にはフードを被り、まるでくちばしのように突きだした大きなマスクをしている。それで、カラスのように見えたのだ。マスクの先端は割れていて、ますます鳥を思わせる。隙間からマウスピースを差し込んでリコーダーを奏でている。メロディは童謡のような単純なものだが、この状況でこの出で立ちだから、とんでもなく不吉に響く。

やがて、黒っぽいカラスに続いて、色とりどりの鳥たちがあらわれた。白、青、ピンク、緑、黄色……。体の大きさもまちまちで、中には幼児ではないかと思われる子もいた。わずかばかりの街灯の下で、色彩のカーニバルが始まる。

「あの子たち、こんな時間に徘徊して……親はどうしてるのかな。子どもたちが危ないなんて言ったから、放任されている子どもが多いのかも……」

亡くなった窪川洋子の娘のことをふと思い出した。小堺に手を打ってもらうように頼んだのだが、結局、自宅にはおらず、行方が分からないと聞いている。

子どもたちの列が近づいてくると、ケイトは「ねえ」と大声で呼びかけた。

「あなたたち、もう真夜中よ。おうちに帰りなさい！　それとも帰るところがないの？　だったら、わたしがなんとかするから」

リコーダーの音が止んで、色とりどりの鳥たちは路地裏に吸い込まれていく。肩をすくめ、見送るしかない。

「ケイちゃん、ぼくらもそろそろ――」仙水が車の中から呼びかけた。

釈然としないまま、ケイトは体をシートへと滑り込ませた。

市街地へ向かう途中も、あの子たちのことが頭から離れなかった。深夜の街を徘徊していたのはなぜなのか。いや、それ以前に、子どもをめぐることで、何か大事なことを見落としているのではないか……。

保健所に戻ると、ケイトはテーブルの上に置きっぱなしのノートパソコンを開いた。

これまで子どもとXSARSの関係は、あらかたの分析を仙水に任せてあったけれど、自分の目で確かめるとどうなるか……。

しばらく画面を見つめて、「ねえ」と大きな声で仙水を呼んだ。

「流行曲線の症例数が下がってきたのは、結局、ハイタウンでの発症が減ったからみたいね。気づいていた？」

「いや、気がつかなかった。さっきは別の要素を確認してたから……」

「ハイタウンはもともと子どもが多いところだから、家庭内防護の成果があったのだと解釈できる。でも、漁村の那智地区ではほとんど変わってない。農村の松陰地区はむしろ増加傾向。このあたりは、高齢化が進んで子どもがいない世帯が多い。これまで感染者がいなかった家庭でも新たな発症がある。つまり、これって……、子どもは『元栓』ではなくて――」

「『蛇口』のひとつであったかもしれないけど、『元栓』ではなかった、ということになるね」

　仙水は平然と言った。

「分かっていたわけ？」

「まさか。今、分かった。つまり、あくまで可能性だけど、検討しなきゃならないのは——」

「持続曝露！」二人が同時に言った。

　XSARSの病原体が野生から持ち込まれた未知のウイルスである、ということは今や多くの者が認めるコンセンサスだ。ヒト・ヒト感染が成立するのも分かっているから、感染の機会があれば症例が増えていくのは不思議ではない。とはいえ、自発的待機が徹底した後も感染者が続出するとなれば、それ以外のことを考慮しなければならない。ひょっとすると野生と人間界を橋渡ししたオリジナルの感染ルートが今も生きていて、時々、新しい「第一世代」感染者を生んでいるのではないか。

「今、捨てられるものと、捨てられないものをどれだけ切り分けられる？」と仙水。

「捨てられるのは……単純な意味での単一曝露の可能性。そして、新型インフルエンザやSARSはとっくに捨てた。捨てられないのは、新興感染症であること。そして、ヒト・ヒト感染するのは確実で、症状の軽い子どもからの感染もひとつの感染拡大のルートだということ。なおかつ、オリジナルの感染源もすぐそこにある……」

「ひどいことになってきた」と仙水が頭を掻（か）いた。

「今に始まったことじゃないわ」と言いながら、子どもの頃に嫌というほど味わった、霧の中にいる感覚が、またもぶりかえす。

夜目には黒にも見える深い紺色の飛翔衣を着たブルーは、澄み渡った爽快な気分でリコーダーを吹く。静かな街の中に、飄々とした音が響き渡る。リコーダーの運指が出来ない小さな子たちが、歌い出す。

ほら、今、家の中で震えている子はいないか。一緒においで。きみはぼくたちと一緒に空を飛ぶんだ。ぼくたちは空の子。

いつも訪ねている家の前に来ると、ドアをあけて忍び込む。そして、病気で臥せっている人に水を飲ませたり、食べやすいものを口に含ませてやる。これも空の子の仕事だ。満ち足りて、還っていけるように。

そして、また歩く。ぼくたちは空の子。一緒においで。

とある一軒家の前でブルーは足を止めた。投石を受けたようで、窓ガラスが割れている。ブルーはリコーダーをひとしきり吹いてから、一緒においで、とやさしく歌った。しばらくして、ガタッと大きな音がした。玄関のドアが開き、中学生くらいの少女と小学校低学年くらいの男の子が進み出た。

少女は思い詰めたように唇を噛み、男の子はさっきまで泣きじゃくっていたのか顔を濡らしている。

「お父さんもお母さんも、病気になったんだね」と話しかけた。

見れば分かる。両親を連れて行かれて、子どもたちは取りのこされたのだ。そして、
心ない人たちに、「外に出るな」と投石された。ばい菌扱いされて、ひどいものだ。

「あたしたちも、連れてってよ」少女は質問には答えずに、はっきりした声で言った。

「いいよ、一緒に行こう。ぼくはブルー、ぼくたちは空の子。新しい家族を探しているんだ」

そして、またリコーダーを吹く。

今度は陽気な、「飛び込んできたエンザ」の歌。

小さい子たちが踊り出す。さっきまで泣いていたあの子も、きっとそのうち笑うだろう。

笑いながら、ぼくたちは進めばいい。夜通し歩き、夜明けの光が射したら、ぐっすり眠ればいい。

そして、仲間が増えていく。空の家族が大きくなっていく。

アウトブレイク・ノート（八日目）

罹患者数　一〇五名（うち死亡五名）
症例定義　崎浜町に居住する者で、二月一五日以降、三八・五度以上の高熱を発

して、肺炎症状を呈し、呼吸管理を必要とした者。あるいは、その者と接触歴があり、同様の症状を発症した者。

病名・症候名　XSARS。

病原体　未知のウイルス。

潜伏期間　二日から一〇日（九五％の信頼区間）。

感染性期間　不明。

特記事項

●感染した子どもは症状が軽いか不顕性。子どもを介して大人にうつる感染ルートが有力。

●ヒト・ヒト感染のみではなく、オリジナルの感染源からの持続曝露の可能性がある。

●重篤な肺炎に至らない軽症者の扱いを検討。目下の症例定義では漏れるため、呼吸管理の条項を抜いた、「緩い症例定義」を調査上は採用すべきか。

第三部　疫学探偵

第一五章　毒王（九日目）

半島の先端にある小さな半島のさらに先端部に位置する崎浜町から、手っ取り早く抜け出すためには自家用車が便利だ。鉄道駅がなく、T市の市街までのバスも本数が多くない。崎浜を離れようとする住民にとって車で国道を走るのが最良の選択肢となる。

ルートは二通り。国道を西側に走りT市の市街地方面に向かうか、東側に走り隣のKG市を経由して北上するか。KG市との境界には、「ようこそKG市へ」という大きな看板と、それより控えめな「さようならまた会いましょう。T市」という看板が、道路の左右に相対して立っている。KG市の看板にはイルカがジャンプする絵が描いてあり、T市の方はポピーの花に縁取られている。全国的に有名なマリンランドを持つKG市と、花畑をはじめとする「南国の自然」を売り物にするT市の特徴を見て取ることができる。

この日の朝、二つの看板の間の路上にコーンがいくつか置かれ、さらにその間をプラスチックのバーを渡した簡単なバリケードが出現した。

崎浜町方面からやってきたファミリーユースのミニバンがさっそくその前で停車した。中から出てきた運転手に、数人の若い男たちが近づいていく。

「これどうしたの。どけてよ」と抗議する運転手。

「申し訳ないっすが、町の者が不安がっているんですよ。T市から車を出すなって」

若い男は身につけているウインドブレイカーの胸を指した。KG市の青年団のロゴが入っていた。

「でもさ、道路を勝手に封鎖するなんて、おかしいだろ」

「ですけど、自分らの町は自分らで守るしかないっすから……ほら、地元で買い物しないで、わざわざこっちまで来て買う人、いるでしょ。家族が病気だと肩身が狭くてわざわざ車で出てくるって……ぼくらにしてみりゃ、たまったもんじゃないですから」

「見てみろって、うちの家族みんな元気だからさ。病気じゃないの。そんなに心配だったら、きみんとこの町には一度もとまらずに一気に北に行っちゃうから」

運転手の声は苛立ちをはらんでいる。かと思うと猫撫で声になって、懐柔をはかろうとする。

若い男たちは顔を見合わせて話し合う。かなり激しいやりとりがあった後で、ふたたび運転手に歩み寄った。

「例外を認めるときりがないんで。崎浜の人は流行が終わるまで待っててくれって、テレビでも言ってますから」

「子どもたちを見てよ。怯えちゃってさ、病気の町に閉じこめられたらどうにかなっちゃうよ――」

「子どもは、病気になっても症状が出ないこともあるそうですよね」

「そうは言ったって――」

運転手の言葉の途中で、遠くから自動車のエンジンの音が聞こえてきた。

軽トラックが猛スピードで近づいてくる。荷台に目一杯の荷物を載せて、重量感のある疾走だ。

若い男が道路の真ん中に出て、赤い手旗を振る。

しかし、軽トラックはスピードを緩めない。手旗を振っていた男は、危険を感じて路肩に避けた。

軽トラックはミニバンの停まっている左車線をはみ出して右車線に移る。そして、そのままプラスチックコーンのバリケードを跳ね飛ばして、封鎖を突破した。ミニバンの運転手が素早く運転席に戻り、それに続く。後には若い男たちの怒声が響く。

黒部久子の目の前にあるのは、大きめの雪平鍋とその中で煮立っているカレーだ。ふくよかな香りが鼻腔をくすぐり、子どもたちの喜ぶ顔が目に浮かぶ。

とはいえ、分量が心配だ。預かった子どもたちのうち、小学生が何人かいて、その食欲たるや久子の倍の量を食べてもまだ満腹ではないという。カレーライスは子どもが喜び、また、作る側も楽ができる恰好のメニューなのだが、二人暮らしでは充分間に合っていた雪平では心許ない。

「あんたさあ、今にも吹きこぼれそうじゃないか。危なっかしくて見てられないよ」

堂嶋の張りのある声が響いた。両手に洗濯物の籠を持ち、廊下から厨房を覗き込んでいる。

「もっと大きな寸胴鍋を買いなって。そんな高いもんじゃないんだからさ」

「そうですねぇ。金物屋さんは開いているかしら……」

久子がゆっくりした口調で言い終えた時には、堂嶋はもう屋外へと去っていた。

慌ただしくも充実した日々。吹きこぼれるのを警戒して、ずっと厨房に張り付いているのではたしかに困ったものだ。この間、子どもたちの世話をもっとしてやれたはずなのに、皺寄せが堂嶋に集中してしまう。

しばらくして、子どもの喚声が聞こえてきた。家の前で遊んでいるらしく、興奮した声が響く。最初は遊びの中で何かが起きたのだと思っていた。しかし、すぐに子どもの一人が厨房にやってきて、「タカばあちゃんが！」と叫んだ。

堂嶋は表の物干し台の隣で、濡れたままの真っ白なシーツと絡み合うようにして倒れていた。両の目はここではない遠くを彷徨い、「熱い熱い、水をくれ！」と繰り返した。子どもの一人がミネラルウォーターのボトルを口元に持っていくと、飲もうとしてはげしく咳(せ)き込んだ。そして、「お迎えが来たよ、熱い熱い」と言ったきりぐったりと動かなくなった。

救急車が運んでいったのは、市の中心部の総合病院ではなく、崎浜町にひとつだけある小学校だった。あまりに患者が多いため、救急隊による振り分け(トリアージ)が始まったのだと教えられた。総合病院の方が設備が整い重症者向きだから、堂嶋は比較的軽症と判断された、ということだ。

たしかに、久子の夫が倒れた時に比べるとまだ症状は軽いように思える。夫の場合は、倒れた後、すぐに顔が青黒くなり、呼吸不全の症状を呈した。それに比べて、堂嶋の場合は息は苦しそうではあるものの、顔には血の色が残っている。

救急隊員は宇宙服を思わせる白い防護スーツに身を包み、ものものしい雰囲気だった。顔もフルフェイスのマスクをしていたし、伝声装置のスピーカーから届く声はロボットのようだった。彼らと一緒にいると久子まで息苦しさを覚えた。病院になっている学校に到着した時、彼らから解放されることに心底ほっとしたほどだった。

窓を開け放たれた教室は、今やベッドが並べられ、病室になっている。こちらにはむしろ開放的な印象を抱く。看護師たちが、ガウンとマスク、ゴーグルといった、個人防護具(PPE)を身につけていることは違いないが、まるで映画の中の毒ガス部隊のような救急隊員に比べたらずっと軽装だ。

堂嶋はすぐにベッドに寝かされて、手際よく酸素マスクをあてられた。すると、呼吸が楽になったようで、「ありがとう、ありがとう」と繰り返した。きっと堂嶋は生還する。久子は、希望も込めて、そう信じることにした。

看護師がバイタルを取り終えてから、医師がやってきた。

大きなマスクとゴーグルをしていても、長身で撫で肩のシルエットのせいで、すぐに分かった。点滴のラインを確保し、看護師に処置を指示してしまうまで、久子は無言で待った。

頃合いに、「どうしてこちらへ」と問うと、「島流しです」と彼は短く答え、久子を別の教室に導いた。

総合病院の高柳医師。このところずっと連絡をとれずにいた。それが今は崎浜の臨時病院にいる。久子はその意味することが、悪いものではないように祈る。

導かれた教室にはベッドが置かれておらず、衝立(ついたて)で空間を区切ってある。医師と看護師の控室なのだろう。

「うちの病棟で院内感染が出たのはご存じですよね」と高柳は言った。「よりによって呼吸器内科のリーダーや看護師が倒れました。そこに新しい医師団が主にN医大から入ってきて、ぼくは押し出されました。過労で一度、倒れちゃいましたし、文句は言えないんですよね。総合病院に運び込むのは命にかかわる重症患者で、軽い患者さんはこちらで治療します。体育館には発熱外来を設置していて、そこから入院する人もいます。とはいっても、炎症を抑え込むとか、対症療法しかできないんですが」

高柳は周囲を見渡すように顔を振った。二人がいる教室からは、給食室で炊き出しをしている女性たちの姿が見えた。また、新しいベッドを運び込む男たちが廊下を通り過ぎていった。

「ここに来て二日目ですけど、やっと形になってきました。地元のボランティアの人たちが助けてくださるから、なんとかやっていけそうです」

ボランティアを志願する者たちの気持ちが久子には理解できる。つまり、何もしないでいるのが不安なのだ。病院となった小学校に通うのに抵抗があったとしても、情報もなくただ家でじっとしているのは耐え難い。

「でも、ぼくとしては不本意です。現場から逃げ出したような気分になります」高柳が視線を伏せ、会話が途切れた。

久子は話の接ぎ穂を探すでもなく、「黒部は……夫はどうなのですか」と切り出した。

ここ数日の間、病院からの知らせはなかった。こっちから聞こうにも、現場の大変さを想像できるがゆえに気兼ねしていた。高柳も勤務中に倒れ、そのあと、ここに詰めているのだから、多くを知るわけではないだろうが、聞かずにはいられなかった。

「連絡できず申し訳ないと思っていたのです……」

「何かあったのでしょうか」

「生命にかかわる問題じゃないのですが……」

最後に高柳と話した時には、快方に向かっているということだったので、久子は安心していたのだが、違うというのだろうか。にわかに不安が頭をもたげる。

「肺炎は完治です。もう問題ありません。ただ、引き続いて脳炎の症状が出ていまして、今も経過を観ています」

「ウイルスが脳に入ったのですか」久子はつとめて穏やかな声で言った。

「おそらくは……でも、新しい感染症なんで、正確なところはわかりません。今、発症の機序なんて、とても考えられないんです。でも、肺炎と脳炎が合併する感染症って、少なくないですから。麻疹や水痘だってあるわけで……とにかく、ぼくが出てきた段階で、黒部先生は脳浮腫が問題になっていました。なにか障害が残る可能性は……やはりあります。すみません、気を落とさないでくださいね」

「はい、今は子どもたちがいますから――」

口からこぼれるように、言葉が出てきた。それで気持ちがしゃんとした。

ゴーグルのむこうで、高柳は驚いたように目を大きく開いた。

久子は口元に微笑みを浮かべ、問わず語りに最近の生活を述べた。

最後まで聞くと、高柳は目を細めた。

「奥さんは、熱を出した子どもを預かったわけですよね。でも、今は、逆に両親がともに病気に倒れた子どものことが問題になっています。自分で助けを呼べる大きな子はいいですが、幼児はどうなっているのか、と。保育園を緊急の乳児院兼・児童養護施設にして対応してるんですが、保健所の戸別訪問もそこまではなかなか手が回らないようで――」

「今もどこかにとり残された子どもがいるかもしれない……」

「その通りです。やっぱり、小児科医をやってると、子どもの顔が思い浮かんでしまって。去年まで長期入院していた子が、何人か崎浜にいるんですよね。今のぼくに確認することなんてできないんですけど……亡くなった大人の患者さんの名字が同じだったりするとすごく心配になります」

久子ははっとして、高柳の顔を見た。久子自身、気になっていたことがある。一度だけ神社で会った菜摘ちゃん。保護者とはぐれてしまっているようだったが、あの後の行方を知るよしもない。

「変な噂を聞いたんです」と高柳。「子どもたちだけで、共同生活をしているところがある、と。黒部小児科医院で奥さんが子どもたちの世話をしているのを、誰かが勘違いして言っていたのかもしれませんが……」

久子にとってははじめて聞く噂だ。しかし、菜摘ちゃんと一緒にいたあの少年の顔が思い浮かび、心のざわめきがよみがえってきた。

島袋ケイトは額に噴き出した汗を手の甲で拭う。一面の菜の花がまぶしい黄色の光を投げかけて、時々、視界の中でハレーションを起こす。

まったくこんな時に車がエンストなんて、ついていない。公用車なんだから、ちゃんと整備しておけ、と言いたい。「振り出しに戻る」状況の中で、ただでさえ徒労感にさいなまれているというのに。

発熱した子どもを隔離する施策は、今のところ成功にはほど遠いことが分かった。

新興住宅街（ハイタウン）での発症者が劇的に少なくなった反面、漁村の那智地区や、農村の松陰地区では発症者が出続けているのだ。このあたりは高齢者が多く、子どもと日常的に接触がある人は少ない。子どもがウイルスの貯蔵場所（リザーバー）になるのが事実だとしても、もっと根本的な感染ルートがほかにもあるに違いない。

保健所でのFETの立場はますます悪くなった。県の対策本部が前線に移ってくることになり、保健所の初動チームは発展的に解消した。さすがに出て行けとは言われないものの、今後は発見された患者への対処や、崎浜の現地やT市市街地での緊急医療態勢を整えることに力を注ぐため、FETの調査にはこれ以上人員を割けないと明言された。そのくせ、保健所職員を大量動員した接触調査をあらためて始めるという。

このことに対して、御厨隊長は「むしろ、歓迎すべきじゃないかね」と寝ぼけたことを述べる。「患者が誰といつ会っていたか徹底的に洗い出すのは、とても大事だ。潜伏期間が終わるまで、待機に応じてもらうかもしれないわけだからね」

むろん、それには違いない。ケイトが懸念するのは、日本では感染症の疫学調査といえば、接触調査だけをしておけばよいと誤解されることが多いからだ。本来は質問票を用意して決まったフォーマットで聞き取らなければならないし、接触調査で知り得た成果を感染ネットワークとしてまとめあげ、潜伏期間や感染性期間の推定などを行わなければならない。さらには「元栓」の所在を示すための分析も必要だ。それができるのはFETのようなトレーニングを受けた集団だけだ。

だから、外に飛び出した。ふたたび自分の足で稼ぐ時だ。この瞬間を逃したら、自分がここにいる意味がないのではないか。ここのところ室内で数字ばかりをいじりすぎた。保健所の職員で、同行は小堺のみ。おまけに、あてがわれた公用車は、きのうまでのものとは違って整備不良のポンコツときた。漁港から続く急坂の途中でエンストして、動かなくなった。小堺がサイドブレーキを思いきり引き上げてなんとか事なきを得、それ以来歩き続けている。

「島袋さん、嬉しそうですね」と小堺に言われて、そうかもしれないと内心うなずいた。自動車ではなく自分の足で歩くことは、たしかに大事なことだ。集団感染の現場でそれをやっている自分は充実している。昨晩も例によって睡眠時間は短かったものの、これまでと違って熟睡できた。しばらくは気力でなんとかなる。

漁村はゴーストタウンと化していた。誰も表に出ている者がいないし、チャイムを鳴らしても反応がない。一度ならず窓ガラスの向こう側に動く影を認めたものの、返事をしてくれない以上、こちらから押し入ることもできなかった。

そこで国道をわたって松陰地区へと向かった。きょうは閉まっているスーパーマーケットの駐輪場から、鍵のかかっていない自転車を二台拝借し、足にさせてもらった。

途中、年恰好もまちまちな十数人が、三々五々、歩いていく姿に出会った。

季節の変わり目の微妙な天気が続いているせいで、人々の着衣は様々だ。真冬のオーバーコートを着ている者がいるかと思えば、半袖シャツ一枚の者もいる。いずれも押し黙ったまま道を歩いていく。のどかといえばのどかだが、どこか変だ。

「どうしたんですか」自転車を止めてケイトは話しかけた。「県は、自宅での待機を呼びかけているはずですよ。集会も控えていただくようにお願いしています。それに――」

違和感を覚えた原因に気づいて、ケイトははっとした。

「外でも、マスクの着用をお願いしているはずです」

ケイト自身、今もサージカルマスクをしているし、ここに来るまでに出会った人たちは、ほとんど着用していた。でも、この集団の着用割合は低い。花粉症の人以外は、みなマスク着用を無視しているのではないか。

「暑苦しくてさ、やってられないよ」

「でも、してください。この病気はたぶんマスクと手洗いで予防できるんです。たったそれだけのことなんです。空気感染みたいに、たちが悪いものじゃないんだから」

「そんなことないんじゃない。マスクしてても、病気になるやつはなるし、意味ないいんじゃないの。そんなことよりもさ――」

男の一人が正面を指さした。指先には、青空を背景に浮かび上がる白い「研究所」があった。

「あれがどうかしたんですか」とさらに聞く。

「さあね、どうだろう」そう言ったのは、一群の中でも若い男だった。「結局、あいつらって、昔、テロ未遂でつかまったやつらなんでしょ。名前を変えても、やってることは同じなんじゃないかって、みんな思ってたよね。ネットのあちこちにも生物兵器だって書いてあるじゃない」

「バイオテロじゃないわ」とケイトは言い切った。

そういう噂が流れているのは知っている。バイオテロの素材としてよく取りざたされる炭疽菌(たんそきん)ではないか、という専門的な尾ひれもついて、人々の口に上っているようだ。

「警察とかが立ち入り調査すべきじゃないの。やっぱり怪しいんだからさ」

「憶測でものは言わないで。大きな感染症の流行があると、必ず陰謀説が持ち上がるものよ。SARSでも最初は『陰謀説』があったの。でも、こういうので、いまだに本当だったためしはないわ」

「そこまで言うからには、なんか知ってるわけ。あんたさ、保健所の人？」

「いいえ、東京から来て、病気の原因を突き止めようとしている調査員」

「なるほどな、見ない顔だもんな。でもさ、とっくに原因はわかってて、見殺しにするつもりなんじゃないの」

男の目が血走っている。ひょっとして熱があるんじゃないだろうか。ケイトは自転車のまま、一歩後ずさった。

「おい、あんた」少し離れたところにいた男が歩み出した。

「あんた、須沢の敬ちゃんとこの姪っ子と、甥っ子かね」

そのひとことで、周囲の緊張が解けた。

「そうです。敬子おばさんの甥です」と小堺が応えた。

「だと思った。顔もよう似ているし、小さい頃、よく遊びに来とったさね。立派になったなあ」

ケイトは戸惑って、小堺と男を交互に見た。

須沢って……なんとなく覚えている。そうだ、ここにはじめて来た時も、間違えられたんじゃないか。姪っ子って……、つまり、小堺ときょうだいだと思われたってことだと気づく。

ケイトが口を開こうとした瞬間、男が「そうだ」と手を打った。

「あんたらさ、見にいってやらんか。石畳の高木の爺さんがね、最近、敬ちゃんが来てくれん、と。敬ちゃんは律儀もんだから、おかしなことだと思ったんだがね……」

言葉が終わる前に、小堺が自転車の向きを変えた。そして、全力でペダルを漕ぎ始めた。「ちょっと!」ケイトが声をあげるが、一気に加速する。

小堺賢一は自分を小心者だと思う。子どもの頃からそうだったし、これからもそうに違いない。強さに憧れるのに、絶対に強くはなれない。

東京の志保里姉（ねえ）から電話をもらったくせに、叔母のことをずっと頭から閉め出していた。ただでさえ忙しかったし、一度電話したら留守番電話になっていたし、あとは頭の片隅に追いやっていた。

昔からそうだ。嫌なこと、怖いことがあると、小堺はすぐに忘れたふりをした。

でも、たしかにおかしいのだ。

律儀な叔母のこと、留守電にメッセージを入れておけば、一日以内にたいてい携帯電話にかかってくる。それが、もう何日経（た）つのだろう。その間、自分で訪ねる時間はないわけではなかった。

なのに、その間に自分がしたことと言えば……。

猛威を振るう疫病に恐れをなして、肩を丸めてやり過ごそうとしていただけだ。

この感染症はおそらく飛沫（ひまつ）感染で、とすると、直接、感染者からの飛沫を吸い込まないことと、手についたウイルスを口に取り込まないことが大事だと教えられた。だから、小堺は所内でもできるだけマスクをするようにしていたし、頻繁に手洗いをして清潔を心がけていた。

さらにリスクを減らすために、小堺は一日の生活を細かく検討した。日常生活の中で、朝起きてから夜眠るまでの間に感染の機会はどれくらいあるだろうか……。

まず、自分の部屋は安全だ。保健所から徒歩二分の借り上げアパートだから、事実上、隔離された環境で、小堺は帰宅が許されている。ほかの人間は出入りしておらず、ウイルスも持ち込まれるはずがない。でも、保健所に出勤したとたんに事情はかわる。感染しているかもしれない多くの人が出入りしている。健康相談の窓口は要注意だし、そもそも、所属する感染症対策係の周囲はもっと危険だ。自己隔離と称して、ここで寝起きしているほかの職員たちの気が知れない。

半日、職場にいるだけで、一二五回。

小堺が綿密に数え上げた感染機会の数だった。別の人が使ったパソコンのキーボード。さっき係長が使ったばかりの電話。島袋から手渡された光学メディア。疫学班が持ち込んできた調査票。そして、額を付き合わせての会議。昼食をとる食堂だって危険だ。

ましてや、崎浜の現場で戸別訪問をする時など、もうカウント不可能なくらいの危険が満ち満ちていた。昨日の午後など、「毒王」というサインがあった家を訪ね、すべて感染者を出したところだと知った。すでに病院に収容済みで病人はいなかったとはいえ、あんな嫌な体験はなかった。家に帰って手を洗い、うがいをして、シャワーを浴びるまで、生きた心地がしなかった。

そして、忘れてしまったのだ。

子どもの頃、とても可愛がってくれた叔母だった。幼い頃に母親が別の男のところに逃げて、小堺は冴えない父と姉の三人暮らしだった。だから、叔母の存在は大きかった。母親代わりと言ってもよかった。なのに、頭の中から閉め出した。自分のことで精一杯だった。

必死でペダルを踏む。国道を越えると急坂だ。ブレーキもかけずに下っていく。そして、足で地面を蹴って石畳の路地へと入り込む。

懐かしい家並は荒れ果てていた。このあたりは年寄りばかりだから、庭の手入れさえままならない。そして、子どもの頃夏休みを過ごした須沢家の前で、ブレーキを握りしめる。

表札を見て、自転車から転げ落ちそうになった。

白い画用紙の上に大きな拙い文字で、「毒王」とある。

手を伸ばして、すぐに引っ込めた。ポケットの中に潜ませていたラテックスの手袋をしてから、もう一度手を伸ばし、画用紙をはぎ取った。そして、二つに破り捨てる。

意を決して玄関の前に立った。

ドアの鍵は開いている。漁村地区の中でも、石畳の家々は作りが古い。中には玄関に鍵がない家まであるくらいだ。

一歩足を踏み入れたとたん、小堺は息を止めた。

異臭、と言っていい。

いくら南国とはいえまだ二月だ。こんな臭いは普通の生ゴミからは出ない。

この先にいったい何があるのか。足を前に進めようにも、動かない。でも、行かなければ。

小堺は急にこみ上げてきたものを、その場で嘔吐（おうと）する。

床に手をつき胃の内容物を全部ぶちまけた後で、そこかしこにガラスの破片が散っているのに気づいた。理科の実験で使う試験管を床の上で踏みつけて粉々にしたみたいだ。破片のひとつひとつが外光を受けて輝いており、その中に少年の日の自分自身や志保里姉が近所の神社で遊ぶ映像を見た。大粒の涙が落ちて、目の前が曇った。

御厨潤一は、パソコンのモニタの前で穏やかな微笑みを浮かべている。

常に冷静であれ。そして、余裕を失うな。もっともらしい仮説があっても、その仮説が偽である可能性も常に考えよ。確率分布を常に考慮しつつ、真実を追い詰めろ。

助言のメールをよこしたのは、こともあろうに棋理文哉だ。先日、ふらりと東京の本部を訪ねてきて以来、一方的なメールを投げかけてくる。

御厨にとって、棋理は大学の教養課程以来の天敵だ。それこそ、テストの前日に電話をかけてきて、一度も出席していない一般教養科目の要点を聞き出し、結果、満点を取るようなやつだ。とはいえ、棋理の電話の相手をすると、決まって御厨のテストの点数も上がった。話すことで頭の中がクリアになり、これまで理解できなかったことがすんなり分かるようになったからだ。認めたくないが、棋理との対話は常に、御厨にとって有益だった。

病原ウイルスは未知。今この瞬間にも感染症は広がっている。ならばどうすればいいのか。分かってはいるのだ。フィールド疫学者たち、つまり、ＦＥＴを活用するしかない。

「疫学的な探求が最良だとは言わないよ。ただ単に、疫学しかない、だけなんだ」と棋理は繰り返し書いてきた。その意味はよく分かる。

ただし、御厨流に読み替える。

つまり、疫学が時間を稼ぎ、ウイルス学が確たる証拠をあげるのだ。そこだけは、棋理の領分ではなく、御厨自身による探求だ。病原ウイルスが最高度の管理を必要と判断された場合、日本国内のラボではほとんど扱いが不可能になる。そんな時でも、唯一、地域住民からの苦情に悩まされることもなくラボを稼働させられるのは、まさに流行地だけだ。すでに蔓延した病気の原因を究明する営みは、むしろ住民の希望となるだろう。

御厨は返信を保留したまま、病院の一角のオフィスを出て移動ラボに足を向けた。防護衣に着替え、エアロックを通過した上で入室する。余分な人間がラボに入ることで増す感染リスクについて批判の声があるのは知っている。しかし、これだけは譲れない。御厨は実験室育ちなのだ。

五人の研究員が作業を続けていた。御厨が近づいてきたことに気づき、検査主任が電動ファン付きマスクとゴーグルに覆われた顔を上げた。

「どう？　何か新しいこと、分かったかな」

「新しい症例の検体を徹底的に検査したところですが……特記事項なし、ですね」

「やはり、アプローチを変えた方がよさそうだね。できればやりたくなかったんだがね……例の奴の準備はできている？」

「絨毯爆撃、ですね」

「あまり美しくないのが難点だがね、それでもこのアプローチは、新しいウイルスを釣り上げるためにずいぶん役立ってきたのもたしかだ」

「実は、そうおっしゃる前にいくつかの検体で試してみました」

主任が狭い車内ラボの小デスクの上のモニタを指さした。

「そうか。ということは、やはり大きな発見はなかったということかい」

「各検体とも、目立った異状はありません」

御厨は画面上で示されるリストを目で追った。

入院中の症例、あるいはこの病院で亡くなった症例の血液サンプルに、片っ端から様々な病原体の抗原を入れて中和反応を見る。血中に対応する抗体があれば、抗原抗体反応が起きて凝集塊が生じるはずだ。あてもなくただ手に入る抗原を使って網羅的に検査を行うから、絨毯爆撃と呼ばれる。

「反応があったのは、A型インフルエンザのH3とH1の亜型、B型インフルエンザ、麻疹、風疹、セラチア菌、緑膿菌、レンサ球菌、インフルエンザ菌、黄色ブドウ球菌……」

「麻疹、風疹はワクチン接種の影響だね。それにしても抗体価が高くないかい」

「新しく入った医師団がガンマグロブリン療法を始めてしまったんです。これをやられると血中の抗体はめちゃくちゃになりますから。おまけに、相当混乱しているようで、最初の段階での採血をしていないんですよね。そのせいでここ数日の検体の抗体価は、ほとんどあてになりません」

御厨は画面上のリストをまた一瞥し、踵を返した。

冷蔵庫のようなインキュベーターを開いて、強化ガラスの観察扉の中の培養シャーレを見つめる。インフルエンザウイルスの培養に適したＭＤＣＫ細胞には若干の変性が見られるが、ほかのものには目立った変化はない。細菌の培養と違い、ウイルス培養の場合はそれぞれ適した培地となる細胞を用いなければならない。Ｖｅｒｏ細胞などは汎用性があるものの、とうてい万能とはいいがたい。従って、未知のウイルスを相手に分離培養を試みるのは、手間が多くまた報われることも少ない根気のいる作業だ。

御厨はラボを出て、前室でシャワーを浴びた。

そして、デスクに戻り、回線をつなぐ。メールよりも、直接、話すに限る。

相手は棋理文哉。そろそろジョーカーを切る必要がありそうだ。いつまでも安全な大学のキャンパスから、現場を遠隔操作させるわけにもいかない。この場で、集団感染の制圧に力を振るってもらう。

「なに、どうしたの？」モニタの中の棋理はのんびりとお茶のボトルを口に運んでいる。画像が安定しないのは、移動中であるということか。

「そろそろ、きみの出番のようだ」

「え、出番ってなんのこと？」

こういう時、棋理がとぼけているのか、本気なのか、長年の謎だ。

「どうも状況がよくない。ラボが成果をあげるまで、きみが来てなんとか踏ん張ってほしい」

「今のぼくにはデータをいじることとくらいしかできないよ。きみの方がずっと指揮官に相応しい……そんなことより、この際、生データをすべて自由に見せてもらえないかな。制圧に成功し、そのうち、ウイルスが特定されて遺伝子配列も分かったら、一気に感染症の系統動態まで明らかにしたい。これほど魅力的な研究材料は滅多にないよ……久々に燃えるね」

超然とした言い方に、御厨は眉をひそめる。こいつはいつもこうだ。高所に立って見下すばかりで、地上に降りてこない。臨床医から撤退して、疫学者になって、さらには理論へと引きこもった。御厨はいらだたしくも、この男を引きずり下ろしたい衝動にかられる。

映像が乱れた。背後に独特のノイズが聞こえた気がした。同時にお茶のボトルが独特の形状であることに気づいた。

「今、電車の中なのかい。それ駅で買ったんだろう」

棋理はあわてた様子でボトルに蓋をしようとし、中味がこぼれた。そのまま画面がフリーズした。電波が不安定なのか、それとも、お茶のせいでショートしたのか。棋理の場合、手足の動きや言葉のがさつさと、思考の緻密さが反比例する。

　また画面が動き出した。さいわい電波の問題だったようだ。

「や、コンピュータが壊れたかと思ったよ。一応防水構造なんだけど、もろに直撃しちゃったから……で、電車の中というのは本当。今、そちらに向かっている。島袋クンと約束したからね」

　御厨は顔をしかめる。つまり、愛弟子（まなでし）のために一肌脱いでもいいが、御厨のために働くのではないという意思表示か。いや、棋理の言動を深読みしようとしても、こちらが空回りするだけだ。

　画面の中でふいにメーラーがポップアップし、緊急のメールが隊員から届いた。差出人は仙水だ。

〈新たな集団発生が報告されました。現場に行ってきます。場所は――〉

「こちらも慌ただしくなってきた。いずれにしても、来てくれるのはありがたい」

　御厨は棋理のウィンドウを前面に戻して言った。

　しかし、すでに回線は切れている。棋理が乗っている電車が、山がちな地域に入ったのかもしれない。だとすれば、彼の到着はそれほど遠いことではない。

　メールをあらためて読んで、御厨はほんのいっとき息を止めた。たしかに、事実であるとすれば、仙水ならずとも現場に駆けつけるだろうと納得する。

島袋リカは細長いベッドに横たわり、神妙に白い天井を見上げている。

首にはひんやりぬるぬるしたものが塗られて、その上からプラスチックの器具が押し当てられている。テレビのような画面を見ながら、医師とばーばが話すのをぼんやり聞いている。

「たしかに、リンパに腫れがありますね。細菌やウイルスに感染したということがまず考えられるのですが、最近、発熱した原因がそれだったかどうか……血液検査の結果、炎症反応も特になし……とすると、経過を観察するしかありませんね。また二週間後に――」

「この子の母親は一〇歳の時に悪性リンパ腫になったんです。ずっと入院していて……やっぱり体質が遺伝するんでしょうか」

「遺伝は心配しなくていいと思いますよ。しかし、今のままではなんとも診断できませんので、やはり二週間後に再検査をして経過を観ていきましょう……」

リンパ、細菌、遺伝、再検査、といった言葉を、リカは理解できない。まだ六歳であり、一ヵ月と少し後にやっと小学生になる。大人たちの会話は、よくわからない。けれど、時々、知っている言葉が耳に入ってくる。

「リカちゃん、にゅーいんするの?」と言うと、ばーばがはっとした表情で手を口で押さえた。

リカはこれまでにも何度か喘息(ぜんそく)で入院したことがある。だから、入院には慣れている。

なのに、ばーばがこんな顔をするのはなぜなんだろう。

「リカちゃんは心配しなくていいのよ」という答えは、まるで答えになっていない。でも、これはこれ以上、聞いちゃダメという意味だ。

首のぬるぬるを拭き取って、診察室を出た。「さあ、帰りましょうね」と言われてほっとする。きょうは朝から病院にいて血を採ったり、ぬるぬるの検査をしたり、いろいろなことがあった。きのうも保育園を休んだし、早くオトモダチに会いたい。メグちゃんは、もう病気がなおって来ているかなあ、と思う。お誕生会がもうすぐあって、リカはメグちゃんにカードを渡す係なのだ。

病院の受付で診察券を返してもらうまで、しばらく椅子に座って待たなければならなかった。リカは近くに置いてあった「おしゃれキャット」の絵本をめくりながら、ぼんやりする。ばーばは隣に座った女の人と話をしている。

「この子の母親は今も出張中なんですよ。困っちゃいます。病気かもしれなくて辛いのに、そばにいてくれないんですからねぇ、かわいそうでかわいそうで……」

リカのママはばーばのことをおしゃべりだというけれど、時々、リカもそう思う。かわいそうって、リカのことだろうか。よく分からない。リカはママが好きだ。いつもはそばにいてくれないけれど、帰ってきて抱きしめてくれる時に匂う、ふんわりしたココナッツの匂いとか、手をつないでいる時のやわらかいかんじとか、いつでも思い出せる。だから、寂しくない。

病院は駅から遠いので、タクシーに乗ることになった。

タクシーは、タバコ臭いので苦手だ。でも、バスがなかなかこないので仕方ない。

乗った瞬間に気分が悪くなった。窓を開けて、外だけを見ることにする。ばーばが携帯電話をいじってから、「やっぱり、出ないわ。あなたのママは、まだ忙しいみたいね」と言った。

空はどんより曇っている。ずっと向こうにママがいる。そう思ったら、急に寂しくなってきた。

歯ががちがち鳴って、すごく寒く感じた。

「リカちゃん、どうしたの？　どうしたの？」ばーばの声が響いた。

でも、すごく遠い。近くで言っているのに、遠くから叫んでるみたいだ。

「あらいやだ、すごい熱。運転手さん、お願い。戻って下さい。病院に戻ってください」

「いや、ここ一方通行なんで、渋滞を抜けて、脇道に入ってからじゃないと……」

「とにかく早く戻って。病院へ！　救急の入口につけて！」

なんでだろう、わけ分かんない。ただでさえむずかしい大人の会話が、もうなにがなんだか分からなくなる。

ママ！　リカは心の中で呼びかける。ママはどこにいるの。リカちゃん、ママのこと待ってるよ。ずっと帰ってくるの待ってるよ。

「ママー！」今度は声に出た。自分では言ったつもりじゃなかったのに。涙がほっぺを伝う。

また喘息かなあ。お誕生会、出られないといやだなあ。謝恩会にママが来てくれなかったらどうしよう。それより、入学式はどうなんだろう。

「急いで、急いでください！」

ばーばが運転手さんに暗号で話すのが聞こえてくる。ママ、おしごとがんばって、はやく帰ってきて。

島袋ケイトは急な坂の途中でブレーキを握りしめた。自転車はタイヤをロックさせて少し滑った後で止まった。と同時に、携帯電話の着信音が途絶えた。バッグから取り出して、履歴を見ると母からだった。悪いけれど今はコールバックする余裕がない。すぐにペダルに足をかけた。

ところが足が滑る。体勢を崩してバッグを取り落とした。開いた口から内容物が飛び出した。よりによって手帳に挟まれたリカの写真が風に飛ばされ、汚い水が流れる路肩の水路に落ちる。拾い上げてこびりついた泥を拭き取ったが、お気に入りの良い表情がだいなしだ。特にリカの顔がふやけて泣いているように見える。

とにかくバッグに詰め直して、ふたたび自転車に乗ろうとしたところで、チェーンが外れているのに気づいた。ため息。今ここでチェーンをはめ直すなんて、情けない。いや、小堺を見失った以上、ここから先、どこへ向かえばいいのか分からない。

周囲を見渡すと、坂の途中から分岐している石畳の小道の向こうに、見憶えのある自転車が横たわっていた。小堺のものだ。ほっと胸をなで下ろす。ここが彼の目的地だったのか。

足下に落ちていた画用紙の断片をつなぎ合わせ、「毒王」という文字をみとめた。さっきまでこの文字が目の前の民家の表札に貼り付いていたことは、テープの跡で分かる。いったい誰が、何のために、こういうことをしたのか。

突然、大きな悲鳴が響いた。うわーっ、とも、ぎゃーっ、とも聞こえる独特の発声で、小堺に違いなかった。

ケイトは迷わずに、家の中へ入った。強烈な臭いに気づき、ここ数日で県から支給された電動ファン付きマスクとゴーグルを装着した。靴を脱がずに玄関に上がる。

なぜかガラスの破片が散らばっていた。シールのようなものが、大きめの破片に貼ってあるのが目についた。「ピラミッドと太陽」の絵。その上に粘性のある液体がこびりついている。それが誰かの吐瀉物だと気づくには少し時間がかかった。

廊下をまっすぐ進んだ先に、小堺の背中が見えた。

「どうしたの、小堺さん……」

最後まで言わずにケイトは息を呑んだ。

「おばさんなんですよ。母代わりだったんです。すごくよくしてもらいました。こんなんなっちゃって……」

「小堺さん……」ケイトは小堺の肩に手を置いた。「とにかくいったん外に出よう。それから、考えましょう」

小堺が足をもつれさせながら、廊下に出た。

開け放ったままの玄関から、外光が差し込んでいた。

ケイトはにわかに息苦しさを覚える。

今、この家の薄暗い部屋で目にしたものは、ケイトがこれまで見たことがあるなかで最も損傷の激しい遺体だった。きっとエボラのような出血熱の集団感染であれば、これよりも凄惨（せいさん）な現場もあるのだろう。しかし、ケイトは、ここまでひどくやられた亡骸（なきがら）に出会うことはなかった。

小堺は、おばさん、と言った。それは、もちろん人の形はしていたが、すでに「形」を放棄しつつあった。ガスで腹部が膨れあがり、こちらを向いた頭部は組織が溶融してぐちゃぐちゃした塊に見えた。ウイルスのせいではないだろう。むしろ、死後、かなりの期間、放置されていたと思われる。死因はなにか。やはり、疫病なのか。

毒王。

その言葉を思い出した。

最初に亡くなった吾川重造よりも前に発症した、文字通りの最初の症例なのではないか。なんら証拠がないまま、ふとそんなことを思いつく。

一歩ごとに外光の射（さ）す領域が広くなる。

ずっと呼吸を止めているような息苦しさを感じる。本当は電動ファン付きのマスクのおかげで楽なはずなのに、むしり取って叫び出したくなる。

むごたらしい遺体がショックだったのではない。

こんなところで誰にも看取（みと）られず、孤独に死んだことが辛かった。誰にも気づかれもせずに、ただ朽ちていったことがこたえた。

かつて病床にあった頃、自分が誰にも顧みられることなく死んで、忘れられていくさまを想像して底抜けに怖かったことがある。

死んだらどこに行くのか。ただ、忘れ去られてしまうのか。

母には聞けなかった。情けが濃い母は、そんなことを言うだけで泣くに決まっていた。だから、若き棋理医師に問うた。棋理はすごく困った顔をしてから、調べてみると言った。そして、何日か後にベッドまでやってきて、「みんなの心の中に帰るんだ」と言ったのだ。「お母さんやお祖父（じい）さんや、仲の良い友達や、きっとぼくの中にも少しずつ入ってくる。そして、きみのタマシイを受け取った人がいつか死ぬときが来たら、みんな一緒になれるんだ……」

「なんで、そんなふうに分かるんですか」とケイトは聞き返した。

「ぼくがお医者さんになってから、病棟で見てきたものから考えるとそうなる。ここは小児病棟だから、小さな子どもが亡くなる。お父さんやお母さんやきょうだいはすごく悲しむ。友達も悲しむ。そして、みんな少しずつ、生きていく力を失ってしまう。それは、亡くなった子どもを心の中に生かしておくためなんだとぼくは思う……」

「先生も……そうなんですか」

「うん、そうだよ。ぼくの患者さんが亡くなったら、すごく悲しい。だから、ぼくの中に入ってくる。でも、きみはまだ生きるんだ。もっと生きて、楽しいことをたくさん知るべきだ」

すごく変な説だけど、妙に説得力があって、ケイトはしばらく棋理の言葉を信じていた。

むごい姿で今横たわっている小堺の叔母は、最期の瞬間、孤独だったろうか。彼女のタマシイは誰か大切な人の中に戻っていったのだろうか。

さっき落としたリカの写真が頭に浮かんだ。水でふやけて泣いているように見えるリカ。あれがやけに切なく見えたのはなぜか。

そうか、きょうは国立病院の検査の日だったのだ。自分も医師だから、すぐには検査結果が出ないのは分かっている。でも、リカはすごく不安になっているかもしれない。やはり、電話しなければ。隣でうずくまっている小堺を無視して、急いで携帯から母の番号をコールした。ところが、電源が切られている。不吉な予感が膨れあがる。「いつでもいいから、電話して」とメッセージを入れておく。

病気の恐怖。死の恐怖。一度死にかけたところを棋理に引っ張り上げられて、ケイトはここにいる。できるだけたくさんの命を救いたいと思ったら、臨床医では割に合わないと気づいた。集団感染の現場を素早く制圧すれば、場合によっては何十、何百もの人たちを助けることが出来る。だから、ここに吸い寄せられたのかもしれない。

でも、もしも、娘が本当に病魔に冒されているのだとしたら……。かけがえのない生命のために、なんだってするだろう。こんなところにいる場合じゃない。もしも、自分自身が感染している危険がまったくないと分かっていれば、今すぐ飛んで帰りたいくらいだ。

携帯電話が鳴っている。それで、我に返った。きっと母からだ。

でも、違った。仙水の声は、冷ややかに感じるほど落ち着いたものだった。

「ケイちゃん、動物愛護団体のホームに来てほしい。ぼくは救急隊に同行していて、もうすぐ到着する。きみも一緒に見てほしいんだ」

「それよりも、漁村の石畳の地域に一台、救急車、いえ、遺体を運び出せる車を手配してもらいたいの。かなり傷みが激しくて……」

仙水を通じて救急隊に事情を説明してもらう。そして、電話を切ると、小堺に言った。

「ショックでしょうけど、あなたはここで遺体の収容班が車を回してくれるのを待っていて。変死として警察の検視も必要かもしれない。でも、わたしの見立てとしては、これは病死。わたしはあなたのおばさんを殺したのかもしれない感染症を突き止めるために、次の場所に行くわ」

「でも、島袋さん——」小堺が目を伏せたまま言った。

「いい、あなたはここにいるのよ」と念を押して、ケイトはペダルを踏みしめた。

　ケイトは言い残して、チェーンが外れていない小堺の自転車にまたがった。

「しっかりしなさい」

「叔母は、毒王だったんでしょうか」

「さあね」

「毒王ってなんなんでしょうか」


「ぼくたちは空の子、きみに空の名前を付けよう」と少年は言う。

「ソラのナマエ？」と少女は小首をかしげる。

「そうだよ、きみの新しい名前だよ」

　少女の母もサーチャーたちも、空へ行った。そろそろ名前を付ける時なのだ。この場所や、自分たち自身に。

　少年は手にしたアンプルから水を掌（てのひら）に落とし、少女の額に押し当てた。

「これは、空の水。もう水源は汚されてしまった。サーチャーたちはそれを知らなかった。でも、ぼくたちは大丈夫。まだ本物の空の水をたくさん持っている」

　少年はもう一度、掌に水を落とし、今度は自分の額に押し当てた。そして、厳かに言った。

「ぼくたちがいるのはエデン。ぼくは、ブルー。そして、きみはバード、小鳥のバード」

女の子は弱々しく微笑みを浮かべる。

バードは窓から飛び込んできた小鳥。

そして、ブルーは、ヨハネ黙示録の青白き騎手だ。この世の終わりに解き放たれて、疫病や獣で人々に死をもたらす者。疫病とは〝L〟であり、獣も〝L〟のことだ。慎重に隠された暗示を理解した時、サーチャーはいよいよ予言された最後の日々が始まると宣言した。

戯れ歌が流行った時のパンデミックでは、子どもたちではなく、大人たちが多く病気になり、死んでいったという。老人や小さな子どもはかかっても軽く済んで、死ぬ者は多くなかったとサイトには書いてある。

ブルーをはじめとする空の子たちは、午後遅い時間から活動を始める。いくつかの班に分かれて患者が寝込んでいる家を訪ねる。店主が入院し、今は閉じてしまった食料品店から商品をくすね、病人が食べやすいものを運んで口に入れてやる。いずれ選ばれた大人だけが残り、多くは死んでしまう。空に上がるまで、空の子たちは助けなければならない。幸せな魂となって、世界を守ってくれるように。

町はもう馴染みのものだ。路地を抜けて、家々に入り込み、これまで知らなかった人々の生活をしっかりと心の中にしみ込ませる。ブルーは死にゆくこの町を覚えておかなければならない。やがてくる未来のために。

孤独に亡くなった遺体に出会うと、いまわの時に間に合わなかったことをわび、浄化のため空の水をまく。もういくつの遺体に出会っただろう。子どもの力では、埋葬するのは難しいから、遺体を見つけると、表札やドアにラベルを貼り付けた。はやく大人が見つけてくれるように。

「あのさあ、あたしはどうするの」と声がした。ついきのう空の子になったばかりの年長の女の子だ。

「あたしは、ミドリだから、ミドリのままでいいよね」

「うん、それがいい」とブルーはうなずいた。

わざわざ名付けるまでもなく、空を支える木々のミドリ。ブルーのノートパソコンを開いて、〝L〟についてのログを調べている姿は少しサーチャーに似ている。

「ねえ、このスザワという人が最初の人だったの？　あたし、この人、知ってるかもしれない。お母さんの友達かも……」

そこまで言って、喉を詰まらせる。ミドリの母親も入院中であり、いつ亡くなってもおかしくないのだ。

ブルーは最初の毒王を思い出す。

彼女は猫を返せと言った。

ただの野良猫だ。返す必要はないとサーチャーは突っぱねた。

猫を欲しがったのはブルーだ。退屈な生活の中、生き物と遊ぶのは唯一の慰めだった。

だからサーチャーが外に出て、弱った仔猫を五匹まとめて見つけてきた。両眼の目の色が違う黒猫たちだった。一匹は死んだけれど、三匹はすぐに元気になって、ブルーたちの遊び相手となった。残る一匹は状態が悪いままで、ずっとキャリングケースの中で様子を見ている。でも、それすら、ブルーは楽しくて仕方がない。返せと言われても、嫌だ。猫たちもみんな幸せなのだ。

怒りをあらわにして罵った彼女が貧血でうずくまると、サーチャーたちは水を与えた。あれが最初の汚染された水だったのだろう。彼女は二度とやってこず、ふたたびブルーが見た時には、すでに魂を失い体がとけつつある毒王と化していた。

「母さん、どうしているかなあ……」ミドリがつぶやくのが聞こえた。

日々思う。なんと人間は儚く、なんと世界は大きいのだろう。

世界はまだ謎に満ちている。謎はブルーを楽しくさせる。

第一六章　空気感染（九日目・承前）

天井の高い、大きな空間だ。床はすべて板張りで、ところどころささくれている。老朽化のためにすきま風が入り込み、こんな南国でなければ冬は辛いだろう。今までそんなことを考えたことなどなかった。猛烈な寒さを感じるのは、病気のせいだ。

動物たちの声が聞こえる。苛立っているみたいだ。普段から動物たちの心身の健康に心を砕いている彼女には、痛いくらい伝わってくる。

どれだけ意識を失っていたのか、分からない。硬いソファに身を横たえて、身じろぎもできずにただうなされていたようだ。他のボランティアはどうしたのだろう。ケージの中の子たちは、お腹を空かせているに違いない。保護した仔猫の中には、状態が悪く治療が必要な子もいたことを思い出す。大丈夫だろうか。いろいろな事が、頭の中でぐるぐるまわる。

テレビがずっと点けっぱなしになっている。ソファから近いところで、今は首も動かせない彼女の視界の片隅に入っている。

ＪＲのＴ市発着電車は、一時間に一本に限定。かわりに隣のＳ市とＫＧ市の始発を増やすと、アナウンサーが言っている。ＪＲがあくまで自主的に……というのは、なぜだろう。

あの病気のせいだ、と気づいた。

このホームは、浮世離れしている。動物の世話だけで慌ただしく一日が過ぎていく。ここ一週間、ＮＰＯ法人職員が不在で、ボランティアだけで動物の世話をしていた。わずか五人で、数百頭の犬や猫や小動物の相手をするわけだから、目が回りそうだ。動物園の飼育係だってこんなには忙しくないだろう。彼女は食事さえ満足に取らず、働きづめだった。

忙しさにかまけて、外界のことに目がいかなくなる。建物の一角にある個室で寝泊まりし、物資も東京から送られたものを使ってきたから、スーパーで買い物すらしない。東京の事務所から「感染症は大丈夫なのか」と問われた時、最初は何のことか分からなかった。最近保護した子たちのことかと思い、「かなりよくなってきましたよ」と思わず言ってしまったほどだ。

電話を切ってしばらくたってから、市の広報車が通った。「人との接触は必要最小限に留め、緊急の際には市の窓口まで電話ください」と言っているのが聞こえた。それで、やっと事態の深刻さが呑み込めた。

でも、その時にはもう遅かった。疲れを感じて、体をソファに横たえたとたん悪寒がした。本当に唐突で、猛烈な寒気だった。歯を食いしばり、自分の体を抱きしめたまま意識を失った。

　ふたたび目を開いた今、やはり、猛烈に寒い。意識は明瞭だが、手足が震え、息も浅い。空気を吸い込むのにすら困難を覚える。獣医師とはいえ、人間の病気のことも一般の人よりは分かっている。こんなふうにいきなりなるなんて、普通じゃない。

「誰か……」弱々しい声で呼びかけても返事はない。

　みんなどうしてしまったんだろう。

「誰か！」

　無理をして大きな声を出したとたん、咳き込んだ。肺が裏返るのではないかと思うほど強く際限のない咳だった。息苦しくて、喉をかきむしる。

「小さな子どもの声だったそうだよ」と仙水が言う。「『動物愛護ホームで死んでいる人が何人かいるので行って確かめてください』って電話があったそうなんだ。しかし、それが誰なのかは分からない」

　ケイトは、あの少年たちのことを思い浮かべた。きっと仙水も同じことを考えている。しかし、何ら確証があるわけでもなく、口に出すのがはばかられる。

「さあ、行きますよ」と呼びかけられた。

　宇宙飛行士みたいな防護服を着て、その実、中では大汗をかいている救急隊のリーダーだ。その後ろには、同じく大仰な防護服を身に着けた五人の救命士が控えている。

一方、ケイトと仙水は、電動ファン付きのマスクとゴーグル、ラテックスの手袋を着ける。

携帯電話が鳴った。わざわざマスクをはずして、通話ボタンを押した。仙水と救命士たちがこちらを見ている。この局面で出る電話ということは、重要なものに違いないと思っているのだろう。

相手は母だ。ケイトにとっては、とても重要な通話。

「母さん……どうしたの」ケイトは低い声で話しかけた。

返事はなかった。

「ねえ、どうしたの」

するとデジタルノイズの向こうから嗚咽するような声が聞こえてきた。

「死んじゃう。リカが死んじゃう……」

「どうしたの、リカが死んじゃうって、何があったの」

心の中で漆黒の空間がぽっかりと口を開ける。母はいつでも心配性だが、今は事情が事情だ。ひょっとしてきょうの検査で、リカがたちの悪い病気に冒されていると分かったのだとしたら……。

「ごめんね、ごめんね、ケイト、忙しいのにね」

「ちゃんと話して。リカがどうなったの」

「病院なのよ。検査が終わって帰る途中に、急に熱を出したの。四〇度もあるの」

「お医者さんはなんて言っているの」

「はしかですって。でも、予防接種を受けているんでしょう。だから、きっとこれ、はしかじゃないんだわ。なにかもっと悪い病気で」

「母さん、そんなことないから。お医者さんが麻疹（はしか）だと言っているのなら麻疹よ。Primary vaccine failure だと思う。予防接種しても、抗体が充分にできない場合があるの」

「なんで、リカがそんな不幸な目にあうわけ」

「予防接種してあった方が軽く済むから、安心して。すぐに退院できる」

「今ね、待合室にあった医学の解説書を読んだのよ。そしたら、はしかになると何年か後に重たい脳の病気になるって……」

「亜急性硬化性全脳炎、いわゆるＳＳＰＥのことを言ってるんでしょうけど、それは、一〇万人に一人。麻疹脳炎って、発疹が出てから数日でなる症状もあるけど、それも一〇〇〇人か二〇〇〇人に一人だから、心配しないで」

「でも、リカが……」

「母さん！　母さんが取り乱しても仕方ないでしょう。それよりも、きょうの検査はどうだったの」

本来、自分がいるべき場所に母がいて、混乱しているのを申し訳ないと思いつつも、ケイトは苛立ちを抑えきれない。検査結果を聞き出し、やはり予想通り経過観察だったと知るのにずいぶん時間がかかった。宙ぶらりんで落ちつかない気持ちをなんとか抑え込む。

電話を切ると、「すみません」と謝ってから、また防護具を身につけた。

「ケイちゃんも大変だな。ぼくなんて、ルークとレイアの心配するだけで済むけど」

ケイトは肩をすくめて、救急隊長の後を追った。

最初に五感に響いてきたのは、うなりのような低い震動だった。それが動物の鳴き声だと気づくのには時間がかかった。ケージの中で猫たちが落ち着きなく動き回り、ステンレスの柵に体をぶつける。色めき立つというよりも、殺気立つと言った方が正しい。

「餌をもらっていないみたいだ。でも、餓死している子もいない」

動物を「子」と呼ぶのはケイトには違和感がある。しかし、獣医師出身の仙水にはそれが普通らしい。仙水は、ケージの近くに置いてあるペットフードをとって中に向けてばらまいた。ケージの中がにわかにパニックになる。

「今はちょっと……」ケイトは苦言を呈した。ここにいる動物たちに給餌して回ったら、ずいぶんな時間のロスになる。

「ごめんごめん。腹を空かしている動物を見ると、ほうっておけなくて。後で誰かに頼めないかな。本当は餌よりも、水の方が心配なんだけど。脱水症状を起こしている子がいそうで……これだけは緊急なんだよね」

仙水は隅にある流し場に行くと、置いてあったバケツに水を汲んだ。そして、手近なケージの給水器に水を注いだ。

「だから……」と言いかけて気づいた。これって人間の子どもと同じだ。

さっきケイトがどうしても母からの電話に出なければならなかったように、仙水も犬猫たちに水をやらなければならないと感じている。ただそれだけの違いだ。

「いました！」前を行く防護服の救急隊員たちの間から、鋭い声が上がった。

ケイトは早足で追いつき、肩の間から向こう側をのぞき見た。

ケージとケージの間に、男女が折り重なるように横たわっていた。周囲にガラスの破片が散っているのが目に付いた。

ケイトは前に進み出て、しゃがみ込んだ。なにはともあれ、この場所で医師はケイトだけだ。ラテックスの手袋越しに二人の脈を順番に取り、目をのぞき込んだ。その時に見た男の顔は、歯をむき出しにした驚きとも取れる表情で固まっていた。

「亡くなっているわね。死後硬直したままだから、そんなに前のことじゃないわ」

さらりと言ったものの、さっき見た小堺の叔母の姿がよみがえって体が震えた。この二人の若い男女がどんな未来を断たれてしまったのか考え、胸が潰れそうになる。でも、今はそんなことを考えている時ではない。

救急隊も冷静に職務をまっとうしようとしている。すでに息のない二人を放置して、奥へと進んでいく。ケイトは、以前、話したことがある獣医師のことを思い出した。ちようどこのあたりにデスクがあって、その上には地元の子どもから預かったハムスターの飼育ケースが置かれていた。首を振って探すとデスクは奥に移動しており、飼育ケースは消えていた。

「患者、発見しました」

またも先頭から声がかかり、ケイトはふたたび体を硬くした。

「患者さん、ね」と仙水がつぶやいた。

それで気づいた。生存者なのだ。

ケイトは足早に進んだ。ソファに横たわっている体の前にしゃがむと、血の気のない顔が見えた。あの獣医師だ。ほっとしていいのか、複雑な気分だ。言葉を交わしたことがあるというだけで、さっきの亡くなっていた男女よりもさらにリアルな感覚がある。

すぐにバイタルの基本である脈を取り始める。両手を同時に取って左右の脈の違いを確認し、それを終えた後で、時計を見つつ片手に集中する。

ふと気になって、患者の手首を引いて目の前に持ってきた。袖をまくりあげ、二の腕にかけて視診する。ここ何日か連絡がない総合病院の高柳が言っていたことを思い出す。入院中の黒部医師がいったん快復後、体に褐色の発疹ができてから脳炎の症状に陥った……。今、目の前の獣医師の二の腕にも、うっすらと褐色の斑点がある。これはどう考えればいいだろう。

いったん腕を下ろすと、今度は話しかけた。

としている。


「あなたを助けに来ました。もう大丈夫。わたしの声は聞こえますか」

瞼（まぶた）がぴくりと動き、「聞こえている」のだと分かった。半開きの口が、何かを言おう

ケイトはふと口の中をのぞき込んだ。

「なぜ」と強い声で言った。「なぜ、気づかなかったの。わたしは馬鹿だ」

ケイトは立ち上がると、救命士のリーダーを見た。

「この人は総合病院へ」

「一次的な患者の振り分け（トリアージ）のルールでは、チアノーゼがひどくない場合、総合病院ではなく……」

「一刻を争います。急いで」

力強い言葉に促されて、救急隊が動き始める。

「わたしは一緒に総合病院に行きます。ほかの患者さんも診（み）てみたいの」

「ケイちゃん……何が分かったの」

「まだはっきりとは言えない。でも、今まで以上に気をつけて」

そして、仙水の耳元で小さな声で言った。

「最悪、空気感染だってあり得ることを忘れずに」

仙水だけに聞こえる小声だったのは、それほど確信がないからだ。

救命士の一人が、ケイトをじっと見ていた。さすがに聞かれてはいないだろう。しか

し、何かを不審に思っている目だった。

獣医師を乗せた救急車の窓を開け放ち、ケイトは重装備の救命士の隣に座った。

「これから先、どうなっちゃうんでしょうか……」

驚いて隣を見ると、救命士は視線の定まらない表情をしていた。

「新型インフルエンザを想定した訓練なら、受けたことありますよ。でも、あんなの役に立たないです。たった一人の患者を運ぶだけなんですから。こんなふうに一日に何度も何度も、患者を運んでたら、こっちがヤバイっす。いえ、自分だけじゃなくて、家族だってヤバイんですよ。おれ、うちに帰れないっすからね」

そして、救命士はケイトを見た。

「バイオテロだって噂、本当でしょうか」

「まさか」とケイトは言った。もうこの話は何度目だろうか。「根拠のないことを、あなたたちが言ってはだめ。ただでさえみんな不安になっているんだから」

「だって、そうじゃないと説明つかないですよ。いくらたっても、原因のウイルスは分からないし、それって、遺伝子組み換えとかで新しいのを作りだしたんじゃないんですか」

「おい、いい加減にしろ！」

別の救命士に強く叱責されて男は口をつぐんだ。

さっき仙水に小声で話したのは正解だったと思う。救急隊員ですら、かなり神経質になっている。彼らの防護スーツは、空気感染にも完全対応できるものだが、とはいっても、どこからともなく空気に乗って忍び込む病原体のイメージは、飛沫に気をつければいい飛沫感染に比べて、格段に恐怖心を煽る。

「人は、意味の真空を怖れる……」ケイトは口の中でつぶやいた。

早く「元栓」を締めなければならない。救急隊のような訓練を受けた専門家集団まで、もっともらしいけれど根拠のないストーリーに頼りたがっている。

今、ケイトが手にしているかもしれないのは、病原ウイルスについての新たな情報だ。本来なら、今この時点でウイルスが特定できても集団感染の制圧にはあまり意味がないと思うところだが、ひょっとすると大きな転換点になる可能性も同時に見える。だからこそ、ケイトは総合病院に向かう。

道中で別の車を追い越した。さっき救急車に付き従っていっしょにやってきたステーションワゴンだ。銀色をした縦長のビニール袋が窓からちらりと見えた。無造作に二体分並べられているのに気づき、はっと息を呑む。

「あれ、どうしたの！」

「亡くなっているわけですから、総合病院には運べませんよ」

「だって、監察医は？」と言ってから、思い出した。ここは大都市ではないから監察医制度はないのだ。しかし、いきなりビニールの納体袋に入れて、遺体安置所に直行というのはあんまりだ。どこかで医師がきちんと死亡を鑑定しなければならない。

「先生が診てくださったじゃないですか」と救命士。

ケイトがわずかな間で下した死亡の診断を、そのまま死体検案として通用させようとしているのだ。

「そもそも警察は？」

「さっき、一人、立ち会いが来ていました。同じスーツを着てましたから、分からなかったかもしれません。感染性を持った遺体は、事件性がないことを確認の上、できるだけ早く収容するよう合意ができています」

「あきれた！　対策本部には警察の本部長も入っているはずでしょう」

「警察官の増員はこれからみたいですからね。あちこちで人が死んでるから、今はそこまで手が回らんのでしょう」

ケイトはため息をついた。緊急時の柔軟な対応と言えなくもないが、死が尊厳をもって扱われないことには、やはり腹が立ってくる。


仙水望は、水の入ったバケツを両手に持ち灯油用のものを転用した給水ポンプで各ケージの中の給水器に水を入れていく。そうしながら、動物たちの様子を観察する。

救急隊も警察官も去って、残されたのは仙水だけだ。

この施設で多くの者が感染し、同時期に亡くなったり、重篤な状態に陥ったということは、共通の感染源があったということだ。そのために、獣医学の知識と、疫学の知識を総動員して、考えうる限りの可能性を潰していかなければならない。それが仙水の仕事だ。

「ウイルスにやられている子が多い」仙水はひとりつぶやいた。

猫たちが軒並みやられているのは、猫カリシウイルスとか猫ヘルペスなど、呼吸器に来る病気だ。目やにが大量に出て失明することもある。しかし、これが人畜共通感染症としてXSARSの原因ウイルスに変異するかと言われると、首をひねらざるをえない。もちろん可能性はゼロではないのだが、仙水の直感はこの仮説に飛びつく前に、ほかのことを検討しろと言っている。

収容されているのは猫が八割、犬が一割というところか。残りの一割はリクガメやイグアナ、リスザル、マーモセット、珍奇なオウムなど、ペットとして飼われていたと思われる野生動物（エキゾチックアニマル）だ。片隅に置いてあったケースの中では、ハムスターたちがすでに事切れていた。小動物は、水や食料がなくなるとわずかの間に体力を消耗し死に至る。

ざっと施設の中を見渡した後で、仙水は頭の中のチェックリストをひとつひとつ確認していった。まずは疑うべき最初の動物は「人」だ。誰か、感染性の高い者がこの施設を訪れたのではないか。何か記録は残っていないだろうか。また、人間以外だとすると、犬や猫のように長い間、人と寄り添ってきた動物よりは、野生由来のものの方が新しい感染症をもたらしやすい。リスザルやマーモセット、ひょっとするとオウムも有力な候補だ。

屋内をさんざん検分してから、最後の最後のところで、亡くなった若者が倒れていたあたりを詳しく調べた。なぜか細かなガラスの破片が散らばっている。顔を近づけると、ひとつだけ細いアンプルが、ひびが入ったまま壊れずに転がっていた。拾い上げて照明にすかす。まったく濁りのない水のような液体だ。ラベルには「ピラミッドと太陽」のマーク。どこかで見た気がするのだが、思い出せない。一応、ハンカチに包んで、バッグに入れておく。

いったん建物を出て、周囲を観察した。道路と反対側は花畑になっており、実に鮮やかだ。きのう崎浜に来た時は、夜だったからこういったものは見えなかった。

目の前を黒い影がよぎった。そして、それが何なのか認識する前に消えてしまった。建物に一直線につっこんでいって、ふいに見えなくなったのだ。壁に大きな亀裂があるのに気づいた。中を覗こうとするが、やや高いところにあるので届かない。

建物の中に戻り、外の亀裂に対応する場所を探した。大きな扉があった。かつて町民体育館として使われていたという話を聞いたが、とするなら屋内倉庫か。押し開けたとたん、ばさばさと羽ばたく音がした。そして、すぐに音は消えた。

壁から外光が差し込んでいる。さっきの亀裂だ。そして、足下には黒っぽい堆積物。かなり乾燥しており、足を動かすと煙が巻き上がった。

仙水はマスクをしながらも思わず息を止めた。そういえば最初に亡くなった三人の症例のうち、斉藤邸にも……。一つの可能性が、心の中ではっきりと立ち上がる。しかし、本当にそうなのか。外で見た黒い影がそいつなら、こんな真昼間に飛んでいること自体おかしい。とはいえ、狂犬病に冒された動物がやたら嚙みつくように、ウイルスのせいで本来の習性とは違う行動を取らされることもある。

御厨隊長への報告。つながらない電話のかわりに携帯メールを打つ。

高柳相太は、保健所の支所から借り受けたスクーターで坂道を走る。本当に急な坂が多いから、注意しなければならない。石畳の路地を見つけて曲がると、救急車が止まっていた。

救急隊からの要請で現地に向かっているわけだが、保健所を経由しての連絡だったので、高柳自身、なぜ自分がそこに行かなければならないのかはっきりとは理解していない。高柳は目下のところ崎浜町に常駐している数少ない医師の一人だ。数が少ないとはいえ、自分以外は呼吸器内科の専門家だから、正直、居心地が悪い思いをしている。だからこそ、保健所からの要請があるたび、町中の訪問医療にも積極的に出る。白衣をなびかせながら、新しい現場へと急ぐ。

スクーターを停めて降りると、ものものしい宇宙服のようなスーツを着た救急隊が手招いていた。高柳自身も、医療スタッフ全員に配給されている個人防護具を身につける。電動ファン付きのマスク、ゴーグル、ラテックスの手袋。ガウンは救急隊が持っている予備のものを借りた。

最初に導かれた家では、七〇代の老夫婦が隣り合わせの布団で横たわっていた。

夫人の顔には生命の色がなかった。腐敗というほどでもないが、そろそろ組織の分解が始まっているに違いない。隣に横たわる夫が許さず、運び出せないと説明を受けた。

夫の方は、脱水症状が顕著であるものの、今すぐ生命に影響するほどではない。肺炎症状は軽微。呼吸逼迫には至っていない。その意味では、総合病院ではなく、地元小学校で加療すべき段階だ。救急隊が振り分けに迷うことはない。

「顔に大きな斑が出ていますよね。肺炎がおさまった後で、斑紋が出たら危ないと聞きました。脳炎になる方がいるとか」救命士が言った。

なるほどそういうことか、と高柳はうなずいた。

「この方は総合病院に行く必要はありませんね。斑紋は患者さんの半分くらいには出るみたいです。時期も最初からのこともあれば、回復期になってからのこともあります。脳炎は肺炎の症状が好転した頃に始まりますから、この時点で意識がしっかりしているなら大丈夫です。まずは栄養点滴を打ちたいところです」

淀みなく話しながら、こういった知見がきのうきょうの間にできあがった「最新の」臨床コンセンサスであることに気づく。総合病院に入っている新しい医師団が送りつけてくるファクスにそう書いてあったし、高柳の実感とも整合していた。しかし、わずか四日前には、高柳自身も斑紋と脳炎の関係をもっと密接なものだと考えていたのだ。さらにその前日には、脳炎を併発することがあるなどと想像していなかった。病像の理解はかなり進んできたといえる。

その一方で、治療法は今も手探りだ。総合病院では、ステロイドパルス療法、ガンマグロブリン療法、ビタミンA大量療法などを片っ端から試しているようだが、そのうち有望なのはガンマグロブリン療法くらいだと聞いている。それとて臨床医の感触というレベルで、証拠（エビデンス）があるとは言い難い。いまだ、完癒し、退院した者は一人もいないのだから。

「先生、病院には行きたくねぇ。病院に行ったら死んじまう」と高柳の足下で横になっている患者が声を出した。

意外にもしっかりした目で、高柳を見上げている。

「総合病院には行かなくてもいいんですよ。崎浜小学校の教室を使って療養所をやってますから。軽症の人だけが来てますからね」

「いんや、家でいい。病気はここで治すんだ」

「でも、誰が看護するんですか。自分では歩けないでしょう」

「敬ちゃんがいてくれればなあ……」

「誰ですか」

近所の女性でやはり亡くなったのだと救急隊員に耳打ちされた。

「小学校に行きましょう。ボランティアが食事を作ってくれますし、看護師も介護士もいます」

「いいや、ここで治す。食事くらいなら、あの子たちが来てくれるんで。夜になるとさ、あの子たちが来てくれるんで」

老人は目を閉じた。そして、また眠ってしまった。

救急隊員と話し合って、やはり、小学校に搬送してもらうことにした。いくらなんでも、放置するわけにはいかない。

救急隊の行動は、動きにくいスーツをつけているために鈍い。一人など、スーツをどこかに引っかけて小さな穴が開いている。これでは、意味がない。むしろ、マスクとゴーグルだけの軽装にした方がいいのではないかと思うのだが、それでは安心できないらしい。

ほかにも二軒をまわりトリアージを依頼される。残念ながら両方とも、総合病院に送り込むべき重症肺炎だった。高柳が見るまでもなく、救急隊の判断で問題ない。なぜ自分がわざわざ呼び出されたのか、あらためて疑問に思う。

何かが壊れかけている。

突然訪れた感染症に対して、ぎりぎりのところで保たれていた何かが耐えきれなくなって、破断しかけているのだ。誰もが、判断を怖がり、ここから逃げ出したくなっている。

高柳は自問する。救急隊だけではなく、医療はどうか。感染症に立ち向かうべき医療従事者は、充分にタフだろうか。

内藤医師が倒れた時、総合病院は浮き足立った。看護スタッフの中には泣き出す者もいたし、医師でも実質「封じ込め」られている状態の病院から逃げ出そうとする者もいた。

そして、若い看護師が発症した時、崩壊した。本来のスタッフで今も総合病院に残っているのは看護師長と内科の副主任だけではないだろうか。

救急隊が去り、高柳はその場に残された。

石畳の上に停めてあるスクーターにキーを差し込んだ時、ふいに気配を感じて顔を上げた。

庭の置き石の上に座り込んだくたびれたスーツの背中が見えた。独り言のようにぶつぶつと何かを話し続けている。

「保健所の方ですよね」と高柳は呼びかけた。きのうと同じスーツだから、たぶん間違いない。

「きのう一緒にハイタウンに行った、高柳です」

しかし、男は高柳の呼びかけに反応しない。

「だからさ、もうどうなっちゃってもいいんだ。みんなおしまいだよ。ぼくらは閉じこめられてさ、見殺しにされるんだ」

おやっ、と思う。独り言ではないのか。男の背中越しに動くものがあった。

「見殺しにはしないよ。空に帰る者はやさしく送り出すのが、ぼくたちの役割だからね」

変声期の始まりを思わせるざらついた少年の声だった。保健所の男の背中越しに、端整な顔立ちがちらりと見えた。

「叔母さんが死んだんだ。あんなに強い叔母さんが死ぬなんて、信じられない。志保里姉に見てきてくれって言われてたのに、忘れてた。最低だよ。でもさ、きっとぼくも死んじゃうんだ」

「最初の毒王を見つけた人は、きっと死なないよ。真実を知りたかったら、訪ねてくるといいよ」

一連の会話を聞いていて、頭が混乱した。毒王とは……。この子たちがあの物騒な張り紙を、町中に貼ってまわったのか。

「おい、きみは何かを知っているのか」

高柳は一歩進み出た。保健所の男が体をねじり、その向こう側の少年は素早く立ち上がった。透き通るような薄い肌の色をしていた。

「きみはどこの子なんだ。お父さんやお母さんは大丈夫なのかい」

「身寄りがないそうなんですよ。ぼくも似たようなもんです。叔母さんは死んじゃったし」保健所の男が定まらない目つきで言う。

一方、少年は高柳と目を合わせると、微笑みかけた。

「あんたは、死ぬね」と同じ表情のままで言う。

そして、少年は身を翻した。石垣を飛び越えて、あっという間に路地に消えた。

軽快な後ろ姿は、高柳がこのところ見ていない生命の躍動感に満ちている。

「保健所の方が、こんなところでどうしたんですか。それにあの子は……」

「いいんですよ。どうせ、みんな死んじゃうんだから」

男の目は虚ろだ。

高柳は寒気を覚える。感染症の脅威を訴える彼の言葉自体より、その目の中の闇が怖い。


赤坂吾朗は、夕刊の原稿を送信し終えて一息ついた。

総合病院の敷地にあるリハビリ施設が日々の記者会見場となっており、報道各社はそこに固定電話やファクスまで持ち込んで事実上のプレスセンターにしている。会見に使う横長のテーブルとホワイトボードが前にあり、パイプ椅子がたくさん並べてある。さらにその背後に各社が使っているテーブルが乱雑に配置され、たこ足配線のタップがあちこちで絡まっていた。現場で急造されたプレスセンターなど、だいたいこういうものだ。

敷地内だから、病院に救急車が入るとすぐに把握できることはたしかに利点だ。最初の頃は、救急車が到着するごとに色めき立って、外に出ては様子をうかがった。しかし、ここ二日ほどは感覚が麻痺していちいち外に出なくなった。一日二度開かれる記者会見の内容も、新たに受け入れた患者の数が出てくるくらいで、病院の中でどんな治療が行われているのかすら分からない。現場が混乱しており一貫した情報を提供できる段階にない、と説明を受けたものの、新聞記者が納得できるはずもない。各社の記者たちは、新しく現場入りした医師団の長の会見を要求し続けていた。

「空気感染するってさ、ほんとかよ」別の社の記者が言った。

手にはきょう発売されたばかりの雑誌が開かれている。

「どうなんでしょうね。この記事を読む限り、飛沫感染と飛沫核感染の区別ができていませんよね」

赤坂は、もう感染症についてはいっぱしの専門記者気取りだ。もっとも、ここ数日で周囲の記者たちも急速に知識をつけているから、気が抜けない。

「でもさ、一応、専門家の意見も聞いた上で、空気感染を疑えってことになってるんだよなあ。じゃあ、おれたちはどうなわけ。毎日、病院の敷地に来てるわけで」

「それは気にする必要ないですよ。病室の窓は開いてますけど、直接、中の空気があるのでもないかぎり感染のリスクはありません」

「発症した内藤先生なんか、ここにいたんだぜ」記者はぼそりと言って雑誌を閉じた。

たしかにそうだ。内藤医師は何度かに一度は、記者会見に出席していた。

どことなく嫌な気分になって、赤坂は席を立った。

建物の外に出て、そのまま敷地外に出る。

警備員は一人だけで、これは普段と変わらないらしい。住民にとって総合病院は忌避すべき存在だから、周囲にあまり人通りはない。

一ブロック先まで行くと、大型店舗がいくつか並ぶ繁華街だ。さすがにここにはそれなりの人混みがある。道行く人は、全員、白いマスクを着けており、咳払いでもする人がいようものならそのまわりに大きな空間ができる。

マスクがもつイメージは、やはり「病気」だ。おまけに、お互いにできるだけ近づかないように細心の注意を払いながら歩く姿は、「疑心暗鬼」をそのまま映像化したかのような雰囲気で、心がささくれる。

店頭で焼いている魚の匂いに腹が鳴る。たまには弁当以外のものを食べたくなり、赤坂は魚料理の定食屋に歩み寄った。

「今、食べられますか」と問いかけると、店先の網で魚を焼いている主人は目を逸らした。

「すみませんが、もうおしまいでして」目を見ずに言う。

じゃあ網の上の焼き魚はなんなんだと言いたい気分を抑えて、釈然としないまま別の店に入った。

「いやあ、申し訳ない」とここでも拒絶された。

仕方なく弁当を買い、ベンチで食べた。

ただの焼きそばだが、腹が減っているのでうまい。青空も陽差しも申し分なく、小学生の時にクラスで行った遠足を思い出すほどだった。

ふと気づくと、周囲にはあまり人がいなかった。さっきまではかなりの人通りがあったのだが……。

隣に座った男性が、ひっと小さく声を出して、すぐに立ち上がった。それどころか小走りに逃げていく。

赤坂は自分から半径五メートルくらいの範囲を避けるように人が行き来していることに気づいた。

「あんた、それっ」さっき逃げ出した男が、遠くから言った。

ちょうど赤坂の腕のあたりを指さしている。

「あ」と赤坂は小さな声をあげた。

腕には報道機関を示す腕章が取り付けられたままだった。

メディアは病院に出入りしているから、マスクの中で咳をする者よりもずっと危険だと感じられても不思議ではない。

今更腕章を取るわけにもいかず、食べかけの弁当にまた蓋をしてビニール袋の中に戻した。

足早に戻った急造プレスセンターは、騒然としていた。

「おい、マジかよ」

「裏は取れてんのか」

「会見！　会見、セッティングして！」

　ほとんど怒号に近い声が飛び交っている。

「……どうしたんですか」

　赤坂は、あわてて問いかけた。さっき、外に出る前に雑談をした記者だ。今はデスクに向かってノートパソコンのキーボードを叩いている。

「空気感染だってよ！」

　こちらも見ずに言った。そして、前を指さした。

　会見用のテーブルの向こうに白いものがちらりと見えた。

　宇宙服、と思ったが、そうではない。周囲を記者たちが取り囲んでおり、判別不能だ。

　歩み寄ると、人間だと分かった。白いのは防護スーツだ。

「これ、空気感染なんです。分かりますか。このままじゃみんなうつっちゃいますよ。町が全滅ですよ」

　若い男だった。視線が定まらず宙に漂わせたまま、早口で喋る。記者たちは、スピードに押されて、ただメモを取るばかりだ。

「たしかな情報です。ぼくらが病棟に新しい患者を運び込んだら、崎浜で調査している国の調査員が、病院のスタッフに言っていたんです。空気感染かもしれないから、今まで以上に気をつけろって。ヤバイです。きっとぼくらも危ない。どうすりゃいいんですか」

前に立っていた記者が後ずさり、赤坂と接触した。

誰かがくしゃみをして、にわかに雰囲気が緊迫した。

「おい、だから記者会見を設定してもらえって。事務長を呼んでこい」

誰かが大声を張り上げている。

赤坂は手が震え始めた。自社のデスクに戻り、固定電話から本社にかける。そして、「空気感染」という恐ろしい言葉を、はっきりと口にする。

「パニックを起こした救急隊員からの情報ですので、裏を取る必要があります。もしも、本当にそうならえらいことになりますよ」

手だけではない。声も震えているのを自覚する。

「や、もしも本当なら、大ごとだ。間違いなくそうだよ」と声がした。

赤坂は顔を上げた。そして、受話器を落としそうになった。

「おいどうした」と電話の向こうの上司が苛ついた声を出した。

「ちょっと待ってください」と赤坂は制した。

「棋理先生、どうしてこんなところへ……」

赤坂はすぐ近くに立っている痩身の飄々(ひょうひょう)とした男の顔をまじまじと見た。

「きみと一緒にサンプルをとったカモの死体は、結局、シロだったよ。サルモネラ菌でやられてたんだね。今やこの病気は新型インフルエンザではなく、SARSでもなく、何か別のものというのは疑いようがないね。おまけに空気感染だとなると……」

赤坂は黙って棋理の目を見た。人を食った物言いだが、何か大事なことを言おうとしているように思える。

「未知の感染症で、人をパニックに陥れる要素は二つあると思っているんだ。ひとつは致死割合」

「感染率ではないんですか。みんながバタバタ感染するのはすごく怖いと思いますが」

「もちろん怖い。でも、それが何日か寝ていれば治る病気ならそれほどでもないのだね。その一方で、致死割合が高い病気は、かりに感染のリスクが低くても充分に怖い。発症したら死を覚悟しなきゃならないわけだからね」

「もうひとつは何なんでしょうか……」

「きみがもう言ったじゃないか。空気感染だよ。空気感染はとにかく怖い。同じ部屋にいるだけで、感染するんだよ。時にはすれ違っただけでもってこともあるし。ぼくが香港にSARSの調査に行った時、まだ空気感染の可能性が否定しきれない時期だった。あれはね、もう、恐怖、としか言いようがない。マスクしてたって関係ないね。怖いものは、怖い。だいたい、感染症のナンバーワンみたいに言われるエボラなんて接触感染なんだよ。体液や排泄物(はいせつぶつ)が、粘膜や傷口なんかから体の中に入らない限り大丈夫。ああ、いやだ。想像もしたくないね。空気感染というのは、本当に嫌なものだよ」

「そんな……それじゃ、最悪ってことじゃないですか」赤坂は電話の向こうでデスクが怒鳴っているのを無視して聞いた。

「や、実際のところは、空気感染と飛沫感染の間にはグレイゾーンがあって、厳密に区別できるものでもない。ある特殊な条件下でたまたま空気感染が起きた可能性があるにしても、いつでもどこでも、というような心配はまだしない方がいい」

「この病気、ちゃんと制圧できるんでしょうか」

「うん、そのために来た。そろそろ介入(インターベンション)して、アプローチの焦点をしぼらなければ際限なくなっちゃうからね。とりあえず、御厨クンのところに行くけど、記者クンも一緒に来る？　その後で、崎浜に入りたいから、車を出してくれるとありがたいなあ。保健所に行ってもFETの連中は誰もいないし、ちょっと困ってるんだよね」

「何が原因か――元栓がどこなのか分かったんですか」

「いや、まだだよ」棋理は悪びれずに笑った。「しかし、もうデータは充分だ。現場でいろいろ考える時が来た。きみがワトスン君なら、ぜひ来るべきだね」

　赤坂はあらためて、受話器を口に付けた。電話の途中だったわけだが、デスクは会話に聞き耳を立てていたらしい。だから、話は早かった。

「今から、会見場を離れます。別のもっと大きなネタがあるんです。空気感染の裏を取るのは、別の人にお願いします」

　手の震えが止まっていると気づいた。

　エピは自然を統御する権力(リヴァイアサン)たり得るのか。元栓を締める、その瞬間が見てみたい。

島袋ケイトはただでさえ殺気立った病棟で、Ｎ医大から派遣されている医師を捕まえる。そして、強い言葉で「病像はどうですか。これだけの症例があるのですから、かなりシャープに言えるのではないか、と期待してきました」と問うた。

医師は明らかに気分を害した様子でかぶりを振った。新たな患者が運び込まれたと同時にケイトがやってきて、あれやこれやとせき立てるものだから無理もない。それでも、所属を明かせば、協力はしてくれる。

爆発的な高熱で始まり、周期性を持った発熱パターン。非定型の様相を示す肺炎症状から、呼吸逼迫に至る。さらに、肺炎の急性期を終えると、突如襲いかかる脳炎。そして、肌に散る老人斑のような発疹。微妙にずれているとはいえ、すべてがある特定の方向を示していると思える。ケイトは、早口で自分の考えを述べた。

医師は冷笑的な表情を浮かべるのみだ。門外の女医に何が分かるかという顔。

ぐっと歯を食いしばり、片っ端からカルテを見せてもらった。亡くなった患者の肺組織写真にも目を通す。そして、「これ多核細胞ができてるんじゃないですか」と指摘した。

「そうは見えないですけどね。無理に見ようとすると、見えないものも見えてしまうものですよ」

ケイトは肩をすくめた。相手は呼吸器内科のスペシャリストだ。ケイトの判断の方が間違っているのだろう。それでも、気になる点は明らかにしておきたい。病室をまわって患者を直接見せてもらう。医師も嫌そうな顔をしながらついてきた。

「ホーム」でボランティアをしていた獣医師は、ナースステーションからかなり離れた四二〇号室にいた。肺炎症状は重くないから、本来なら崎浜の小学校行きになっていたはずだ。でも、ケイトはどうしても医師たちに見せたかった。

上唇をめくると、歯の根本に近いかなり上のあたりに白い滓のような独特の斑点が散っていた。医師はそれを見てもことさら反応を示さない。そこで、さらに同室の患者の唇の内側を見ていく。半数くらいに同じような斑点があった。みな、肺炎の急性期を終えた患者だった。

「発症時には、口内炎がある症例が多かったんです。それと関係あるかどうか分かりませんが、今はこんなふうに白い斑点が散っている。これ、麻疹のコプリック斑に似ていると思いませんか。もちろん、本物のコプリック斑は頰の内側にできるわけですが……」

「そうですかね……」

医師は、今ひとつ煮え切らない様子だ。それで思い出した。高柳はどうしたのだろう。彼がいてくれたら話が早い。ここ数十年、麻疹は子どもの病気だったから、日本でコプリック斑を見たことがあるのは小児科医くらいなのだ。いや、成人麻疹の集団感染が若者を中心に頻発した昨今の事情もあるから、呼吸器内科の医師であれば自分の目では見なくても少なからぬ症例報告を目にしているはずだ。とすると、やはりケイトの方が間違っているのだろうか。

とにかく症例カンファレンスで話題にしてほしいと頼む。そして、今度は階下へと向かった。御厨隊長が使っている司令室。移動ラボの検査の方針に意見したい。ＳＡＲＳだの新型インフルエンザだの言っている場合ではない。肺炎になったり脳炎になったりする病気なら、もっと相応しい候補があるではないか。

ドアを開けるなり、「隊長！」と大きな声を出した。

そして、立ちつくした。御厨は部屋にいなかった。

かわりに椅子に座っているのは、ノートパソコンを広げた棋理文哉だった。

ケイトは隣で椅子に座りメモを取っている赤坂の姿を見ても、おかしいと思う余裕もなかった。

「先生！　どうしちゃったんですか」

「うん、そろそろ介入（インターベンション）の時機かな、と思ってね。これだけ症例が揃（そろ）えば、誤分類の少ない症例定義をすることができる。患者間の接触のネットワーク構造が詳しく分かる部分も出てくるだろう。そこから、潜伏期間や感染性期間の仮説を立てられる。あとは最適なモデルでパラメータを調整してやれば、だいたいのところは見えてくるよ。特にＲ０（アールノート）はちゃんと推定したい。ね。この疫病がますます広がっていくのか、どこかで歯止めをかけられるのかの目安になる」

「アールノート……それ、なんですか」

赤坂が悪びれずに聞いた。

「基本再生産数のこと。誰も免疫を持っていない状態で、一人の感染者が平均何人に感染させることができるかという指標」ケイトは解説した。「これが大きいほど、感染性が高い病気、ということになるの。ちなみに、SARSでは推定三くらい。古いスパニッシュインフルエンザは一・二から一・八。麻疹が九から一六、水痘が七から一一くらいかな」

赤坂があわててメモするのを一瞥してから、ケイトはもう一度、棋理を見た。

「先生の分析では、R0はどれくらいですか」

「さすがにぼくだってまだ分からないよ。ぼくはこの後、データが集まっている保健所に行くつもりだ。仙水クンは現場だよね。でも、誰かが常に最新データを見ているべきだ。だからぼくが行く。それも御厨クンを連れてね。総合病院ではなく、現場の対策本部がある保健所にこそ、御厨クンはいるべきなんだ」

「でも、隊長はどこなんですか。まさか、自分でラボに入っているとか……」

「それはね、たぶん島袋クンのせい。島袋クン、救急隊員を脅さなかった？ この病気は麻疹の新種かもしれなくて、空気感染するかもしれないって。おかげで御厨クンは会見場に呼び出されているというわけなんだ」

「風説の流布、ですかね」と赤坂。

この忠犬顔で言われるとますます腹立たしい。

「風説ではないわ。根拠はあるの。ただ……たしかに、聞き耳を立てている隊員がいたわ。もっと慎重になるべきだった……娘が今、麻疹で入院していて、そのことで気がついたのだけれど……先生、肺炎の急性期を終えた患者さんの唇の内側に、コプリック斑みたいなものができているんです」

「コプリック斑ってなんですか」

赤坂は本当にまったく悪びれない。きっとこれは記者という職業の資質の一つなのだ。

「記者クン、それはね、麻疹に特異的なもので、なんていうのかな、頬の内側にカルピスの滓が散ったみたいな斑点が出るんだ。島袋クンが似ているると言うなら、たしかに似てるんだろう。でも、そのことを追究するのはぼくたちの仕事ではない。ぼくたちの現場はここじゃないんだ」

「すみません……でも、麻疹に近い病気なら、空気感染だってあり得るわけで、それは早くはっきりさせた方がいいと思ったんです……」

ケイトは素直に頭を下げた。その通りなのだ。電話で御厨と総合病院に報告するだけでもよかった。なのになぜわざわざここまで戻ってきてしまったのだろう……。

「まあ、ケイト君、せっかくだから、ここから先、どういうふうにＸＳＡＲＳを追い詰めていくか、御厨クンも交えて話し合おう。ぼくたちのアプローチでどれだけ対策を絞り込めるか、御厨クンにも記者クンにも分かってほしいんだ」

ＪＲ渋谷駅前、巨大なディスプレイの下を人々が行き交っている。

アフロアメリカン風にメイクした日本人の女性歌手がラップミュージックで踊るクリップがしばらく続いた後で、突然、文字ニュースの画面に切り替わる。T市で流行中のXSARSの最新情報。入院患者の数が一〇〇人を突破。政府の対策の遅れを、C県知事が批判。厚生労働大臣が異例の呼びかけ。不要不急の外出は控えるよう、T市市民に求める。T市への商用、観光などでの訪問の予定のある人にも、その延期を要請……。

信号待ちで足を止めた人たちが文字を目で追う。

あれって風土病なんだろ。でも、恐ろしいよな。

やだ、咳しないでよ。

花粉症だって。花粉で咳が出る体質なの。

おれ、予防接種したから大丈夫。

インフルエンザじゃないんだからさぁ……。

行き交う言葉には、それほどの緊迫感はない。

そんな中、一人の男が立ちつくしていた。

細身のカーゴパンツにジャケットというカジュアルな恰好だが、靴はよく磨き込まれたUチップ、そして、シャツも番手の細い白だ。手に提げたブリーフケースは、銀色の表面に林檎(りんご)のシールが貼ってある。

信号が青になり、人が流れ始めても、男は突っ立ったままだ。小さな声で、ぶつぶつとつぶやくだけで、一向に足を前に踏み出そうとしない。

ブリーフケースが手から落ち、大きな音を立てて内容物をぶちまける。保護袋に入ったノートパソコンを若い女性が踏みつけそうになり、軽くジャンプして避(よ)けた。

その瞬間、男が膝を折った。両膝を同時に地面にぶつけ、そのまま顔面から倒れ込んだ。うっ、うっ、とうめき声をあげ、「熱い、熱い」と言った。

一瞬にして、空間が広がる。無言のうちに、恐怖の感情が伝染し、男から遠い方へとすべての人たちが走る。途中で足を絡めて転倒する者があちこちで見られる。

痙攣(けいれん)を始めた男に近づく者は誰もいない。近くの交番から、警官がやってくるが、それも数メートル先からトランシーバーで救急車の要請をするのみだ。

かなり遅れてやってきた救急車からは、アイソレーションストレッチャーが取り出された。ビニールシートで周囲を覆い、飛沫を飛ばさないようにするタイプのものだ。

まじかよ、あれじゃないの。T市のなんとか病。

エックス？　イクサーズ？　だっけ？　ほんとかよ。T市だけの病気じゃないのかよ。などと声が聞こえるうちに、野次馬たちの最前列がずるずると後退していく。

救急車が去った後、男が横たわっていた場所だけが、空白の円形として残っていた。

信号が青になり、新たな人波が押し寄せると、その痕跡はすぐに呑み込まれた。

第一七章　ＸＳＡＲＳパラミクソウイルス（九日目・承前）

　御厨潤一はスチール椅子の前のテーブルに両手を置き、記者たちの顔を見ている。

　記者という人種が共通して持っている、特殊な思いこみについてふと思いを馳(は)せる。例えば、台風の強風の中から生中継でリポートする危険きわまりない行動をとりながらも、自分だけは死傷しないという根拠のない確信。御厨はああいうシーンを目にするたびに、不思議な感覚にとらわれてきた。この連中のリスク感覚はどうなっているのだ、と。

　しかし、今回だけは違うらしい。空気感染(エアボーン)という言葉は、かくも強力だ。記者たちの多くは飛沫防止用のサージカルマスクではなく、結核などの空気感染を防ぐことを目的にしたＮ95マスクを着けている。かなり息苦しいはずだが、それよりも感染の恐怖が勝っているということだ。

　一方、御厨は通常のサージカルマスクのみだ。これまでの証拠から、ＸＳＡＲＳは飛沫感染であると考えられている。空気感染を支持する積極的な証拠があるわけでもない。

　御厨はゆっくり大きく息を吸い込むと、「わたしたちが直面している集団感染、いわゆるXSARSについて、空気感染の可能性が取りざたされているようですが……」と案件を持ち出した。

　要点をできるだけ簡潔に語り終えた瞬間、記者のひとりが挙手した。

「麻疹に似た症状という噂が流れています。麻疹というのははしかということですよね」

「その通りです」と答えつつ、御厨は困惑する。

　東京での記者会見であれば、専門性の高い記者がほとんどだが、ここでは地元の「なんでも屋」的な記者を相手にせざるをえない。県の対応のみにまかせみずからは動こうとしない厚生労働省や政府の無策が、こんなところにも影響を与える。例えば官邸に対策本部を置く扱いになれば、ここにも各社のエース級専門記者たちが張り付くだろう。

　今のところ、総合病院に入っている医師団から麻疹の可能性を示唆されたことはないものの、この際、簡単に述べておくことに決める。首都圏で若者を中心に成人麻疹の集団感染があった際、記者向けのレクチュアで使用したスライドを使い回して、パソコンからスクリーンに出力する。

　麻疹は数少ない空気感染する病気であり、感染防御免疫を持たない場合はほぼ一〇〇パーセント発病する。いったんはびこるとこれほど制圧しにくい病気はない。一方で、自然界にはウイルスの貯蔵者（リザーバー）がいないので、予防接種により社会的な制圧が可能な病気でもある。

ウイルスのタイプとしては、一本鎖のRNAウイルス。ジステンパーウイルスや牛疫ウイルスなどと一緒に、パラミクソウイルス科モルビリウイルス属というグループに分類される。このグループの特徴は、たがいに抗原性が近いことだ。犬のジステンパーの予防にも人間の麻疹ワクチンが有効なことがある。

「XSARSの場合も、麻疹の予防接種を受けていれば、感染しないのですか」と記者からの質問があった。

「もしも、本当にモルビリウイルス属であるならば、理論上は一定の効果があると考えられます。しかし、今ここでそう述べるのは、仮定の上に仮定を設けているわけですから、あまり科学的ではありませんね」

御厨が今ひとつ、リアリティを感じていないのには理由がある。医療従事者で、麻疹の予防接種を打たないことはあり得ない。にもかかわらず、院内感染が発生した。また、初期の発病者のうちの一人も小児科医だった。そのようなことを考え合わせると、麻疹ワクチンが決定的な効果を持つとは思えないのだ。

記者会見を切り上げて、御厨は病棟一階の臨時執務室に戻る。ドアを開けた瞬間、目を細めた。棋理と赤坂という記者がいるのは出かけた時と同じだが、そこに島袋ケイトが加わっている。

「結局、麻疹説の原因は、ケイト君だったの」と問いかけた。

「すみませんでした。でも、病原ウイルスが麻疹に近いものではないかという間接的な証拠を見つけたと思ったんです。こういう形で漏れるなんて……」

　島袋がしおらしく謝罪するのに、さらに目を細める。普段からこうあってほしいものだとつくづく思う。

「記者たちは色めき立っている。ぼくに連絡するのが先であって、順序が乱れると混乱を招く」

「はい。でも——」島袋が口を開いたところで、電話が鳴った。

「やっと動き始めました」受話器の向こうから言うのは、厚労省感染症課の課長補佐だ。

「感染症法に定める新感染症としてＸＳＡＲＳを認定するための作業に入りました。政令を公布できるのは早くて三日後になります」

　ひょっとすると空気感染するかもしれないという風説が効いたのか、と御厨が問うまでもなく、課長補佐は続けた。

「都内で発症者が出ました。そちらの初期の症例との接触歴があるそうで、また、症状からもＸＳＡＲＳを強く疑われています」

　電話を切った後で御厨は肩をすくめ、ことの成り行きを説明した。

「足下に火がつくと、とたんに事態の重大さに気づく。これはよくあるパターンだね」と訳知り顔に言うのは棋理だ。

「彼らの間違いは、新型インフルでもＳＡＲＳでもないと分かった瞬間に、とことん保守的にいくと決めてしまったことだ。前向きに動いてくれれば、五日前、そうでなくても三日前には、同じことができたと思うけどね。や、御厨クンもそろそろ本来の役割を果たしてもらおう。新感染症として認知されることになったわけだし、ここから先、きみの現場は、病院やラボじゃないんだ」

棋理の目が御厨を射貫いた。飄々としていながら、時々このような人を逃さない語調と視線で釘付けにする。ウイルスを特定することが、行政へのインパクトとして重要だと述べてきた手前、御厨は今、足下が揺らぐ。新感染症として認定される以上、この集団感染の制圧のために、ラボが直接的に果たし得る役割はもう終わったことになってしまうではないか……。

「失礼ですが――」と声がした。

ドアが開いており、ラボの検査主任が立っていた。

「隊長、お見せしたいものがあります」

御厨は大きくうなずいた。

「まだ、ラボにも仕事があるようだ。それでは、見せてもらおうか……」

小堺賢一は、背の高い高柳医師の細い背中にしがみついている。医師が運転するスクーターは、それほど大きなものではないから、体を密着させてなんとかへばり付いていているような恰好だ。

ブルーと名乗った少年が去ってから、高柳は不思議なことを語ってくれた。

叔母が亡くなった家の斜向かいには、老夫婦が住んでおり、妻はすでに疫病で亡くなっていた。しかし、夫は寝たきりながらも重篤な肺炎には至らず、また、栄養状態も良好に見えた。毎晩、子どもたちが食べ物を運んでいたという。

　高柳が詰めている小学校の軽症患者病院でも、似た話を聞いたことがあるそうだ。保健所の訪問で発見されて収容されるまで、誰かが夜な夜な訪れて食べ物や飲み物を口に入れてくれた、と。

「謎、ですよね」と高柳は言った。「あなたも一緒に来てください。さっきの子、研究所の子だって言ってましたよね。ぼくの立場じゃ中に入りにくい。だから、保健所の方に先導してほしいんです。あの子とずいぶん親しげでしたしね」

　冗談じゃない、と心の中で思った。

　ただでさえ叔母が亡くなってショックなのだ。今、働く気分にはなれない。考えてみれば、叔母が亡くなったのであれば、小堺は制度上、忌引きで休めるはずであり、保健所の職員として高柳に同行する筋合いはない。いや、これは業務命令ではないわけで、ということは、高柳の要請に付き合うのは「仕事」ではないということか。どっちにしても、面倒なことは嫌だ。

　ふいに、あの少年の顔が思い浮かんだ。

　あの子はやや灰色がかった不思議な目で小堺を見て、「訪ねておいでよ」と言ったのだ。

吸い込まれそうな目だった。言われるがままに腰を浮かして、少年の後をついていきたくなった。ほんの一瞬のことだ。すぐに高柳が現れて、小堺を現実に引き戻した。

今度はその高柳が、研究所に行こうという。拒否するのを一瞬ためらったのが運の尽きで、今では途中下車不可能なスクーターの二人乗りだ。疫病に毎日接している医師と体を密着させるなどぞっとする。

遠くから音楽が聞こえる。それが、自分の携帯電話の着信音だと気づくのに少し時間がかかった。この状態では出られないから、無視せざるをえない。

高柳は研究所のかなり手前でスクーターを停めた。そして、歩くように促した。

「核心が近いと思ったら、出来るだけゆっくり歩くこと。これ、棋理先生の教えです。ぼくは一週間だけの弟子だったんですけどね」

棋理というのは、一度保健所に押しかけてきた変な男で、T市の医師にもシンパがいたとは驚くべき事実だ。

歩き始めてすぐに異状に気づいた。人混みだ。一車線の道路に人が密集している。小堺は崎浜でこれだけの人が一ヵ所に集まるのを見たことがない。つい何時間か前、人々が三々五々道を歩いているのに出会ったけれど、その終点がここだったのだ。

みなさん、集会は自粛して下さい。そうお願いしているはずです！

叫びそうになり、途中でやめた。

「研究所」の入口部分のピロティにはギリシア建築風の円柱が並んでおり、その向こう側には何があるのかよく分からない。

「出てきなさーい！」と声がスピーカーから漏れた。そして、拡声器を通さない声で、「出てきなさーい」と人々が唱和する。どことなく緊迫感が漂う。

　もっとも、それが長続きするわけでもない。小堺たちが近くまでたどり着いた時には、シュプレヒコールは一段落していた。人々は何をするでもなく建物の方向に視線を向けては、会話を交わすばかりだ。

「なんもこん町に来ることもなかろうに。ババ引いたとしか言えんさね」

「本当にそうですね。いったい何をやっているのか分かったもんじゃない。騙されたって言っていいんじゃないですかね」

「やっぱり、あの教団なんでしょう？　健康食品の販売なんて表の顔でしょう。昔、テロをやった連中なんだから」

「分派の分派らしいですよ。教祖は捕まらなくて、案外、ここにいるのかもしれませんよ」

　本来なら接点がなかった生粋の地元の農家や漁師と、ハイタウンの新興住民がお互いにうなずきあいながら話している。

「みなさん」と高柳が落ち着いた声で呼びかけた。

「何かあったんですか」

　人々がこちらを振り向いて、高柳を爪先から頭のてっぺんまで検分するように見た。

「あなた、ハイタウンの人かね」と地元の壮年の男が聞く。

「いえ、住民じゃないんです。小学校の病院に派遣されてきた医師です」

そう言ったところで、はじめて白衣に気がついたとでも言うように、人々が一歩、二歩と後ずさった。

「入院したら、誰も帰ってこんじゃないか。あんたら、何をしとるね。医者なら、もっとしっかりやれって」

「はい。努力しています。みなさん、なぜこんなところに集まっているんですか」

小堺は高柳の毅然とした態度に、ほうっと口を丸めた。

「こいつらが病気をばらまいているのよ」と女。

「監視をしなきゃならないね。出入りできないようにしてやろうじゃないか」

「そうだ。閉じこめてしまえばいい」

などと口々に言う。

小堺は首をかしげた。さっき、みんなは「出てこい」と言っていたのではないか。「閉じこめろ」と「出てこい」では話が違う。

また、拡声器のハウリング。そして、「そこにいる子！」と声が呼びかけた。

「出てきなさい。きっとお父さん、お母さんが心配しているぞ。出てきなさい」

円柱の陰に子どもの姿がある。ブルーという少年ではない。もっと小さな別の子のようだ。

「おおっ、須沢の甥っ子じゃないか」と言ったのは、さっき島袋と一緒にいた時に声を掛けてきた爺さんだ。

「敬ちゃんはどうだった。見に行ってくれたんだろ」

小堺は力なく首を横に振った。

「叔母は……亡くなってました。もう運んでもらいました。でも、でも……」

自然に目に涙が溜まる。自分がどうして一緒に搬送車に乗って叔母についていってやらなかったのか、今更、ひどいことをしたような気分になって胸が締め付けられる。

「そうか、敬ちゃんもか。おい、甥っ子さん、敬ちゃんは、あいつらに殺されたんだぞ」

語気の鋭さに思わず顔を上げた。

「敬ちゃんはな、こいつらが猫を殺しとるって怒ってた。なんかの実験でな、殺しとるって。保健所はなんもせんから知らんだろうが、敬ちゃんは優しい人だから、何度も猫を取り戻そうと……」

小堺は最後まで聞かずに、男が持っている拡声器に手を伸ばした。

「失礼、少し貸してもらえますか」

そして、拡声器を右手に持ち、大きく息を吸い込んだ。

「保健所から来た者です。調査のため、建物の中に入らせていただきたいのですが、ゲートを開けてください」

しんと静まりかえる。しばらくたっても返答がない。また、小さな子どもが柱の陰から顔を出した。

　小堺は拡声器を返し、スチール柵に手をかけた。

「あんた、一人で行くのか」と聞かれる。

「はい、そうでもしないと、埒があきそうにないから」

　小堺は力強く言った。強くなれと言ったのは叔母さんだ。だから、もしも強くならなければならないとしたら、それは今なのだ。

　両足で跳躍すると同時に、両腕に力を込める。右足を高く上げて柵の上にひっかけ、走り高跳びのベリーロールのように体を回転させて敷地に飛び込んだ。そこで、ズボンを引っかけて、尻餅をつくのが情けない。

　柱の陰にいた子どもが走り、奥の方へと消えた。

「じゃあ、行きましょうか。あの子たちは何かを知っている」

　いつの間にか隣に高柳が立っていた。

「もちろん」と小堺は返事をした。

　仙水望は動物愛護ホームから新興住宅地であるハイタウンの方向へと歩いている。来る時には救急車に同乗したため、自前の「足」がない。島袋のように自転車の現地調達をしようと考えたが、残念ながらホームにあったものはすべてロックされていた。従って、ただ歩くしかない。

黒っぽい土のようなものを入れたプラスチックの小型容器がバッグの中にある。ホームの倉庫がアブラコウモリのねぐらになっており、床に堆積していた糞を採集してきたものだ。

いまだ病原体が未知のＸＳＡＲＳだが、もともと野生動物由来のものであることは間違いない。エボラ出血熱しかり、ＳＡＲＳしかり、新型インフルエンザしかり。だから、獣医師である仙水は、この局面で人間よりも動物に注目する。様々な動物が集まるホームは、もっともあやしい施設だった。

救急隊に従って、島袋と一緒にホームに入った時、島袋に霊感が降りてきた。少なくとも仙水にはそう思えた。

「麻疹に似ていると思わない？」と彼女は仙水の耳元で囁いた。

その瞬間、パズルのピースがはまった。

麻疹ウイルスはパラミクソウイルス科モルビリウイルス属だが、近縁にはイヌジステンパーや牛疫など、獣医師には馴染みのものが多い。麻疹ウイルス自体、人類に蔓延する前は牛など家畜の病気だったものが変異したと考えられている。

そして、コウモリ！

ホームの一角にアブラコウモリが巣くっているのを知って、ひらめいた。アブラコウモリはイエコウモリと呼ばれるくらいで、家屋によく住み着く種類だ。この時期は冬眠していることが多いのだが、温暖な気候だから、今月はじめくらいからは動き始めているのかもしれない。

ホームで堆積した糞をサンプリングした後は、ハイタウンの斉藤邸に向かうつもりだった。亡くなった斉藤は庭にバットハウスを建てていたという。そこにも当然コウモリがいるだろう。

ホームを出てマスクを外したとたん、老婆が通りかかった。

この緊急時にのんびりと、「こんちは、あついねぇ」と話しかけてきた。どんな土地にも話し好きの婆さんというのはいるものだが、まさにそういうタイプだ。

時候の挨拶を済ませた後で、「この辺って、コウモリが多いですよね」と質問した。

「そうさねぇ、多いも少ないも、地元んもんにはわからんがね」

「家の屋根裏なんかにいませんか」

「うーん、いるねえ。古い家には必ずいるねぇ。うちは新築したから、来ないんだが、そうなると困ったものですよ」

「どういうことですか」

「そりゃあ、コウモリがいると糞を取れるさね――」

「糞、ですか」仙水は思わず唾を飛ばして言った。

「そりゃあ、糞さぁ。これがいい肥料になるんだぁ。昔はクジラの骨粉を使っておったけど、今じゃあんまり手に入らんからね」

仙水は興奮を抑えて、さらに細々としたことを聞き取った。その間、白いワンボックス車が通り過ぎた。ホームを運営する動物愛護団体のロゴを一瞥したが、そのことの意味を深く考えもしなかった。

このあたりではコウモリの糞を採集して肥料に使うのはごく普通に行われており、山の洞窟まで行ってわざわざ採ってくることもある。昔はコウモリの糞から作る民間薬があったが、さすがに最近では服用する者はいない……等々。

エウレカ！

今こそ、叫びたい気分だ。

コウモリの巣のあるホームでの集団感染。最初の感染者と目される吾川重造は農家で、ハイタウンの斉藤毅は裏庭にバットハウスを設置していた。そういえば自然愛好家だった黒部医師にもコウモリとの接点はあっただろう。この地域でちょうど冬眠を終えたコウモリが活動を始める二月に、コウモリ由来の病気が流行したのだとしたら理に適って（かな）いる。そういえば、ここ一〇年のうちに発見された、脳炎を起こすニパウイルスや、肺炎を起こすヘンドラウイルスもコウモリ由来だ。これらは最初麻疹と同じモルビリウイルス属と思われていたが、最近になってヘニパウイルス属という新しいグループに分けられた。そのあたりの新興ウイルスであれば、コウモリから新たに一つ二つ出てきたとしても、誰も驚かない。

とにかく今はサンプルの採集だ。

話し好きの老婆に「じゃあ、お婆さん、病気に気をつけてよ」と別れてから、ひたすらハイタウンを目指した。

斉藤家はひっそり静まりかえり、呼び鈴にも反応がなかった。いや、ハイタウンそのものが人通りのない廃墟のようだった。一度だけ車が通ったが、車内から仙水を見る目はさも疑わしげで、仙水は轢き殺されるのではないかと跳んで避けたくらいだ。

緊急時だからとばかりに、斉藤家の駐車場から裏庭に抜ける細い通路に侵入した。駐車場に四輪駆動車が停められているのが気になった。

裏庭には芝生が張られているものの、合間から雑草が勢いよく顔を出しており、この地方の陽差しの強さを思わせた。手入れを怠ると一週間でこうなるわけだ。そんな中、縦長の犬小屋のような構造物があって、それがまさにバットハウスだった。基部は一メートル四方ほどの正方形で高さは仙水の背と変わらない。一番下のところに金属の取っ手があり、引っ張ると糞尿を受けるトレイが出てきた。ＤＩＹで作ったようだが、なかなかうまく出来ている。

手際よく糞をサンプリングし終えたところで、仙水は耳をそばだてた。

室内から声が聞こえる。

それもコウモリの超音波かと思うほどか細く、今にも消えそうな声だ。

仙水は症例リポートの内容を思い出した。初動時に「子どもとの接触」とＸＳＡＲＳの関係に気づいた仙水だから、忘れるはずもない。斉藤毅には、まだ幼児の娘がいた。その子だけが留守番をしているはずがなく、呼び鈴に誰も反応しないとなると……最悪の事態を想定しなければならない。

まいったな。子どもの相手は苦手なんだ……。

「出ておいで。助けに来たんだよ！　ママときみを助けに来たんだ」

窓のカーテンがかすかに揺れた。


島袋ケイトは防護衣に着替えて、移動式ラボの外付けのエアロックに滑り込む。紫外線のシャワーを浴びてから、ドアを開け、一歩中に踏み込んだ。

とたんにひどい閉塞感にとらわれた。四方すべてを検査機器に取り囲まれている。実体顕微鏡、遺伝子増幅装置（PCR）、ＤＮＡシークェンサー、培養棚、クリーンベンチ、オートクレーブ……。ケイトはもともとラボではすぐに汚染（コンタミ）を出してしまう「手の汚い」タイプで、つまりはこういう場所には馴染めない。もっとも、ケイトが知る限り、最も汚い手の持ち主は棋理だ。

先に入った男性たちは、額を寄せ合うようにモニタを見つめていた。全員が防護スーツに身を包んでいるので、体の大きさで判断するしかない。一番小柄なのが検査主任で、がっちりした体格が御厨。さらにその隣のひょろりとしたのは棋理。赤坂は外で待っている。棋理は「ワトスン君おいでよ」と言ったのだが、さすがに御厨が止めた。

主任がこちらを見て、手招きした。そして、指さした。電子顕微鏡からのアウトプットを液晶画面に映し出したものだ。

均質な細胞の並びの中で、ところどころ大きな空隙がある。そしてその中心には小さな粒子が集まっている。

「これは……シンシチウム？」

「そうです。ここにきてやっと『当たり』です。B95a細胞に植えたやつで軒並み細胞変性が見られるんです。検体は初期の四人の症例のものです。すべてで同様の結果を得ました」

シンシチウム、つまり、合胞体のことだ。パラミクソウイルス科のウイルスやヒト(H)免疫不全(I)ウイルス(V)などが引き起こすことで知られている。麻疹の肺炎の病理標本では、しばしば多核巨細胞が見られる。さっきXSARS症例の組織写真では臨床医に否定されてしまったけれど、ケイトが考えたのと同じ現象がもっとはっきりと培養シャーレの上で起こっていた。

「ウイルスの被膜（エンベロープ）は観察できたのかな」

「もちろんです」主任が言って、画面を切り替えた。「サイズは二〇ナノメートルから二〇〇ナノメートルくらいまで。丸っこいのが目立ちますが、多形性といってよさそうです」

「これ縁飾り構造に見えるね」

「そうです。エンベロープには二重の縁飾り構造があります。パラミクソウイルス科の特徴です」

主任がふたたび画面を切り替えると、今度は別の構造物が浮かび上がった。魚の骨のような形をしたものがいくつか重なり合って映っていた。大量死した魚がそのまま化石になったところを連想させる。

「細胞培養の上清で見つけました。ウイルス粒子の内部構造物、ヌクレオカプシドです。この形も、やはりパラミクソウイルス科の特徴です」

「ケイト君、きみの見立ては正しかったようだね。麻疹もパラミクソウイルス科だし、どうも、そのあたりの新興ウイルスと見た方がよさそうだ」

御厨の声は嬉々（きき）としている。いや、それを言うなら、主任も同様だ。どうもこの人たちは、ウイルスが好きで仕方がないのだとケイトは結論した。

「感染者の血清との中和反応はたしかめたのでしょうか」ケイトはつとめて冷静な声で言った。

「はい。凝集反応が起きました。金コロイドで抗体を着色して、ウイルスが抗体と結合することも確認しました。さらに、分離したウイルスを遺伝子増幅（ＰＣＲ）にかけています。パラミクソウイルス科の三つの属のプライマーを使いました。早ければ数時間後には、はっきりしたことが言えると思います」

「完璧だよ」御厨は低い声で言った。

「ＸＳＡＲＳの原因ウイルスはパラミクソウイルス科で決まりじゃないか」

ゴーグルの向こう側の御厨の目は、今この瞬間、すべての謎解きが終わったのだとでも言いたげだ。

「隊長、そう簡単に言っちゃっていいんでしょうか。安直にコッホの三原則を満たせなんて言いませんけど、ここで発見されたからといってすぐに原因ウイルスだと言い切れるわけじゃありません」

「まあ、たしかに正論だ。ほかにも原因ウイルス候補はあがってきている。実は中国の研究者が、相変わらず、炭疽菌だと言い張ってきかないんだが……」

「いずれにしても――」

口を開いたのは、これまで黙り込んでいた棋理だ。

全員が棋理に注目した。

「いずれにしても、有益な情報だね。この調子ならSARSの時には一ヵ月かかったウイルスの特定が、二週間で済むかもしれない。でも、とりあえず、今の主戦場はここじゃない。さあ、御厨クン、外に出よう。保健所の対策本部に行くんだ。島袋クンとワトスン君と一緒にね……」

ゴーグルの奥の御厨の顔が、目尻を下げた情けないものになった。肩をすくめるのが、哀感を誘う。しかし、ここから先、隊長には政治的な場で力を発揮してもらわなければならない。

エアロックで紫外線のシャワーを浴び、前室でさらに温水のシャワーを浴びてから、服を着た。携帯電話には、仙水からのメールが入っていた。コウモリのこと、ヘニパウイルス属の疑いのこと。ヘニパウイルス属はたしかに麻疹と同じパラミクソウイルス科だ。仙水もいい線を突いている。

ケイトは病棟に戻り、手があいている医師をカンファレンス室に集めてもらった。

麻疹に近いウイルスだという情報は、治療方針に大きな変化を強いるものではない。むしろ、これまでの試みがそれほど的はずれではなかったということだ。

にもかかわらず、医師たちは絶句してしばし言葉を失った。

「空気感染の可能性もあるということですね」年配の医師が言った。

一転して、医師たちの間にどよめきが広がっていく。そこに混じり込んだ怯えや疲れの響きを、ケイトは感じ取る。

やがて、気力や注意力を維持できなくなった時、現在の態勢は維持できなくなる。その予感がひたひたと打ち寄せる。

やはり、元栓を締めなければならない。

今のところは、最有力候補は、仙水のコウモリ仮説か。コウモリへの曝露（ばくろ）・非曝露、症例・非症例の二×二表を作成できるだろうか。はたしてオッズ比はどれくらいになるのか……。ケイトは急ぎ足で病棟を出る。そして、彼女自身の持ち場へと向かう。

第一八章　花畑から見えるもの（九日目・承前）

動物愛護団体の名前を記された白いワンボックス車が、今は無人のホームの駐車スペースに停まっている。中には水色のつなぎの作業服を着た三人の男女がおり、みずからケージの中に入って動物たちを選別する。

作業は一種の振り分けだ。獣医師がいる東京で加療が必要な病気の猫を捕まえて、キャリングケースに入れる。彼ら自身は獣医師ではなく、ワンボックス車はこれから東京の愛護団体の本部まで動物たちを連れて行って診察を受けさせることになっている。

ものの三〇分で犬と猫の選別を終え、少し脱水の気配があるリスザルをやはり一緒に連れて行くことにした。

ホームには、男が一人、残った。この一日、連絡が途絶えた現地スタッフの様子を見るというのが、本来の訪問の目的だったのだが、到着してみるともぬけの殻で、健康状態のすぐれない動物だけが残されていた。とにかく動物には世話が必要であり、そのためには誰かがいなければならない。

それにしても、スタッフはどうしてしまったのか。周囲で発生した疫病のために、持ち場を放棄したのだろうか。しかし、それならば東京の本部への連絡がないのは不自然だ。一人残った男は、動物たちに餌を与える作業を続けながら、何度も首をひねった。

この時点で、ホームでの集団感染はまだ報道されていない。また、情報を集約する保健所の混乱から、東京の愛護団体本部への連絡も為されていなかった。ホームの屋内が危険地帯であることを知らず、男はマスクもしないで作業を続けた。

一方、病状の重い動物たちを乗せたワンボックス車は、来た道を戻り、なんら咎められることなく崎浜町を出た。もしも市街地を通らず直接、市外に出ようとすれば、隣市の若者がつくったバリケードに阻まれただろう。しかし、市街地方面の道を選んだため、民間のバリケードができるわずか一〇分前にすんなり通ることができた。また、さらにその後、市の境界をまたぐ時にも、政府の方針を受けた警察の検問所が設置される直前だった。

こうしてワンボックス車は無事に高速道路に乗り、多くの病んだ動物たちが東京へと向かうことになった。

ハンドルを握る赤坂吾朗は、視線をしばしば助手席に走らせ、深くリクライニングしたシートで目を閉じている島袋を見る。ついさっき「現場に着くまで少しだけ休ませて」と言ってすぐにこの体勢になった。眠っているのかは分からないが、無防備であどけない顔にどぎまぎする。

町の境には誰かが設置したバリケードがあり、停車するとすぐにマスクをした若い男たちがやってきた。赤坂はウィンドウを下ろし、「どうしたんですか」と話しかけた。

「一回崎浜に行ったら、あっちが落ち着くまで帰ってこないつもりで。伝染病はここで食い止めなきゃならないんで」若い男は淀みなく言った。

「原因が分かるまで、外に出ないでほしいんだよね」今度は別の男が言った。「XSARSとかいったってさ、結局は崎浜病だろ。ほんとうだったら、総合病院に患者を受け入れるのだってどうかと思うよ」

「それは、ちょっと……」と赤坂は答えた。「報道なんで、また市街地に戻らなきゃならないし」

「ニュースのせいで、病気があちこち飛び火するのは困るんだよね。だいたいニュースなんて、一社だけでいいじゃない」

「じゃあ、うちの社だけでいいから通してもらえないかな。今回の件では、うち、わりと正確なニュースを出し続けてるから。崎浜に患者が多いのに気づいたのもうちだし」

「行ってもいいけど、帰りはやはり通せないな。行くなら、死ぬつもりで行ってくれ」

赤坂はその有無を言わせぬ口調に驚く。

その時、携帯電話でテレビを観ていた男が、「うわっ」と声を上げた。

ほかの男たちも集まって画面を食い入るように見つめる。

「東京でXSARSと考えられる発症者が出た。IT会社のシステムエンジニアで、最初の頃に総合病院に運ばれて亡くなった患者と会議で同席したことがある……」

「ほら、封鎖しても意味がない。もう外に飛び出しているんだから」

赤坂は言い残して、アクセルを踏み込んだ。

鼓動が高鳴っている。本当だろうか。パンドラの箱は開かれてしまったのだろうか。人口密度の高い東京でこの病気が流行したら……。想像しただけでも恐ろしい。

「時間が短すぎるわね」と助手席から声がした。

「あれ、眠っていなかったんですか」

「眠りが浅いの……それにしても、その人、倒れたのは今日なんでしょう？」

今しがた、うとうとしていたとは思えないほど、シャープな物言いだった。

「どういうことですか」赤坂はハンドルを切りながら聞き返した。

「救急車で運ばれてからわずかの間に、いろいろな検査が終わって、ほかの病気の可能性が否定されたとは考えにくい。つまり、単に総合病院の患者さんとの接触歴があるという情報だけに引きずられて報道機関があわてて第一報を発した、ということ。たしかな情報ではないわ」

聞いているうちに忸怩とした思いにとらわれる。赤坂も、この情報を手にしていれば、同じような書き方をしたかもしれない。

「棋理先生もそろそろ保健所でデータをざっと見て、印象を話してくれそうな頃ね」

島袋はシートを戻し、バッグから携帯電話を取り出した。着信を確認するが、何もないようだ。

　棋理は、御厨と一緒に保健所内の対策本部にいる。赤坂がこの車で保健所まで送り、そして、対策本部まで同行した。今この瞬間、データセンターと呼ばれている会議室に詰めて、ひたすらコンピュータを操作しているはずだ。この一週間で、保健所には多くのデータが集まっている。一〇〇人を超す患者に対して、病気にはなっていない崎浜町民を二〇〇人。さらに、黒部小児科医院のカルテと、新たに始まった子ども対象の聞き取り調査の結果も利用可能だ。それらを棋理の自由にさせるのは、とても意義があることだと島袋は強調した。

　実際、赤坂と島袋が保健所に滞在したわずか五分ほどの間に、棋理は最初の計算を終えてその結果を伝えてくれた。

「ケイト君、この接触調査、すごく使える。粗い推定（ラフ・エステイメイト）だけど、暫定的に覚えておいてほしい。この病気の潜伏期間は九五パーセントの信頼区間で三日から九日。つまりケイト君は、かりに今日この現場を出たとしても、一〇日目までは隔離されて娘さんに会わない方がいいということだ。ＳＡＲＳと比べると若干たちがよいみたいだね」

　なぜデータからそんなことが分かるのか謎だ。しかし、棋理にはそれができる。

「潜伏期間の推定って、封じ込めのために一番大事なもののひとつなのよ」と島袋が解説した。「何日間、新たな発生がなければ制圧宣言ができるか、感染したかもしれない人をどれだけの期間隔離するべきなのか、全部、潜伏期間にかかってるんだから」

そして、島袋は「わたしは現場に戻ります」と宣言した。それを聞いた赤坂は、何の迷いもなくつき従ったのだった。

とりあえずのところ、島袋の注文は、仙水と合流したい、ということだ。

赤坂の胸ポケットの中で携帯電話が、さっきからしきりと震動している。

デスクだろう。赤坂はポケットの中に入れたまま、指先の操作で電源を切った。

花畑に沿った道を走っていくと、前方に一人の男の背中が見えてきた。ハイタウンからホームを通り越し、花畑を突っ切って漁村に向かう道だった。

車の音に気づくと、男はくるりと振り向いて無邪気に手を振った。束ねた長髪が左右に揺れる。なんて無邪気な奴！　信じられない！　花畑の中で何もかもすっかり終わった気分になっているんじゃないか。

赤坂が車を停め、ケイトはなにはともあれドアを開けて外に出た。

仙水が握手を求めて、手を差し出す。これも無邪気で、リスクの多い行為。獣医師はリスクに無頓着、と言ったのは、仙水自身じゃなかっただろうか。ケイトはこれみよがしにラテックスのグローヴをしてから、握手に応じた。

「ケイちゃんのおかげだよ」

「何もしたつもりはないけど」

「子どもがリザーバーになるなんて絶対認めなかったでしょう。コウモリみたいに誰も見逃さないような媒介動物を素通りしたでしょう。何かがあるってぼくには思えたんだよ。おかげで、なんとか今回もかたが付きそうだ」

ケイトは握ったままになっていた手を無理に離した。

「何ねぼけたことを言っているわけ」

「だって、ラボでもパラミクソウイルス科だと分かったみたいだし、すると最近コウモリから多く出ているヘニパウイルス属あたりだと見当がつくし、制圧は時間の問題でしょう」

「あのう」と赤坂が声を掛けた。

「今のうちに食べておきませんか。働き通しじゃ倒れちゃいますよ。ちゃんと買ってきてありますからね」

赤坂は道路脇の駐車スペースに青いビニールシートを敷き、その上にどこかのコンビニで買ったと思われる食べ物が入った袋を置いた。おまけにペットボトルのお茶まである。

「どうしてそんなに準備が良いわけ? 遠足じゃないんだから」

「カメラマンと一緒に行動する時なんて、食べ物の手配を忘れたら殺されかねないですからね。ビニールシートだって、仕事に使うんですよ。いつも鞄に入ってます。張り込みなんかだと地べたで食べること多いし……」

へえっ、と感心する。なにはともあれ、ワトスン君は新聞記者なのだ。

シートの上に座ると、視線が低くなって、目の前にポピーの花が迫ってきた。いつもながら、ここがのっぴきならない疫病に冒された地域であるとは信じられなくなる。ふとリカのことを思い出した。母からの電話がないということは、症状が安定していると考えるしかない。

「娘がね、麻疹（はしか）で入院したのよ」春の味覚弁当なるものを食べながら、さりげなく言った。

「たぶんそれで、麻疹に似たウイルスかもって思ったんでしょ。だからケイちゃんは天然なんだよ」

それについては肩をすくめるのみだ。

「ぼくもいろいろ調べた。この地域では、コウモリの糞をよく肥料に使っている。この花畑もそうなのかもね。今後、コウモリの糞を扱うのをやめてもらったら、一次的な感染はなくなるはずだよ。すると、あとはヒト・ヒト感染のことだけを考えればいいんだ。ストーリーはシンプルになり、発症者と感染疑いの者をきちんと隔離しておけば、そのうち終息する」

恐ろしい速度で弁当を食べ終わった赤坂が、一心不乱にメモを取っているのに気づいた。エピの現場の人間は早食いが多いけれど、それ以上だ。

「ね、だいたい解決ってかんじがするでしょう」仙水が念を押すように言った。

「本当にそうかしら。わたしはピンとこないのよね。きのうの夜までずっと数字を扱っていたわけだけど、なぜかその線はないって気がするんだ」

「その拒絶反応がむしろ怪しいんだよ。ケイちゃん、ひょっとするともともとコウモリが嫌い？」

「たしかに、気味が悪い」

「きっとそのせいだ。ただでさえ正体不明で気味の悪いコウモリが、感染症の宿主なんて想定したくないだけなんじゃないの。ひどいよね、よくよく見たらかわいげのある顔をしてるのが多いのにさ……」

　ケイトは呆れて、返事をしなかった。

　全員が弁当を食べ終え、お茶で喉を潤す。かすかに風が吹いて、ポピーを揺らす。このままビールでも飲んで昼寝したくなる。

　しかし、現実に引き戻す携帯電話が鳴る。保健所にいる棋理からだった。

「コウモリ仮説、棄却だね」と棋理は言った。

「やっぱり、そうですか。でも、直接、棋理先生から話してもらった方がいいみたい」

　ケイトは仙水に携帯電話を手渡した。仙水は何度もうなずきながら、「でも、先生」「しかし」などと繰り返した。

　最後には納得して、「了解です。とにかく、救急隊に届けてもらった糞のサンプルだけはちゃんと調べてみてください」と言った。電話を切ると肩をすくめた。

　そして、ケイトに向かって内容を説く。

　いわく……きょうになって、漁村部での患者が大量に発見されていて、中には最初の症例だった人々よりもずっと前に発症して亡くなっていたと思われるケースもあった。漁村部の人たちが、農村部の人たちよりも積極的にコウモリと接していたとは考えにくい。だから、現場を歩くなら、他の可能性も探してほしい……。

仙水が書き取ったメモをケイトに見せた。

「コウモリへの曝露は調べられていないから、そのかわりに、『農業を営みコウモリの糞を肥料として使っていた可能性がある者と、バットハウスなどで日常的にコウモリと接触したと分かっている者』を曝露群にして「それ以外」を非曝露群としてオッズ比を計算してもらった。結果はなんと〇・九八、かぎりなく一に近い。ということは、今の時点ではコウモリとの関連は考えにくい……」

そう言って肩をすくめた。

「コウモリ仮説は棄却！」ケイトが引き取って言った。

「じゃあ、これからどうする？　何を調べていくべきなのか」と言いながら立ち上がる。

ポピー畑の向こう側には漁村の那智地区の家々の屋根瓦が光っており、その先は海の鈍い色だ。

右手にはやはり花畑の中から突きだすような愛護団体のホーム。翻ってみると里山に続くなだらかな斜面とハイタウン。そして、左手には例の研究所。この三六〇度のパノラマのどこかに「元栓」と呼ぶに相応しい何かが潜んでいるに違いない。

「そういえば――」仙水がバッグの中から小さなビニール袋を取り出した。ひびが入ったアンプルが入っている。「このマーク、見覚えがないかな。愛護団体のホームに落ちてたんだけど」

「あ」とケイトは小さな声を上げた。

これまでにも、この「ピラミッドと太陽」のマークに出会ったことがある。例えば、きょう小堺の叔母の須沢敬子の家を訪ねた時。廊下への上り口に散らばったガラスにそのマークがあった。

そういえば、小堺はどうしているのか。須沢家に置き去りにしてしまったけれど、精神状態を考えると心配だ。子どもじゃないのだから適切な行動を取っているだろうと考えるしかない。

「あの、これって……」いきなり声を出したのは、赤坂だった。「ぼくも気になっていたんですよ。わりとこのあたりでは売れているみたいですよね。高価なミネラルウォーターで、免疫を高める力があると言われているんですね。XSARSが流行りだしてからはなかなか手に入らないみたいです。取材した薬局で聞いたんですけどね」

「赤坂さん、本当にそんなこと信じているの」とケイトは聞いた。水ビジネスは、日本では本当に手の付けられないニセ科学の温床で、そういう話を聞くだけでうんざりさせられる。だいたいなんでこんな非科学的な言説に、人々はころりとやられるのか。今、こういう状況だからこそ、我々は科学的でなければならないのだ。

「いや、そういうわけじゃなくて、ほら、小さくて読みにくいですけど……」

赤坂が指さしているのは、「ピラミッドと太陽」の下にある住所表記だ。目を凝らすと「崎浜町」という文字が飛び込んできた。

そして、赤坂は自分の携帯電話の画面をこちらに見せる。住所検索した結果の地図の表示。

「この住所って、このあたりなんです……」

ケイトは仙水と顔を見合わせた。

「いや、記者さん、鋭いね」と仙水が褒める。ケイトも素直に同意する。忠犬顔で馬鹿にしていたけれど、この子はなかなかだ。はじめて本気でそう思った。

そして、棋理に連絡する。確認しておくべき場所があるので、三人で向かいます……。

御厨潤一は、保健所の一室を与えられ、崎浜町における重症肺炎多発対策本部の特別顧問として遇せられることになった。

しかし、おもしろくない。この役割は、つまり、棋理文哉が好きなように行動するための盾となるものだ。奴の能力を活かすために必要だと割り切ることにするが、ストレスがたまる。データを処理する棋理の手際に舌を巻きつつも、扱っているのが精度を期待できる実験データではないことに本能的な不安を感じるから、すなわち、二重に苦痛だ。

知ってか知らずか、棋理は実に嬉々として振る舞った。

「コウモリ仮説は棄却だけど、仙水クンの最初の思いつきは素晴らしかった。子どもたちの不顕性感染なんて、普通ならほかの可能性をつぶしてから思いつくものだよ。獣医の柔軟な発想だね。人間だって動物なんだ、って——島袋クンは怒っていたけど、今回は正解。子どもを媒介した感染を設定すると、モデルが無理なく現実に近いパターンを示す。ただ、問題は……」

「問題は、なんなんだい」御厨はつとめて落ち着いた声で聞いた。

棋理はノートパソコンのモニタをこちらに向けた。

東京におけるアウトブレイクを予防するための対処、T市主要部におけるアウトブレイクを予防するための対処、崎浜町におけるアウトブレイクを制圧するための対処、といった表題に分かれてそれぞれ内容が書き記してある。

「御厨クン、まもなく霞が関の連中はきみに東京へ戻るべきだと言い始めるだろう。しかし、きみはここに残るべきだ。たとえ東京に感染が飛び火しても、ここが主戦場なのだよ。少なくとも、それだけは断言できるね」

棋理の予言めいた発言は、わずか三〇分後、本当になった。厚生労働省から省内の対策チームに入るため東京に戻るようにとの要請を受けたのだ。

御厨は、電話口ではっきりと断った。

「東京での対処は、まず院内感染の防護を徹底していただくこと、発症者とこの一週間に濃厚な接触のあった家族や同僚たちを接触時点から最低九日後まで、願わくは一〇日後まで、なんらかの形で隔離すること、この二点のみです。隔離が難しいというなら自宅での自発的待機でもよいのです。法律が追いつかなくても、手段はそちらで考えていただきたい。わたしはこちらに残り、現地で指揮を執ります。目下、XSARSという病気を、これ以上、崎浜町から外に出さないことを優先すべきです」

その電話を切った直後、崎浜町ではなくT市の市街地でも発症者が出たとの報告が入った。総合病院での院内感染ではなく、市中からははじめての報告であり、保健所は色めき立った。それでも、御厨はさきほどの電話と同じトーンで繰り返した。

「崎浜町以外での対処は、発症者とこの一週間に濃厚な接触のあった家族、友人、同僚たちを接触日に遡って最低九日後まで隔離すること。法律の後ろ盾など気にする時ではありません。発症者の周囲の人たちは危機感を持っているはずですから、隔離をぜひ説得して実現していただきたい。そして、隔離を受け入れた人々には、万全のサポートを——」

毅然とした口調に、保健所長もうなずかざるを得ない。市長や県知事など、複雑な命令系統の要所にそれぞれ、確信を持った口調で御厨は語りかけ、説得する。こういった調整力は、たしかに自分の得意とするところであり、それを発揮すべき時はまさに今だ。

しかし、御厨は同時に自分自身が歯車になった感覚を抱くのだ。いや、集団感染の推移を決定づけるパラメータの一つになった気分、というか。それが決して不愉快ではないことに腹を立てる。ラボでは新しい結果が出たのではないか、発見された未知らしきウイルスの性状がさらに特定されたのではないか……気に掛けながらも、ラボにいて検査や研究に携わっている時よりも、ずっと科学的な意味で問題解決に直結する行動を取っていると自覚する。だから棋理と仕事をするのは厄介なのだ。不愉快でもあり、快感でもある。

研究所を取り囲んでいる人々は、車から降りたケイトたちをすがるような目で見た。「記者さん、ですか」と問われたのは、車の側面に赤坂の新聞社のロゴが入っているからだ。

「ぼくは記者ですが、ほかのふたりは東京から来た調査員です」と赤坂が説明すると、ほとんどせっつくように、「じゃあ、あんたら、早く調べてやらにゃ」「気をつけて。頼むよ」「あんちゃんたち、大丈夫なんだろか。心配さね。さ、行きなさい」などと矢継ぎ早に言われた。

聞けば、すでにこの中に入っていった者がいるという。保健所の疫学調査だろうかといぶかしむ。たしかに、動物愛護団体のホームであういうことがあった後だから、外界から閉ざされているこの場所も訪問しておきたいと考えるのは自然だろう。とはいえ、あの保健所長がみずから指示したとは思えない。とすると棋理先生が……と考えて、頭の中で否定した。保健所に棋理が到着してからそれほど時間が経っていない。結局、誰かが別の理由からここにたどり着いたと考えるしかない。

スライド柵を跳び越えて、三人とも敷地に降り立った。ゆったりした車寄せの向こう側には、五段ほどの階段の上に大仰な円柱が並ぶエントランスがあって、一歩ごとに威圧感を増した。

ひゅうっと口笛を吹いたのは仙水だ。

「何これ、クレイジーだ。ぼくに言わせりゃ、こういう古代趣味って不愉快だね。なにか大切なものへの敬意を欠いている。バブル期の建設なの？　さもありなん」

一方、赤坂は尻ポケットから取り出したデジカメでしきりと写真を撮っている。いくらなんでもエントランスの様子を紙面に使うことなんてないだろうに。

円柱群を越えた向こう側には背の高い扉があり、意外にも簡単に開いた。

目に飛び込んできたのは、そっけないホールだ。コテコテの外部との落差が激しい。

黒い影がよぎった。小柄な猫だ。まだぎりぎり仔猫、ともいえる。

「オッドアイ」と仙水が言った。

「なんですか」と赤坂が視線を上げて聞いた。

「左目が青で、右目が緑だろ。左右の目の色が違うのをオッドアイっていうんだ。黒猫のオッドアイって珍しいんだけどね」

「そういえばあの子が抱いていた猫……」

棋理と一緒に砂浜を歩いて少年と会った時、彼はやはりオッドアイの小柄な黒猫を抱いていた。

気を引き締め、個人防護具をここで身につけた。ほかの二人もそれにならう。

すると、聞こえてきた。甲高い声のざわめき。笑い声と、泣き声と、いろいろな声がまざって混沌とした音の塊だ。不安をかき立てるたぐいの騒音なのだが、それでもケイトは体から緊張が抜けていくのを感じた。とにかく、生きた人間が笑い、泣き、生活を送っている徴なのだから。動物愛護団体のホームのように全員倒れていたら嫌だ、という気持ちがどこかにあった。

エレベーターホールを越えたところに、大きなガラスのドアがあった。「太陽の部屋」という文字が、子どものつたない筆跡で書かれていた。もともと、リゾートマンションとして建てられたものだというから、集会所か何かだろう。

ドアは自動で開いた。足を踏み入れた瞬間、ケイトは明るい疎林の林床を連想した。天井がガラス張りで、どこからとなく水と土の匂いがする。

水は、流水のせいだ。中央にあるガラスの柱表面に水を這わせて落としている。ガラス柱にはこってりと藻類がこびりついていて、手入れされていないのが一目瞭然だ。一方、土は、部屋のあちこちに置かれているプランター。家庭でよく使われる小振りのものので、ケイトのマンションで母がコリアンダーやレモングラスを栽培しているのと同じだ。ただこちらはすべてに花が植えてあった。崎浜の花畑でよく栽培される菜の花やポピーとは違い、見たこともないものだ。とにかく、色鮮やかで、大ぶりで、エキゾチックだった。

「バンクシア、カンガルーポー……マニアックな花ばかりだね……」

仙水はこういうことについてはやたら博識だ。オーストラリアの野草だという。

小さな笑い声が聞こえた。導かれるように目を転じると、部屋のちょっと奥まったところに、一群の子どもたちがいた。床に敷かれたマットやクッションの上で思い思いの遊びをしており、こちらを見ようともしない。ともあれ、元気そうな姿を見て、ほっとする。さっき外で聞こえた泣き声もこの子たちだったのだろうか。

しかし、何か強烈な違和感がある。理由は……すぐに分かった。大人がいない。

保育者のように小さい子に接しているのは年長の子たちで、せいぜい小学校高学年くらいなのではないか。それもほんの数人で、ほかはすべて幼児だ。いやがおうにも、リカのことを思い出す。胸がきゅんとして、「ママー」と呼ぶ声まで聞こえてきた。

目の前に小さな女の子がいた。少し潤んだ目は腫れぼったくて、目尻には涙の跡が残っていた。

「ママに会いたい」と女の子は言った。

ケイトはそれだけで、女の子を抱きしめてしまう。防疫上、まずい。しかし、そうせざるをえない。

この子たちがここにいる責任は、自分にあるかもしれないのだから。

ケイト自身も分析に加わって、子どもは危険要素（リスクファクター）だと示してしまった。その結果がこれなのか。寂しい思いをしている子どもがたくさんいるだろうことは容易に想像できるし、現にここにいる。ケイトはただ想像するのをやめていただけだ。

目の前で見てしまうと、もう逃げられない。

抱きしめた時、女の子が身を硬くしたのに気づき、ケイトはものものしいマスクを外した。

「どうしてここにいるの。お母さんはどうしたの」ケイトはつとめて柔らかく話しかけた。

「ママとあえるって、さっきいってたの……ママにあいたいの」

そういえば表の群衆は拡声器で何かそのようなことを言っていた。外に出てきなさい、お母さんに会いたくないのか、などと。

「ねえ、お名前はなんていうの」とケイトは聞いた。

「なつみ。くぼかわなつみ」

くぼかわ。窪川。亡くなった患者さんで、窪川洋子の娘ではないか。母親が帰ってこなかったから、こんなところに流れ着いたのか……。

「あのね、あなたのお母さんって……」

「ちょっと」と鋭い声が飛んだ。聞き覚えのある変声期の声だった。

いつのまにかケイトのすぐ横に立っていた。

「大人は時々うそを言うんだよ」と女の子の頭を撫でながら言う。

「この子のお母さんは、亡くなってるんだよ。最初の何人かのうちの一人だからね。この子が一人で泣いているのをぼくが連れてきたんだ」

「感心しないわね。引き取りたい親戚の人だっているでしょうに。それに今は、公の保護施設もできたのよ。保育園につれていけば、面倒をみてくれる」

女の子はケイトの語気に驚いて後ずさり、少年の後ろに隠れてしまった。

「それで、大人はどこなの」ため息をついて、ケイトは話題を変えた。

この子たちのことは、後で市の福祉課か何か適切な部署に話をすればいい。とにかく今は、ここに来た本来の目的を達成しなければ。

「サーチャーなら、いないよ。でも、いるともいえる」

「何をわけの分からないこと言っているの」

「だから、どっちでもあるんだ」

「じゃあ、これ」とケイトはポケットから小さなビニール袋を取り出した。仙水から渡されたもので、中には「ピラミッドと太陽」の絵柄のアンプルが入っている。

「これはなんなの。亡くなった人の近くに落ちていた。愛護団体のホーム、それから、須沢さんの家にも……」

「空の水、だよ。空から降った水が地下できれいになった。でも、ある時から疫病の乗り物になった。ぼくたちは、浜辺で会ったよね。あそこが始まりの場所だったんだ」

「馬鹿馬鹿しい」ケイトは小さくつぶやいた。干潟での鳥の大量死は、サルモネラ菌が原因だともうわかっている。

「つまり――」隣でメモをとっていた赤坂が口を挟んだ。

「きみが分かってる範囲でいえば、サーチャーという大人たちがこの病気の病原体を崎浜町にばらまいた、ということだね。バイオテロ、という言葉を知っているかな」

「うん、そういうこと」

少年があまりにあっさりと言うものだから、ケイトは、最初、いったい何が言われているのかピンと来なかった。

「じゃあ、サーチャーはどうして病原体を持っていたのだろう。簡単に手に入るものじゃないと思うけど」

「それは、コンピュータで。ネットにはいくらだってウイルスが溢れているよ」

「あれはコンピュータウイルスであって、リアルなウイルスではないよね」

ケイトは赤坂の肩を叩いた。これ以上聞いても無駄だ。この少年はひどい妄想に取りつかれている。

いや、しかし、何かがひっかかる。赤坂もこちらを見ずに、手だけでケイトを制する。

「きみ、ずっとここにいたの？　ここで育ったの？」

ケイトの頭の中で何かがスパークした。赤坂は冴えている。その一方で、ケイトは自分の鈍さに腹が立つ。

「そうだよ。ぼくたちは、ここで育った。空の子だから」

「じゃあ、学校は？」

「学校は本当のことを教えないから、行かなくていいんだってサーチャーは言っていたよ」

　ケイトは赤坂と顔を見合わせた。この子も、被害者なのだ。児童虐待もいいところだ。

「サーチャーは上にいるのね」とケイトは聞いた。

　少年はこっくりうなずいた。

「仙水さん！」と赤坂が呼んだ。

　仙水は部屋の奥まで入り込み、何かを探すように床を見たり、天井を見上げたり、といった動作を繰り返していた。赤坂の呼びかけに気づくと近づいてきて、「ぼくは後から行く」と言った。

「このフロア、実に興味深いんだ。コウモリくらいいるかもしれないし、探してから追いつくよ」

　仙水はまだコウモリ仮説を捨てていないらしい。ケイトはむしろ、にわかに立ち上がったバイオテロ説を確認しなければと感じる。ケイトは電動ファン付きのマスクをもう一度、慎重に身につけた。

　外からの闖入者（ちんにゅうしゃ）がエレベーターホールに去る。

　ブルーは彼女らが見えなくなるのを待って、「さあ、町へ出よう」と言った。

「でも、まだ夕方だよ。明るいよ」とミドリが反論する。

「いや、いいんだ。いずれぼくたちはここを出なければならなかった。そして、それが今なんだ。最後の大人たちがやってきて、ぼくたちはここを追われる。その瞬間から、ぼくたちの新しい歴史が始まるんだからね」

飛翔衣を着るように指示すると、空の子たちはロッカーからそれぞれのものを取りだした。上から被るだけのものだから、すぐに準備は整った。

「あの人たちは、どうするの」とミドリがエレベーターホールの方を見ながら言った。

「いいんだ。ぼくたちはもう関係ない」

「教えておいてあげなくていいのかな。上も下も、危ないところがたくさんあるんじゃない」

「さあ、行こう。時間がない」

ブルーはせき立てて、空の子たちは出入り口へと向かう。

円柱群がある出入り口は、一段高くなっているから、そこに立つと舞台の上にいるみたいだ。世界に対して、今ぼくはここにいるぞ、と言っている気分になる。

今や、観衆もいた。柵で仕切られた向こうの道路に、たくさんの大人がたむろしている。さっきは「出てきなさい」と言っていたけれど、こうやって飛翔衣をつけた姿を見て、どよめいている。

ブルーは一直線に歩く。空の子たちが続く。スチールの柵の鍵をあけて、スライドさせる。そして、外に出る。大人たちは後ずさり、道が開いた。誰も何も話しかけてこない。

「おい、中に入った連中はどうしたんだ」と声を掛けられた。

誰が言ったのか分からなかった。きっとブルーの目の前に立って話すことができない弱虫なのだ。だから、顔を上げて微笑むだけにした。人々はそれだけでぎょっとして後ずさる。

「さあ、行こう」とブルーは唱えた。

第一九章　バイオテロ（九日目・承前）

小堺賢一は、膝を抱えて震えている。尻の下は冷たいコンクリートで、座り心地は悪い。しかし、そんなことが気にならないほど動転し、きつく目を閉じて震え続けている。

さっき、医師の高柳と一緒に建物上層部の個室を片っ端から開けて回ることにした。最初の二つで、小堺は挫折した。マスク越しにすら、強烈な異臭を感じさせる遺体だ。叔母との違いはといえば、誰かがフル稼働させた冷房のせいで、どろどろに溶け出す前に乾燥してミイラのようになっていることか。いずれにしても、かつて人間だったものがほんの短い間におぞましいただの物体に変わってしまうことにショックを受けた。

貧血を起こしそうだったので、小堺はあとは高柳に任せて、エレベーターホールまで戻ってきた。ここなら臭いも届かず、清潔だ。

廊下は半屋外になっていて、空がよく見える。ぎらぎらした太陽の熱をそれほど感じないのはどうしてだろう。子どもの頃、太陽が熱を失って地球も冷え切った死の星になってしまうSFを読み、すごく怖かった。今がその時なのかもしれない。弱々しい太陽は赤黒い光を放つだけで精一杯で、すべてが凍てついた世界。そんなものの入口に立っているのかもしれない。人々は死に絶えて、自分ももうじき叔母のような無惨な骸になるのかも……。

そう考えただけで、歯ががちがちと音を立て、体が芯から冷えていった。

どれだけ時間が経っただろう。気がついたら高柳が戻っていた。ガウンやマスクの上からでも、両肩を落とした姿は疲労困憊した様子を物語っていた。高柳も小堺の隣に座り込み、さらに深々と息を吐き出した。

「生存者ゼロ。一人はわりと最近まで生きていた形跡があって、つくづく残念です。もう少し早くここに誰かが来ていれば救えたかもしれないんですが」

しんみりした口調だが、小堺は感じるものがあって顔を上げた。

「お医者さんって偉いんですね」強い口調で言った。「救えたかもしれない、ですって？　じゃあ、救ってくださいよ。ぼくの叔母さんを助けてくださいよ。このまま世界が終わっちゃうんじゃないんですか。お医者さんだって、なんにもできないじゃないですか」

高柳が力のないため息をついた。

「まったくだ。ぼくは無力だ」

急にぶっきらぼうな言い方になって、おまけにどんよりと重い。

「医者といったって、なんにもできない。総合病院からも逃げてきたようなもんだし。かといって、探偵のまねごとをしても、間に合わなかった患者を見つけるだけだ。小堺さん、保健所への連絡、お願いできますか」

「そう。じゃあ、ぼくが後でしておきましょう。それと、これ、どうしますかね。わりと最近まで生きていた患者さんのベッドの脇に置いてあったんですけど」

高柳の膝の上には、黒いノートパソコンがあった。

「そんなの持ってきて大丈夫なんですか。感染しませんか」

「一応、表面は拭いておきました。心配ならグローヴをして扱った方がいいでしょうね」

高柳は持ち歩いている診察バッグをぽんと叩いた。中に消毒液のボトルがあるのだろう。

小堺はノートパソコンを自分の膝の上に持ってきた。

忌引きとはいうものの、まだ係長に連絡していない。このあたりは携帯の電波が不安定なので、いっそこのコンピュータでメールを送ればいいと考えたのだった。

ノートパソコンを開くと、スリープから復帰した。案の定、無線LANがつながっている。ブラウザのホームに設定されているのは、標準的なポータルサイトではなく、ついしげしげと見入った。

「L業務管理」とあるのはなんだ。

中央に表示されているメニューの一つをクリックしたら、ブログ形式の日誌に飛んだ。インターネットに公開されているものではなく、ごくごく内輪で閲覧するイントラネットだと気づいた。

日付をさかのぼり、〈予言の成就〉というエントリを見つけた。

その内容には、小堺も見覚えがあった。

〈おまいらに言っとくが、もっと警戒しる。一九一八年のパンデミックを思わせるな。パンデミックの肺炎はコワッ……〉

これと同じようなものが、ネット上の掲示板にもあった。どちらがオリジナルなのだろうか。さらに画面をスクロールして日付をさかのぼるうちに、指が止まった。

〈きょうからぼくが書く。サーチャーは旅立った……〉という文章。あの少年は今から一〇日ほど前に、この日誌を大人から引き継いだのだ。

さらにその前のエントリを見る。

〈〝L〟の来歴〉というタイトル。「Leviathan の預言」という文字列が目に飛び込んでくる。Lとはリヴァイアサンのしなのか。

〈ヨハネ黙示録における青白き騎手は、疫病と獣の力で人々に死をもたらす。疫病と獣とは、つまり、リヴァイアサンだ。これらはひとつのものを指していることが分かった。ヨブ記に登場する怪物リヴァイアサンは神をのぞきこの世で最強のものとされるが、それはつまりウイルスにほかならない。予徴を探し続けていた我々はサイバースペースにて……〉

読み進むうちに、気持ちが悪くなってきた。この文章を書いたのは、おそらくサーチャーと呼ばれた大人なのだろうが、コンピュータウイルスと現実のウイルスを混同している。

画面から目をそむけようとした瞬間に、その下端に視線が止まった。

須沢敬子という名前。

文章の中で使われていたのだが、強調文字であるかのように浮き上がって見えた。心臓が高鳴り、頭に血が上った。ぼーっとしてしまい、集中できない。でも、断片的に文字の連なりが浮かび上がる。来訪。クレイム。障害。秘密の漏洩。身辺調査。死亡。予言の成就……。文意はきちんと分からずとも、充分だった。叔母と彼らの間になんらかのトラブルがあって、叔母は殺されたのだ。小堺はそのように読み取った。

いつの間にか体の震えが止まっていた。そのかわりに奥底から育ってくるものがある。床を見つめたままじっと考え込んでいるふうだった高柳にノートパソコンを渡し、鋭い動作で立ち上がった。

「じゃあ、ぼくはこれで」と言い放つ。

そして、エレベーターのボタンを押した。いや、押そうとしたら開いた。なぜか島袋ケイトが中にいて、目を見開いた。となりにいる犬みたいな顔の男はなんだ。ぴったり後について背後霊みたいだ。

でも、まあいい。小堺には関係ない。

「すみません」と乗り込んで、階下へ向かうボタンを押した。

「ちょっと、小堺さん、なんでこんなところにいるわけ」

島袋が言うのも気にしない。

「用事がありますんで、失礼します」

最後まで言う前に、エレベーターのドアが閉まった。

拳を握りしめる。あの少年にまた会わなければならない。あの少年なら、なぜ叔母があんなむごい死に方をしなければならなかったのか説明できるはずだ。場合によっては……小堺は彼とその仲間たちを憎むだろう。激しく憎み、許すことができないだろう。

集会場のドアを開ける。予想していた喧噪（けんそう）はなかった。子どもたちの姿は消えており、唯一の人影はFETの仙水だ。森のように繁（しげ）ったプランターの緑の中をかき分けるようにして歩き、その肩には大きなイグアナがとまっていた。

「爬虫類（はちゅうるい）が関係する人畜共通感染症って、せいぜいサルモネラとか、アメーバ赤痢くらいだよなあ」ぶつぶつつぶやいている。顔をこちらに向けると、特に驚くでもなく「ああ、上にいたんでしょう。上にはコウモリのねぐらになりそうなところ、なかったですか」と聞いた。

小堺は質問を無視した。

「ここに子どもたちがいたはずですよね。どこに行ったか分かりますか」

「外に出て行ったけど。行き先は、どこへやら……」

最後まで聞かず、小堺は踵を返した。そして、まっすぐに円柱の並ぶ建物の出入り口へと進んだ。

島袋リカはうっすら開けた目にうつった女性の輪郭に、「ママぁ」と呼びかけた。

ママはいつも忙しい。

ママはいつも走ってる。

ママはいつも早口だ。

ママのだっこは力強い。でも、やわらかい。

保育園の先生とは違う。ぎゅーっとしてもらったら、すごくうれしい。

だから、ママが帰ってきたら、リカはすぐにとびつきたくなる。

でも、今はごろんと横になってるところだから、帰ってきたママがぎゅーっとしてくれるんだ。

と思ったら、ママじゃなかった。

カンゴフさんだ。隣にばーば。

ネツハサガッテキマシタネ。カンゴフさんの言葉が遠くで聞こえる。

「これでよくなるんでしょうか」とばーばが言って、だんだん声が近くなってきた。

ああ、そうか、ここは病院で、リカはニューインしているのだ。ママも小さい頃ずっとニューインしていたと言っていた。

「ずっと、する？　リカちゃん、する？」声を出したら唇がかさかさして気持ち悪かった。

「リカちゃん、どうしたの。お目々、さめたんだね」ばーばが言った。

「リカちゃん、ニューイン、ずっと、する？　ママは、ずっとニューインしたんだよ」

ばーばが悲しそうな顔をしたのが分かった。きっと、リカちゃんもずっとニューインするんだ。

そうしたら、急に目が熱くなった。涙がほっぺたをつたうのが分かった。

「どうしたの、リカちゃん、大丈夫よ。ずっと入院するんじゃないのよ。ばーばがいっしょよ。もうすぐよくなっておうちに帰ろうね」

ちがう、ニューインのことじゃなく……遠くで、ママが呼んだ気がしたのだ。

「ママ、かえってくる？　ママ、ニューインしない？　ママ、ぎゅーっ、してくれる？」

訳も分からずいっぱいのことばが口からこぼれだして、ばーばがおでこに手を置く。

それでもママのことで頭の中があふれそうになり、なんだかよく分からない不安でいっぱいになり、小さな体と心では収まりきらないくらいに膨れあがって、……リカはまた眠たくなった。

ケイトは、高柳に導かれるまま上層階の部屋をめぐり、しばらくの間、吐き気と目眩（めまい）を抑えられなかった。

ＳＡＲＳの時なんてものではない。いったいこの研究所では何が行われていたのか。

遺体の痛ましさだけでなく、この閉鎖的な空間で、誰がどんなことを考えて暮らしていたのか、想像するだけで気分が悪くなってくる。

「死因は？」と聞いた自分が馬鹿みたいだと思った。

「ＸＳＡＲＳだと思います。傷みの少ない遺体に、うっすら斑紋が見えますし。でも、正確には病理解剖してみないと。栄養状態がかなり悪かったようにも思えます――」

「これ、病死というより、変死ですよ」赤坂が声を震わせて言った。「警察を呼ばなきゃならないですよ。とにかく手配してきますから」

赤坂は携帯電話を確認してから、エレベーターホールに向かった。このあたりは「圏外」だとケイトも気づいていた。去っていく赤坂がどことなく羨ましい。自分がどんどん後戻りのきかない深みにはまっていくようで、膝が震え始める。

でも、ちゃんと見なければならない。目をちゃんと開けて、耳を澄まし、ありとあらゆるものを見ておかなければ。それが「足で稼ぐ」という意味なのだ。

すべての個室を回った後でエレベーターホールに戻ると、ノートパソコンが置いてあるのをいいことにしゃがみ込んだ。小堺がさっき飛び出していったのは、これを見た直後だという。重大な情報が記されている可能性がある。

ブログ形式の日誌で、ウイルスという文字があちこちに散らばっている。当然だけど、そういうものにはやたら敏感になっている。さっき赤坂が少年から聞き出した「バイオテロ」を認める発言がにわかに現実味を帯びてくる。

ちょうど仙水がやってきて、高柳から事情を聞き、奥へと歩いていった。そして、しばらくすると、蒼白な顔で戻ってきた。

「これ……洒落になんないよな。でも、調べなきゃならない。一応、コウモリのねぐらになりそうなところは……」

自説に固執しているらしく、半屋外の廊下を逆の方向へ歩いていく。

ケイトはそれよりもノートパソコンの記述に集中する。

預言は成就するのか。〝L〟は解き放たれたのか――。

最後にそう書かれたきり、日誌は途切れた。

「地下にあるらしい研究室に行くしかないみたいね……」

「お供します……」と高柳は言った。

総合病院の高柳がなぜこんなところにいるのか。今更、疑問に思うが、聞くのも面倒だ。とにかく、ケイトをT市に導いたのは高柳だ。雨の駅で待っていた時と比べて、げっそりやつれ、無精髭をたくわえている。疫学のフィールドワーカーと、臨床医。集団感染事件の真相を暴くのには、悪くない組み合わせだ。

エレベーターは一階止まりで、地下には行かない。集会場からは、子どもたちが消えていた。

奥まったところに階段を見つけたのと同時に、赤坂が外から戻ってきた。無事に連絡を済ませ、ついでに棋理からのメッセージを伝えてくれる。

〈モデルから想定される感染源Xの特性。那智地区、松陰地区、新田地区それぞれの流行地のうち、特に漁村の那智地区での症例だけに特徴的なものが何かあるはずだ。松陰地区と新田地区は、子どもからの感染を中心としたヒト・ヒト感染としてだいたい説明がついてしまう。那智地区だけ、何かが違う。元栓がある可能性が高い。注目してほしい〉

無限に開かれた「なんでもあり」の可能性の中から、あり得る方向に向けて鮮やかなメスを走らせる。棋理はそういう仕事の仕方をする。

とはいえ、棋理が今持っている情報は古い。この研究所でのことを織り込んだ上での助言ではない。だとしたら……ケイトはいまだ切り裂くことができない深い霧の中にいる。

階段を下りると、スチール製のドアがあった。

ケイトのちょうど目の高さに「ピラミッドと太陽」のパネル。そこに小さな鳥の絵が子どもっぽいタッチで描き加えられていた。いよいよこの施設の核心だ……。

リカのことが頭をよぎる。リカのところに本当に戻れるんだろうか。この場所からは、ひどく遠い。

高柳が一歩前に出て、ためらいもなくドアを開けた。

冷えた空気が噴き出してきた。

低い騒音。異臭。いや、異臭というほどでもない。濃厚な生活臭。窓を閉じたまま、エアコンのフィルターの目詰まりを掃除しないで暮らしていれば、これくらいにはなるだろう。

意を決して、足を踏み入れ、ケイトは目を何度もしばたたいた。

だだっ広い空間の片隅には、エアロバイクや筋トレのマシンなど、スポーツジムのような設備が寄せてある。なるほど、バブル期のリゾートマンションなら、こういう施設を地下に作ったかもしれない。

そして、部屋の中央に変に曲線を多用したデスクが並べられていた。

やっと事態が呑み込めてくると、ケイトは「なによこれ！」と叫んだ。

高柳もだんまりを決め込み、室内を探索するケイトの後をついて歩いた。本当にこれはたまらない。

「ほんと、あんまりですね」と高柳がつぶやき、「これ、やはり、まさか、そういうことなんでしょうか」と赤坂がため息をついた瞬間、ケイトは目の前に山積みされていたミネラルウォーターのボトルを蹴飛ばした。

やはり、コウモリ仮説は却下。棄却、撤退、撤収。新たな仮説を構築せよ。

仙水望はさんざん建物を探索した後で、ひとりつぶやいた。

プランターだらけの温室のような集会場には、各種の昆虫とイグアナがいた以外に動物の痕跡はない。中庭には井戸があり、さらにその隣にプレハブがあったので、ひょっとするとコウモリのねぐらになっているのではと考えたものの、実際には水が詰められたペットボトルやアンプルが散乱しているだけだった。

そして、この階はなんだ。さすがに、この光景は堪える。獣医師である仙水は、動物の死には慣れていると思っていた。そして、もちろん、人間も動物だ。なのに一度各部屋をめぐって目の当たりにしてしまうと、ずっと頭に張り付いて離れなくなった。

仙水は一日のうちにこれだけの人間の遺体を見たことはない。それも半分は乾燥したミイラだ。

ヒトも死ねばただの死体であるわけだし、動物の死体と同じだ。というか、動物の死体そのものだ。しかし、なんだ。こうも当たり前のように腐敗し、人間性を失った物体をあからさまに見せられると、やはり自分が人間という生き物に他とは違うなにがしかの尊厳を付与しているのだと気づかされる。

おまえはただのモノなんだと言われるのはつらい。理屈ではなく、つらい。いつだったかアフリカを旅していた時、干ばつで行き倒れたヌーの死屍累々たる平原を歩いたことがある。打てる手だてはすでになかった。ただ死体の数をカウントし生態系の中でのプラスマイナスを考える研究者の仕事を手伝った。数日間、ヌーの腐臭の中に身を置いていると、仙水は自分自身も乾ききった平原に横たわっている気がしてきた。

仙水は建物を出て、近くに停めてあった自転車を拝借して走った。目的地がはっきりあるわけではないが、自然と動物愛護ホームの方へと進む。コウモリ仮説を棄却するなら、あらためてあの場所に立ち戻る必要がある。ホームと研究所、共通する要素はなにか。

道路にヒキガエルがとび出してきた。近くの池では冬眠からさめた連中が抱接のために大集合しつつあるのだろう。仙水はハンドルを操作することなくまっすぐ突っ切った。タイヤから伝わってくる軽い衝撃と、ぐっぎっとでもいうような鳴き声。自転車を止めて、生死を確認することすらしない。

カーブを曲がり、ホームが大きく見えてきた。そこで仙水は急ブレーキをかけた。何時間か前に会った老婆がそこにいた。ハンドルを大きく切り、ぎりぎりのところでかわす。老婆はその場で尻餅をついたものの、自転車はどこにも当たっていない。なるほど、やはり反射的に人は避けるのだと自分に感心する。そのくせ謝罪もせずに走り去る。

「道は示された」とトマス・オースターが言った。「感染症との闘いにおいて、今や為すべきことは明らかなようだ。きみたちが達成したことを、我々はすぐに追試しよう。さいわい、こちらでも、きみたちが使ったＢ95ａ細胞ではなく、ヒトの腎臓由来のＭＲＣ５細胞で、細胞変性効果があらわれ始めている。ニパやヘンドラについての検査も出来る」

トマスはウインクしてから、歯を見せて笑った。

今ではデータセンターと呼ばれている保健所の会議室。棋理文哉はビデオ会議をしている御厨の背後から、会議の一部始終を見守っている。数時間前のラボでの発見は、世界的な研究者共同体の中で肯定的に受け止められたのがよく分かった。迷走した初期の探索のギアが、やっと嚙み合って、前に進み始めたというところか。

司会のトマスがミーティングの終了を宣言し、棋理は御厨の肩を叩いた。

「病原ウイルスの追究は大詰めを迎えたと思っていいのだろうね。追試に成功すれば、明日の今頃には世界中が認識を共有していることだろう。まさに研究者ネットワークの面目躍如だね」

「その通り」御厨が座ったまま振り向いた。「そのあとごく短い期間で、遺伝子の解読も完了する。そして、我々は未知のウイルス——かりにサキハマウイルスとでも言おうか——それを知識の体系の中に加えることになる」

「原因ウイルスとして特定するための手続きはそれでいいの」と棋理は問うた。「患者の組織からウイルスが出たからといって、それを病原体と決めるわけにはいかないだろう。分離したウイルスを使った動物実験をしたりしないのかい」

「嫌みな質問だな。動物実験で感染性が確認されても、人間とは感受性が違う。厳密な証明とは言いがたい。つまり、ウイルスと病気との間の因果関係を知るには疫学しかないと言いたいんだろう」

「そうではない。研究者共同体のコンセンサスができるタイミングを知りたいんだ。今の状態でだいたいみんなが納得するなら、きみには大きな仕事がひとつある」

「どういうことだ」

棋理はテーブルの上に散乱している紙片のひとつに、自分のパソコンの画面から数字を書き写した。

「官邸の直通番号。現場からの情報を直接聞きたがっている。目に見えるはっきりとした証拠がほしいそうだ。文字通り官邸レベルの決断が必要だからね。きみが言うとおり、判断のためにはそれなりの材料がいる。そして、きみはそれを突き止めた」

「棋理、きみはどうして……」

「や、聞かないでほしい。官僚や政治家と付き合うのは悪夢のような記憶だ。ＳＡＲＳの時にさんざん首を突っ込まざるをえなかったわけだが、それで分かったのは、ぼくはそういうのには向かないということなのだな。それで、きみがここにいるわけだ」

棋理文哉は立ち上がり、ジャケットを羽織った。

「どこへ行くんだ」

「いや、ちょっとね。そろそろ、外に出る時のようだ。暗くなる前にもう一度現場を見ておきたい。前に来た時とはかなり様子が違ってきたようだしね」

棋理がノートパソコンを鞄につめてデータセンターを出る時には、御厨が電話口であらたまった声で話すのが聞こえてきた。

「……Ｔ市での重症肺炎は憂慮すべき段階に入っております。このたび、我々のＮＣＣでは未知と思われるウイルスを発見しました。おそらく二四時間以内に各国の研究所でも追試が行われ、はっきりしたことがわかるでしょう。つきましては、現在、作業が進められている新感染症への指定を、早めていただきたい。またそれを前提に、超法規的な対策を前倒しで認めていただけるよう各関係省庁、県との調整を……」

抑制された声色で、事実を過不足なく伝える。御厨は、サイエンティストというよりも、政治家、あるいは政治家のブレインに向いている。もっとも、そのことを指摘されるのは、本人は不本意らしい。まったく人間というのは難しい。

いずれにせよ、御厨は棋理が期待する仕事を、しっかりとやりおおせるだろう。確信を持つからこそ、棋理は去る。

受付の職員に、崎浜町に急いで行くにはどうすればよいかを聞いた。公用車は出払っている。タクシーはたぶん行きたがらない。とすれば、ほとんど客を乗せずに走っている路線バスに乗るしかない、とのことだ。

棋理はちょうど保健所前に走り込んできたバスに飛び乗る。聞いていた通り、客はいない。本当にゼロなのだ。

一番広い視界が確保できる運転手の左斜め後ろの席に座った。そのくせ、ノートパソコンを膝の上に載せ、液晶画面を見つめる。この数時間で到達した地点からさらに少しでも先へと進もうと、頭を切り替える。

島袋たちは、基本に忠実に、「時間・場所・人」の要素を調べ上げていた。彼らが駆使する分析疫学は、一定の水準に達しており、現場でやるべきことは忠実にやっている。

しかし、棋理はそこで立ち止まらない。もっと多くのことをデータに語らせたい。

ここ数時間、棋理がみずから導いた成果としてまず挙げられるのは、おぼろげに浮かび上がってきた感染ネットワークから、この病気の基本再生産数R０は九五パーセントの信頼区間で三から五程度であろうと推定できたことだ。インフルエンザよりは強烈だが、麻疹などに比べるとずっと穏やかな数字であり、社会的な防御、個人的な防御を組み合わせて、充分、制御可能な範囲内だろう。一方、課題はといえば、取りざたされている不顕性感染の子どもたちからの感染がどの程度なのか、を筆頭に挙げる。それに加えて、今、目をつけているのは、漁村である那智地区だ。ほかの地域と明らかに流行のパターンが違う。もともと子どもが少ないことも影響しているかもしれないし、症例が重症化するケースが多いことも解釈を要する。

「子どもたちがどうしたんですか」と声を掛けられて、我に返った。

どうも独りごとを言っていたらしい。

「やっぱり、子どもが原因なのですか。うちも子どもが二人いますが、どうしたらいいんでしょうねぇ……」運転手はミラーにちらりと目をやりながら、場違いなまでに明るい発声で述べる。

「や、そんなことはないのです。子どもはひとりで車に乗って出かけたりせず、地域の中に留まってくれるのです。ほかの地域に疫病を広げる因子にはなりにくい。その意味で、症状が出ない感染が子どもに限られるなら、大変ありがたいことでして、市街地にお住まいなら、子どもからの感染を心配する理由はありません」

運転手がミラーの中で、安堵のため息を漏らした。

棋理はノートパソコンを閉じ、「それにしても、すいてますね」と話しかけた。バス運転手というのは、地域を横断して日々を暮らし、独特の視点で物事を見ている、恰好の情報提供者だ。

「こんなもんですよ。ご時世ですからねぇ」と運転手。

「崎浜からこっちに来る時も、似たようなもんですか」

「ええ、乗る人はいないですねぇ。いても、市街地に来る前に降りますからね。ほら、町境で見張ってる人たちがいるんで。どうせ人が乗らないんだから、社もこの路線、一時的に止めてほしいんですけどねぇ。わたしなんて、立場弱いんで、言えませんけどねぇ」

なるほど、行政が判断する前に、人々が自主的に、それも、ある強制力をもって地域封鎖を実現している、ということか。アメリカのフィールド疫学者が知ったら、うらやましがるだろうか、それとも気味悪がるだろうか。しかし、T市街地で今のところ発症者が少ないことは、このような自然発生的強制力によるのは間違いない。

もちろん、それだけではない。それだけではありえないのだ。棋理がシミュレーションに供した感染症モデルは、ごくごく単純化したものではあるが、一貫してある可能性を示唆している。もしも、それが真実ならば、棋理自身が現場に身を投じ、島袋たちの探索の道を照らさねばならない。

窓の外は一面の花畑だ。先週、崎浜に入った時には、座席の低い乗用車だったから、ここまで視界は開けていなかった。島袋が言うだけあって、鑑賞に値するランドスケープだった。

「ああ、お客さん、その席、さっき崎浜で人が座ってたんですよ。なんか咳をしてて、いやなかんじだったんで、席移られた方がいいかもしれません」

それなら早く言ってくれ、と普通は思うだろう。しかし、棋理は動じない。もしも、運転手の言うことが本当なら、棋理だけではなく運転手も同程度危険だ。その旨、運転手に伝える。対策としては……手洗い励行、手で口や鼻を触らない、そして、念のため、うがいも。今できるのはそれくらいか。

バスは走る。島袋たちが待つ場所へ、棋理を連れて行く。

第二〇章　元栓の所在1（九日目・承前）

陽差しの中、飛翔衣は暑い。

行進は、夜のように楽しいものではなかった。足取りは重たく、かなり遅れる子も出てきている。ブルーはミドリに頼んで、最後尾の子たちの面倒を見てもらうことにした。

それにしても、大人たちがたくさんいる。救急車がしょっちゅう行き交っているのは知っていたけれど、ということは、運転する大人は元気なのだと驚きは大きくなった。

小学校の前に着いた。

ブルーはそこを新しい家にしようと思っていたのだ。

でも、ここにもたくさん人がいる。何日か前には誰もいなかったのに……。

小学校の名前が書いてあるプレートの上に「崎浜町臨時病院」とあった。

当てが外れてしまった。じゃあ、ほかにどこがあるのか。これだけの人数が一緒にいられるところは思いつかない。

泣き出している子がいると、ミドリがそっと耳打ちした。でも、ブルーにはどうしようもない。

「あんたたち」いきなりドスのきいた声が響き、ブルーはびくっとした。

「そんな変な恰好して、何やってるんだい。まったく最近の若いもんは。あたしが子どもの頃にはね……」

言葉の途中で咳き込む。髪に白いものが混じった体格のよいおばあさんだ。小学校の正門に寄りかかるように立っている。

「おばあさん、病気なんじゃないですか」とミドリが言った。

「そんなこと、言ってられるかね。あたしには、子どもたちが待ってるんだ。あんたらもついておいで。居場所がない子たちなんだろう」

「顔色、悪いですよ」

「けさ倒れたんだよ。体に火がついたみたいに熱くなってさ、意識が飛んだね。でも、もう大丈夫。そこの小学校で、点滴を打ってもらったからね」

「そんなこと言ったって……おばあさん、入院しなくていいんですか」

「医者どもは安静にしてろと言うがね、あたしも看護婦なんだ。五〇年近くやってるからね。駆け出しの小僧みたいな医者よりは、自分のことは分かっているさ」

おばあさんはそう言って歩き出した。

おぼつかない足取りだが、しっかり前を向いて、ゆるぎない意志で歩いていく。

ミドリが肩を貸し、ブルーに目配せをした。

ブルーもおばあさんに肩を貸した。

「ありがとよ。黒部小児科医院まで行きたいんだ。頼むよ。待ってる子らがいるからね」

おばあさんの体は意外に重い。飛翔衣の下で汗がしたたり落ちる。

なぜなんだ、と心の中でつぶやく。

この人はどう考えても、疫病にやられたのだ。なのに、治ったのだと自分で言っている。かかったら必ず死ぬのではなかったか。

「あたしゃ、いい水を飲んでるんだ。そう簡単にはくたばらないよ」

そう言って、おばあさんは肘にかけている編み籠から水の入ったペットボトルを取り上げた。

ラベルにはピラミッドと太陽のマーク。この人が病気になったのは水のせいだ。なのに、快復するのは変だ。サーチャーはみんな倒れた後、二度と立ち上がることができなかったのだから。

「あんたたち、辛いだろうけど、もう少しだよ」おばあさんは言う。「どんな病気だって、いつまでものさばることはないんだ。こいつもすぐに消えていく。もうすぐ母さんや父さんのところに帰れるさ。あたしが言うんだから、間違いないってば」

ブルーは、母を亡くしたバードが聞いてはいないか気になって、ちらりと後ろを見た。

そして、「〝L〟は……リヴァイアサンはもう――」と切り出した。「もう解き放たれたのだから、消えてしまうなんてことはない」と。

でも、最後まで言えなかった。

ミドリが「暑い！」と叫んだからだ。

心臓がドクンと大きく脈打った。

サーチャーたちはみんな、そう言った。倒れる前に必ず胸をかきむしりそう言ったのだ。

「暑い！」もう一度ミドリが言い、飛翔衣を脱いだ。

「だめだよ、ぼくたちは――」

「だって、暑いんだもん。もうふらふら」

すると、次々と子どもたちが、真似をする。

「だめだ」とブルーは言った。

それで、何人かが動作をやめた。ブルーと一緒にずっと暮らしてきた子たちだ。

「なにを馬鹿なことを言っているんだい。暑けりゃ脱ぐ、寒けりゃ着る。じゃないと体をこわすよ。人間はそういうふうにできてるんだ。あんたも、水、飲むかい。みんな、ちゃんと水は飲んでいるのかい」

看護婦のおばあさんが、威勢良く笑った。

太陽は西に傾いている。

「苦渋の選択でありますが――」と県知事が言うのが、耳に入ってきた。

テレビのある居間には子どもたちがおり、久子は厨房で大小二つの雪平鍋でカレーを煮込んでいるところだった。大きな寸胴鍋を買おうかと検討したものの、こぢんまりした厨房では、かえって使い勝手が悪くなりそうだ。だから手持ちのものを使い回して、なんとかすることに決めた。与えられた条件の中でいろいろ工夫をするのはもともと嫌いではない……。

そのようなことを考えていると、幼い声が行き交う中でほんの一瞬喧噪がやみ、その政治家の声が浮き上がるように聞こえてきたのだ。

久子は厨房を抜け出して、居間に入った。そして、両手でぱんぱんと拍子を打った。子どもたちが互いに「しーっ」と言い合って、声が静まった。

県知事の記者会見。どっしりとした体格と、目尻の下がった顔つきで、庶民の味方というイメージを作りだしてきた人物だ。もう何選したのか久子は覚えていない。とにかく県知事といえば自動的にこの男の顔が思い浮かぶ。

決して言葉が明瞭な政治家ではない。訳の分からないことを言いがちで、夫などかなりこの知事を嫌っていた。久子自身は政治には興味はなく、とにかく、品性に欠けるという印象を持っていた。

その県知事が、顔に脂汗を浮かべて、カメラに向かって語りかけている。やはり、言語不明瞭だ。言葉の断片をつなぎ合わせて、「T市に二重の防疫線を引く」ということが分かってきた。防疫線とはどういう意味なのか。とても古くさい言葉で、久子にしてももう何十年も聞いたことがない。

さらに耳を傾けると、まずT市とほかの市町村の境界で道路封鎖。またT市内でも、崎浜町との境界で道路封鎖するように、T市との間で協議中だという。言うべき事ははっきりと言うべきなのに、県知事はもごもごと歯切れが悪い。

やがて、カメラは厚生労働省に切り替えられ、グレイのスーツを着た厚生労働大臣が、コメントを発した。「XSARSと便宜的に呼ばれている新興感染症は、これまでの調査結果によりますと、潜伏期間が三日から九日と考えられています。T市や、とりわけ崎浜町の方々に自宅待機をお願いする期間も、決して長すぎずに済むようにと要望してあります」と付け加えた。

これでやっと久子は、事態が呑み込めてきた。

これまで市や保健所が「お願い」として呼びかけていたことが、県を飛び越えて国レベルになったということだ。

画面はさらに切り替わり、官房長官のコメントが続く。これは官邸からの生中継のようだ。いわく、「事実上の地域封鎖であるが、その間、封鎖された地域の皆さんには生活にいっさいの支障がないように、最大限の努力を払う」とのこと。

記者からの質問が飛ぶ。

「この施策は、地域の住民の人権問題にもなりかねず――」と誰かが言いかけたが、別の声が圧した。

「すでに他の地域にも飛び火している可能性は？」

「東京でも患者が出た以上、当該地域の封鎖を考慮しなければならないのでは？」

「株価が下がっています。為替市場も円安に。それについてコメントを」

「国際的に問題になっているわけです。日本への渡航禁止ということになれば、経済的な損失ははかりしれませんが——」

話題はすでに崎浜のことではなくなっている。

映像も切り替わり、東京で一人だけ出たという患者が入院している都内の病院が映し出された。リポーターが深刻な顔つきで、病院から発表された病状を伝える。個人情報の観点から患者の名前や住所などは明かせないとする病院に対して、「適切な対応をするために、情報の公開は必要ではないでしょうか」などと言う。

久子はテレビのチャンネルを回した。

他のチャンネルでも、同じような内容の特番になっていることに気づく。たった一局だけ、夕方のアニメ番組を流しているところを見つけ、リモコンを置いた。子どもたちが画面の前に集まり、久子は厨房に戻る。

雪平鍋の中のカレーをかき混ぜてから、弱火にした。

居間を横切り、表に出てみる。そして、大きく深呼吸をする。

崎浜は忘れられたのだろうか。

テレビで観た官邸や、病院のものものしい雰囲気とは違って、むしろのどかですらある。すでに太陽は赤く燃え、影が長くなっている。

歌が聞こえてきた。

子どもの歌声だ。道を歩いてくる一群の子どもたちの姿をみとめる。

久子はにわかに緊張を覚えた。いつか神社で会った子たちではないか。自宅で待機するように言われている今日この頃、これだけの数の子どもたちを見るのは他には考えられない。ましてや、何人かが鳥のクチバシのようなフードのついた服を着ており、普通ではない。

「夕焼けこやけで日が暮れて……」

近づくにつれて歌のメロディが判然とし、安堵した。なんとも懐かしい歌をうたっているものだ。そして、歌声の中に子どものものではないしわがれた声があるのに気づいた。

「あい、久子さん、帰ってきたよ」堂嶋多賀子が言った。

「堂嶋さん……」と久子は喉を詰まらせた。

「いくらなんでも……もっと、休んでなきゃだめでしょう。まさか先生が帰っていいなんて」

「若い医者なんかより、ずっと自分の体のことは分かっているよ」

堂嶋は歯を見せて、乾いた笑い声をあげた。

あの疫病にやられた人とは思えない。夫はいったん倒れたら、すぐに死の淵（ふち）を彷徨ったのだ。なのに朝倒れて、点滴を受けて、午後には帰ってくるなんて……。

「ありがとよ」と堂嶋は言って、彼女に肩を貸していた子どもたちから離れた。

「この子たちと、話し合っておくれ。あたしゃ、子どもたちに会いたいさね。それにマスクもしなきゃ……あんたにうつしちゃまずい……」

そう言って、自分自身の足で家の中に入っていった。

中から歓声が聞こえた。肝っ玉母さんの雰囲気のある堂嶋は、子どもたちからは絶大な信頼を寄せられている。きょうも「おっきいばあちゃん」がいないために不安がる子が何人もいたのだ。

その堂嶋が、あの「神社の子ら」を連れ帰った。まさに堂嶋でなければできないことだ。弁の立つ少年をどうやって、説得したのだろうか。

「あなたたち」と久子は子どもたちのことを見渡しながら呼びかけた。何人かはフードのついた服を着ており、顔が見えなかった。

「晩ご飯は食べたの？　カレーライスでよければ出せますよ」

子どもたちがどよめいた。たぶんまともな料理を食べていないのではないか。顔色が悪い子もいるようだ。

「みんなの分、あるんですか……」

おずおずと聞いたのは、利発そうな女の子だ。この中では最年長の部類だろう。フードの服は着ていない。

「ええ、大丈夫よ。ご飯を炊く時間は待ってもらわなきゃならないけれど」

ごくりと何人かの子の喉が動いた。

「本当に大丈夫なのかい。寸胴鍋は買わなかったみたいだね」

背後からの声は、さっそくマスクをした堂嶋だった。

「ええ、大丈夫なんです。小さいのでこまめに作ることにしましたから。明日の分が、もう冷凍庫にあります。今弱火にしているのも一緒に食べてしまいましょう」

「そうかい、ならいいよ」

堂嶋は言って、午前中に自分が一部干した洗濯物を取り込み始めた。ぞろぞろと出てきた子どもたちが、先を争うように堂嶋を手伝おうと殺到する。タオルやシーツが次々と運ばれていく。

食事のことよりも……新しい子たちを全員受け入れても、眠る場所はあるだろうかと、急にそちらの方が心配になった。大丈夫、タオルの掛け布団になってしまうが、自宅ではなく、医院の待合室や診察室まですべて使えば、むしろ余裕があるだろう。

久子は視線を戻して、フードを着けた子たちに向かって微笑みを浮かべた。

「そのフードを取りなさいよ。暑いでしょうに。見たでしょう。うちにはみんなと同じくらいの子どもたちがいますからね」

誰もフードを取らなかった。さっき堂嶋の屈託のない話し方を聞いている時には、子どもたちがみなここに泊まりたいと感じているように思えた。でも、久子の言葉には、堂嶋ほどの力がない。

「さあ、行くよ。ぼくたちは、ぼくたちの新しい家をつくるんだ」

濃紺のフードの少年が、しゃがれた声で言った。さっき堂嶋に肩を貸していた子だ。神社で話した少年だと、久子はこの時、気づいた。

「さあ！」と少年は強い声で言った。

ほかの子たちが追従しようとした時、「カンゴフサン」と声がした。

幼い舌足らずな声だった。

小さな子で、ピンク色のフードをつけている。その子は、もどかしげに小さな指を動かして、フードを留めているホックを外した。

久子は膝を折って、両手を広げた。

「カンゴフさん……」

一歩踏み出した靴は、キャラクターの入っていない白い運動靴で、足の甲のところに名前が書いてあった。

くぼかわなつみ。

それを見た瞬間に、久子は了解した。

「菜摘ちゃん、大変だったわね。もう大丈夫よ。お父さんかおじいさんおばあさんに連絡をとってあげる。さあ、一緒においで」

久子は窪川菜摘の小さな手を取った。自然と涙が流れ出した。この子の母親は、総合病院で一時、夫と同じ部屋にいた窪川洋子だ。母親が急に発症し、誰も面倒をみてくれる大人がいなかったのだ。

　ぎゅうっと一度、強く抱きしめてから、久子は涙を拭った。

「さあ、みんなも、来なさい」と胸を張って呼びかける。「カレーライスを食べましょう」

　またどよめきが広がり、何人かの子がフードを取った。

　そして、久子に向かって走ってくる。久子はしゃがみこんで両手を伸ばし、まとめて抱擁した。

「行くな、バード」

　濃紺のフードの少年が仁王立ちしていた。

「行っちゃだめだ。大人は信じちゃだめだ」

　菜摘が久子の手をぎゅっと強く握りしめた。少年は目を細めてくるりと背中を向けた。

「わかった。じゃあ、ぼくは行く」そう言って、歩き出した。

「ブルー、あんた、それでいいの。ここにいなよ。あんただって、子どもなんだから」

　背後から年長の少女が呼びかけた。

　しかし、少年は振り向かない。そのまま道を突っ切って、漁港に向かう坂道を降りていった。姿が見えなくなってから、久子はほっと息を吐き出した。そして、ほっとしている自分を責めた。あの子をどうすれば受け入れることができたのだろうか。怖れるあまり、排斥しようとはしなかったか。しかし、もう遅い。少年が戻らないことを、久子は知っている。

子どもたちを連れて屋内に入ろうとした時、息を切らせた若者が通りかかった。あいつはどこですか、とせっぱ詰まった言い方で聞いた。

久子は、少年が消えた道を指さした。若者は何も言わずに走り去った。久子は、若者が追っているのがあの少年だと、なんの根拠もなく確信した。そして、ここに連れ戻してくれるようにと願う。


島袋ケイトは、研究所を出る直前のところで黒い仔猫を拾った。

地階から戻ったところ、集会場のプランターの陰から細く鳴く声が聞こえたのだ。近づいてみると、キャリングケースの中にたくさんの布が敷かれている間から黒い顔をのぞかせていた。

目やにで半分閉じている両眼は、オッドアイ。目やにだけでなく、鼻水がたれ、しきりと乾いた咳をしている。体力がないから、ほうっておけばすぐに死んでしまいかねない。痩せ細った様子が、成人麻疹の患者のイメージとだぶった。

素通りした高柳を呼び止めた。

「この子、なんとかしてあげたい」

高柳は何を言われているのか分からない、というふうに口を丸くした。

たしかにそうだ。今は、病気の仔猫にかまけている状況ではない。もともと自分だって猫なんてどうでもいいと思うタイプなわけで、普段なら無視だろう。なのに今に限って、気になって仕方ない。リカのこともあって、小さな生命への感受性が高くなっているのだと思う。

迷っている暇はなかった。この場で治療したり、後から戻ってくることはできそうにないので、とにかくキャリングケースごと持ち出した。仙水に会ったら、診てもらえばいい。

研究所の周囲の蝟集（いしゅう）していた住民たちはほとんど消えていた。「もうみんな帰ったさね」と最後まで残っていた一人が言った。変な服を着た子どもたちが出てきて、歌をうたいながら去っていったそうで、それを見ていた者たちは、気味が悪くなって蜘蛛（くも）の子を散らすようにいなくなったのだという。ケイトはとにかく、その子たちが歩いていった方向を確認して、後を追うことにした。少年にはもう少しだけ聞かねばならないことがある。

遠くからパトカーのサイレンの音が聞こえてきた。こちらに近づいてくる。赤坂に通報を頼んだのだから、当然といえば当然だ。警察が充分な防護をしているのか心配になるが、とはいえ、今、検視や現場検証に付き合っている暇はない。そそくさとこの場を後にする。

ケイトは赤坂の車に乗り込み、高柳はその後ろからスクーターでついてきた。犬と馬を従えて、どこに行くのか。口さがない棋理なら、そんなふうに言うだろう。

とするとと猿はどこだ。ふと思い出して小堺の携帯を鳴らす。相変わらず不通。ついでに仙水の位置情報をGPSで確認しておいた。緊急時だからお互いに位置情報を公開してある。どうやら、動物愛護団体のホームにいるらしい。いまだにコウモリ仮説にこだわっているのだろうか。

ブルーは一人だ。これまで一人きりで出歩いたことはあるけれど、本当に一人きりだと感じたことはない。記憶にある限り、いつも誰か大人がいたし、同じ施設で育つ空の子たちもいた。寂しくはなかった。寂しいという気持ちすら理解できなかった。

ネットの巡回を覚え、キャプチャーカードを使ってテレビ番組を見始めてから、自分たちが普通の子どもではないことを知った。学校に行っていないし、研究所の外にも出ない。世界には怖いものや汚いものがたくさんあるのは、ニュース番組を観るだけですぐにわかったけれど、そこにもやはり子どもたちがいるのが不思議だった。いずれ外に出る時のために、空の子は清らかでなければならない。そう教えられ、ブルーはこれまで信じてきたのだ。

今いよいよ空の子の時代が来た。なのに、なぜだ。大人たちがうようよいる。少しだけ残って、新しいエデンを創るのを助けてくれるんじゃなかったのか。特にさっきの婆さん。ウイルスにやられたくせに一人で起きあがってカラカラと大声で笑っていた。いや、きっとあれは違うんだ。ただの風邪をひいただけなんだろう。だとしたら、あのミネラルウォーターはなんだったんだ。

説明のつかないことが多すぎる。

歩いているうちに、どんどん暑くなってきた。飛翔衣を脱ぎたくなるが、絶対に脱がない。これを脱いでしまったら、他の子たちと一緒になってしまう。新しい世界を創る使命があるのに、忘れてしまう。

時々、気持ちが揺らぐ。暑いから、というわけでは決してない。サーチャーたちが死を迎えつつある頃、空の家族が増えた。新たに迎え入れた子たちの中でも、ミドリのように大きな者は、ブルーに時々、文句を言った。

だいたいさあ、本当に子どもだけで何もかもできると思っているの？　例えば電気とかガスとか、どうやって使えるようになっているのか知ってるわけ？

畑や田んぼで食べ物を作らないとお腹が減るよ。牛を飼わないとミルクも飲めないよ。きっとテレビだってなくなるし、新しいアニメも観られなくなるよ。

あんた、おかしいよ。子どもたちだけの国なんて、本当に楽しいと思うの。あたしは、母さんにまた会いたい。母さんも父さんも入院しちゃったけどさ、きっと帰ってくると思うんだ。そうしたら、絶対に家に帰るもん。

たしかに、電気が使えないのは困るし、食べ物がないのはもっと困る。ブルーは母さんが誰なのか知らないし、父さんにも会ったことがない。「育て親」は次々変わったから、誰か一人とか二人の人に世話をしてもらったことがない。

そのことを言ったら、ミドリが顔を歪めた。

「かわいそう！　そんなの、ありえない！」

そんなことはない。かわいそうなのは、ミドリの方だ。あまりに馬鹿らしくて反論はしなかったけれど。

でも、本当にそうなのだろうか。今たった一人になったブルーは、はじめて心細くなる。これを孤独というのだろうか。かわいそうなのはミドリじゃなくて……。

自然と早足になって、ますます体が熱くなった。

石畳が見えた。ああ、あそこだ。毒王の家。

あのおばちゃんは嫌いじゃなかった。何度も研究所に怒鳴り込んでくるうちに、ブルーと話すこともあったし、そのうちにこっそりとチョコやケーキをくれるようになった。ブルーは、こういう大人が生き残って、子どもたちを助けてくれるのだと思っていた。でも、真っ先に死んでしまった。

疫病にして終末の獣であるリヴァイアサンの威力はそれだけすごい。だから、きっとほとんどの人が死んでしまう。でも、まだそうはなっていない。大人は嘘をつくし、ニュースはもっと嘘をつく。だから、東京やニューヨークや、ネットを通して知っている世界は、本当は今頃、めちゃくちゃになっているんじゃないか。ただ報道されないだけなのかもしれない。

おかしい。なにかがおかしい。

ブルーは石畳を通り、おばちゃんの家に入り込んだ。ここに秘密が隠されているかもしれない。最初の毒王から多くのものが飛び散っていかなかった理由……。

靴のまま廊下を歩く。遺体は運び出されており、今はただ昔と同じようにたくさんの猫が庭を行き来していた。暖かくなってきたから、体調が悪そうなものは少ない。そういえば、仔猫を置いてきてしまったと思い出した。まあいい、あの子も死んでいく運命だ。

すべての部屋を見てまわり外に出ると、石垣にもたれかかった。空の子は、空と陸と海とをつなぐ。雲の流れを見ていると、自分もあの空までふわふわと浮き上がって世界を見下ろすことができそうな気がする。

慌ただしい足音がした。白いワイシャツをびしょびしょに濡らした男が、すぐ近くに立っていた。肩で息をして、顔が真っ赤だ。

はじめて会った時の間の抜けた顔つきとは違う。目を血走らせ、すごい形相になっている。「叔母さんを殺したのか」とそいつは言った。

つまらない質問だ。ブルーは無視した。

「おれには、母さんと一緒だった」

顔をくしゃくしゃにして泣きながら、怒りをぶつけてくる。すごく新鮮で、驚く。人間ってこういうふうになれるんだなあ。感情にまかせて、訳の分からないことを言い続けたり……。

おもしろがっていたら、すごいジャンプ力で男が飛びかかってきた。

手首を摑まれてねじ上げられる。その圧倒的な力にはじめて恐怖を感じた。

「叔母さんが、何をしたっていうんだ」と男が言った。

息が生臭くて、吐きそうになった。このままやられちゃうんだろうか……。

弱気になったとたん、奇跡が起きた。

「やめなさい！」と毅然とした女性の声が響いたのだ。

男の手の力が緩み、声の方を振り向いた。

「小堺さん、その子に聞きたいことがあるの」

男の肩を引くようにして、女が前に出た。やたら背の高い白衣の男と、スーツを着てメモ帳を手にしている男がそれぞれ半歩くらい後ろに付き従い、立っていた。

「きみ、バイオテロ、だって認めたわよね」

女が詰め寄る。こっちもこっちで怖い。

「地下が研究室だって聞いたけど、あれはなに。単にコンピュータがたくさんあるだけ。研究室というよりも、事務室ね。いろいろ資料を読んだわよ。クラスターが小さい特別な水ですって？　おまけにアルカリイオンの働きがどうの……って、頭が痛くなってくる」

「こいつらが、ウイルスをばらまいてたんですよ」女の背後から、怒っている男がとげとげしい声を出した。

「小堺さん、悪いけど、あなたは黙ってて。あとで追及していいから」

女がピシャッと言い、男が口をひんまげた。そして、女はもう一度、まっすぐブルーを見た。薄い紙を一枚、こちらに差し出す。

「このチラシ、誇大広告もいいところよ。だいたい、がんやアトピーを治す水があるんだったら、製薬会社がほうっておくわけがないじゃない。騙される方も騙される方だけど、分かってて騙している方がやっぱり悪質だわ」

「騙しているわけじゃないよ。だって、本当のことだから。人体のほとんどは水なんだし、クラスターが小さな水は細胞に浸透しやすいから、すぐに体中に行き渡る。老廃物も素早く溶かして運び出してくれる。よい波動を運ぶ媒体としてもすぐれていて、アトピーもがんも、波動のおかげで治るんだよ」

「波動！　あなた、なにを言っているか自分で分かっているの？」

「すべてのものは波なんだ。だから、振動している。物理学の最前線で分かってきたことだよ」

「それはもっとミクロな世界の話！　量子力学だか超ひも理論だか知らないけれど、そういった階層の違う話を日常の世界に当てはめるのは擬似科学の常套(じょうとう)手段よ」

やたらと絡んでくる女だ。科学を言い立てる人ほど非科学的だとサーチャーは言っていたっけ。なぜなら、科学は常に誤るもので、そこが宗教との違いだ。今の科学が絶対だと思っている人は、それだけで科学的とはいえない。

「だいたいの科学理論は、最初は異端だったんだよ。ぼくらの水のことも、非科学的なのではなくて、未科学的なだけなんだ。実際にがんやアトピーが治った人はたくさんいるんだよ。ちらしに出ているのはほんの一握りで」

「あのね……たしかにその水を飲んだ人で、アトピーが治ったり、医者が投げ出したがんがよくなった人はいるでしょう。でもね、その水を飲まなかった人でも、アトピーは治るの。がんも、医者には分からない理由でよくなることはあるの。要は、飲んだ人と、飲まない人で、どちらがよりアトピーやがんがよくなるか、あるいは悪くなるか、頻度を比べなきゃ何も言えないの」

ブルーには、女が言うことが理解できない。サーチャーなら論破してくれただろうに、残念だ。

「そうだ。二×二表を作って、オッズ比を計算しなきゃだめなんだ。そうですよね。じゃないと、科学的じゃないんだ」

さっきまで顔を真っ赤にしていた男が、妙にせっぱ詰まったかんじで言った。

「そう。そういうこと。オッズ比を調べることは、つまり頻度を比べることだから。やっと分かってきたみたいね。でも……今はそれを言っている場合じゃない。小堺さんは、黙ってて」

男がうつむいて唇を噛んだ。

「——とにかく、はっきり言わせてもらうと、あの施設にバイオテロを実行するだけの技術力はない。ウイルスを混入するにしても、そのための施設がないのよ。どこかほかに別の隠された部屋があるわけじゃないでしょうね」

ブルーは思わず、口元を綻ばせる。なんて浅はかなことを言う人だろう。

「予言なんだよ。コンピュータウイルスが荒れ狂い、そのあとでリアルのウイルスが現れる。ぼくたちがウイルスを扱う必要なんてなかったんだ。ぼくたちの井戸がウイルスを宿したんだから」

「それもおかしな話だわ。出荷リストが置いてあったけど、崎浜だけじゃなくてT市街にも出ているし、全国各地に直販してるお客さんがいる。ここでだけ集団感染が起きるのは不自然よ」

唾を飛ばすみたいな勢いで女は話す。大きく口を開けた瞬間に一瞬、見えた。あれだ。もうそこまで来ている。

やはり、思った通りなのだ。そして、声を出して笑ってしまった。ブルーは女の足下に置かれたキャリングケースに気づいた。

「仔猫を連れてきてくれたんだ……つくづく、ぼくのためにいろんなことをしてくれるんだね」

ブルーはさらに笑い声をあげる。奇跡は起こる。世界は子どもたちのものになる。高揚した精神は澄みわたり、すべてが清々（すがすが）しく感じられた。

「ねえ、どうしたの」と言われて、我に返った。

今、ほんのわずかの間、意識が空白になっていた。

「腕を見せなさい」

女は有無を言わさず、手を取って飛翔衣の腕をまくりあげた。

手首から肘にかけて、うっすらと斑紋が浮いている。自分でも気づいていなかったから、驚いた。

「感染しているのね。きみの年齢は？　これまで何か予防接種は打ったことがある？」

言葉の途中から、次第に意味がとれなくなっていった。やっぱり、何言ってんだか分からない。この人。

「いい子だから、落ち着いて。きっと大丈夫。病院に行きましょう。高柳さん、診てあげて」

「ぼくは空の子だから……飛べるんだ……奇跡が起きるんだ」

こんな連中の言うことを聞いてはいけない。だから、逃げる。空を飛んで逃げる。体の重さがゼロになったみたいに身軽で、どんどん浮かび上がる。

石垣を越えて、屋根の上を越えて、海の方へと滑空する。「待ちなさい」と大声が聞こえるが気にしない。ブルーは自由だ。

仙水望は、自転車をホームの前に停めると、ほっと一息ついた。

気が急いている。ほとんど全力でペダルを漕いで、ここまで来てしまった。

人影はなく、閑散としている。本来なら保健所がこの場所を立ち入り禁止にすべきなのだが、いまだに手がまわらないらしい。

もう一度、個人防護具を身につけて、中に足を踏み入れる。

薄暗さに目が慣れるまで、少しだけ時間がかかった。

奥のデスクで動くものがあった。

「どちらさまでしょうか」と声がして、その物体が若い男の形に収斂した。

「え、ああ」と仙水は言いごもった。

「うちのスタッフの姿が見えないんですけど、ひょっとしてなにかご存じ……」

男は途中で言葉を止めた。電動ファン付きのマスクに気づいたようで、ぎょっとした表情で見ている。

仙水はポケットから滅菌済みのマスクを取り出して手渡した。男は訳が分からないといった様子のまま、素直に着けた。

「これをした方がよいです。ご存じの通り、この土地では疫病が流行っていますから」

近くのケージの中で、大きな物音がする。今はちゃんと満たされているフィーダーの餌をめぐって、犬や猫たちの小さな諍いが起きていた。

「元気ですね。やはり脱水だったのかな。ぐったりした奴はもっといたと思うけど」

「ああ、それは、状態の悪い子だけ、東京に送ったんです。だから、今いるのはわりと元気な子です……どうも、いろいろご存じみたいですね。うちのスタッフはどうしたんでしょう。さっき着いたんですが、誰もいなくて……」

気はすすまないが、どうも説明せざるを得ない。しかし、衝撃的な事実を伝える前に、聞くべきことは聞いておきたい。

「あれ、猿はどうしちゃったんですか」と無理に話題を変えた。

「精神的に弱い動物ですから、東京に連れ帰りました。ちょっと体調も悪いように見えましたし」

仙水は眉をひそめた。猿が崎浜を出て行ったのは、嫌な情報だ。コウモリ仮説を棄却してしまうと、次に注目しなければならないのが霊長類なのだから。最近では天然痘に似たサル痘が人間にうつる例をよく聞くし、エイズのＨＩＶも猿が起源だと言われている。

「日誌がありますよね。これだけの生き物を飼っていたのなら、管理台帳もあるでしょうし。見せてもらえますか」仙水は言った。

そして、少し声をひそめて、付け加えた。

「ぼくは、ＸＳＡＲＳと呼ばれている病気の調査員です。東京から来たのでしたら、タイミングが悪かったですね。ついさっき、県知事が地域封鎖を宣言したようです。ここに来たからには出られない。それで、ここのスタッフなんですが、ぼくが知る限り残念なことになっているようです。是非とも、こちらに電話を……」

仙水は保健所の電話番号を書いた紙を差し出した。男があわてて携帯電話を手に取るのを横目で見ながら、仙水は奥のデスクに取りついた。書類の中から「飼育台帳」と書かれたものを探し出す。パソコンからのプリントアウトだったので、近くのノートパソコンを開いて原本を確認した。

仙水は目を細める。この一週間に目に見えて受け入れが増えているものがある……。

視線をめぐらせると、さっきまでいた男は消えていた。

仙水は台帳の直近一週間分をプリントアウトし、小脇に挟んだ。

第二一章　元栓の所在2（九日目・承前）

ブルーは霧のドームの中に閉じこめられている。

砂浜だ。黒々とした海が見える。

風向きが変わり、強烈な生臭さが漂ってきた。

イルカが砂浜に横たわっていた。大きい。ブルーが大股で歩いて六歩か七歩分くらいの体長がある。クチバシみたいに付きだした口やぽってりした額はたしかにイルカだが、さすがにこんなに大きいはずがない。

と思ったら、イルカじゃない。なぜ、そう思ったのだろう。

海の怪物リヴァイアサンだ。体中を盾のような鱗（うろこ）に覆われている。触れるだけで指から血が噴いた。その一方で、腹はざっくりと開いている。鱗がひび割れて、研究所の壁の古くなったところが剝がれるみたいに、ごっそりと崩れ落ちているのだ。

猫が群がって、内臓を引きちぎっていた。へえっ。猫って、こんなことするのか。ブルーの黒猫たちは、鼠（ねずみ）さえ怖がって逃げていたのに。でも、ここではキャットフードに群がるみたいに巨体に取りついている。

さらに、鳥たちがやってきて、露出した内臓をついばんだ。カモメって平和そうに見えるのに、やることがえげつない。何羽かで太い腸を引っ張って、引きちぎってしまう。

空を鳥が飛んでいる。ほかのカモメが肉を狙っているのだろうか。

いや、空を埋め尽くすほどのコウモリの群れだった。

夕方だ。霧のドームは、鈍い錆色に染まり、やがて黒々とした海と溶け合った。

夜闇の中、隣に白髪混じりの男が座っているのに気づいた。

根が生えたみたいに砂浜に座り込み、パラボラの形をした花の隣でぶつぶつ何かをつぶやいていた。

空に星々はなかった。けれど、時々、天頂の闇がふっと抜ける瞬間がある。誰かが天頂からこちらを見つめている。その目が見える。あれは誰なのだろう。

「さあ、わたしはここを去る時が来たようだ」男が突然言った。

「空に帰るのかい」とブルーは言った。

男は空を見上げ、軽く首を振った。

「行き先は、人それぞれだね。わたしは空ではないようだ」

そして、ブルーの方を見ずに背中を向けた。ゆっくりと砂浜を歩き、黒い霧のなかに消えていった。

ブルーはまた一人になった。さっきまで男が座っていた砂の上で膝を抱えた。

夜の海の音を聞きながら、ブルーは黒い波の向こうに躍る影を見つける。何人かの男女の姿もあるが、イルカと一緒に泳ぐばかりで砂浜に上がってこない。あの人たちは海に帰るのだろうか。

長い時間、まんじりともせずにいると、空から光が降ってきた。

青い光の塔が、砂浜から天頂へと向かって屹立（きつりつ）した。

ブルーは立ち上がり、光柱に向かった。手を差し伸べると体が軽くなった。それどころか、自分自身、光を発するのが分かった。

ブルーは光そのものなのだった。

青白い光柱の中を、空へと昇っていく。

すぐに砂浜は見えなくなった。

半島はまばゆい光で縁取られており、衛星写真でしか見たことない特徴的な輪郭がはっきり分かった。人間が生きて、生活している徴だ。夜でも世界は明るいのだ。

半島を北に向かう、強い光を見いだした。

ああやって、伝えられるべきものが、伝わっていく……。

安堵する。ブルーは役割を果たしたのだ。そして、受け継ぐ者たちもいるはずだ。

「あいつは、ぼくの叔母さんを殺したんです」と小堺が言う。

「まさか、そんなこと、あるんですかね。動機が考えられないじゃないですか。いくらバイオテロっていったって、ターゲットがしょぼすぎる」高柳が腕を組んで応える。

「しょぼいなんて、失礼じゃないですか。ぼくの叔母なんですよ」

「すみません、医師として、いえ、人として不適切でした。でも、言いたかったのは、そういう意味じゃなくて……」

そして、この頓珍漢なやりとりの脇で、赤坂は無言でメモをとり続けている。ものを見、記録し、咀嚼（そしゃく）した上ではき出すために、全身を記録のための機械に変えたかのようだ。

島袋ケイトだけが、歩きながらも周囲を見渡し、少年が逃げ込んだ場所を探していた。あの子を逃がしてはならない。

ケイトはバイオテロ説はもう完全に捨て去ってもよいと思っている。でも、少年が重要な情報源ということは間違いない。それ以前の問題として、感染している。肺炎をすっとばして脳炎の症状が出ているのなら治療が必要だし、元気なら元気で自由に歩き回られては困るのだ。あの子は今や数あるだろう「蛇口」のひとつだ。間違いなくそうだ。漁港のあたりまで追いかけて、姿を見失った。民家の一つにでも身を潜めているのだろうか。

漁港の通行止めのコーンを越えて進んでみる。かつて何度かこの場所に来たことがあるが、「関係者以外立ち入り禁止」という表示をわざわざ無視するだけの理由がなかった。少し先は、コンクリートの床の上に鉄骨で支えられた屋根があるだけの小さな市場になっている。

閑散としていた。ここしばらく水揚げがないのだろう。何隻かの漁船が近くに係留されているものの、人影はない。

赤坂が立ち止まって、水面を見下ろしていた。近づいていった高柳が、「なるほど」とうなずいた。

「うわっ、すごい臭い！」と小堺が大声でわめき立てた。「やだなあ、死んでますよ」と赤坂の視線の先を指さして言う。

ケイトも近づいて見た。腐乱して膨れあがったイルカが浮いていた。

「このあたりの漁師って、時々、イルカを捕ってたんですよね」と小堺。「ほら、天日干しにしたクジラのたれって、最近はだいたいイルカですから。たまたま網にかかったのか、銛で突いたのか分からないけど、これ、XSARSのせいで、解体できなくなったんで捨てたんだと思いますよ」

そういえば、ケイトがはじめて崎浜を訪れた時、鮮魚店のおばさんがクジラの肉を猫の餌に奨めてきたっけ。

「ぼくはクジラのたれはだめだなあ」と高柳が暢気なことを言う。

「スーパーで買ってみたことあるけど、独特の臭みがあってどうしても馴れない」

「え、そんなに普通に売ってるんですか」赤坂がメモ帳から顔を上げて、驚きの声を上げた。

「だって、商業捕鯨って禁止でしょう？　イルカなんて捕っていいんですか」

「大丈夫なんですよ。科学的に管理すれば、少しなら捕っても大丈夫って水産庁も言っているんです」小堺が鼻を膨らませた。

「本当かなあ。水産庁が言う科学的なんて信じていいんですか」

「科学的というのは、科学的なんです。それに、クジラのたれは伝統食ですよ。叔母さんなんて、毎年、自分で作ってくれて、秘伝のたれを使えば臭みなんて……」

言葉を途中で切って、また小堺がふさぎ込む。ケイトの耳には、小堺が繰り返し言った「科学的」という言葉が耳に残った。

何が科学的で、何が科学的ではないのか。つい気になってしまうのは、昨晩の御厨の発言を引きずっているのかもしれない。ラボで再現できることしか科学と言わない隊長に対しては、毎度ながら腹が立つ。けれど、理路整然と言い返せない自分はもっと情けない。さっきの少年はいかがわしい水ビジネスのことを未科学的、と言ったっけ。水のクラスター、アルカリイオン……世の中にはそんな科学めかした言葉そのものを科学的だと思う人が多いことは知っている。その点、フィールド疫学はやはり地味なのだ。疫学なんて易学みたいだし、オッズ比といっても競馬か何かの連想の方が先に立つだろう。

「ねえ、あのイルカの組織標本なんて採れないかしら」ケイトはぽつりと言った。

「半分、腐ってますよ。それになんでイルカなんか……」

「相手は、麻疹に似たパラミクソウイルス科かもしれないのよ」

「なるほど」と今度は高柳が声を出した。

これは科学的な思考だろうか。ただの思いつきにすぎないけれど、それなりの根拠はある。パラミクソウイルス科のウイルスは宿主域が広い。海の哺乳類、例えば鰭脚類にもアザラシジステンパーというパラミクソウイルス科の病原体が引き起こす病気がある。この地域の人たちとイルカやクジラとの関係は、最初考えていたよりずっと密接である可能性があり、とすると、仙水が言い出したコウモリ仮説とは別に、クジラ仮説もありだ。考えてみる価値はある。

そうか。仮説を立てたら、検証して、もしも間違っていた場合は、仮説を捨てる覚悟があるかどうか。それが科学の営みのひとつの特徴だと気づく。それこそ、棋理が言うように、あり得る仮説の間の確率密度の雲の中に踏み留まって、ぎりぎりまですべての仮説にオープンである態度。人間は自分の説には固執してしまいがちだから、このことは常に念頭に置いておかなければならない。

様々な理論をつぎはぎしてほとんどあり得ないような説を立て、未科学的なだけで、いずれ証明されるなどとうそぶくのとはまったく違う。フィールド疫学の現場では悠長なことは言っていられない。仮説に飛び付いては否定し、また別のものに飛び付いては放り出す。今コウモリ仮説にこだわっている仙水だって、遠からず戻ってくる。そして、別の仮説を検討し始める。

「きみたち、そんなところで何をしているの」

突然背後から聞き覚えのある声がした。

「先生！」ケイトはその場で弾かれたように振り返った。

「本当にGPSというのは役立つね。ちゃんと島袋クンたちを見つけられた。おまけに、素晴らしい配役だ。見事に揃った。桃太郎さんと、猿と犬と馬。うーん、なんか違う気もするが、しかし、今にも鬼ヶ島に旅立ちそうなくらいだね。雉子がいないからぼくが雉子になって、桃太郎さんは馬に乗ればいいよ」

　他のみんなは口を半開きにしている。何がなんだか分からないことを言い出すのは棋理のいつもの癖で、ケイトはそれにはとっくに免疫がある。

「そんなことより、どうなんですか、先生の見立ては。『時間・場所・人』は？　なにかフィットしそうなモデル、あるんでしょうか」

「うん、きょうできることはだいたいやったよ。それで、ある程度、焦点も絞れてきた。とはいえ、アウトブレイクの最中に精度を求めるのは無理だね。ぼくたちの武器は、確定した数字ではなく、常に分布をイメージできること。確率密度関数の雲の中で持ちこたえよ、ということになる」

　赤坂と小堺が顔を見合わせる。はじめて聞いたら、絶対に戸惑うフレーズ。でも、さすがに高柳は分かっている。

「教えてください。いったい、わたしたちは今どこにいるのか。なにが分かっていて、なにが分かっていないのか」

「その前に、やろうと思っていたことをやった方がいいんじゃないのかな」

「やはり、先生も、クジラやイルカだと……」

「というよりもね、島袋クンの勘ってよく当たるじゃない。変に分析やらシミュレーションの結果を気にするより、直感を信じるべきなんじゃないかな。検証はその後だよ」

「先生までそんなことを言うんですか！　あまり科学的じゃないです」ケイトは口を膨らませた。

「教えてください、先生の分析の結果」詰め寄ったのは赤坂だ。「いったい、どうやったら制圧できるんですか――」

やはり、赤坂は素人だ。棋理だって、そんな細かなことがすぐに分かるわけではないのだ。

「XSARSと呼ばれている感染症の集団感染は制圧できるよ」棋理が言った。

赤坂がことさら強い筆圧でメモ帳にボールペンを押し当てた。

「感染症から世界を護るのは、つまりはエピなんですね。本当の意味でのリヴァイアサンは、人間の理性であり、疫学である、と」

「さあ、どうだろう。暴虐たるウイルスの方が、権力なのかもしれないよ。万人の万人に対する闘争の中、人間や環境とのせめぎ合いからダイナミックに秩序を創り出す」

「でも、棋理先生、制圧できると言ったじゃないですか。どうすればいいんですか」

嚙みついたのは小堺だ。唇を震わせて、棋理を凝視する。

「つまりね、すべての感染症の集団感染は、いずれは制圧できるんだ。問題は、早いか時間がかかるか、ということであって、集団感染の現場でのぼくたちの仕事は、つまり、できるだけ早く終わらせることだ。そこが、エピを使って秩序をもたらす力量であるわけだね」

棋理は言葉の途中から歩き始めた。ジャケットの背中を見ながら、皆がぞろぞろとついていく。そして、市場の屋根が途切れた後もしばらく続く岸壁沿いを進み、ところどころに設置されている係留杭に腰を下ろした。

「ほら、ここだ」と言う。

さすがにケイトも意味が分からない。

「空と海と陸が交わる。夕凪、渾然として、すべてはひとつ」棋理は視線を水平線に向けた。

太陽はかなり傾いて、鈍い光を投げかけている。逆に東側の空はうっすらとした群青だ。海も黒々として、その中にわずかな赤みや青みを宿す。ほんの一瞬、ケイトは目の前に広がっている光景が、空でも海でもなく、ただの色彩の混沌であるような印象を受けた。どちらが上でどちらが下か、そういう基本的な感覚も曖昧になった。

「それでは、まとめてみよう」と棋理が言った。「今、分かっていることと分かっていないこと。そして、我々が今なにをすべきなのか。そして、後はただ元栓をひねるだけだ――」

夕暮れで曖昧な棋理の横顔を、全員が強く見つめた。

科学的にお願いします。ケイトは口の中でつぶやいた。

首都高速湾岸線は、大きな橋を渡って東京都に入る。

左手に葛西臨海公園の大観覧車を見ながら進み、辰巳ジャンクションの直前で車の流れが止まった。ここから先、箱崎までの間はノロノロ運転を余儀なくされる。

白いワンボックス車の側面には、動物愛護団体のロゴが描かれている。運転席は若い男、助手席は無人で、後部座席に若い女が座っている。女はシートベルトをしたまま無理な体勢で、背後の荷物スペースを見つめている。そこには、四つのキャリアに分けて、二〇匹あまりの猫、大きめのキャリアに一頭のリスザルが収められている。高速道路自体の震動を拾って車が揺れるため、キャリアがたがいに接してカチカチと音を立てる。

猫たちの多くは目のまわりにべっとり目やにをつけ、また、鼻水をたらしている。長距離の移動のせいで、ぐったりとしているものもいる。リスザルも疲労困憊して眠っているように見える。

「ねえ、かなり具合が悪くなってるよ。先生のところに直行した方がよくない?」

女が言うと、運転席の男は眉をひそめた。

「先生、きょうは休みなんじゃなかったか。電話してきいてみて」

女は携帯電話をポーチの中から取りだした。液晶画面を見て、着信が何件かあることに気がつく。

「あ、事務所からかかってきてる」と言って、すぐにかけ直すが話し中でつながらない。今度は電話帳の中から愛護団体と協力関係にある獣医師の名前を探してかけた。受話器を取った獣医師に対して、ぐったりしている猫たちの様子を伝える。

「それなら、入院させた方がいいね。いらしてください」と言われ、目的地が変わった。女は携帯電話をふたたびポーチの中に放り込む。

赤坂吾朗は、何かがおかしいと感じ続けている。

棋理の言葉に耳を傾けるうちに、だいたいのところは頭に入ってきた。

ＸＳＡＲＳと仮称される病気の諸特性。

潜伏期間と感染性期間の分布。そして、想定される不顕性感染者の割合。棋理にかかれば、得られたデータから結論が簡単に飛び出してくる。最初は魔法のようだと思った。しかし、そうではない。九五パーセントの確率で潜伏期間は三日から九日、八〇パーセントの確率なら四日から六・五日、というふうにあくまで確率分布として話が出てくる。

真剣にメモを取っていると、そのうちに頭が混乱し、何がなんだか分からなくなった。なるほど、確率密度の雲の中で持ちこたえる、というのはこういうことか。自分には持ちこたえられないし、それができるのはよほど数学に強い人なんじゃないか。

島袋の横顔を見た。棋理の言葉に聞き入っている。集中して、ほかのことなんて眼中にない。彼女の視線は棋理から放たれた言葉と絡み合いスパークを放っている。

周囲があまりに暗くなり、メモを取るのを諦めた。

ここから先は、理解できることをひたすら、頭の中に留めておくのみだ。

感染ネットワークという言葉が出てくる。患者同士がどのように接触し、病原体を伝えていったか、後からの調査で再現したものだ。

「Ｒ０（アールノート）はどうなんですか」と島袋が聞いた。アールノートとは、基本再生産数といったっけ。誰も免疫を持たない集団で、一人の感染者が平均して何人を感染させるかという数字だったはずだ。

ひとしきり議論した後で、棋理が言った。

「つまり、ＸＳＡＲＳは滅びゆく感染症だと言ってよいよ」

赤坂は跳びはねそうになった。こんなに軽々しく、「滅び」が語られてよいのだろうか。

「滅んでしまうんですか。人類は滅んでしまうんですか！」

島袋がこちらを見て、唇に人差し指をあてた。黙っていろ、という合図。

「記者クン、そうじゃない。逆だよ。ＸＳＡＲＳという病気が滅びかけているんだ。言い方を変えると、人間という環境に対してまだ適応しきれていない。つまりね、各世代の感染者数の分布を単純分岐過程で見ていくと、ちょっと普通じゃないんだよ。いろいろやってみたのだけれど、各世代ごとの二次感染者数Ｒｔはその世代に大きく依存していて、世代数ｔが大きくなるごとに極端に減っていくんだ」

「……どういうことでしょうか」

「や、分かりにくかったかな。要するに、第一世代の患者は感染力も強いけれど、第二世代は感染力が落ちる。さらに第三世代ではさらに弱くなるらしく、第四世代の患者はこれまでのところ確認されていない。これと関連して、世代ごとに、症状が軽くなっていることも観察されている。今はっきりしているデータだけを使うと第一世代は八割前後の致死割合。それが、第二世代だと一気に一割くらいに落ちる。第三世代、第四世代の症例が少ないのは、感染したとしても症状が今の症例定義を満たさないのかもしれないという解釈もあり得る。ウイルスが急速に変異しているのか、それとも別の原因があるのか分からないけどね」

　赤坂はそれを理解すると、ほっと息を吐き出した。人類の滅亡ではなくて、ＸＳＡＲＳの終息のことを言っていたなんて。まさに、みんなが望んでいることであり、それがこのままほうっておいても実現するなら、それに越したことはない。ならばやはりエピはリヴァイアサンなのだ。霧を払い、雲を蹴散らして、真実を白日の下にさらけ出す、人類の英知なのだ。

　なのになぜだろう。赤坂は何かがおかしいと思う。棋理が来たあたりからずっと感じている。言葉にしたいのだが、うまく言えないのがもどかしい。助けを求めるように島袋を見るが、そろそろ暗く沈んできた岸壁で、彼女の横顔は弱々しい西日を反射するばかりだ。

何かが足りない、と高柳相太は感じている。棋理の説明はクリアであって、XSARSがこのまま「滅びゆく」ものであるということは納得できた。だとしたら、できるだけはやく滅んでもらうように越したことはないし、臨床医も必要以上に怖れることなく個々の患者に対処していけばいい。

なのに、なぜ不安なのだろう。そう簡単には立ち去ってくれないのではないか。いったん制圧できたと思った瞬間を棚に上げて、高柳は今ではこの感染症は一筋縄ではいかないと感じている。ほとんど戦場と化した総合病院を追い出された身だが、それでもきょう一日だけで、ホームや研究所で重症患者や死亡者を数多く目の当たりにしたのだ。

棋理のロジックは完璧だ。でも、どこかで微妙にズレている。なぜなら……棋理は現場に触れていないからだ。臨床の現場、集団感染が起きた現場、それらをこの目で見てきた高柳は素直に棋理の結論を受け入れることができない。

「棋理先生、でも、今もすごく重い症状の患者が、新たに発生しています。総合病院でも態勢の強化を考えているくらいですから」高柳は言った。自分の声が強い調子になっているのに驚いた。

「鋭いね、高柳クン。まさにそれを今、言おうと思っていたところなのだね」棋理が嬉しそうに応えた。「たぶん、XSARSは東京でもT市市街地でも、充分な注意を払えばこれ以上は広がっていかない。ただ、崎浜町だけは別だ。別の要因がある」

「それはなんでしょうか」高柳は唾を飲み込んだ。

「つまりね、一次的な感染源」

潮騒(しおさい)が一瞬やんで、棋理の声が重々しく響いた。

引っかかっていたものが、すとんと理解できた。足りないものとは、まさにそういうことだ。崎浜で始まったＸＳＡＲＳはこれまで人間界では見られなかった病気なわけで、それが人間界に進出した前線が崎浜だ。この土地のどこかに究極の元栓、と言うべきものがある。そして、しばしば見られる重篤な患者は、元栓に直接触れた者なのかもしれないのだ。

波の音が一際大きく響き、高柳は体に震えを感じた。

「先生にはもう分かっているんですね」

「まさか」棋理はあっさり否定した。「それが分かるようなら、とっくに指摘しているさ。こうやって崎浜まで来たのはね、ここならだいたいすべての要素を見渡せるし、多くのものを目にしてきた人たちと会えるからなのだね。ほら、見てごらん、この時間帯、空と海と陸が一つに融(と)ける。素晴らしい眺めじゃないか。や、もっとも……もう少し早く出てくれれば、ぼくもこの目でいろいろ見られたのに残念だ……おまけに仙水クンがいないね。困ったものだ」

「先生！」低い声で言ったのは島袋だった。ずっと黙っていたのに、ここにきてようやく口を開いた。今までとは印象が違う。目の焦点が合わず、トランス状態に入ったかのようだ。大阪のＳＡＲＳ事件を終息させた時にもこんなふうだったのではないかと勝手に想像する。

「もう少し限定できる情報をください。あまりに探索する範囲が広すぎます」

島袋の厳かな言葉を受けて、棋理はゆっくりと立ち上がった。

「一次感染者は症状が重いという前提で、症例定義を狭く設定する。本当に重症な者だけが含まれるようにね。島袋クンのメールアドレスに、そろそろ新しい症例定義で抽出された症例データと対照群の最新のデータが送られてきているはずだ。その上で、基本はやはり――」

「『時間・場所・人（タイム・プレイス・アンド・パーソン）』」

島袋が予定調和のように言った。

「その通り」

棋理は眼鏡の縁を光らせ、ここにいる一人ひとりの顔を見た。

仙水望は携帯電話の液晶画面を見て、途方にくれる。

おたがいにＧＰＳの位置情報を公開しあうことにしたのは正解だった。とにかく今、仙水は島袋のいる方向へと向かっている。

しかし、うっかり転落しそうになって、仙水は自転車から飛び降りた。

ここから先、海じゃないか。

まさかボートに乗っているわけではあるまい。

御厨にはすでに連絡したものの、政府要人との電話での対話が長引いているようだ。メモをまわしてもらったが、コールバックはない。ならば、島袋と棋理だ。二人にこの考えをぶつけなければ。仙水はかなり確信を持っている。コウモリ仮説よりもずっと有力な仮説だ。また、切実でもある。

暗い水面に目を凝らし、仙水は島袋を探す。

掠れたうなり声を聞いて、鼓動が速くなった。携帯電話のGPSの精度はそれほど高くない。しかし、こんな人気のないところで、人の声を聞いたなら、当然、瞬間的に連想してしまう。まさか島袋だとしたら――。

そこにいたのは少年だった。波に洗われそうなくらい水際に近いところに倉庫があって、その裏側の壁に体を預けていた。変なフードのついた例の服を着ていた。昨夜、崎浜を訪ねた際、車を停めたのはこのあたりだと気づいた。

「どうした、大丈夫か」と話しかけると、またうなり声を上げて、目を閉じたまま言葉を発した。

「滅ぶよ……解き放たれた……滅ぶよ……ほらそこにいる……みんな、空にいくんだ……」

「だからどうしたんだ」

「仔猫が、いるでしょ。〝L〟はリヴァイアサン……終末と始まりのウイルス……」

仙水は首を振って周囲を見渡すが、そんなもの見あたらない。

「分かったから……もう何も言わないでいい。目を閉じてなさい」

仙水は救急隊に連絡を入れて、この子の搬送を要請する。肺炎の症状は出ていないものの、いきなり脳炎というのもあり得るのだろうか。

救急車を待つ時間のロスが惜しい。とはいえ、この場を離れるわけにもいかない。遠くから雲が流れてくるのが見えた。一雨来そうな予感がする。

島袋の携帯電話を鳴らす。反応がない。仕方なく、位置情報をふたたび取得して画面に表示する。動いていない。たしかにこのあたりにいるはずなのだ。


島袋ケイトは、棋理が座っているとなりの係留杭に腰を下ろし、膝の上にノートパソコンを開いている。

さっきから風が急にひんやりし、同時にかなり湿って感じられる。西空はきれいな夕景なのに、訳が分からない天気だ。雨になるのだろうか。だとしたら、それまでにできる議論はしてしまいたい。でないと、パソコンが濡れてしまう。

もともとたまっていた疲労に加えて、朝からのハードワークで意識の水準が低くなっている。集中しても長持ちせず、知的な瞬発力も落ちる。昨晩、数時間、熟睡したくらいではとうてい足りなかったみたいだ。

棋理の言葉がしみ込んでくる。これまで隠されていた「本当の元栓」をさぐる鍵。今、ケイトの手元には、新しい症例定義にかなう症例のデータが三二件抽出されている。一次感染者は重症化するというのが棋理の見立てであり、これらの三二症例は、従来の症例定義に加えて、「死亡」か「人工呼吸器による強制換気」という条件を満たしたものだ。一〇〇を超える現在の症例の中で、この三二症例には一次感染者が多く含まれると期待できる。「時間・場所・人」の三つの条件で層化して見比べて、あり得る感染源候補や、リスクとなる行動候補を洗い出していく。地味ではあるが、基本中の基本だ。

「結局、我々が知る限りでは、重症者がまとまって出た場所は三ヵ所だけなんだ――」

棋理の言葉に応じてケイトはキーを操作する。三二症例の地理的な分布が表示される。

「ひとつは、漁村――那智地区の一部、国道から漁港へと降りていく途中までのエリア」

「石畳、ということですね」

ケイトが聞き返すと、小堺が唇を噛むのが分かった。

「や、石畳っていうんだっけ。あそこと国道との間。重症者が多いし、継続して症例が発生している。ここだけで一八症例。ほかの一四症例は、全体的にばらけているね」

「じゃあ、あと二ヵ所の集積、というのは？」高柳が口を挟んだ。

「それは、きみたちがきょう発見したものだ」

「ホームと研究所、ということですか」

「そう、いずれも、明らかすぎるほどの重症者の集積だね。そこにいた成人が同じ時期に全員感染したみたいだから、感染源が持続しているのかどうかは分からない。とにかく、単一曝露だとしても、そこには第一の集積である那智地区の石畳エリアと同じものがあったはずだ。もっとも、この二つの集積についてはデータが不完全だから、今の三二症例にすぐに加えるわけにもいかないわけだ」

「最初に入院した三人の重症者たちはどうでしょうか」ケイトは聞いた。「三人とも亡くなったわけですが、皆、エリアから外れていたと思います」

「そのうちの一人、三〇代の女性はまさにそのエリアだよ。国道沿いで境界線上。ほかの二人は今のところは散発例とするしかない。でも、大事なのは、たまたま最初に我々の目に入ってきた三人ではなく、トータルで見た時の分布なのだね」

なるほど、と思う。

石畳と国道の間に重症者の集積。ケイトはずっと前からこのことを知っているような気がする。不思議な納得感がある。

さらには、研究所やホームに共通するもの。ある一時でもいいから、この二ヵ所に存在し、石畳周辺では常にあるもの。

あえて、印象深いハイタウンの斉藤家や、松陰地区の吾川邸のことは頭から閉め出す。「年齢はどれくらいのリスク要因でしょうか」と高柳。「例えば六〇歳以上であることを曝露として定義すれば」

ケイトは「お願い」と言って、ノートパソコンを小堺に託した。小堺はさっきまでの頭に血が上った状態を脱して、今は集中力を欠いた漫然とした表情をしている。手渡されたものを見て、「え？」と小さく声を出した。

「あなたがやるの。石畳でなにがあったのか、知りたくないの？」

小堺は唇を噛んだ。そして、深呼吸すると、地面に直接座り込み、胡坐（あぐら）をかいた足の上にノートパソコンを載せた。

指が震えている。それでも、素早くキーを叩き、エピキュリアスの「人」のデータから六〇歳以上を抽出する。ショートカットキーを使って、二×二表のウィンドウに数字を送り込むと、結果は一瞬で出た。

「オッズ比は、〇・九一ですね。一を割り込みました」

「これはどう解釈すればいいんでしょうか」と赤坂が聞いた。

「オッズ比は、一よりも大きいとリスクが高くて、逆に一より小さいとリスクが低くなるって意味です。高柳先生は、年齢が高いとリスクが高いんじゃないかと思ったわけですよね。でも、このデータでは、逆に六〇歳以下の人の方がやや重症化しやすいってことです。ぼくの叔母さんは、まだ六〇歳にはなってなかったんですが――」

小堺がぎりぎりのところで感情を押し殺して、いっぱしの解説をする。青ざめた顔が悲壮に映る。

「いずれにしても、データのばらつきの範囲内だね」と棋理。「一に近いあたりでの微妙なリスクの増減は、これくらいのサンプル数でははっきり結果は得られないんだ。さあ、みんな、好き勝手なことを言っていいよ。現場をあまり知らないぼくよりも、ずっときみたちの方がこの問題を解くのに相応しいのだからね」

「太陽とピラミッドマークのミネラルウォーターを飲んでいたかどうか、それを知りたいです……」

またも唇を噛み、震える声で言ったのは小堺だ。信憑性はないが、たしかに調べておくべきことだ。でも、そんな質問事項は調査票の中にはない。

「うん、それは課題だね。調べる価値はある。ほかには？」

「イルカを食べていたかどうかはどうでしょうか。あるいはイルカ漁に従事していたかどうか」

「結局、コウモリとの接触歴というのはわかったんですか」

「ポピーの開花と時期が同じなんです。関係があるなんてことは……」

赤坂が、高柳が、それぞれ、意見を述べる。イルカ漁なら、漁業従事者の多くが行っていたと仮定して、「人」のデータの職業の項目で「漁師であること」を曝露とすることで粗い分析ができる。二×二表をつくってオッズ比を計算すると、一・一八と出た。漁師であることは、重症患者になるリスクを一八パーセント押し上げる。とはいえ、これもデータのばらつきの範囲内。

いずれにしても、ケイトはしっくりとこない。さらに小堺が手すさびにキーを操作して、「人」についての様々な項目で二×二表を作る。極端にリスクを押し上げるような要因はない。ひょっとすると調査票から漏れている要因があるのではないか。いや、逆にあまりに身近で、気にも留めないものである可能性も……。

風の向きが変わって、潮っぽく生臭い匂いを運んできた。

「飼っている動物」の項目に、カーソルが止まった。

「石畳のエリアでは、ペットを飼っていると感染が少ないですね。オッズ比が〇・八くらい。でも、ばらつきの範囲内……ですか。叔母さんは猫が好きだったのに……」と小堺。

そのあたりでケイトは集中力を失い、視線を海の方へとずらした。

西空の残照を覆い隠しながら、血のように黒い雲が迫っている。もうすぐ、ここも雨になるかもしれない。

リカの気配を背後に感じた気がして、振り向くとたしかにそちらは東京の方向だった。そうだ、花の咲き乱れるこの町を、リカに見せたい。

ケイトはそう思っていたのだ。はじめて崎浜に来て、バスの中から花畑を見た瞬間からずっと。

バスを降りた後に目にした菜の花畑。そして、その後……。

ふいに映像が思い浮かぶ。漁港への坂道を下りながら、出会った弱々しい生き物。小さなリカと同じくらい、庇護(ひご)を求めていた者たち。

ああ、そうか、と思う。

なんだ、やはり知っていたのだ。わたしは知っていた……。でも、そのことに気づいていなかっただけだ。症例定義をシャープにして重症者に絞り込んだおかげで、たしかに見えやすくなった。

頬に冷たいものを感じた。

「ヤバいです。すぐに土砂降りになりますよ」小堺が大仰に言った。

ケイトはノートパソコンを引き取ると、細かい雨に頓着せずに画面に集中した。

分析にとりかかるまえに、現状を再確認する。さっき棋理が言ったことも入れ込んで、きょうまでの到達点をメモにしておく。新しい症例定義や、新たに分かった感染性についての知見……それらを書き留めることで頭が明瞭になっていく。

その上で……三二症例のうち、石畳の一八症例とそれ以外の一四症例は分けて考えた方がいい。この場合、大事なのは石畳以外の方だ。なんでこんなことに気づかなかったのだろう。

石畳にはいつもいるものだから、調査票に引っかかってこない。「飼っている動物」ではなくても、それぞれの庭にいやというほどやってくる。それで、大々的に誤分類が起こって、オッズ比が一を切ってしまう。

石畳以外の一四症例だけに注目する。棋理先生、大切なのは集積よりも、その外側で重症になった人たちなんですよ。吾川さんや、斉藤さんのように、散発例とさっき先生が言った人たちの方なんです……と心の中で語りかけつつも、口に出すのが億劫(おっくう)で、指を動かす。

調査票の中で、「飼っている動物」の項目でソートし、目的のものを抽出、対照群を設定し……途中からは指を動かすのすら面倒になって、頭の中で計算した。

オッズ比は、四と五の間くらいか。

力が抜ける。

これはかなり高いオッズ比だ。

元栓だと言っていい。今から、締めるべき元栓。

交絡はどうだろう。見かけ上の原因にすぎないということは？　いや、そんなことはあり得ない。石畳の方でも誤分類を正して計算すれば……きっと一〇は超える。頭の中で粗く計算して確信する。

キャリングケースの取っ手に手を掛けると、にーっと細い声が響いた。大丈夫。まだ死んでいない。

「エウレカ」声に出して言ってみた。

仮説を棄却し続けた後に、我、発見セリ。

対策が功を奏するか判明するまで四日くらいはかかるだろうか。リカに会うのはいつになるだろう……。

「島袋クン、どうしたの。考え込んでいるね」と棋理が聞いた。

先生、分かりました。元栓の所在。

そう言おうと思ったのだが、口が動かなかった。なぜかこわばって、声が出なかった。

自分でも驚き、焦る気持ちがこみ上げてきた。

「せんせい……わたし……」舌を絡ませながらなんとか言った。

とにかくここに元栓があります。わたしの結論は、充分に科学的でしょうか……。

足音が響く。

「みんな、なんでこんなところに！」

怒りをはらんだ口調で言うのは仙水だ。

「ちょうどよかった。棋理先生まで！」

「コウモリ仮説は棄却だよ」

「そうじゃないんです。別の仮説です。それに、至急、手を打たなきゃならないことが――」

そこまで言って、仙水はケイトの足下を凝視した。にー、とまた細い鳴き声。

「ケイちゃん、それ……」

大きく目を見開くのが、薄明かりで分かった。

ああ、大丈夫。仙水も気づいている。なら、わたしが言わなくても平気だ。すぐに記者発表しなきゃ。本当に今すぐにでも。

「あ、島袋クン、どうしたの」棋理の声がする。でも、視界がぼやけて、見えない。

リカのところには戻れるだろうか。リカを悲しませずに済むだろうか。もしも、このまま戻れないなら、わたしは霧の中をさまようのではなく、先生の中やリカの中に入っていけますか。ずっと前に教えてくれたように。絶対、わたしを受け入れてくれますか……。

絶対に。

「島袋クン！」

「ケイちゃん！」

いろんな声がする。

爆発、する。そして、まわりの風景がばらばらになって砕け散る。

白いワンボックス車が動物病院の駐車スペースに入ると、すぐにドアが開き、男女が一人ずつ降りてきた。

後部の荷物室を開き、男が大きなキャリアを取り出す。中には猫が何匹か入っている。続いて女が、同じ大きさのキャリアを引き出そうと手を掛けた。

「ちょっと待ちなさい！」と大きな声がした。

獣医師が動物病院のエントランスから飛び出してきた。

「連絡が行っていないのか。ここに運び込まれたら困るんだ」

キャリアを持ち上げかけていた女が、獣医師の剣幕に気圧され後ずさった。そして、手を滑らせた。

キャリアはコンクリートの上に落ち、プラスチックのカバーが開いた。中の猫たちが走り出す。

全部で五匹。具合が悪いため俊敏とは言い難いが、それでも、解き放たれて恐慌に陥ったのか、彼らなりの全力で駆ける。

道路に飛び出した三毛が、車に引っかけられて宙を舞った。

「あ」と女は声を上げて、道路に飛び出した。

片足を変な方向にねじりながら近づいてくるのを抱き上げる。

「抱いちゃいかん！」と獣医師が言った。

「その子たちは、ここでは扱えない。まったく、なぜそんな大事なことが伝わっていないんだ」

女が車道から戻り、怪我をした三毛を差し出した。

「骨がいっちゃったみたいです。診てもらえますか……」

獣医師は後ずさった。

「だから、猫が感染源なんだ。ついさっき、連絡があった」

「猫、ですか」と女。

女の表情が引きつり、三毛を地面に落とした。うぎゃっ、と後ろ脚をひきずりながら走っていく。

「わたし、病気になるんですか」女が甲高い声をあげる。

「今、何匹逃げたの。捕まえないとだめでしょう」獣医師が同じくらい甲高いヒステリックな言葉を返した。

「そんなの……無理ですよ」呆然とした男が言う。

周囲には逃げた猫たちの姿はどこにもない。

アウトブレイク・ノート（九日目）

入院者数　一二三名
重症者　三二名（うち死亡一五名）
症例定義　崎浜町に居住する者で、二月一五日以降、三八・五度以上の高熱を発して、肺炎症状を呈し、呼吸管理を必要とした者。
重症者の症例定義　崎浜町に居住する者で、二月一五日以降、三八・五度以上の高熱を発して、肺炎症状を呈し、死亡した者。あるいは、人工呼吸器による強制換気を必要とした者。
病名・症候名　ＸＳＡＲＳ。

病原体　パラミクソウイルス科と思われる新興ウイルス。
潜伏期間　三日から九日（九五パーセント信頼区間）。
感染性期間　感染者の各世代ごとに大きく異なる。
特記事項　猫からの感染が疑われる。

第二二章　ワイルドキャットチェイス（一〇日目）

そのニュースは午前中の記者会見で発表され、またたく間に広がった。

XSARSの最初の感染源、つまり「元栓」は、特に野猫だったと判明。よって、猫との接触を避けるべし。

高柳相太は、一連の事情をよく知る医師として、崎浜での説明会に駆り出された。

従来の咳エチケットなどに加えて、猫、特に野猫との接触は要注意。保健所による全頭捕獲がすぐに始まるものの、すべてを駆除するには時間がかかる。だから、とにかく猫を見たら近づかないことが第一である……等々。

ひとこと原因を示すだけで、人々の目の色が変わることに高柳は気づいた。これまで、原因不明で宙ぶらりんを余儀なくされていたものが、突如として目に見える何かを与えられ、感情のはけ口を見いだしたかのようだ。

屋外で猫を見たら、とりあえず投石。そういう光景をあちこちで見るようになる。特に子どもたちは、行動が直接的だ。エアガンやパチンコで猫を狙い撃つ。

一方、自宅で猫を飼っていた者は、市が用意した大きめのケージに入れて、屋外で飼育することを奨められる。検査の結果、感染が分かった場合は、殺処分の選択を迫られることになる。しかし、それ以前に、みずからの家族を感染させたかもしれない愛猫に、複雑な感情を抱く者が多い。検査を待たずに保健所の引き取りを希望する者もいる。

もっとも、感染症の原因をめぐる感情のたかぶりは長続きしない。保健所の猫捕獲チームが活動を開始したことが告知されると、猫に向かっていた怒りもすみやかに退(ひ)いていった。

もう安心だ。原因が分かり、駆除も始まった。これ以上はひどくならない。口にせずとも、人々はそう感じ、安堵する。

同時に、深い悲しみがやってきた。

市役所の広報チームと行動をともにしつつ、高柳はひたひたと満ちてくる感情の波を、そこかしこに感じ取った。一族の墓に参り、数珠を手に巻いてひたすら頭(こうべ)を垂れる者。帰らぬ人をあらためて思い、家中で、路上で、友人の前で、号泣する人々……。町が祈り、涙している。不安の中で限界に至るまで溜まりに溜まり、高まった感情の垣根が決壊する。

空が煙って見えた。太陽は高空にかかるもやのような雲の中で弱々しい暈(かさ)をかける。

高柳自身も、やりきれない悲しみに満たされた。この町のあちこちで起きた個々の悲劇の切片がそれぞれ胸を刺す。

そして、身近な者たちのことを思った。まだ入院中の敬愛する黒部医師、生還を信じて待っている久子、自分自身が発症して病床にある島袋、東京で母の帰りを切望する島袋の娘、叔母を失った小堺、高柳自身が医師として役に立てず忸怩たるものが残る亡くなった患者たち……胸をかきむしりたくなるほど苦しい。

広報のチームが解散した後も、人員が増強された小学校の臨時病院には戻らず、野猫の捕獲チームに志願して合流した。病気の発見から、治療、そして、地域流行の制圧まで、そのすべてにかかわろうと決めた。胸の苦しさを少しでも紛らわせるには、今自分ができることの中で、最前線と思える場所に身を置くしかなかった。

捕獲作戦は単純だ。疫学調査にも参加したという保健師ら数人と高柳で野猫を追い立てて、待ち受けている保健所の担当者がひょいと網を出す。何人かで網越しに押さえつけ、高柳が前肢の付け根に採血針の先端を大胆に刺す。怖がる幼児から素早く採血するのと同じで、わずか数秒で手際よく終える。

そういったことを何十回となく繰り返した。捕獲したものはすぐにキャリアに入れられて、ある程度の数になると順次、運び去られた。一方、石畳の野猫は目に見えて減ったようには思えない。際限のない作業だ。

それでも、やがて終わりは来るだろう。

高柳は電動ファン付きのマスクの位置を調整しつつ、曇りとも晴れともつかない曖昧に煙る空を見上げる。暈が成長し、太陽を弱々しいながらも大きく見せる。

黒部と島袋が、どのような形であれ病院を去る時が来たなら……高柳はこの町を後にするだろう。生まれた町に帰り、その後は……。今はまだ人々の悲嘆の涙が涸れない崎浜で、高柳はささやかながら、ここから先、続く日々に想いをめぐらせ始める。

終章　リヴァイアサンの骨（半年後）

小堺賢一は週末、ほとんど外出せず、エアコンをフルにきかせた部屋で、コンピュータのモニタとにらめっこしてすごす。ボランティアで引き受けているセキュリティグループのサイト管理をまとめてやってしまうためだ。隙間だらけの木造住宅では湿気まで除くことができず、吹き出し口からは空気中の水蒸気が凝結した白く冷たい霧が吐き出されている。

シャシャシャシャ、シャシャシャシャシャー……という音が突然、耳に入ってきた。小堺はキーボードを叩く指を止め、顔を上げた。

クマゼミだ。押しつけがましく耳に刺さるのが嫌で、聞かないようにしているのだが、こうもうるさいと無理だ。

いや、うるさいだけではなく……異質な鳴音がまざっていた。ジジジジジーというのは、アブラゼミだったか。このあたりではよくいるセミだから、珍しくはない。

そんなことはない、珍しい！　クマゼミは午前中によく鳴くのに対して、アブラゼミは午後遅くなってからだ。この二種が同時に鳴くのはあまり耳にしない。子どもの頃、そう教えられたし、実際にセミの多い神社でも……。

小堺はキーボードから指を離し、顎の下で組んだ。

妙に気持ちがざわめく。時間が違うはずのセミの声がまざって聞こえたことが、ずっとずっと前にあった。夏休みごとに訪ねていた少年時代のことだ。あの時、叔母さんと一緒に神社で……。

そこまで考えたところで、小堺はふいに立ち上がった。

正確な死亡日時は分からないものの、志保里姉とも相談してこの日だと決めた。月命日だった。

叔母さんは寂しく思って、セミの声で知らせてくれたのか。

小堺は部屋の襖と窓をあけて、縁側の下に転がっているサンダルをつっかけた。暑さのあまり、目眩がした。それでも、導かれるように歩き始める。庭をほんの数歩で横切って、石畳の道に出た。そこから家屋を振り返る。移り住んで三ヵ月、まったく手は入れていないから、東から南にかけての外壁には雑草がはびこり、今にも緑の中に埋もれてしまいそうだ。

足は自然と神社へと向かう。境内の木々は、それぞれクマゼミの木とアブラゼミの木に分かれている。叔母がそう指摘し、幼い頃の小堺はその事実にひどく感心したのだ。

今もそれは変わらないらしい。シャシャシャという音と、ジジジという音は、それぞれ別の木から聞こえてくるように思えた。

記憶がよみがえってきた。

ケンちゃん、わたしがママだよ。わたしがあなたのママになってあげるからね。いつでもおいで。ここが自分の家だと思っていいんだよ……。

夏の日、叔母はセミの鳴き声の中で、そんなふうに小堺に何度も囁いたのだ。

母と一緒に住んでいない小堺にとって、事実、叔母は母親代わりだったから、言われたことに違和感はなかった。むしろうれしかった。

でも、胸が苦しくなって、駆けだしてしまった。

叔母の目が潤んでいたから。泣いているように見えたから。

今になって思い返せば、叔母にだって辛いことはあったのだろうし、小さな子どもを護ることで、自分を鼓舞し、かろうじて膝を折らずに済んだことだってあったかもしれない。

でも、当時の小堺にはそんなこと、分かるはずがなかった。

叔母さんは強いと思っていたのに、泣いていた。だから不安になった。怖くて逃げた。

あの時と似た、底知れない不安を、小堺は集団感染事件以来、ずっと感じている。これればかりは逃げようにも逃げられない。

叔母はあっけなくウイルスに食い尽くされ、叔母に似た雰囲気を持つあの女性ですら……。

絶対的な強さなどない。いつかは自分や志保里姉だって……。

セミの声が途切れて、今度は子どもたちの声が響いてきた。

ぎょっとして後ずさり、そのまま立ち去る。

自宅に戻り、庭に猫が入り込んでいるのを見て、石を投げた。エアコンの湿った冷気の下で人心地つき、ふたたびコンピュータの画面に集中しようとするが、セミの音が耳から離れない。あと何時間かすると、またあの中に出ていかなければならない。キーボードの上の指先は止まったままだ。


「ゴロー！」とひげ面のデスクが叫んだ。「練馬区の病院で、医療過誤。手術患者のとりちがえで、人が死んだらしい。おまえ、行ってこい。今から行けばぎりぎり間に合う」

「いえ、しかし。それじゃ間に合いません」赤坂吾朗は立ち上がって言った。

「そんなことないだろ。地下鉄で行け。車じゃ渋滞にひっかかるとアウトだからな」

「その会見に出てたら、電車に遅れるんです。きょうの午後は半休をもらうことになっていて……」

「前任地でなにかあるんだっけか。でもさ、この医療過誤、おまえ扱っておくべきだろ。例の企画にも直結するんだしさ」

「そうですけど……その前にT市の集団感染の半年後というテーマで……」

「前にも言っただろ。新型インフルエンザの話ならともかく、あれはもう済んだ話だ。なんとかサーズ……なんだっけ」

「ＸＳＡＲＳです」

「そうそう、結局、あの田舎町からほとんど出ていかなかったんだし、いわばただの風土病だ。今のおまえは東京本社の記者なんだから、目の前にあるものを大事にしてくれないと困る。とにかく、会見、出るだけ出てくれ」

デスクはぴしゃりと言い切って、電話を取った。次の瞬間には別の記者に指示を飛ばしている。

赤坂は肩をすくめ、社屋の地下出口からつながっている地下鉄駅へ向かう。

東京本社で医療関係の取材体制を厚くするということで、赤坂はこの五月の連休明けから東京本社へと異動になった。Ｔ市での活躍が認められたのだとその時は有頂天になったものの、実際は医療以外の取材を任されることの方が多く、欲求不満の元になっている。専門性が高く調査報道も手がけられるような人材を、社が育てたがっているという話はどうなったのか。きょうのように病院の取材を優先的に回してもらえるのは、普段なら歓迎すべきことなのだが……。

移動時間は三〇分。

会見はたしかに誰かが出席すべきものだったし、記事にすべきものだった。そして、赤坂の社でこの会見を聞いたのは赤坂だけだ。

夕刊に追い込むのが無理だとしても、朝刊用に今から記事をまとめるならそれなりの周辺取材も必要になる。

デスクの判断を待つ間、赤坂は電話をかけた。いきさつを説明すると、彼女は電話でもはっきり分かるため息をついた。

「ただの風土病ですって？　報道機関までそんなことを言っているの？」

「報道機関まで、って、ほかに誰かが言ってるんですか」

「官僚よ。それも健康局長」

「知りませんでした」赤坂はあっさり言った。

このところ、二三区内で起きた列車事故の遺族の取材で忙殺されていた。いくら興味があっても、厚生労働省の健康局長の言動まではフォローできない。

「制圧までの無策ぶりを批判されて、あれはほうっておいても終息する風土病だったって、国会答弁で言ってくれたわけ。本当のところは、あれだけ短い期間で異状が察知されて、わずかな間に初動体制がとられ、一〇日もたたずに感染制御の方法が分かったなんて、フィールド疫学の教科書に載せたいくらいの快挙なのに」

「おまけにウイルスの発見も速かった」

「そのことはいいの。御厨隊長が吹聴(ふいちょう)して、みんなが理解しているから。でも、ＦＥＴの働きは充分に伝えられていない」

「あの……草稿には目を通してもらえましたか」

「今、読み始めたところ。いろいろコメントはあるから、終わったらまとめて言うわ」

携帯電話の背景ノイズが急に大きくなり、赤坂も知っている電子音のメロディが流れた。

「ママ、はやくのろうよ！」という幼い声がして、彼女が駅のホームにいるのだと、赤坂ははじめて理解した。

「それでは、いってらっしゃい。ぼくは間に合いそうなら追いかけます」

通話を切ると、案の定、デスクからのメールが入っていた。

〈朝刊に入れるので、出稿よろしく。被害者の遺族の側も弁護士を交えた会見も始まるそうだから、そっちは新人を行かせた。終わり次第、集約して書いてくれ〉

はあっ、とため息をつく。これじゃ到底、間に合わない。関東の最南端にある小さな町で、果たされる予定だった再会に後ろ髪を引かれつつ、記事の構成を頭の中で組み立て始める。

特急電車の中で早々に眠ってしまった娘の横顔に思わず見とれる。うっすら紅潮した様子は、これぞ薔薇色の頰という様子で、次第に少女の領域に入りつつある娘の旺盛な生命力を示している。自分から出てきたものが、いつの間にか自律的な存在に変貌していくのを見守るのは、母親であることの醍醐味なのだろう。

病床での意識のはっきりしない時期を抜け出し、こっち側に戻ることができたのは娘の力だ。耳元で娘が「ママ、いつかえってくる」と問いかけ、気がついたら、彼女は霧の晴れたベッドの上にいた。

今、ふたたび南行きの特急電車に乗りながら、胸のざわめきを禁じ得ない。あの場所へ戻るのだ。それも、娘と二人で。

娘が寝返りを打ったのをきっかけに、彼女は視線を上げ、窓の外を見た。川を二つ渡った後も、当分ごたごたした都市の光景が続く。これが緑に置き換わるのは、県庁所在地のC市を越えてしばらくした後だ。そして、娘に見せたい風景はさらにその先にある。

彼女はバッグからＡ４の紙の束を取り出した。

意外によく書けている、というのがこれまでのところの感想だ。不満な点は多々あるが、それはそれとして、素人新人記者だった赤坂がここまで書いたということに、まずは驚いた。もっとも、疫学探偵のワトスンを自称したいなら、これくらいで満足してもらっては困る。三ヵ月後だという出版の日までに、直してもらいたい部分がたくさんある。

さっきの電話では「読み始めている」と言ったものの、実はもうすでに終盤にさしかかっていた。「元栓」の発見と野猫捕獲をめぐるハイライトの記述を読み進める。

島袋調査員と仙水調査員がほとんど同時に到達した結論は、「猫が元栓である」というものだった。

このことに気づくのが遅れた最大の要因は、重症者が多い石畳エリアでは、多くの者が猫を飼っていなかった、という逆説的な事実だ。調査票の項目には「どのようなペッ

（表1）
石畳エリアにおいて「猫を飼っている」ことを曝露とした場合の2×2表（データは調査票に基づく）

	曝　露	非曝露	計
症　例	4	14	18
非症例	10	24	34

オッズ比　0.69（95％信頼区間0.18-2.60）

トを飼っているか」という項目があったが、これでは「日常的に接触している動物」をすべてリストアップすることはできない。石畳では、居住者のほとんどが野猫と日常的に接しており、なおかつ、猫は飼っていなかった。

その結果、「猫を飼っている」ことを曝露として定義した場合のオッズ比は、石畳エリアでは〇・六九と、むしろ一を割り込むことになった。「猫を飼うとリスクが下がる」とすら解釈できる。参考までに二×二表を示しておく（表1）。

これが、石畳以外のエリアに着目すると正反対になる。棋理教授が「散発例」としてむしろ注目しなかった一四人の重症者は、それぞれ、石畳に比べて野猫の少ないエリアに住んでいた。そして、多くの重症者が猫を飼っていた。結果、「猫を飼っている」ことのオッズ比が四・六三にまで跳ね上がるのだ（表2）。

ちなみに、崎浜では今も猫の完全室内飼育は一般的ではない。いずれの飼い猫も、自由度の差こそあれ外出できる環境にあり、

（表２）

石畳エリア以外において「猫を飼っている」ことを曝露とした場合の2×2表（データは調査票に基づく）

	曝　露	非曝露	計
症　例	9	5	14
非症例	7	18	25

オッズ比　4.63（95％信頼区間1.14-18.75）

近隣の野猫を通じて感染していたことが、のちに明らかにされた。

そこで、石畳エリアの場合も、猫は飼っていなくても、野猫と日常的な接触があったと確認できたケースも含めて「猫に曝露」として、表1をつくりなおすとこうなる（表3）。

オッズ比は一〇・一三！

表1と見比べてほしい。「猫を飼っていない」一四名のうち、一二名までもが「猫と日常的に接触」しており、「曝露」にごっそり移動した。一方で、非症例の側で、非曝露から曝露に移動したのは五人だけだ。そのため、オッズ比が極端に跳ね上がる結果となった。それにしても、一〇を超える高いオッズ比は、フィールド疫学の調査でなかなか見られない。猫との接触は、明らかすぎるほど明らかな「元栓」だったのだ。

もっとも、これは結果論だ。集団感染全体で見た場合、人間の子どもからの感染を含む二次的な感染のなかに紛れて、猫との関係も曖昧になる。また、前述の通り、石畳エリアにおける「猫を飼わずに濃厚接触」という要素も情報を混乱させる――。

（表３）

石畳エリアで「猫と日常的に接触」を曝露とした場合の2×2表（追加調査によるデータで表１を改変）

	曝　露	非曝露	計
症　例	16 （12人が非曝露から曝露に移動）	2	18
非症例	15 （5人が非曝露から曝露に移動）	19	34

オッズ比　10.13（95％信頼区間2.01–51.12）

しばらく表の数字とにらめっこをした後で、彼女は疲れた目を窓の外に向けた。

車窓の光景はまだ市街地のままだ。

赤坂の書いた通り、まったく明らかすぎるほどの「元栓」だった。後になってみれば、あっけないほどだ。

それにしても……このような二×二表を見るのは、本当に久しぶりだ。オッズ比を点推定値ではなく信頼区間（CI）まで含めた確率分布としてイメージしようとすると、それだけでどっと疲れる。

この数ヵ月、論文はなにひとつ読まなかったし、以前は毎日チェックしていたウェブサイトも、次々と投稿されるメーリングリストも、まったく関心がなくなった。英語を読むのも億劫で、文字通りごろごろして時間をやり過ごしていた。

病気で失った体重を二ヵ月で取り戻し、今は前よりも少しふっくらしている。一方で、表情が穏やかになったと人に言われる。しかし、間近に迫った復帰に向けて、そろそろ心の準備が必要だ。職場の同僚との電話で健康局長の国会答弁の話を聞いて、やたら腹を立てたのも、その準備が自然と進んでいる証拠だと思う。

　ふたたび視線を手元の紙束に落とす。彼女が知らない場面にさしかかり、思わず手に汗を握った。同時に、現場でしきりと感じた、小さな憤りや息詰まる感覚がよみがえってくる。

　やっぱり、フィールド疫学の方法は、なんとも言えず地味だ。症例定義を変えたり、交絡要因を調整したりしつつ、様々なサブグループに層化すると、どんなふうにオッズ比が変化するのか見ることで、てっとりばやく「真の原因」を推定しようとする。実験ができる諸科学や、理論的な諸科学の領域から見ると――つまり、ほとんどの科学から見ると――かなり荒っぽいし、いい加減だ。そんなところでぎりぎり科学的であろうとするからこそ凄(すご)いのだとケイトは言いたいのだけれど、たぶん、赤坂は気づいていない。

　それどころか、ある所から先、突然、受け入れがたい記述になる。これまで積み上げてきた疫学的な議論を反故(ほご)にするような、とんでもない論理構成。ため息をつき、読み進める。

「猫から人間に感染する新興ウイルスによる感染症である疑いが濃厚である」との見解を行政が正式に発表したのは、重症者の集積の情報を国立集団感染予防管理センター(NCC)の調査員がキャッチしてから、ちょうど一〇日目のことだった。

何が決め手だったのか、同センターの御厨潤一センター長は語る。

「わたしたちのラボでは、パラミクソウイルス科らしい新しいウイルスの分離に成功したところでした。そこへ、研究所と呼ばれていたマンションでの大量死事件が起きた。調査員がそこで病気の猫を見つけ、血液を採って調べたところ、わたしたちの分離したウイルスと、抗原抗体反応を示したわけです。つまり猫は、このウイルスに感染したことがあるか、まさに感染中だった、ということです」

新しいウイルスが病気になった人から分離され、また、症例が飼っていた猫もそのウイルスに感染している、あるいは感染していたことがわかった。御厨センター長は、その夜のうちに、国際的な研究者共同体のネット会議で報告した。

そして、翌朝、一〇日目になると、このネットワークに大きなニュースが投げかけられる。「中国の研究者も、ウイルスの分離に成功したと発表しました。すぐに、猫に大量に接種する動物実験を行い、わずか一二時間後には鼻気管炎や、目やになどの症状を引き起こすのに成功したのです。猫インフルエンザ、つまり、猫カリシウイルス感染に似た症状でした。こういった動物実験は、日本でもアメリカでも西ヨーロッパ諸国でもやりにくくなっていまして、規制のゆるい中国で、というのはたしかにありがたかったんですが……」

中国人研究者は、この功績によって「XSARSの本態が猫を媒介したパラミクソウイルス感染症であると確認した第一発見者」を自称する。

とはいえ、決定的な結果として受け入れられたのは、同じ日に行われた野猫捕獲作戦の成果だ。

保健所員らが石畳エリアで猫を捕獲し、採血した。確保した二五頭分の検体は、すべて昼までには総合病院敷地内の移動ラボに届けられ、その日のうちに実に二二頭の血液から抗体が見いだされた。この時点で「猫から感染する新興ウイルス」という説はゆるぎないものになった。

まさに「一〇日目のブレイクスルー」だ。政府が公式見解として認め、また猫の捕獲を含む具体的な施策を実行したため、以降、新規の患者発生は劇的に減っていく。また、地域への封じ込めにも成功し、結局、崎浜以外での発症は、東京で一例、T市の市街地で五例、隣のK市で三例にとどまった。東京の例を除き、いずれも、小学校の教員、保健師、保育士などとして、崎浜町内で働いていた者ばかりだった——。

釈然としない思いが湧いてくる。

御厨に取材して書けばこうなるのは分かるのだが、それが滅茶苦茶（めちゃくちゃ）だと気づかないのはどうか。彼女自身は「九日目」の夕方、この集団感染症事件から退場してしまい「一〇日目」以降にはなんら影響力を持たなかった。赤坂は、御厨にいいようにやられてしまった感がある。

しかし、どう考えても事実とは違う。新興ウイルスを発見したのはウイルス学のラボだが、猫から人間に感染することを示したのは疫学だ。動物実験をしても、猫が感染することが分かっただけで、人間のことは別だ。崎浜の猫が感染源になったと証明するためには、泥臭く二×二表を作って、オッズ比が大きくなることを示す以外に方法はない。

疫学の成果はそれだけではない。世代を経るごとに感染力が落ち、症状も軽くなることが分かったのも、接触調査をもとにした数理疫学的な分析による。一〇日目以降、たくさんある「蛇口」対策よりも、「元栓」である猫捕獲を迷うことなく重点的に行えたのは、この知識があったからだ。

疫学探偵のワトスンなら、こういったことを理解しなければならない。

だいたい、赤坂の理解は極端だ。現場にいる時は「エピこそウイルスに対して絶大な力をほこるリヴァイアサンだ」などと言っていなかったか。それは、幻想であり、極論だ。最後まで読む気になれず、紙束をバッグの中に戻した。

自然とため息が出た。そこはかとない不安がわだかまり、落ち着かない。

やはり、怖いのだろうか。あの場所に戻るのが。

慢心していたと思う。

赤坂に偉そうなことは言えない。エピで武装して、自分は安全だと感じていた。純粋な理論と等しい存在になって、ウイルスなど避けて通ると考えていた。現場ではフィールド疫学が最強の武器だと信じていたし、今も信じている。しかし、それはなんと折れやすいことか。赤坂の原稿で腹が立つのは、自分の中にもあるナイーヴさを指摘されるのに等しいからだ……。

バッグを開いて、ノートパソコンを取り出した。最近、棋理から送られてきた論文のファイルを開く。久々に読む英語論文。XSARSのことを、不顕性感染者が多くの二次感染者を出したとても珍しい感染症として有名な科学誌に発表することになったそうだ。棋理が活躍するのはうれしい。

でも、素直に喜んでいない自分に気づく。現場を離れた棋理は遠い存在だ。かつての主治医でも、フィールド疫学の師でもなく、自分とは関係の薄い研究者としての棋理。きれいに整理されて現場の匂いが残らないデータや、洗練されたモデルに舌を巻きながら、次のパラグラフに早く進みたい、という気分にはなれない。

結局、これも最後まで読み通せなかった。

難しいことを考えたら、すぐに眠たくなる。まだ体力が続かない。少し微睡(まどろ)んだ後、車窓は山がちで緑の多い風景に取って代わっている。

頭がくらくらしそうな酷暑の中で、黒部久子は待っている。道路の斜向かいには、地元では評判の高かった鮮魚店がある。しかし、女主人は疫病で亡くなり、今はもともと影の薄かった亭主がやる気なさそうに店先でタバコをくゆらせている。売られている魚の質は落ちたし、これならスーパーと変わらないと言う者も多い。

あれから、わずか半年だ。半島の最南端にあるこの小さな崎浜町を、重篤な肺炎をもたらすウイルスが席巻し、去っていった。人口わずか三〇〇〇人の町で、四九人が亡くなった。感染者の数は推計で一〇〇〇人以上。久子自身も、最近行われた検査の結果、抗体を持っていることが分かった。つまり、発症しなかったものの、感染していたわけだ。

半年経った今も、傷口はそこかしこに開いている。新興住宅街ハイタウンには、新たな入居者がなく空き家のままの物件がいくつもある。石畳の家々では、高齢者が軒並みやられた。重い後遺症に悩む者も多い。肺炎を乗り切った後に脳炎になり、のちのち発話や歩行などの障害を抱え込んだ。夫もその一人だ。この疫病の日々を体験した人々がすべてこの世を去る時まで、町が被った傷が完全に癒えることはないだろう。

午後三時すぎ、予定より少し遅れて、JRのT市駅前からのバスがターミナルに到着した。そして、開いたドアから、背の高い女性と小さな女の子が手を取り合って降りてきた。

「ようこそ、崎浜へ」と久子は言い、控えめな会釈を交わした。

「ママ、お花、さいているの？　どこ？」と女の子が言った。

「花を見せたくてバスで来たんですけど、春ほどには咲いていないんですね。残念だわ……」

「花はこの時期、春や秋ほどではないんですよ。少し歩けば、赤いガーベラと黄色いフレンチマリゴールドの花壇があります。でも、露天の畑はお休みで、今はハウスでのかすみ草ね」

「本当に残念。わたしももう現場復帰だし、リカを連れてくるとなるとこの時期しかなかったんです」

そう言うと、島袋ケイトは前に立って歩き始めた。歩行には特に問題があるように見えない。後遺症はかなり軽く済んだと聞いている。

久子は島袋母子をとりあえず自宅に招き、太陽がもう少し傾くのを待った。そして、四時前には、午睡から醒めた夫を伴って、漁港から干潟に向かう道をのんびり歩き始めた。

神社の森から聞こえてくるジジジというセミの音が背中にずしりとした感覚を与える。石畳のあたりで、最近、街に住み着いた保健所の青年が合流した。簡単にあいさつをかわし、あとはむすっとした顔でついてくる。小堺という名前だが、久子はよく知らない。

道路脇が花壇になっている一角では、島袋の娘であるリカが大きな目をさらに大きく瞠った。

「うわー、ママー、きれいー」

幼子というのは、本当にそこにいるだけで空気を明るくする。ガーベラの赤と、フレンチマリゴールドの濃い黄色がさらに輝きを増す。鬱陶しいセミの叫び声も消し飛んでしまう。

「春に来るとね、あたり一面こんなふうなのよ。もっとぱっと明るい黄色なの」

久子が目を細める一方で、夫は母子の微笑ましい会話に頓着せずに歩き続ける。杖を力強く使うことで、むしろ、かつての歩きぶりを凌駕しているようで、久子は足を速めた。

干潟、海、町並、すべてを望む砂丘の上に、しばし腰を下ろした。

島袋と小堺が夫を挟むように座り、少し離れて久子とリカが肩を並べた。

「ママはね、またたくさんニューインしたんだよ」リカは言う。「でもね、リカちゃんは、すこしだったんだよ。ねつがさがったら、おうちにかえったの。ケンサも、おわって、かえっていいっていわれたの……。ばーば、ちょっとつかれたんだって、いまはとおくのオウチにいるの。でも、ママがまたいそがしくなったら、トーキョーにくるって……」

人なつっこい子だ。母親が忙しくて、大人の間で育ってきたからだ、と穿った見方もできるが、とにかく溌剌として人を惹きつけるものがある。

一方、夫と島袋は、小さな声で言葉をかわしている。ともに発症した者同士だ。総合病院で倒れた内藤医師は亡くなったから、結局、医師で、発症し、生き延びたのはこの二人だけなのだ。

「霧の中にいた。閉じこめられていた――」

砂丘の上をわたる風と波の音を縫って聞こえてくる、夫の断片的な説明。

「わたしたちも、霧の中にいました。調査の時はいつもそうなんです。雲の中にいるみたいに足下さえはっきりしないこともある。今回のは、さすがに特別でした。未知のウイルスを相手にするのはこれがはじめてでしたから——いえ、意識がない時もやはり霧の中だったんです。それを引き戻してくれたのは、わたしの場合は——」

とにもかくにも、夫とこの女性は、ともに霧の中をさまよい、生還した。こうやって相まみえ、言葉をかわし得ることに、久子は素直に感動をおぼえる。

「それにしても——」小堺が唐突に口を開いた。

どことなく棘のある発声で、久子は驚いてこの青年の顔を見た。

「——XSARSパラミクソウイルスって、結局、どこから来たんですかね」

「野猫よ」と島袋。

「それは、島袋さんたちが見つけた、元栓、ですよね。でも、もともと、猫の病気だったとしたら、もっと前にも人間に感染する機会があったはずで、たぶん、間違いなくあれは猫にとっても新しい病気だったわけじゃないですか。とすると、崎浜の野猫はどこであのウイルスを拾ってきたのか……」

「それは、分からないわ。少なくとも、わたしたちの領分ではない」

「そんなんでいいんですかね。ぼくたちは永遠に勝てないじゃないですか。やられるばっかりじゃないですか」

「勝ち負けじゃないのよ。わたしたちもウイルスも同じ生態系のメンバーであって……」

島袋は途中で言葉を止めて、そのまま小さなため息をついた。言葉に覇気がないと感じられるのは、やはり病み上がりだからだろうか。そのまま、一同、しばし沈黙する。

久子は、あたりを見渡した。春先とは違い、海は青みを増し、空は力強い夏雲をたくわえ、町並にはガーベラの赤が目立つ。移り変わる季節の様相こそ、久子は真実だと思う。

「あなたたち」ふいに夫が言った。

島袋と小堺に呼びかけているのだと、分かった。

「どうですか。うちの医院を継いでくださいませんかね。あなたたち二人が来てくれるならいいな。どうか、崎浜に来てもらえませんか」

夫が大きな勘違いをしていることに気づき、久子の方が赤面した。島袋と小堺のことを夫婦で、おまけに二人とも医師だと思っているらしい。

「あなた、違うんですよ……」

夫が今も現場復帰できずにいる最大の原因は、こうやって時々、ふと前後の脈絡を見失うことがあるからだ。

「ご家族でいらして、医院を引き継いでくだされぱいい。そうすれば、わたしも安心して……」

小堺はむすっと下を向き、一方、島袋は含み笑いをするだけで、何も言わなかった。

「医院を任せられれば、わたしは安心して――」

もう一度言うと、夫はその場で立ち上がった。杖を置いたままで一瞬よろめき、久子が支える。

「安心して、毎日、野鳥の観察をするのですが。干潟で毎日、観察するのですが……」

「ねえねえ、おばさん!」とリカの声がした。

「クジラがいるよ、クジラ!」興奮して叫ぶ。

久子にも肉眼で見えた。海岸から少し離れたところで、白い波頭のような呼気が上がっている。

「クジラじゃないですね。イルカでしょう。このあたりにはよくいますよ。ぼくが子どもの頃も……」小堺がまたぼそっという。

夫が海を凝視しているのに気づいた。いや、海ではなく、波打ち際のあたりか。

「ああっ」と夫がため息をもらした。

久子から杖を受け取って、砂丘を降りていく。器用に杖に体重を預け、滑るような足取りだ。久子よりずっと速い。島袋も、小堺も後を追うが、差は詰まらない。

「あなた!」

久子の声は、波の音にかき消された。

夫は防砂林を越えて、砂浜で立ち止まった。

「おおっ、ここだっ。死せるリヴァイアサン!」

満潮近い時間帯で、いつにもまして波打ち際が近い。

「どうしたんですか」と久子は夫に問いかけた。

「これだよ。海から来た怪物」

久子は目を細めた。灰色の砂の中から、褐色の細長い物体が露出しているのが見えた。

「クジラの骨？」と島袋。「黒部先生のフィールドノートに出ていたやつですか」

「すべての始まり。海の怪物。猫たちが、こいつを食べた。それから、病気が広がった。そうだ、それが始まりだった。わたしたちは、こいつを砂の下に埋めたんだ……」

「こいつが！」と叫んだのは小堺だ。

露出した骨を蹴る。そして、じっと凝視する。

「……そんなこと、あり得るんですか」久子は横に並んでいる島袋に聞いた。

「さあ、どうでしょう」と答えが返ってきた。「いずれ、真実が分かる日が来るのだとしても、ずっと先です。それに、見つけるのはわたしなんかじゃなくて、ウイルスの研究者でしょうね」

やはり気の抜けた自信なげな口調だ。

帰り道、漁港までたどり着くと、島袋はある一点に視線を向けた。市場の先で、係留杭がいくつか並んでいる。彼女が発症したのがあのあたりだったことは、集団感染が終わった後で何度も取材に来た記者から聞いていた。

「あの時も、夕方でした。やっぱり、遠くには雨雲があって、だんだん近くに流れてきて……」

遠くにある見えない何かを探しているかのように、視線がさまよう。夫にもこういう時がある。ここにいながらにして、得体の知れないものに呼び寄せられそうになる瞬間。幼いリカが、島袋の服をぎゅっと握りしめるのが見えた。

着信の音楽が鳴った。

その瞬間、さまよっていた視線が戻ってきた。ポケットから携帯電話を取り出すと、耳に当てる。はい、はい、と相づちを打つたびに、みるみる表情が変わっていく。

どこを見ているのか分からない茫洋とした雰囲気は完全に失せて、母親らしい柔和な部分も削げる。

「ママぁ？」とリカが不安げな声を出した。

通話を切ると、島袋はリカを見ずに指をかざして制した。そして、さっきまでとはうってかわって、毅然とした口調で述べた。

「都内で、四〇代の女性が激烈な肺炎を発症したそうです。自宅のまわりの野猫に餌を与えている愛猫家らしく、場所もあの動物愛護団体が契約している動物病院の近く。ホームから運んだ猫で逃げたままになっているのがいるから、その地域の猫の間で流行している可能性もあるんです……」

言う端から、漁港の野猫が足下をすり抜けていった。全頭捕獲したと保健所は言っているが、直後からどこからともなく新しい猫が流れてきて定着しつつあるようだ。

「検査結果次第では、わたしも少し早く現場復帰しなければならないかもしれません。今は、うちの仙水なんかが現場に出て、野猫捕獲作戦をやっているみたいです。ウイルスや抗体を持っているやつがどれだけいるか調べるために」

　言い終わってから、リカを見た。

「リカ、仕事なの。ひょっとしたら、明日、帰らなきゃならないかも」

「リカちゃん、もっといたいなあ」リカは急に涙目になった。

「いてもいいのよ」と久子は言う。「おばあちゃんもすぐには来られないでしょう」

　そして、久子は海の方に視線を投げた。

　低い太陽が海面にぎらぎらした光の道をつくり、逆側の遠い空には鈍い色の雲があった。その下が暗く煙っているのは、雨が降っているのだ。

　あと一時間もすればあの雲が崎浜の町に夕立をもたらす。坂の多い土地柄、あちこちで小さな急流ができて、海へと流れ落ちる。

「ほんと、どこから来たのかしら」久子はつぶやいた。

　島袋が、驚いたふうにこちらを見た。そして、低い声で「そうですね」と応えた。

「わたしたちは、また蛇口をひねり……あわよくば、元栓を締める。それを延々と続けるんです。科学というよりも、探偵ですね。でも、やっぱり……」

　一度、言葉を切って、小さくうなずいた。

「やっぱり、それが手持ちの中で最良の武器なんです」

「小さな雪平鍋しかなくても、工夫して、大人数のカレーを作るみたいなものね……」

島袋が小首をかしげた。その瞬間だけ、さきほどまでの柔らかく茫洋とした表情が戻った。

久子は微笑みを浮かべ、もう一度、海を見る。そして、夫の大きな手をむしろ包み込むように握りしめる。

謝辞など

疫学にはじめて触れたのは、一九九九年、『ニコチアナ』（文藝春秋）の取材で喫煙とがんの因果関係について調べていた時のことです。岡山大学の疫学者、津田敏秀さんを訪ね、話を聞きつつ、自分がいずれ疫学を主題にした小説を書くだろうと予感しました。駒場の友人で、疫学の素養がある群馬大学の中澤港さんにその旨、興奮した語調でメールしたことをおぼえています。

お二人に加えて、博覧強記な内科医の塩之入太さん、モデラー魂が爆発するチュービンゲン大学の西浦博さん（二〇〇七年時点ユトレヒト大学）に、何度も草稿を読んでいただき建設的なコメントをいただきました。

津田さん、中澤さん、塩之入さん、西浦さん、心より感謝いたします。

構想の時点において、多くの方々にお話をうかがい、参考にさせていただきました。北里大学の中山哲夫さんには麻疹ウイルスについて、宮内美沙子さんには感染症の集団感染における臨床現場について、岡山市保健所の中瀬克己さんには保健所の感染症対策について（もっとも本書で描かれる病棟や保健所の様子は、宮内さんや中瀬さんからの情報に直接、依拠するものではありません。念のため）、それぞれ、ご教示いただきました。

国立感染症研究所感染症情報センター第一室の谷口清州さん、実地疫学専門家養成コース（FETP-J）の中島一敏さん、砂川富正さんは、SARSをはじめとする感染症制圧の現場について、あるいは、大局的なパンデミック対策についてなど、幅広いテーマについて丁寧に教えてくださいました。

お話をうかがってから、ずいぶん時間がたってしまいましたが、なんとか形にすることができました。あらためてお礼申し上げます。


一九一八年のパンデミックについては、『史上最悪のインフルエンザ』（アルフレッド・W・クロスビー、みすず書房）、『グレート・インフルエンザ』（ジョン・バリー、共同通信社）を参考にさせていただきました。

多くの方々に導かれつつも、本作品の中で示された様々な見解は、各々のお立場、ご意見を直接反映するものではありません。

また、言うまでもないことかもしれませんが、この小説の中に残されている誤りはすべて著者の責任です。

二〇〇七年一〇月　　　川端裕人

解説

上田早夕里

　本作の初版が発売されたのは二〇〇七年、いまから十三年前である。したがって読者の中には、本作を、単行本発売時および前回の文庫化の際に読んだ方、電子書籍版の配信で存在を知った方、今回の集英社文庫版で初めて手にとった方など、様々な立場の方がおられると思う。だが、再読と初読によって本作から得られる感慨には、大きな共通点があるに違いない。

　十三年前に書かれたこの作品が、なぜ、これほどまでに、新型コロナウイルス感染症（ＣＯＶＩＤ－19）による被害と似た状況を、みごとに先取りしているのか――と。

　これには若干の説明が必要だろう。

　作中でも言及されているが、現実世界では本作の初版発行に先行する形で、二〇〇二年から二〇〇三年にかけて、重症急性呼吸器症候群（ＳＡＲＳ）のアウトブレイクが起きている。中華人民共和国広東省から広がったこの病気は、医療関係者に次々と感染し、アジア諸国だけでなくカナダまで飛び火した。日本では二次感染は確認されなかったが、病原体がコロナウイルスの一種なので、ＣＯＶＩＤ－19との比較で、再び頻繁に名前が挙がるようになった。この流行は十八年前。読者によっては出生前の話となる。当時の雰囲気をそのまま知ることは、いまでは難しいだろう。なお、SARSには未だに有効な治療薬は存在せず、ワクチンもない。また、二〇〇四年には鳥インフルエンザの大流行が日本でも起き、養鶏業者が大きな被害を受けた。

本作は、人類史上における数多の感染症流行記録に加え、これら直近の事例から得られた情報を随所に反映させている。ここが具体的な創作の発端だったのだろう。あのとき日本では起きなかったSARSの流行が、もし、日本でアウトブレイクの形で起こったら。その感染拡大を食い止める方法があるとすれば、どのようなものか。物語の始まりを原因不明の感染症としたことで、結果として、どのようなケースにも共通する普遍性に焦点があたり、COVID―19のパンデミックとも、ぴったりと符合したのだ。

この成果は、本作の著者である川端裕人が、小説家であると同時に、優れた科学ジャーナリストであることと無縁ではない。内外を問わず科学の専門家への取材を怠らず、海外の野生動物の棲息地や博物館や動物園などを頻繁に訪れ、明確な論理を持って執筆する人であったからこその「必然」――なのである。

加えて重要なのは、この作品の主人公たちが、医師や創薬研究者ではなく、疫学の専門家であることだ。これは、感染症を題材にした作品では数少ない貴重な例である。著者は疫学者の目を通して、「限られたデータしかない状況下で、科学的な思考を行うとはどういうことか」という難題を、ストイックなまでに誠実に追究していく。

ここで本作の内容を少し振り返っておこう。

作品タイトルである「エピデミック」とは、一地方における、予測不可能な感染症の大流行を意味する疫学用語である。これが世界規模まで広がったものがパンデミックだ。ちなみに、アウトブレイクとは突発的な感染増大そのものを指す言葉で、日本語では感染爆発と呼ばれている。

物語は関東南部の小半島——作中ではT市崎浜町と記される土地で、初春、インフルエンザに似た新型ウイルス性肺炎が発生するところから始まる。重症化すれば人工呼吸器が必要となり、脳炎まで引き起こすこの病気は、またたくまに広がり、地域の生活を蝕（むしば）み始める。感染の拡大と共に、日本社会の弱点も次々とあらわになっていく。初版のときには見過ごされていたであろう些細（ささい）な描写も、いまとなっては、強烈な実感を伴って読まれることと思う。

現地には、すぐに、フィールド疫学の専門家が派遣される。島袋ケイトをはじめとする疫学調査隊の任務は、作中の言葉を借りるならば「（病気の）元栓を見つけて、きゅっと締める」ことだ。これに成功すれば、病原体が不明で治療法がなくても、患者の増加を食い止められる。ケイトたちは聞き込み調査だけでなく、医師にアドバイスしたり、保健所員と連絡を取り合ったりしながら、徐々に病気の発生源へと近づいていく。

人々が異なる立場で問題に直面していく展開は、スリリングで読み応えがある。当然、感染症の専門家同士であっても、担当する分野が違えば物の見方も考え方も違う。当然、衝突や齟齬が生じるのだが、ここがまた面白い。科学者がマスコミを、マスコミが科学者をどう見ているかというくだりなどは、普段から疑問や不満を感じている方にとっては、実感を伴って読まれる部分だろう。疫学者を前面に立てつつも、群像劇としての性質を色濃く帯びた作品でもあり、これは、混沌とした現代社会を描くには相応しい手法だ。

物語はエピデミックを中心に進行するが、読み進めるにつれて、これが、パンデミック下における各地域の状況とほぼ相似形であることに読者は気づくだろう。登場人物は眼前のエピデミックと闘いつつ、常に、パンデミックへの視線を保っている。本作が、日本の一地域からあまり離れない物語でありながら、地球全体を見渡すかのような壮大な視点を備えているのは、ここに理由がある。この作品を通して、著者は読者を、惑星規模の視点まで導こうとしているのだ。それは「地球という惑星に住む自分たちの在り方」を、あらためて問い直そうとする試みでもある。

通常、人間に仇なすウイルスや細菌は自然界からやってくる。地球という自然環境の中で生きる私たちは、未知のウイルスや細菌との遭遇を絶対に避けられない。共存以外には、とるべき道がないと言ってもいいほどだ。それは、一度うまく病気の流行をやり過ごしても、何度でも、新しい病気が私たちの社会に侵入し、感染爆発やパンデミックを引き起こす可能性があることを意味する。

作中には、次のような言葉も記されている。

「ＳＡＲＳは集団感染が発覚してからわずか一ヵ月ほどで病原ウイルスが特定され、さらには遺伝子コードまで解読された。（中略）にもかかわらず、ＳＡＲＳ騒動の一連の流れの中に、どうしても看過できない部分がある。それはスピード、だ」

科学の進歩によって、流行病への対応速度は飛躍的に向上している。その一方で、病気が広がるスピードも速くなった。鉄道・車・航空機・船舶など、人間が移動する速度が上がったことで、病気も世界規模で広がりやすくなっている。社会システムに穴があるとこの速度に追いつけず、感染爆発が起きてしまう。自国で病気の制圧に成功しても、地球上のどこかにひどい感染地域が残り続ければ、他国にも継続的に負荷はかかる。このような意味でも地球全体の問題なのである。そして、流行病の発生地は常に外国とは限らない。日本も発生源になり得る。これもまた、作中で示唆されている事柄だ。

さて、感染症との闘いは、このように科学を武器とするのだが、それは単に、医学や疫学が用いられることだけを指すのではない。あなたの家族や友人、職場の人、偶然接する人に対して、理不尽で攻撃的な態度をとらずにすむには（あるいは、自分がそうされずにすむには）――つまり、死ななくてもいい人が死なず、少しでも多くの命が救われるには、正しい情報に基づいた筋の通った思考と行動が必要だ。科学は、その能力を養ってくれる学問でもある。そして、間違った知識をもとに間違った思考を行った結果起きる悲劇についても、作中でもはっきりと描かれている。ここを見逃さないでほしい。

「自分は理系出身ではないから、科学的な思考や論理的な思考はできない」と不安に思われる方がいたとしても、心配は無用である。川端裕人の数々の著作を読み続ければ、科学の真髄を楽しみながら「正しい知識を得る方法と、どのような言葉を信用すればいいのか」が次第にわかってくる。人や物を見る目が磨かれれば、それだけで、デマや誤情報に惑わされる機会は減るはずだ。

厳しい状況下で、戸惑い、道を踏み誤り、泣いたり怒ったりすること自体は、人間として自然な反応である。誰も責められるべきではない。本作の登場人物たちも、皆、それぞれに人間的な弱さを持っている。私は、彼女らや彼らの強さだけでなく、弱さにも寄り添いながら本作を読んだ。人は弱く傷つきやすい存在だから、他人の尊厳や生きる権利を安易に奪いがちだし、自分がそうされる側にもしばしば追い込まれる。だが、偏見や差別やいがみ合いがない社会のほうが、より効率よく流行病を制圧できることを、決して忘れないでほしい。

本作が指し示しているものが、読者にとって、新たな希望のひとつとなることを願ってやまない。

なお、川端裕人は、新型コロナウイルス感染症に関する記事を、今年（二〇二〇年）の五月から「ナショナルジオグラフィック日本版」の公式サイトで公開している。本作『エピデミック』の巻末の「謝辞など」にも名前が見られる、神戸大学の中澤港教授へのインタビュー記事である（「研究室特別編：新型コロナ、本当のこと　神戸大学　中澤港」https://natgeo.nikkeibp.co.jp/atcl/web/19/050800015/）。この病気について、海外の研究成果も含めて言及している記録だ。すべて無料で読める。本作と共に、ここに、これからの社会の在り方を見出(みいだ)して頂ければ幸いである。

（うえだ・さゆり　作家）

本書は、二〇〇九年十二月、角川文庫として刊行されました。
単行本　二〇〇七年十二月刊

川端裕人の本

銀河のワールドカップ

元Ｊリーガー花島は、驚くべきサッカーセンスを持った小学生たちと出会った。花島はコーチを引き受け、全国制覇を目指す。困難の果てに彼らが出会ったのは!?　ＮＨＫアニメ原作。

集英社文庫

川端裕人の本

雲の王

気象台に勤める美晴は、息子の楓大と二人暮し。突然届いた手紙をきっかけに、自分たちが天気を「よむ」能力を持つ一族の末裔であることを知り……。かつてない〝気象エンタメ〟小説！

川端裕人の本

天空の約束

身の回りの空間の気候〈微気候〉の研究者・八雲助壱。元教え子と共に「雲の倶楽部」なる会員制のバーを訪れ、不思議な小瓶を預かることに――。天気を予知する空の一族の壮大な物語。

集英社文庫

エピデミック

2020年7月25日　第1刷　　定価はカバーに表示してあります。

著　者　川端裕人（かわばたひろと）
発行者　徳永　真
発行所　株式会社 集英社
東京都千代田区一ツ橋2-5-10　〒101-8050
電話　【編集部】03-3230-6095
【読者係】03-3230-6080
【販売部】03-3230-6393（書店専用）
印　刷　大日本印刷株式会社
製　本　大日本印刷株式会社

フォーマットデザイン　アリヤマデザインストア　　マークデザイン　居山浩二

ISBN978-4-08-744137-6 C0193